得好别人称赞我们，那仅仅是因为我们干得好，而不是因为我们事先已经有了被称赞的优势。我们希望凭真价实的工作赢得尊重，我们也不拒绝没有别人的帮助。自尊不意味着拒绝别人的好意。只想帮助别人而一概拒绝别人的帮助，那不是强者，那其实是一种心理的残疾，因为事实上世界上没有任何人不需要别人的帮助。

我们既不能忘记残疾朋友，又应该勇敢走出残疾人的小圈子，怀着博大的爱心，自由自主地走进全世界，这是克服残疾、超越局限

史铁生作品全编

·增订版·

· 10 ·

剧本
访谈与对话
附录

人民文学出版社

图书在版编目(CIP)数据

史铁生作品全编. 10, 剧本；访谈与对话；附录 / 史铁生著. -- 增订版. -- 北京：人民文学出版社，2025. -- ISBN 978-7-02-019083-6

Ⅰ.I217.2

中国国家版本馆CIP数据核字第2024371EY2号

·史铁生像·

本 卷 说 明

本卷收入剧本3部、访谈与对话20篇。

卷后附《史铁生生平及创作年表》及《史铁生研究资料要目》。

目 录

剧 本

人生的突围 …………………………………………… 3
多梦时节 ……………………………………………… 48
荆轲 …………………………………………………… 110

访谈与对话

先修个斜坡吧 ………………………………………… 169
一个作家的生命体验 ………………………………… 172
轮椅上安静的梦想家 ………………………………… 182
史铁生访谈录 ………………………………………… 189
与史铁生谈《务虚笔记》 …………………………… 201
爱的冥思与梦想 ……………………………………… 209
史铁生访谈录 ………………………………………… 224
我在哪里活着 ………………………………………… 233
我并不关心我是不是小说家 ………………………… 267
两个傻子的"好运设计" …………………………… 275
写作与超越时代的可能性 …………………………… 278
有了一种精神应对苦难时,你就复活了 …………… 284

人的残缺证明了神的完美 …………………………… 309
逃避灵魂是写作致命的缺陷 ………………………… 321
我们活着的可能性有多少 …………………………… 329
与史铁生对谈文学 …………………………………… 340
史铁生的日子 ………………………………………… 355
从残缺走向完美 ……………………………………… 366
在家的状态 …………………………………………… 371
史铁生:扶轮问路的哲人 …………………………… 390

附　录

史铁生生平及创作年表 ……………………………… 429
史铁生研究资料要目 ………………………………… 442

《史铁生作品全编》索引 …………………………… 465

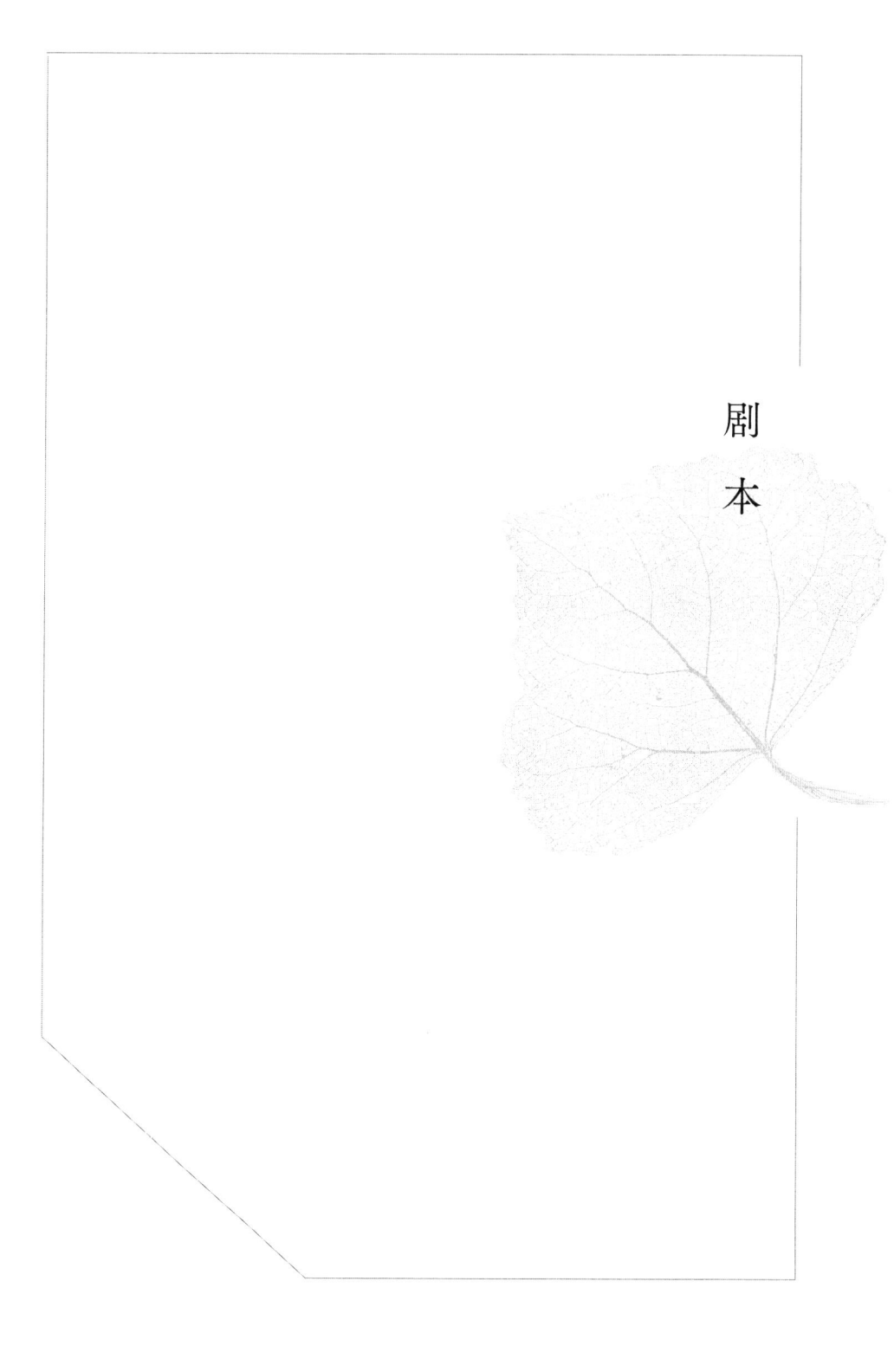

剧本

人生的突围

1. 医院的诊室内

翻开的病历上,树叶的影子晃动着。蘸水笔在空白的横格上写写停停。一串串拉丁文。

大夫(画外音):"别着急,各项检查的结果都不错。没什么大事儿。肝也小多了。挺好。"

田庚(画外音):"可我总是很疲倦,比前一段还厉害。肝疼,恶心,出虚汗,弄得我什么事都干不成。"

大夫(画外音):"这难免。发了炎,肝脏得自卫。"大夫抬起头,脸上掠过警惕的神情。

田庚的样子比实际年龄要老很多;很瘦,身材也不高。

大夫在处方上写下了几个拉丁文药名:Ftorafurum Mitomycinum。

田庚试探地:"不能开刀?我说——肝?"

大夫毫不在意地:"用不着。休息休息,打打针,吃点儿药。"

大夫从容地开完了处方。

大夫:"您的家属在哪儿?"

田庚一惊:"没关系,有什么话您可以跟我直接说。噢,我是单身。"

大夫犹豫片刻,把处方交给田庚。

大夫:"您去取药,把药交到注射室,每星期二五来门诊打针。"

田庚："用不着住院？"

大夫："噢，不用了。您的病不厉害。"

田庚接过处方和病假条，转身去摘挂在墙上的大衣；忽然又转过身来，他看到了意料中的事。

大夫正向他投来哀伤的爱莫能助的目光。大夫慌忙掩饰。

大夫笑笑："觉得有什么不好，再来。"

2. 大街上

田庚疲倦地走着。路旁的树正飘落着金黄的叶子。他靠在栏杆上歇一下，擦擦汗，看着过往的人群。

3. 新华书店内

田庚在"外文工具书"的柜台前站住，眯缝起眼睛在书架上寻找着。

田庚："请您递给我那本，《医用英汉辞典》。"

他翻了一阵，还给售货员。

田庚："有没有医用拉丁文？药用的也行。"

售货员递过来一本精装的小册子。

田庚翻阅着。他突然停住，掏出处方放在翻开的小册子上。他对照着看了许久，看不出他的表情有什么变化。然后，他把书放在柜台上，推给售货员。没有任何语气的画外音："呋氟尿嘧啶，主要适应症：胃癌、结肠癌、肝癌……"

田庚呆望着书架上的书。花花绿绿的书在晃动。

4. 花花绿绿的衬底上映出字幕

根据一篇外国小说和一段中国生活改编。

响起轻轻的吉他声。

5. 荒废的古苑一角

空地上,几个孩子在踢足球。一边是近乎坍圮的古祭坛,一边是杨柏杂陈的小树林。很安静,孩子们的叫嚷声使古苑更显空旷。

田庚看了一会儿孩子们的球赛,走开。

太阳垂到了光秃秃、乱糟糟的树枝后面,似乎正在变凉。

映出演职员表。

6. 同上

田庚坐在小树林中的石头上,不停地咬着指甲。树影被拉得很长,田庚的影子也很长,映在林间的土地上。落叶被风掀起,滚动。

映出演职员表。

7. 田庚家　晚上

厨房里没有点灯,弥漫着烟雾,火光不断照亮田庚的脸和斑白的鬓发。他坐在小板凳上,把一页页稿纸、信纸,甚至整本日记扔进火堆。

他突然发现了一封信,借着火光看起来。火灭了,他划了根火柴,把那封信也点燃,手有些颤抖。

火堆又燃烧起来。有两张女人的照片落进火堆,没看清是谁便蜷曲起来。

映出演职员表。

8. 邮局门前　清晨

邮局还没开门,田庚提着一网袋牛皮纸包封的邮件坐在台阶上。他觉得一阵恶心,赶忙走到墙角,蹲下,吐起来。

映出演职员表。

9. 邮局内

营业员坐在高高的柜台里,把田庚递过来的邮件过秤,依次贴上"特挂"的标签。邮件的左上角都写着:稿件。是寄给出版社的。

田庚伏在柜台边,极力忍着不吐出来。

映出演职员表。

10. 荒废的古苑一角

吉他声停了。空中飘着细碎的雪花。

田庚坐在老柏树凸起的树根上,吐出一团团白色的哈气。树旁有个果皮箱。

远近看不见一个人,飘落着的雪像一层纱幕,远处古祭坛影影绰绰。

黑苍苍的柏树叶蒙上了薄雪。

殿堂的琉璃瓦也开始变白。

田庚的声音(画外音):"他笔下的人物都显得太软弱,也太古怪,因此不典型……"

一个年轻人的声音(画外音):"因为田庚同志太尊重想当然了,所以他觉得不典型。而且我不知道需不需要设立一个典型标准局,就像我们已经有了一个计量标准局一样……"田庚苦笑了一下。

田庚的内心独白:"行了,这下那个'毛头小子'又可以写一出儿了。"

天快黑了。田庚转过身,面对着那个果皮箱,从兜里掏出个什么东西攥在手里,然后把双臂同时伸进果皮箱两侧的开口。

他像是在果皮箱里狠狠地用了一下劲。

天空中飞舞着的雪花变得模糊起来。又响起几声吉他。

慢慢显出片名:人生的突围。

11. 医院　外三病房　0号病室

一片光亮,什么都看不清。逐渐显出白色的屋顶、带花纹的吊灯、淡绿色的墙。又看清了挂在电镀架上的点滴瓶;太阳在电镀架上和点滴瓶里变得很小,刺眼。

田庚愣磕磕地望着周围。

一个年轻大夫正俯身为他听诊。

田庚转动了一下头,琢磨着眼前这个人。冰凉的听诊器在他瘦削的胸脯上移动,使他完全清醒了。他用右手使劲把大夫推开,想坐起来,但左手用不上劲,又倒下。

田庚:"怎么回事,我的手?!"

年轻大夫:"您最好别动,手上有针,输液。"

田庚:"我说的是这只,左手!没有知觉!"

年轻大夫:"您倒是没少费劲儿,割得太深了,神经给切断了。"

田庚看着大夫,目光变得恶狠狠的,倒像是大夫把他的神经割断的。

田庚:"这下更好受了。"

年轻大夫:"已经接上了,锻炼锻炼就……"

田庚:"谁让你给接上的? 谁?!"

年轻大夫气得说不出话,干站着。

田庚:"谁给你的权力? 谁?!"

年轻大夫变得诙谐起来:"上帝。老天爷。他们哥儿俩给您抬来的。"

田庚看看四周,倒怀疑起来。

年轻大夫:"您寄出的那些信往常要走一星期,可您在上帝那儿有路子,只走了四天。您的朋友打来了长途电话,给您的一位老同学,正好您这位老同学在我们医院当大夫。反正上帝的路子,什么事都好办。正好这间屋子也刚拾掇出来。"

这不是一间正规的病室。屋子不大,一个楼梯间占去了屋子的四分之一。楼梯间已经废弃,里面是老式的环形楼梯。屋里只放得下一张病床。

年轻大夫:"我本来该下夜班了,可上帝给了我这权力,让我回不成家,说是来了一位血气方刚的老先生。"

田庚:"你最好回家,也放弃这种强迫别人受折磨的权力。"

年轻大夫:"谁折磨您了?谁折磨您,您就找谁拼命去,何必……"

田庚:"我正在和它拼命!这儿!肝!"

年轻大夫:"肝?肝怎么啦?"

田庚:"问题不大,癌!而且是晚期!"

年轻大夫吃了一惊,走回到床前,在田庚的右肋下轻扣。

年轻大夫:"大点儿,有点硬。谁告诉您就是癌呢?脓肿,一般性充血,都可能。"

田庚:"你承认它大了,硬了,这就足够了。"

年轻大夫:"够干吗的?"

田庚:"证明给我诊断的那个大夫在撒谎!你会对一个轻病人撒谎吗?"

年轻大夫:"您的想法真可笑。也许是误会呢?"

田庚:"误会?呋氟尿嘧啶是干什么用的?自力霉素是干什么用的?在这种情况下不收住院怎么解释?治愈的希望还挺大?"

12. 小儿科门诊室内

中年女大夫王万仪在给一个男孩子看病。男孩子农村打扮,拘束地坐在大夫面前。男孩子的父亲站在一边。

王万仪:"你几岁了?"

男孩子:"六岁半。"

王万仪:"叫什么名字?"

男孩子声音很小:"五蛋。"

王万仪:"什么?大点声。"

男孩子:"五蛋。"

王万仪和五蛋的父亲都笑了。五蛋更拘束了,揉着一块皱巴巴的手绢;看得出来,他手上的肌肉有些萎缩,手指的动作也不灵活。

五蛋的父亲:"说你的大名儿。他大名儿叫张浩。"

王万仪拿起五蛋的手:"告诉我,都是怎么回事?"五蛋不说话,头低到了胸前。

王万仪:"自己讲。"示意五蛋的父亲不要插嘴,"让他自己讲。"

五蛋不出声地哭了,眼泪落在他另一只开始萎缩的手上。

五蛋的父亲申斥地:"好好跟大夫说。"

五蛋:"淘气。"

五蛋的父亲向大夫陈述五蛋从树上掉下来受伤和发病的经过。

一阵阵很好听的鸟叫盖住了陈述声。

王万仪的问话声又打断了鸟叫。

王万仪:"你爬到那棵树上去想干什么呢?"稍停,"下次还淘气不?"

五蛋看着大夫,使劲摇头,他大概以为这仍然是可以改正的错误呢。王万仪的目光在五蛋脸上停留了好一会儿。

王万仪:"躺在床上,让我看看。"

五蛋走向床边,两腿也有些拖拉。

13. 电梯内

开电梯的小伙子和一个架着单拐的姑娘北方。

开电梯的小伙子:"几楼?"

北方慌忙地:"噢,五楼。"

开电梯的小伙子:"得!那还得找人现盖,当初只盖了四层。"

北方:"三楼,那就三楼。"

开电梯的小伙子:"商量好了?"

小伙子开动了电梯。看样子他很想跟这个姑娘多搭讪几句。她太漂亮了,称得上欧洲体型,可是——大衣下面只露出一条腿。小伙子没再说什么。北方感到了小伙子表情的变化。

14. 0 号病室

王万仪坐在田庚床前。

王万仪:"'老夫子'打来长途电话,告诉了我你的地址。邻居一个老头儿说,你近来总到那个小公园去。"

田庚:"'夫子'当了副主编了。我想,我写的那些东西,当然,如果有价值的话,也许能编辑发表。都寄给了'夫子',全部,一生的。"

王万仪:"昨天又接到'老夫子'的信。"

田庚:"别告诉他我又活了,让他受第二次惊吓。"

王万仪:"我回信说你决定活下去。"

田庚:"一致通过了吗?"

沉默。这句话似乎牵动了什么往事。

王万仪:"这不像你。接到'老夫子'的电话我还不信你会……"

田庚苦笑一下:"用文学的术语说,这不典型。"

王万仪:"你一直很坚强。五七年你都没屈服。"

田庚:"该让我软弱一回了。"

王万仪:"你不要总认为是癌。"

田庚:"当然,是感冒。我父亲、叔叔,当年都是'感冒'。呕吐,溃疡,扩散到大脑,失语,癫痫,满床上尿,浑身是屎,最后活活疼死!你们当大夫的怎么想?人道?明明治不好了,可是为了你们的'医学伦理',宁可让人受尽折磨再去死。我知道我驳不倒你们的'医德',可我肯定这不对,肯定在哪儿出了逻辑错误!感冒,哼,三个月后自行痊愈。"

王万仪:"也许你就是第一个治愈的病例。"

沉默。王万仪的话等于承认了田庚的判断。两人对视片刻,又同时避开对方的目光。

田庚:"我虚弱得不行,一点力气也没有了,这些日子我什么也写不了,我再也干不了什么了。何必空等三个月,受三个月苦刑?我不在乎别人会怎么说……"

15. 外一病房

身材高大、相貌粗犷的小伙子马川在楼道里边走边喊。

马川:"北方!北方!"

护士:"同志,轻点儿,这是病房!"

马川:"您看见北方了吗?"

护士:"10号。"

马川:"找了,不在。我来了三趟了,她都不在。"

16. 外三病房前的环形大厅

北方坐在窗前的长椅上,双手按着拐杖的把柄,额头顶在手上。

画外传来马川越来越近的喊声。

北方慌忙站起来,擦擦眼泪,吃力地走。她与王万仪擦肩而过,急不择路地走进外三病房。

17.0 号病室

门忽地被推开,北方走了进来。田庚坐在凳子上,面向窗外。

田庚没回头:"用不着这么监视我,我说话算数。"

北方莫名其妙地靠在门上。

田庚转回身,诧异地看着北方。

田庚:"你找谁?"

北方:"我,在这待一会儿行吗?"

田庚注意到了她的腿。

画外又传来马川的喊声。护士的声音:"同志,你找谁?"马川显然是连续推开了几个病室的门。护士责怪的声音:"你这位同志是怎么回事?!"

北方躲进楼梯间。

画外马川和护士的争吵声渐渐远了。

北方傻呆呆地站着。

田庚走到门前,似乎随时准备挡住推门进来的人。

一会儿,北方走到窗前。

窗外下着雪。雪地上,马川正向别人打听着什么。

响起缓慢的吉他声。

田庚也站到了窗前。他已经猜出了个大概。他们在窗前站了很久。

田庚:"不一定非这样不可。"

北方转过头来,似乎刚刚发现这个老头儿。两人互相看看,都没再说什么。

北方拄着拐杖向门口走。

田庚快走两步,开了门。

北方没有道谢,走向环形大厅,走向落地式玻璃窗前。雪花密密地飞舞、旋转,北方的身影更显得美,更显得年轻。可是她少了一条腿,看了让人心酸。

吉他声像是拨动着人们的心弦。

18. 儿科病房　浴室

一群男孩子水淋淋地跑到更衣间,打闹着,擦身上的水,穿衣服。

淋浴间里只剩了五蛋。他想关掉喷头,可是萎缩的小手拧不动开关。他忽然发现了一件有趣的事:水从头顶上淋下来,顺着小鸡儿往下流,像撒尿。他笑起来。

老护士出现在门口,见状哭笑不得。

老护士:"嘻嘻！你瞧这孩子干吗呢。"

另一个老护士探进头,忍住笑:"再淘气,明儿叫大夫把他小鸡儿割下来。"

老护士:"要不说是孩子呢,不知道愁。"

老护士走过去帮五蛋搓背。

老护士:"在家洗澡吗？"

五蛋:"夏天,在河里洗。"

老护士:"这儿好吗？"

五蛋点点头,望着喷头:"那里头有什么呀？"

另一个老护士站在门边:"唉,现在不懂事,长大了就知道愁了。"

五蛋不解地望望那个护士,又看看这个护士。

19. 医院的花园　清晨

田庚在假山边转悠,不时朝远处张望,左手腕缠满纱布,吊在胸前。假山上还有残雪,小路扫得很干净。田庚坐在藤萝架下的长椅上,仍朝远处望,咬着手指甲。

从藤萝枯干的枝条间望去:北方正拄着拐在前面的小路上锻

炼走路,不时停下来喘口气。

20. 0 号病室门前

王万仪提着一网袋橘子,走到门前。门半开着。听见里面有吵嚷声。

小护士(画外音):"给您搬到向阳的一面去,别人都抢着要住到那面去呢!"

田庚(画外音):"那更好了,让别人去吧。"

小护士(画外音):"您这老头儿可真怪。"

田庚(画外音):"所以叫老头儿,这称呼本来就挺怪。"

小护士(画外音):"对不起,我随便那么一说。"

田庚(画外音):"也请你原谅,我最近脾气不好。可是姑娘,我的日子不多了,这儿安静些。"

小护士(画外音):"护士长交代的,就是不能让您一个人住。"

田庚(画外音):"我就知道是为这个。好,我出院!"王万仪推门进去。

王万仪:"好了,这事我回头跟护士长说,先别搬了。"

小护士嘟着嘴走出来,气哼哼地关上门。

21. 电梯前

五蛋一个人百无聊赖地走着,拖着两条沉重的腿,走到了电梯前的门厅里。

忽然,电梯的门咣当一声开了,走出来好多人。

电梯门又关上了。门楣上的红色数码亮了,变着:1、2、3、4,又灭了。五蛋好奇地看着。一会儿,数码又亮了:4、3、2、1,门又开了……

五蛋蹒跚地走过去,朝电梯里望。

开电梯的小伙子:"上去吗?问你呢,小晃儿爷!"

五蛋赶紧摇头,往后退。

电梯的门又关上了,数码又亮了。五蛋走过去,想摸摸电梯的门。忽然有人叫他,他连忙缩回手。

王万仪从这里经过:"五蛋,怎么就你自己?"

五蛋:"他们都到院儿里扔皮球去了。"

王万仪:"你怎么不去?"

五蛋:"我老拿不住皮球。"

王万仪蹲下来,整理五蛋的衣服。纽扣扣错了位,王万仪一个个解开,重扣。碰到了五蛋的肚子,他痒得直笑。

王万仪:"还笑!"

五蛋捂住肚子,还是笑。

王万仪:"真是孩子。"

五蛋笑着:"等长大了就知道愁了。"

王万仪愣住了,摸摸五蛋的头,眼眶里涌满了泪。

22. 医院的花园里

田庚坐在北方锻炼走路的那条小路边的长椅上。雪化尽了,太阳挺暖和。田庚右手顶在肋下,不时望望小路尽头。

不出田庚所料,北方又出现在小路尽头,艰难地走着,由于使劲,表情显得僵硬,模样很苦。

第三个来回时,她接近了他坐的地方。

田庚:"该歇会儿了,一下子走得太多也不好。"

北方:"哦,是您。大夫叫我多走。"

田庚:"可也不能过度,欲速则不达。"

北方把拐杖靠在长椅上,费劲地坐下来,长出一口气,头靠在椅背上,望着天。

北方:"达什么呀,达个癌倒不错。"

田庚没听太清:"什么?"

北方摇摇头,浓黑的"马尾巴"在椅背上来回摇动,似乎是在说,什么都无所谓了。

田庚:"你的腿怎么回事?"

北方没有表情,淡淡地:"开始只是摔断了,开放性骨折。可是在雪里埋了一天一夜,老乡找到我时还不算晚,可是那地方没有大医院……冻伤,又出现坏疽什么的。我当时要是清醒,死也不让他们锯。"

田庚:"在哪儿?"

北方:"东北。"

田庚:"兵团?"

北方:"不,插队。"

田庚:"工伤?"

北方苦笑:"私伤。命!我忽然想起到挺远的那条河上去滑冰,回来的时候从山上摔了下来……"

响起"哧啦——哧啦——"的滑冰声。

23. 冰冻的河上

下着大雪。吉他声飘飘悠悠。两条健美的腿在冰面上自由自在地滑着,优美、潇洒,与吉他声合拍。

北方的主观镜头:冰河飞走;雪野、山峦起伏跳跃;黑色的森林旋转……

冰刀与冰面摩擦,发出活泼的"哧啦——哧啦——"的声音。

田庚(画外音):"在东北待了几年?"

北方(画外音):"十年。比我爸爸还早两年参加革命。"

田庚(画外音):"我的数学很差,尤其是模糊数学。"

北方(画外音):"他十八岁从家里跑出去。我十六岁就去插队了。"

田庚(画外音):"父亲常来吗?"

北方（画外音）："他去世十二年了。"

田庚（画外音）："妈妈呢？常来吗？"

北方（画外音）："狗屁！我用不着她来可怜我。"

吉他声渐弱。画面变淡。

田庚（画外音）："那个高高大大的小伙子还来吗？"

吉他声骤停。

24. 医院的花园里

北方生气地看着田庚。

北方："您没准儿是公安局的吧？"

田庚笑笑："这么说，你今年有二十六了吧？"

北方生硬地："您呢？您有六十二了吧？"

田庚："嚯！没有。五十二。五十二还不够瞧了？"

看到田庚实诚的样子，北方有些歉然。沉默。北方侧目仔细打量田庚。

田庚瘦削的脸，此刻显得很慈祥；似乎是很认真地啃着手指甲，喉结上下滑动。

北方："您的手腕是怎么弄的？"

田庚："也是伤了，神经切断了。"

北方："怎么回事？"

田庚："已经接上了。"

北方："我知道。可——怎么弄的呢？"

田庚："噢，一件蠢事……"

北方："哦，是您！切断动脉的那个人是您？"

北方突然把脸凑近田庚，眼睛睁得大大的，又朝四周环顾了一下。

北方压低声音："疼吗？切的时候？"

田庚很尴尬："咱们说点别的不好吗？"

北方："不,您先告诉我。疼吗？"

田庚："不疼。我事先喝了好些酒。不知道是谁疼,是自己还是别人。你住院有多久了？"

北方："然后呢？"

田庚："什么然后？"

北方："心里不害怕吗？"

田庚："没有。就像是做梦,就什么都不知道了。"

北方轻轻地长吁一口气。

北方自言自语,若有所思地："行,这办法也行。"

田庚恍然大悟,下意识地抓住北方的手腕,仿佛她就要当面把这手腕切开似的。

田庚："胡说什么?! 简直不像话。我信任你,跟你说了,可你要干什么？"

北方只是把自己的手抽出来,很平静。

北方："您呢？"

田庚："我怎么？"

北方："您干吗想死呢？"

田庚："我老了,又得了肝癌。只剩了几个月苦刑。早几个月和晚几个月都一样。你懂吗？这几个月里除了受罪再没有别的了,我什么也干不了了,否则我不会那样。可你不一样,你还年轻……"

北方："您是因为老了,也许我正是因为年轻。"忽然意识到什么,一转话题,"算了,您不会懂。再说,我也没那么想。"

田庚："不对。你瞒得过别人,瞒不过我。"

北方："您不是要说别的吗？我头一次见到您,就觉得您长得很像我爸爸。"

小路尽头,一个护士在喊北方。

25．儿科病房

探视的日子,从每一扇打开的门中都可以看见年轻的父母哄着自己的孩子,削苹果的,剥橘子的……

五蛋的父亲扛着一个小柳条筐,一只手拉着五蛋,在楼道里走。

父亲:"你觉着好点儿了吗？"

五蛋:"我蹲下能站起来了。"

五蛋蹲下,吃力地站起来。父亲失望地叹了口气。

父亲:"你妈跟你姐也想来。等把柿子都卖了,就让她们来。"

他们走到了护士站。因为父母们都来了,几个护士显得挺轻闲。

五蛋:"阿姨,王大夫呢？我爸给她送柿子来了。"

父亲:"给大伙儿的,自个儿种的,尝尝呗。"

五蛋的父亲把筐放在地上。护士们围过来,和他攀谈起来。

五蛋走到窗前,看见窗外树枝上有几只挺漂亮的鸟。

五蛋:"爸！您看,就是那样儿的！"

人们顾不上他。他又目不转睛地望着那几只鸟。

一个护士:"五蛋,过来,你干吗叫五蛋呀？"

五蛋:"我大名儿叫张浩。"

另一个护士:"五蛋,你爬到树上干吗去了？"

五蛋用肚子一下一下地撞着窗台下的暖气片,不说话。窗外的鸟飞走了。

五蛋忽然想起了什么,转身,拖拉着双腿向楼道另一端走去。

护士:"五蛋,上哪儿去?! 快开饭了！"

五蛋:"我看一会儿电梯就回来。"

背后又传来护士们的议论声,又是那句话:唉,现在还小呢,不知道愁……

26.医院门前的水果摊

马川攥着两元钱,看着售货员称橘子。

售货员:"两块五毛七。"

马川在衣兜里左掏右掏,还是不够。没办法,他从秤盘上拿掉一个橘子。

售货员:"两块三毛五。"

马川看看手里的钱,又拿掉一个。

27.电梯前

五蛋坐在光滑的水磨石地上,望着门楣上的指示灯,数着。

五蛋:"2——3——4——停!"

五蛋举起手,停了一会儿,猛地往下一挥。电梯的指示灯又亮了,箭头向下。

五蛋(画外音):"3——2——1——停!"

电梯门开了,走出很多人。开电梯的小伙子正要跟五蛋说什么,北方慌慌张张地走进电梯。

开电梯的小伙子:"五楼还是三楼?"

北方很急:"随便,快!"

开电梯的小伙子:"那就上一楼吧。到了。"

北方:"三楼,上三楼。"

开电梯的小伙子冲五蛋眨眨眼睛,关上了门。五蛋愣愣地看着电梯的门。

28.外三病房 0号病室内

田庚和北方站在窗前,默默无语。

俯拍:窗外,马川坐在路边的长椅上卷烟,身旁放着刚才买的橘子。

响起吉他声。一个深沉的男声哼着。

29. 滑冰场上

马川笨拙地滑着,跌倒在冰面上,"嗵"的一声。

北方轻盈地滑着。

北方:"看你像条汉子,狗熊!留神把地球砸坏了!"

马川爬起来,又滑,又跌倒。

吉他声。一个轻柔的女声哼着。

30. 0号病室内

吉他声停。天黑了,屋里亮了灯。玻璃上映着田庚和北方的影像。田庚啃着指甲。

北方断断续续地:"他在一个小工厂看大门,为了有更多的时间和精力写小说。他可不是光为了稿费。他一年得的稿费还没有奖金多呢。看大门几乎没有奖金。我还在东北,他不在乎这个。就这些。您听烦了吧?"

田庚:"如果你信任我,我发誓,我很愿意听。"

北方:"为什么?"

田庚:"因为,嗯——咱们多少有点像共患难的灾胞。"

北方:"什么?"

田庚一边在掌心上写:"灾难的灾,同胞的胞。"

北方笑笑:"不知怎么回事,您这人有点容易让人跟您说说心里话。"

田庚:"也许是因为我长得像你父亲。你说过。"

北方深情地,却是淡淡地笑了笑,样子显得娇弱、委屈。

北方:"他几乎每个探视日都来。他写信,坚持,可我不愿意,我不想让他看到我现在这个样子。您明白吗?"

田庚:"我懂,可是你错了。你应该见他。"

北方:"不!这不行!"

田庚："你听我说……"

北方："我知道,您要说什么我知道。不行。"

田庚："如果这个人,马川,如果他真爱你……"

北方无声地落起泪来："不,不,不行。"

护士进来,递给田庚一只体温表。护士出去后,田庚把门关严,坐在北方对面。

北方："他是真心爱我,我知道,每封信上都说,他会更爱我,可这更让我受不了。我不想让他一辈子陪着个残废。"

田庚："干吗是陪着呢？是爱！你不是说你知道吗？你这样会让他失望的。失望的滋味儿我尝过,比什么都难受。"

北方："也许会,可这只是个时间问题。什么事都能忘的。只要让他见不着我,他慢慢就忘了。"

田庚："这很难说。我不敢这么说。"

北方："我敢肯定！"她委屈地哭出声来,"我决不让任何一个男的再接近我！"

田庚看看玻璃窗上自己的影像。确实,这不再像一个男人,只不过是一个又小又瘦的老头儿。他低下头。

田庚："你听我说。这是一种自尊的冲动,我非常理解。可是,如果他真是爱你,他就不会是可怜你,哪怕你再少一条胳膊,在爱人眼里还是美的……"

北方拿起拐杖："您自个儿说吧！您一点都不懂。我该回去了。"

田庚站起来挡在她面前："好、好,我不说了。可你得答应我一件事。"

北方："什么？"

田庚："你不要想到别的。"他在手腕上比画了一下,"不要干蠢事,懂吗？得活着。"两人互相看着,脸上的肌肉微微颤动了几下,都没再说什么。

31. 电梯里

只有开电梯的小伙子和五蛋。电梯在下降。

小伙子:"这没什么,以后想坐电梯,找我!"

五蛋:"我长大了也开电梯,天天坐。"

小伙子:"嘁,开这玩意儿有什么劲!没人看得上,媳妇儿都难找。"

五蛋:"您真不害臊。"

小伙子:"这有什么害臊的?你长大了就懂了。"

五蛋:"是长大了就该碰上发愁事了吗?"

小伙子一愣,捏捏五蛋的脸蛋儿。"嘁,甭管那么多,该玩就玩。"

电梯停了。

小伙子:"怎么样?再来一圈?"

五蛋高兴地点头。电梯开始上升。

五蛋:"对了,我还给您带来个柿子呢。"

两人低头一看,柿子汤儿正顺着五蛋的裤筒往下流……

32. 0号病室内

田庚"哇哇"地吐着。

王万仪:"今天你就别出去了。"

田庚:"没关系。又不是癌。"

王万仪:"你一个人要是闷,我今天休息,可以陪陪你。"

田庚:"好哇。不过,改天吧。"

王万仪:"你总一个人出去,都干什么?"

田庚:"不用担心,说不下就不下,要下怎么都可以下。譬如,跳楼。"

33. 医院的花园

田庚和北方在小路上慢慢地走着。两人都不知道该说什么——怎样开始才能进入他们想要说的话题。还是田庚打破了僵局。

田庚:"你走得比前些天好多了。"

北方:"只不过是您看习惯了。"

田庚:"不,肯定是大有进步。"北方惨然一笑,似乎是说:那又有什么用呢?

两人又不知该说什么了。

田庚忽然地:"你不觉得闷吗?离这儿不远有一个小公园。"

北方:"公园?"又惨然一笑,"再见吧,公园。"

田庚:"不,说是公园,其实没什么人。尤其是下午。怎么样?把这件'囚犯'的长袍一脱,咱们就出去了,出去再穿。"

田庚显得兴致勃勃。不容分说,他开始帮北方脱大衣。北方的表情像个孩子,感激地看着田庚。是呀,他理解她,他长得又很像她死去的父亲。

北方:"慢点慢点,钩住我头发啦。"

田庚笑着:"你的头发可真多。"

34. 荒废的古苑一角

田庚和北方的主观镜头:古祭坛越来越近。听得见他们的脚步和拐杖声,走进了祭坛的石门。

田庚(画外音):"这是过去皇上祭地的地方。天圆地方,所以这坛是方的。你看那些石头,刻着山,刻着水,地上不是有山有水吗?看来象征主义也并不是舶来品。"

北方(画外音):"干吗总是用黄琉璃瓦呢?我最讨厌这颜色。"

田庚(画外音):"鬼知道。大概是意味着'普天之下莫非王土'吧。"

祭坛四周是黑苍苍的古柏,归巢的鸟儿"叽叽喳喳"地叫着。

北方(画外音):"怎么祭呢?"

田庚(画外音):"无非是磕头、烧香,像百姓们向他们表示顺从一样,他们也向神灵表示敬畏。那边还有一个宰牲亭。"

田庚和北方坐在祭坛的石阶上。

血红的落日在石门中间燃烧。响起轻轻的吉他声。又加进箫声——吹着一支古曲。这镜头延续很久。

北方:"您还要干是不是?"

田庚:"什么?"

北方:"您不让我干的事。"

田庚:"不谈我的事吧。"

北方:"要谈,要谈! 我发现我很自私,我光是跟您说我的事。"

田庚:"我跟你不一样。我的事没什么可说的了。"

北方:"癌也可以治嘛! 开刀,还有放射疗法。您得治! 答应我。"

田庚:"以后再说吧。"他灵机一动,"不过,你如果答应我的……"

北方眨眨眼,假装不明白。"嗯?"

田庚,"下一次,见他,马川。"

北方几乎是喊,是恳求:"不! 除了这事,我都答应。"说着又流泪了。

田庚慌忙地:"好好,先不说这事。但你得答应我,不去想死。嗯? 君子之约。"

她盯着他,神情凄凉。他的表情严肃、认真、焦急。仅仅通过这样的目光交流,他们的心就离得更近了。

北方:"为什么我得答应您呢?"

田庚:"那为什么我要答应你呢?"

俯拍:两人默默地坐在祭坛上。

摇拍:四周的古柏,古祭坛的石柱,夕阳,夕阳中飞着的鸟儿……

仰拍:天。天色暗下来。

北方(画外音):"是要挟吗?"

田庚(画外音):"可能。不过,我们是灾胞。"

北方:"您冷?"

田庚有些发抖,站起来:"往回走吧。"

他们走向古苑的拱门。

北方:"我不在乎。"

田庚学着她的语气:"一点儿也不在乎。"

北方:"您连我说什么呢都没听懂。"

田庚:"我当然懂。"

北方:"那就怪了。"

田庚:"不管我治疗不治疗,反正你保留干蠢事的权利。"

北方心服,嘴硬:"是!怎么样?"

田庚:"没办法。咱们俩就各干各的吧。"

他们走到了拱门中。

镜头拉开:拱门和拱门中两个人的剪影。镜头继续缓缓拉开:两个人长长的影子印在拱门长长的影子中间。

北方:"如果我发誓,您发誓吗?"

田庚:"当然。"

北方:"那行。只要您活着,我就活着。"

田庚:"滑头。赔本儿的买卖,我不干。我要的是无条件的誓言,不管我是死是活。"

北方:"当然是得您活着了!"

田庚:"可我再怎么活,也活不过你。"

北方想了一下:"好吧,我认了。您先发誓吧。"

两个人像孩子似的举起手。吉他声和箫声盖住了他们的声音。

35.0号病室

因为昨天在外面待得太久,田庚发起烧来。他面色发黑,躺在被窝里,闭着眼。

护士从他腋下取出体温表,对大夫说:"三十九度一。"

田庚又吐起来,但只是吐了些酸水,其他什么也吐不出来了。

护士:"不知道他昨天跑到哪去待了半天儿。这么多人,看得过来吗!昨天晚上回来就烧。给他输液,他也不让。"

大夫走到床边,捅捅悬挂的点滴瓶,无可奈何地看着田庚。

大夫:"您这是和谁作对呢?和我们?"

田庚喘息着:"我没心思和任何人作对了。我只是,可惜这些药。"

大夫:"药?生产出来就是为治病的。"

田庚不耐烦地闭上眼睛:"可不是为了延长人的痛苦的。"

护士:"只不过是些葡萄糖,您三顿饭没吃了。"

田庚不回答,也实在是没力气回答了。

大夫:"行了,您的老同学来了。"

王万仪进来,站在护士们背后。

田庚睁开眼睛,没说话。

大夫、护士们互相使眼色,相继走出去。

王万仪在床前坐下,忧愁地看着田庚。

王万仪:"干吗这样折磨自己。"

田庚:"哪儿的话,老同学,我正是不想再受折磨。"

眼泪从王万仪的眼镜下面无声地滚落。

田庚连忙补充:"我只是说——癌。"

四目相对,沉默。田庚闭上眼睛。

王万仪:"打点滴吧,我给你打。"

田庚:"让我安静一会儿。我只想自个儿待会儿。"

楼道里传来争吵声。

36. 外三病房门口

北方:"我能说服他,让他治疗!"

护士:"不许串病房,这是制度!"

北方:"什么制度!八成今天又要查卫生了吧?每天怎么没这制度?"

护士不语,把着大门。

北方:"那就不能看看他了吗?他又出不来。"

护士:"亲属也许还行,病人不行,不许串病房。"

北方犹豫了一下:"他是我叔叔!"

护士笑了:"你刚才还说你姓北。怪姓,怪人!"

王万仪走出来。

王万仪:"让她进来吧。我去和护士长说。"

37. 0 号病室门外

王万仪和北方互相打量着。

王万仪小声地:"想办法让他把点滴打上。"

北方也压低声音:"没问题,他已经发了誓。"

王万仪大惑不解地看着北方。

王万仪:"那好,我一会儿再来。"

38. 0 号病室内

北方气冲冲地走到病床边。

田庚:"你坐下,听我说。"

北方:"你这老家伙骗人!骗人骗惯了是怎么的?"

田庚:"一听见你在外边吵,我就知道我要倒霉了。"

北方施展起女孩子天生的本事来:"活该!别跟我来这套阳奉阴违!"

田庚:"可我还是让你进来了,所以……"

北方:"所以我想跟你借刀片用用。"

田庚无言以对。

北方:"甭废话,拉灯!叫护士来打点滴。"

田庚:"可我肝疼,疼了一夜!你知道我反正是不行了。现在浑身好些地方都疼……"

田庚又呕吐起来,大汗淋漓。

北方忽然不言语了,在凳子上坐下,呆呆地望着田庚。田庚痛苦地喘息着。

北方的嘴动了一下,但又没说,表情一下子变得愁苦、沮丧。

39. 大山里

云蒸霞蔚。山坳中,一群秃鹰撕食着野兽的尸体。

山腰上有两个移动着的小点,一红一蓝。是两个人。

马川:"我不知道是说路很难走,还是说很容易。"

北方:"当然是很难走。"

马川和北方正爬上一段很陡峭的山路。山涧很深,看一眼都觉得昏眩。

马川:"我不知道是说我们肯定能爬上去,还是说没准儿得掉下去,摔死。"

北方:"肯定能爬上去。"

他们继续气喘吁吁地爬着。马川不时拉北方一把。一些秃鹰从山坳中飞起来。

在一个很险峻的地方,乘北方不注意,马川把一块大石头蹬进了山涧。

北方吓得喊了一声。许久才听到石头溅起了溪水的声音。

马川乐呵呵地:"我不是说愿望和决心,我是说事实上是怎么个意思。"

北方:"饶了我吧,老狗熊!当然是有掉下去的可能了。"

他们继续爬。

马川:"所以,不能不写险恶、写畏惧、写悲哀、写人的各种情绪。因为人最容易掉下去的地方也许在这儿,在这儿,在这儿……"

马川拍头、拍胸、浑身拍着。

北方:"留神!真掉下去!"

马川看看身后:"决定人们命运的并非只有一种东西,或者一打东西。可你要写各种各样真实的微妙的情绪,那个'古董老头儿'就说这不典型、太古怪,甚至悲观、颓废。言外之意,你想猎奇出名。"

北方:"该怎么写你就怎么写呗,别臭显摆。"

马川一把扭住北方的胳膊。北方叫着,笑着。

马川:"谁臭显摆?"

北方小声讨饶:"我。我的'老头子'永远也不会变成古董。"

马川:"可人家说你'老头子'永远是个毛头小子。"

北方:"哪儿能呢,瞧这一脸胡子。"

镜头拉开:山腰上两个小点,一红一蓝。笑声。

40.0 号病室内

北方头靠在墙上,漠然地望着天花板。

北方:"其实何必呢?发誓,像两个孩子在做游戏。'拉钩上吊,一百年不许要。'"

田庚:"好吧,我打点滴。"

北方没理会:"干吗非要费那么大劲爬那么高的山不可呢?争论来争论去,掉下去不掉下去的,真是有点瞎掰,干吗要爬呀……也许还是您说得对,早晚还不都一样?都得死。"

田庚断然拉亮了门上的红灯。

一会儿,护士进来了。

田庚:"给我把点滴打上吧。"

护士纳闷儿地看看北方,不知道她施展了什么魔力,也许是用那两只失神的眼睛?

41. 医院里　路边长椅上

马川和五蛋并排坐着。马川很想找人聊聊,排遣心中的郁闷,可他选择的这位谈话对象不合适——也许更合适?

马川:"生活很复杂。噢,就是说,活着可不是件特别容易的事。"

五蛋歪着头想了一会儿"我爸爸说,睁开两眼就得奔去。唉,城里多好,想什么时候看电影都行。"

马川:"你看过什么电影?"

五蛋:"《甜蜜的事业》《喜盈门》,还有好些打仗的,捉特务的。"

五蛋模仿着开枪的姿势,胡乱哼着电影里日本鬼子出现时的音乐。

马川:"电影和实际差得太远了。你还小。"

五蛋忽然:"大了就知道愁了?"

马川点点头。

五蛋:"愁什么?啊?"

马川无言地摸摸五蛋的头。

五蛋呆坐片刻:"真没劲!"

马川:"什么真没劲?"

五蛋:"我一问谁,谁就胡噜我脑袋,要不就捏我脸。"

马川把五蛋搂在自己宽大的怀里。两个人都望着天。

仰拍:云滚动着、撕扯着、变幻着……

42. 0 号病室内

透明的液体有节奏地滴落着,点滴瓶中的药已所剩不多了。

田庚:"我实现了诺言。"

北方木然地看着点滴瓶。许久。

田庚:"我反正已经说到做到了。"

北方:"可您叫我怎么办呢?我马上就要出院了,我到哪儿去?干什么?哪个单位要残废?我的积蓄已经全送给医院了。"

田庚:"原谅你的母亲,在那个时代,所有的人都应该得到原谅。"

北方:"让我到别人家去?到她那当个……哼!再装模作样地叫一声爸爸?狗屁!"

田庚:"倒不一定非那样不可。我也没那么说。我只是说,除非死到临头,谁也没有自杀的权利。"

北方:"哼,权利!"

田庚:"因为你的生命、你的精神并不是完全属于你自己的。"

北方:"您还真有工夫想起这么一句大道理来。"

田庚:"并不大,很简单。我们都在爬那座山,你不能偷偷溜掉。"

北方:"多一个,少一个,没什么关系。"

田庚:"也许就缺你一个,就架不起一座人桥。"

北方:"要是压根儿就没我呢?"

田庚:"这不一样。问题是你要撤,你要动摇军心。"

北方:"算了吧!这话我也会说。可您自己呢?"

田庚稍沉:"可我现在已经在实现诺言了,直到死到临头,我都不再变了。这对我来说已经够意思了。"

北方沉默良久:"可干吗非得爬不可呢?"

田庚:"谁让咱们出生了呢。"

两个人默然相觑。响起悠长的吉他声和箫声。

北方:"可我回到哪儿去?"

田庚:"回到我家去。"稍顿,"行吗? 我一直就很想有个女儿。"

43. 医院的楼梯上

王万仪和从外地赶来的"老夫子"边上楼梯边谈。

老夫子:"我也是两年前才见到他,那时他的问题刚刚被改正。"

王万仪:"是我害了他。"

老夫子:"嗐,历史。"

两人慢慢地上着楼梯,气氛有些尴尬。老夫子不断往上推推自己的眼镜。

老夫子:"譬如一篇小说,如果把这段历史写得似乎是因为一个人的罪过,实在就是浅薄。"

44. 0号病室内

屋里没人。王万仪和"老夫子"走到床前。

床头柜上放着一叠稿纸,纸上只写了一个标题:试论现实主义的深化。

还有一封信,收信人的名字是马川。

老夫子:"马川是谁?"

王万仪:"不知道。"

老夫子:"干吗让他住这么个单间?"

王万仪:"还是那么拧。他说他需要安静。再说,他肯定是过不去这个冬天了。"

老夫子沉吟良久:"会很受罪吗?"

王万仪:"会,尤其是他自己知道。"

老夫子:"到时候多给他用些吗啡什么的。"

王万仪:"并不仅仅是疼……"

45. 医院的花园　藤萝架下

田庚、北方和五蛋三个人。

五蛋:"我见过你。"

北方:"在哪儿。"

五蛋:"电梯那儿。"

五蛋一直注意着北方的残腿,这使田庚有些担心。田庚试着岔开话题但没成功。

五蛋:"您的腿还能长出来吗?"

北方:"不能。你害怕吗?"

五蛋:"您呢?"

北方:"我?"

五蛋:"您知道愁了吗?"

田庚赶忙地:"没什么可愁的。愁管不了用。"

五蛋觉得很新鲜——这一次没人摸摸他的头。他盯着北方的残腿。

五蛋:"蝎虎子的尾巴要是断了,就能重新长。"

田庚:"那你长大了就研究研究这个问题吧。"

46. 环形大厅的落地窗前

王万仪和"老夫子"并肩而立,从这里刚好望得见藤萝架下的田庚。

老夫子:"看起来他的情绪还不错,又开始写东西了。我想你可以放点儿心了。一写东西,就说明他不会再干那样的事了。这我拿得准,这些年他就是这么才活过来的。"

王万仪:"因为那个姑娘,他的情绪才变好的。"

老夫子:"不,不会。"

王万仪:"不,我不是那个意思。我是说,最后最后再有什么感情牵着他,他会更痛苦。"

老夫子:"他们早就认识?"

王万仪摇摇头。

47. 藤萝架下

五蛋:"大夫不能给你接一条吗?"

田庚:"当然能,连心脏都能接。"

北方:"接一条真正的腿,现在还不行。"

五蛋:"等我长大了给您接一条。"

田庚:"你长大了想当大夫?"

五蛋想了想:"就怕我们家的自留地没人种,还有柿子树。"

北方忧郁地抚摸五蛋那有些萎缩的手。

五蛋也摸了一下北方的腿。

五蛋:"也许能长出来吧?一点儿一点儿地长的,看不出来。我妈说我就是一点儿一点儿地长大的,看不出来。"

田庚忙打岔:"五蛋,我带你去逛逛公园怎么样?"

五蛋非常高兴:"我们村的队长给我讲过公园,远吗?"

48. 古苑　古祭坛旁

五蛋拖着两条受伤的腿,摇摇摆摆地到处逛,一切对他来说都是新鲜的。

北方气喘吁吁地在田庚身旁坐下,显得很高兴。

北方:"回去您可别再发烧。"

田庚:"要发谁也管不了。不过今天暖和,没事。"

他们望着远处的五蛋。

五蛋正吃力地爬上祭坛的台阶。

田庚:"你想好了吗?"

北方:"不。"

田庚:"为什么?"

北方:"您家里人呢?"

田庚笑了一下:"你的观察力不怎么好。你见过我家里人来看我吗?"

北方:"那天让我进病房去的那个女的是谁?"

田庚犹豫片刻:"老同学。真正的老同学。"

北方:"我还以为是您的老伴儿呢。看她那样子,对您可真是……"

北方忽然意识到了什么,不再说了。

田庚咬着指甲,心神正飞向别处。

五蛋爬上了祭坛,看着天上飞过的鸟群。

响起飘忽的箫声。

田庚(话外音):"来吧,住到我家来。总之,我一个人生活了三十多年了。"

北方(画外音):"您没结过婚?"

田庚(画外音):"对,没有。"

北方全神贯注地看着田庚。

田庚:"不过我的房子倒是不少,两居室一套,新的。你一间,我一间。连自杀的时候我都没舍得用这两间屋子。过道、厨房、厕所,都挺宽敞。"

北方试探地:"是落实政策给的?"

田庚:"对。得天独厚。"

北方:"平反?"

田庚笑了笑,点点头。

北方:"为什么?"

远处,五蛋站在祭坛上向他们招手,喊着什么,听不清。祭坛显得很高、很大。

箫声中又响起几声吉他。

49. 医院　电梯里

电梯在升高。

五蛋:"有人在上头拉吧?"

开电梯的小伙子:"差不多。"

五蛋:"跟水井似的。"

开电梯的小伙子:"水井?"

五蛋:"上头有个辘轳,一摇,水桶就上来了,再一松手,水桶就又下来了。"

开电梯的小伙子笑了:"行,有你的。差不多是这么回事,不过上面是机器。"

五蛋:"您知道哪儿有蝎虎子吗?"

开电梯的小伙子:"蝎虎子?你要那玩意干吗?"

五蛋:"治病。治腿。"

50. 马路上　行驶的出租汽车里

又下雪了。雨雪刷左右摆动。马路上很乱。北方望着窗外,心中有事的样子。

田庚:"担心我是个诈骗犯是怎么的?"

北方:"马川出事了。"

田庚:"胡说。没事。瞧他那块头儿。"

北方:"两个星期了,探视的日子他一直没来。"

田庚:"总吃闭门羹,谁还来!"

北方轻哂:"就是,我说过,很快就会忘掉的。"

田庚:"忘不了,这我懂。"

北方:"您?"不以为然地笑笑。

田庚:"我也恋爱过。别拿土地佬儿不当神仙。"

但两个人都没笑。

51. 田庚家

屋里的摆设很简单,显得空荡荡的。田庚和北方疲惫地坐在单人床上。

田庚:"一会儿我们出去,买张床来,放在那屋。再买一套沙发。还有那种落地灯,我看那玩意儿挺不错。"

北方:"用不着,我睡在地板上就行。"

田庚:"嚯,我可不想担个虐待儿女的罪名。放心,我有钱,也是得天独厚。还有大衣柜,三开的。最多是几开的?"

北方:"您先睡会儿吧。"

田庚:"对,稍微躺一会儿。"

北方走出去,走进过道,走进厨房。

厨房的地上还是那些烧过的纸灰,飞得到处都是。

北方费劲地捡起半张烧残的照片。

照片上是一双似曾相识的眼睛。

北方辨认着。叠印出王万仪的形象。

从屋里传来田庚的声音。

田庚(画外音):"马川,等我给你写信……让你来你再来……不不,现在还不行……等我慢慢说服她……我懂……"

北方走到门边。

田庚睡着。是他在说梦话。

北方在床边坐下。

田庚的衣兜里露出一封信。北方把它抽出来。信是写给马川的,没封口。北方抽出信纸,读起来。

田庚(画外音):"马川,咱们俩笔头上见过面,我就是你斥之为'古董老头儿'的那个老头儿……"

52. 工厂传达室　晚上

马川一个人拨动着吉他。田庚的画外音:"我也在心里说过你'毛头小子'呢。不过我们谁也不该恨谁,文艺观点嘛,用点儿尖刻的词也无所谓。全人类是同一支军队,内讧一直损害着它。当人们看见了死亡时,就明白这有多糟了……至于典型云云,我似乎有了新的想法,总之,我不见得就那么赞同你的观点,但人的一些软弱的行为,悲观的情绪,甚至怪诞的心理,实在有探索的必要,也许这就是现实主义的某种深化……"

一个老头进来了。

老头:"你回去吧,该我的班了。"

马川还在弹吉他。

老头:"我说你可不能总这么着,老不正经吃饭谁也搁不住。"

马川:"来一段怎么样?咱爷儿俩合一段?"

老头稍忖:"合一段?"

马川:"合一段。"

老头吹起了箫。马川弹着吉他。

53. 田庚家

田庚和北方在吃午饭。

田庚却只是一个劲儿喝茶。

北方:"您得吃,不吃可不行。"

田庚:"不想吃。吃了也是糟践。"

北方:"又说!"

田庚:"其实大夫让我出院,你还不明白吗?"

北方:"是您自己要求的!您说出来找中医、找偏方,您说您认识一个农村的老中医,王大夫才答应了的。"

田庚:"我是说,你得有精神准备。"

北方:"甭废话,快吃,吃完了咱们就去!"

54. 乡间公路上

长途公共汽车歇斯底里地喘息着,扬起滚滚烟尘,像是"喷气式"。

55. 长途汽车内

田庚和北方坐在最后的一个双人座位上。

一些乘客不时扭回头,扫一眼北方。

北方残废的左腿正好露在外边。小伙子们的目光总是从北方的脸上一下子滑到她的腿上。

田庚摇晃着站起来,让北方坐到里面。

田庚:"窗口的风大,我受不了。"

其实车窗是关着的。

北方这下可以把脸侧向窗外了。拐杖倒了,她也不去管。

田庚悄悄用脚把拐杖踢到座位下面去。

56. 乡间 河边

田庚和北方坐在一块大石头上。

冰冻的河面被太阳照得闪闪发光。北方耳边又响起"哧啦——哧啦——"的滑冰声。她闭上眼睛,不去想。滑冰声消失。

田庚:"我就是从这儿出去的。后来又在这儿劳改。怎么样,这儿?好吗?"

北方点点头,情绪低落。

田庚:"一点儿也不美。不过美是一种感觉,一种感情,有了感情就觉得美了。"

田庚有些上气不接下气,总是擦汗。

北方:"我们赶紧去找那个老中医去吧。"

田庚:"不忙,再歇歇。刚才说到哪儿了?噢,你爱她了,就觉得她美,虽然只是些平常的荒山,小河,简陋的小土房,又穷。"

远景:一辆驴车在河那边的山路上颠簸。土路通向一个小村落,全是土黄色的小房。赶车的小伙子吆喝着,车上坐着一个裹着红头巾的乡下姑娘。

田庚:"人也一样。陌生的人才会像刚才在汽车上那样看你。"

北方:"可我就生活在陌生人当中!我不明白,为什么活着就是最好的。"

田庚:"因为,怎么说呢?还是大道理——人类是一个整体,是同一支……"

北方:"军队!可自己跟自己打仗,自己跟自己过不去。"

田庚:"说对了,人类就是在各种困难和困难中去突围的。突围中人们明白了很多事……不用埋怨那些苦难,这是一个法定的过程。就像我曾经办过的蠢事。"在手腕上比画了一下。

北方:"也许并不蠢。"

沉默。田庚又咬指甲。

北方:"您别生气。我有时候净瞎说。咱们往前走吧。"

57. 乡间土路上

太阳西斜了。路上只有田庚和北方,慢慢地走着。

田庚:"也许真是,也许那样做真是聪明的。"

北方:"不。您这么不能原谅人!我不过是瞎说。"

田庚:"瞎说?"

北方认真地点头:"嗯。因为您的病还可能治好。"

田庚:"就是说我撤退得太早了。可在死之前,什么时候撤退不早呢?所以根本就不能撤退。咱们再歇会儿吧。"

他们又在路边坐下。

土路很长很长,曲曲弯弯伸向远方。

田庚(画外音):"陌生的人群。可你不能要求人人都了解你。可是,人们一旦互相了解,就能发现他们原来都是自己人。那时候你就后悔,没有早点为自己人做点什么事。"

响起吉他声,又响起箫声。

58. 树林

太阳挨近了树梢。田庚和北方走着。

59. 土岗

田庚和北方互相搀扶着,爬上土冈。

60. 小石桥

田庚和北方走过小桥的剪影,背景是火红的晚霞。

61. 光秃秃的农田

田庚和北方在上面走出一串脚印。

62. 冬天的大地

俯拍,镜头越拉越远:山、河、田野、小路;田庚和北方变得很小,慢慢地融化在大地里。鹰在盘旋,也是在很矮的地方。

63. 夜空

无数星光。吉他和箫声停。静极了。慢慢地,这寂静中似乎有一种奇妙的声音。

64. 田庚家

田庚和北方坐在窗前,望着天上的星星。屋里没有开灯。

田庚:"所以,你也同意了,人类是在同一支队伍里。死呢?当然并不可怕,但人类存在着,谁也没权利临阵脱逃。"

北方把头靠在田庚肩上。

田庚:"但这并不是说,一个人不需要一个亲人。"

北方不说话。

田庚:"比如爱人。我是说——马川。"

北方没有反驳。

北方(忽然笑了):"那个'毛头小子'?"

田庚一愣,随即也笑了。

田庚:"我猜他这些日子快成傻小子了。"

北方:"怎么?"

田庚:"失恋呗!谁也不是英雄,这我懂。"

北方:"您又懂!"

田庚:"别拿土地佬儿不当神仙。"

北方走到门边,拉亮了灯。

北方:"可您八成又骗人了。说有个老中医,可……"

田庚:"是有个老中医的,可他早死了。"

北方:"好哇!又跟我来这套!"

田庚:"我只是想再看看那地方,尤其是和你一块儿。我好像还是头一回和个漂亮姑娘一起出去玩玩,游山玩水。"

北方注视着田庚,许久。

忽然,她惊慌失措地喊起来。

65. 公用电话处

北方冲电话里喊着。

北方:"够呛!得快点儿,立刻!"

她放下电话,想了想,又拿起来,拨了号码。

北方:"找马川。"

北方:"是我,北方。他够呛,吐血。我一个人弄不了他,你能不能赶快来一趟?"

66. 医院　急救室门前　早晨

五蛋抱着个蛐蛐罐站在门边,注意着进进出出的人。

王万仪出来了。

王万仪:"五蛋,你上这儿干吗来了?"

五蛋:"开电梯的叔叔说那个阿姨又来了,我给她送蝎虎子来了。"

蛐蛐罐里有两只活壁虎。

五蛋:"开电梯的叔叔的媳妇儿弄来的,从云南。"

王万仪:"多难听!应该说爱人。"

五蛋:"他就是那么说的。他老说'我媳妇儿,我媳妇儿倍儿精神'。"

王万仪被逗笑了。

五蛋更来劲儿了:"其实他媳妇儿脸上净是疙瘩。"

67. 急救室内

北方和马川静静地守候在田庚身旁。

田庚急促地呼吸着,打着氧气和点滴。

北方忽然:"如果我想吻他,你嫉妒吗?"

马川稍忖:"不会。"

北方:"因为他老了,快死了吗?"

马川:"不是。真的不是。"

北方在田庚的脸上吻着。猛地她又转过身来,热烈地吻着马川。

门开了,五蛋抱着蛐蛐罐走进来。

五蛋走到马川和北方中间。三个人默默地看着田庚。

五蛋小声地:"他睡着了。"

北方点点头,依然看着田庚。

马川把五蛋拉到自己身旁,似乎是怕打扰了田庚与北方之间的交流。

马川小声地:"你的病好点了吗?"

五蛋:"我的手都能做鸽子啦。"

五蛋放下蛐蛐罐,两只手勾在一起,墙上的阳光中出现了一只鸽子的影像。

68. 假肢厂

老营业员拿出各种型号的假腿给北方和马川看。

北方:"多长时间能配好?"

老营业员:"两个月。"

北方:"能不能快点儿? 一个月行吗?"

老营业员:"那可不行。"

马川:"不能照顾照顾?"

老营业员:"到这儿来的都是需要照顾的。"

北方:"您听我说,我的父亲,得了癌,就快不行了。"

老营业员抬起头来。

北方:"我想让他看到我又能两条腿走路了。他只有我一个亲人……"

69. 医院　环形大厅内　夜

马川坐在长椅上抽烟。他掐灭了烟,把书包叠成枕头,把大衣铺在长椅上,然后走进病房。

70. 内科 病房 病危室内

马川:"你去长椅上睡一会儿吧,我在这儿。"

北方一点儿反应都没有。

田庚的脸色发黑,瘦极了。

71. 病危室内 天亮了

马川和北方互相依靠着睡着了。

田庚睁开了眼睛,看着两个年轻人无邪的睡相。他看了很久。

吉他声和箫声又响起来。

田庚闭上了眼睛。

72. 田庚的幻觉

北方已经装上了假腿,和马川一起向他走来。

王万仪、北方、马川、五蛋一起坐在绿色的草地上,像是在野餐。

田庚的内心独白(画外音):"'老夫子',如果我的书能够出版,就题献给他们,这些我最亲爱的人们……"

田庚和"老夫子"从河边向草地上走来。他们像是去钓鱼的,扛着鱼竿,提着水桶。

田庚的内心独白(画外音):"总说现实主义深化,看来,深化到人的内心中去,深化到人的细微的心理、情绪中去,肯定是个重要的方面。你说呢,'老夫子'?"

田庚、王万仪、北方、马川、五蛋坐在一起,像一家三代人那样。背景是深邃的夜空。一篝火跳跃着。

田庚的内心独白(画外音):"历史是一个合力,人类是同一支军队,每个人都有自己的使命。"

吉他声和箫声一直响着。

73. 静静的古苑

又下雪了。

北方、马川、五蛋走在树林里。

田庚（画外音）:"谁也不能撤,谁也没有权力临阵逃脱。"

三个人望着古殿檐头的风铃。风铃叮叮当当地响着。

田庚（画外音）:"也许缺你一个,就不能搭成一座人桥。"

三个人走上古祭坛。

田庚（画外音）:"人类在各种各样的困难和痛苦中突围,所以得拉起手来……"

三个人坐在古祭坛的石阶上。

雪纷纷扬扬地下着。

五蛋摸摸北方的假腿。

五蛋:"我长大了才不给你安这么硬的腿呢,我要让它像蝎虎子的尾巴那样,慢慢长出来。"

北方把五蛋搂在怀里,自己靠在马川身上。

五蛋:"长大了好吗？说真的。"

马川:"好,可也很难。"

北方:"告诉阿姨,你爬到树上去想干吗？"

五蛋:"树上有两只特别好看的鸟儿。"

吉他声,箫声,男女声无字的歌声,久久飘荡,就像那雪花。

1983 年 3 月 2 日

多梦时节[*]

序　幕

1. 都市街头　晨　外

晨光熹微。一张海报被贴在街头的高墙上,醒目的标题:华裔著名大提琴演奏家华光独奏音乐会。然后,贴海报的人骑上摩托车远去。画外渐渐响起鸟鸣声。

2. 河岸上　晨　外

晨雾蒙蒙。河岸上走着一个推车的老头。车上全是鸟,有的在笼子里叫,有的在木棍上跳,有的干脆落在老头的肩膀上。

3. 罗菲家中　晨　内

罗菲还在睡梦中。纱幔轻轻飘动。她把枕头搂在怀里,睡态极不规矩,但睡得香甜。

4. 都市街头　晨　外

贴海报的人把摩托车停在路边,又在一家商店的橱窗旁贴了一张同样的海报。

---

[*] 与林洪桐合作。

5.罗菲家中 晨 内

罗菲翻了个身,四肢伸开像"大"字。吊兰长长的枝条垂下来,垂在她的脸旁。仿佛从她梦境深处,又响起鸟鸣声。

6.河岸上 晨 外

老头推着婴儿车缓缓地走着。所有的鸟都在啁啾啼啭。河面平稳流动,鸟叫声传得很远。

7.都市街头 晨 外

摩托车在喷了水的路面上飞驰,贴海报的人背包里装满了尚未贴出去的海报。

8.郊外 晨 外

老头推着那些鸟走在露水晶莹的草地上,背后是雾气飘绕的树林。

9.罗菲家中 晨 内

梦幻般的鸟叫声。纱幔飘起,吊兰的枝叶摇动,一只通体透明的小昆虫从吊兰白色的小花上飞起,落在罗菲的柔发上,她仍在梦中。

叠入片名:多梦时节。

10.都市街头的古建筑旁 傍晚 外

近景是凝重肃穆的古代建筑,成群的雨燕在古老的殿顶四周飞舞。远景是高耸入云的现代楼群,笼罩在落日灿烂的红光中。六七个才放学的孩子在这儿闲聊。自行车停在一旁。他们都只有十一二岁,其中就有罗菲。

他们边聊边津津有味地吹着泡泡糖,一会儿这个鼓起来,一会儿那个啪地爆响然后瘪下去。远处,五颜六色造型各异的汽车往来如梭,大都市喧嚣不息。随着镜头的推进,我们听到了孩子们在聊什么。

女孩甲:"你还邓丽君邓丽君的呢,邓丽君早过时了!连费翔都过时了,知道吗你?"

男孩甲:"废话,我当然知道了,现在是崔健。"

女孩乙:"唏——你最多也就知道崔健,知道荒原狼吗?"

一个胖胖的女孩子(她叫胖妮)说:"嘿,要是打人不犯法,你们想打谁?"但没人回答,没人顾得上她。

男孩甲:"什么荒原狼?荒原狼是谁?"

女孩乙问罗菲:"是哪几个字?"

罗菲:"荒就是荒芜的荒,原就是原野的原,荒原上的狼,这你们都不知道还说呢。"

胖妮又问另外两个男孩:"要是打人不犯法,你们打谁?"这两个男孩正在说时事测验的事,也顾不上理她。

男孩乙问男孩丙:"第八题你怎么答的?两伊战争是谁跟谁打的?"

男孩丙有点口吃:"伊朗和伊、伊、伊里兰。"

男孩乙大笑不止:"你可真有两下子,怪不得你才得二十一分呢,伊里兰是什么?是羽绒服。"

男孩丙也笑了,挥挥拳头做了个怪样,像是模仿什么电影里的台词那样高声喊:"对不起同志们,因为我们痛恨战争,我们宁愿要羽绒服!"然后他伏在膝盖上把错题改正。

这期间,另一边的侃大煽一直继续着。"国外现在时兴大哑嗓,就像'我们是世界我们是孩子'里的那样。""没错儿没错儿,只要有感情哑怕什么。""哑才真实呢,哑才自然。"一个男孩子于是学起来:"We are the world, We are the children."一个女孩子接着说:"前天我听了一张激光唱片,绝对是最新潮的唱法。"说罢她试着学起来,把嗓子压得很粗,呜噜呜噜地根本听不清唱的什么,但挺有味。

罗菲忽然唱起一支歌。这是孩子们自己的歌,天真、坦率又诙谐。大家都跟着她唱起来,边唱边纷纷骑上自行车离开这里。他们骑车的姿态各异,歌喉粗细不同高低错落,一支欢乐的车队融入夕阳中。

11. 清静的马路上　傍晚　外

罗菲和胖妮骑车同行。

胖妮:"要是打人不犯法,嘿,我问你呢……"

罗菲没理她。她们正走过音乐厅门前,罗菲被那张序幕中出现过的海报吸引了。

罗菲心不在焉地问:"什么,你说什么?"

胖妮认真地说:"我说要是打人不犯法,你……"罗菲却已掉头向那海报骑去。胖妮喊:"哎,你上哪儿?"

罗菲在海报前停下,嚼着泡泡糖凝神注视,胖妮也跟了过来。海报上写着:迷人的旋律、精湛的技艺、辉煌的乐章、乐坛的骄子,来自大洋彼岸,重归久别故乡等字样。

胖妮:"你看它干吗呀?"

罗菲不语,若有所思,把泡泡糖吹得"啪啪"响。

12. 罗菲家中　夜　内

罗菲和姥姥的卧室内。罗菲坐在地毯上缝布娃娃,五颜六色的碎布头扔得到处都是,床头上挂着几个已经做好的布娃娃:变形的造型和热烈的色彩颇具现代风格。

姥姥推门进来:"功课做了没有?"

罗菲:"当然。"

姥姥:"又摆弄你那些破烂,看把屋子弄得这乱劲儿!"

罗菲:"这也是功课,我们要搞一个自制布娃娃大赛。"

姥姥:"又不拉琴,看你妈回来怎么说。"

罗菲不理睬,哼着歌缝她的布娃娃。忽然转过头又说:"我爸干吗不愿意去呀?"

姥姥:"大人的事,小孩儿少打听。"

罗菲:"那你呢?你干吗不去看看?"

姥姥:"我去?我去你回来喝西北风呀?"

罗菲:"告诉你,那可是五星级饭店,懂吗?最高级的。"

姥姥:"我不懂,就你懂。"

罗菲:"不懂我这不是告诉你吗?连最便宜的房间住一天也要二百多块。你要是上完厕所,立刻就有人给你送上来一块洒了香水的毛巾。"

姥姥:"你什么都知道。"语气有些挖苦。

罗菲:"阿毛说的,他爸去过好多次了。再说我妈也设计过大饭店呀。电梯都是玻璃的,嗖——又快又稳。我妈设计的那个饭店也有总统套房,房一天得好几千块,当然啦!我妈说的。不过要是我,我才不花那么多钱住那儿呢。"

姥姥开始收拾屋子,说:"你想得倒美。"

罗菲:"我是说要是,懂吗?就是说假设有人让我住。"

姥姥:"放心得了,就瞧你把屋子弄得这么乱,也没人敢让你住。"

罗菲不服气地嘟囔一句:"那可没准儿。"然后继续专心缝她的布娃娃。忽然她好像又想起了什么重要的事。

罗菲:"华光跟咱们家什么关系?"

姥姥:"朋友。"

罗菲:"那我爸干吗不愿意去?"

姥姥:"谁说?他这不是跟你妈一块儿去了吗?"

罗菲:"哼,别以为我不知道。"

姥姥一愣:"你知道什么?"

罗菲:"反正我知道。"暗暗观察姥姥的表情,猜测着。姥姥却不动声色。

这时候铃响了。姥姥去开门。

没想到进来的是爸爸。姥姥也一愣。

姥姥:"怎么这么快?"

爸爸不回答,像是刚跟谁怄了气,径直走进自己房间。

13. 父母的房间里　夜　内

爸爸一进屋就喊里喀嚓把笔挺的西装和锃亮的皮鞋脱下来,扔到沙发上,然后换上平时穿的衣服。他还没换完妈妈便匆匆地进来了。她把皮包往床上一甩,气哼哼地看着爸爸。爸爸继续换衣服,旁若无人。妈妈气得脸色发白。

妈妈:"我没有别的意思。"

爸爸:"我也没有别的意思。"

妈妈:"那你这是什么意思?"

爸爸:"那你这是什么意思?"

妈妈:"我没别的意思。"

爸爸:"我也没别的意思。"

妈妈:"那你现在这是干什么?"

爸爸以调侃的语气说:"我在换衣服啊,一个公民有权利选择自己喜欢的衣服穿,即便是去一家豪华饭店去会一个著名人物,公民也还是有这个权利。"

妈妈气得说不出话来。

爸爸:"而且,我不知道你到底想带谁去,是我还是这套比我更像样的衣服。带我,这就是我。"他指指自己,"也许你是想带它去,那么我也给您准备好了。"

妈妈的声音有些颤抖:"我看你没有必要这样。"

爸爸也严肃起来:"我看我们也没有必要非坐出租汽车去不可。"

妈妈无可奈何地摇摇头:"我已经说了,我没有别的意思,只是因为时间来不及了。你想想,到那儿得倒三次车,下了车还得走半天,再说那个饭店咱们都没去过。"妈妈看一下表,"要想八点以前到那儿,你说,不坐出租可怎么办?"

爸爸已感到自己理亏,不说话。

妈妈:"我知道你在想什么,不过我没想到你会这样。"

爸爸正不知说什么,电话铃响了,他去接电话。妈妈独自在屋里,焦躁不安地等着他把电话打完。

爸爸打完电话回来,抱歉地说:"有急诊重病人,我得去。"说罢匆匆地走了。

妈妈呆呆地坐着,心绪烦乱。这时姥姥进来,边收拾屋子边唠叨开了。

姥姥:"我早说过,什么人什么命,这回你该信了吧?"

妈妈不满地看姥姥一眼。

姥姥没发觉,继续唠叨:"一个电话又给叫走了吧?有几个晚上他能在家待一会儿的?一来就是'我得去'。怎么就是你得去呢?别人的医道都不如你?可怎么别人都评上副教授了,就你评不上呢?"这时她正收拾到写字台上,看到那一摞未完成的论文。又说:"你瞧他有工夫写论文吗?你说他是聪明还是糊涂,就不知道评副教授得靠这个?哼,我早说过……"

妈妈没好气地说:"行啦行啦,够不够?!"

姥姥不敢吱声了,悄悄地收拾屋子。

妈妈发现罗菲一直站在门边听着,便冲她喊:"你干吗呢?琴拉了吗?拉去,一个钟头!"

罗菲撇撇嘴,转身离开。

14. 罗菲和姥姥的房间里　夜　内

室内已熄灯。远处建筑工地上吊塔的长臂慢转,焊枪的火花闪烁,橙黄色或淡蓝色的光不时从窗口划过,使室内时明时暗。在这变幻不定的光线中,摇拍室内静物:墙上的画、床头的各种布娃娃、琴和琴谱、吊兰和钟……远处传来轻柔而幽远的黑管声。

姥姥(画外音):"那时候我们不住在这儿。那时候还没有你呢。你妈大概也就是像你现在这么大,啊不,她已经上高中了。华光正上大学,是音乐学院的高才生,他琴拉得特别好,人也长得漂亮,高高的个子像个运动员。"

罗菲(画外音):"你们怎么认识的?"

姥姥(画外音):"我们?"姥姥意味深长地笑笑。"华光可不是想认识我,那时他就住在咱们家对面的楼上。你妈那会儿迷上了画画儿,总坐在阳台上画呀画呀,华光就总站在对面阳台上朝咱们这边看。有一天他就来敲咱家的门,我问他你找谁呀?他说我找您的女儿。他不会撒谎。"

罗菲(画外音):"那你现在干吗老不让我跟男同学玩呀?"

姥姥(画外音):"有你们那么玩的?你看你整天疯疯癫癫的,哪像个姑娘呀!你妈小时候又文静又漂亮,谁都说像我。你看你,有点像你妈的地方没有?"

罗菲:"华光是不是有点喜欢上我妈了?"

姥姥:"去,别瞎说,没有的事。"

罗菲:"我爸那会儿在哪儿?"

姥姥:"我早说过,华光将来能干成大事,看看让我说对了没有?"

罗菲:"我问你我爸那会儿在哪儿!"

姥姥:"我不知道,指不定在哪儿学拔牙呢。"

罗菲腾地从床上坐起来,愤愤地说:"我爸才不是拔牙的呢!

是口腔科主治大夫!"

姥姥:"得得得,瞧你那小眼睛一眯,跟你爸一样。得得得,快睡觉吧。"

罗菲:"就不!"她嘟着嘴在床上坐了一会儿,忽然跳下床,说:"对了,我今天还没拿大顶呢。"说着跑到墙根儿拿起大顶来。

姥姥:"瞧你爸教你的这怪玩意儿,像什么样儿。"

罗菲:"你懂什么,这是科学!促进血液循环和新陈代谢,能让人变得聪明。"

姥姥嘲讽地哼了一声。罗菲也使劲哼一声,倒立着冲姥姥做着鬼脸。远处黑管声不断。

15. 学校操场　日　外

孩子们正在上教育课。跑道上稀稀拉拉跑着几个挨罚的孩子,胖胖的女孩子跑在最后,气喘吁吁。

罗菲站在队伍里,同情地注视着她的好朋友——胖妮。

体育老师的画外音:"第一不许说话,第二不许笑,第三站必须站直。谁违反这三条,对不起,我可不像别的老师那么心软,一律罚跑三圈。"

同学们都望着那个女孩。她已经是上气不接下气,但仍坚持跑着,脸色发白。

体育老师的画外音:"别以为慢慢跑三圈就能糊弄我,谁糊弄我,我就让他再跑三圈,不行就再跑三圈!"

罗菲忍无可忍,举手喊:"报告,我替胖妮挨罚行不行?"

体育老师的画外音:"喔嗬?有自愿挨罚的了。好哇,你跟她一块儿跑,一人三圈!"

罗菲:"我是说替她跑。"

体育老师的画外音:"不行,一人三圈!"

罗菲想了想,朝胖妮跑去,追上她:"别跑了,大笨蛋,听见没有。"胖妮不敢停下。罗菲跑上去一把将胖妮拽住,两个人一起坐在跑道边。胖妮喘作一团,挣扎着想站起来再跑,但实在累得站不起来了。

体育老师(主观镜头)向她俩走近:"怎么回事,起来。"

罗菲:"我抗议!胖妮已经跑了六圈了,她本来就跑不快,再跑就更慢,您老这么罚她不合理!"

体育老师的画外音:"合理?抗议?这是上课你懂吗?跑!一人三圈,我说了算!"

队伍里不知哪几个男同学低声哄了起来:"噢——"

体育老师(主观镜头)急转回身:"谁?!"

队伍里顿时静下来,一个个站得笔直,鸦雀无声。

16. 草地大树下　日　外(速度减慢,梦幻感)

悦耳的鸟叫声。罗菲走在绿色的草地上。她像是发现了什么,目光中充满惊奇,凝望远处。

悦耳的鸟叫声。开阔的草地四周是密密的树林。从另一角度拍摄,罗菲走着,仍然好奇地望着那个地方。

悦耳的鸟叫声。再换一个角度拍摄,罗菲的红色连衣裙飘起,天空异常晴朗,她专注地朝那个地方张望。

原来是一棵异常巨大的老树,树上挂满了白色的鸟笼,插满了白色的大棍,上百只鸟儿在笼子里或木棍上蹦跳啼鸣。一个老头坐在露出地面的树根上,穿一身黑色的衣服。整个画面有一种神秘感,像一幅古典派油画。

罗菲朝树下走来,脚步轻盈。老头没有反应,他迷醉在鸟叫声中或生机勃勃的大自然里。

罗菲走近,看鸟,看老头。老头二目微合,双唇微动,仿佛在与鸟儿交谈。

罗菲缓缓跪在老头身旁的草地上。老头发现了她,冲她慈祥地微笑。她看看鸟,又看看老头,轻松地笑了。

镜头缓缓拉开,空阔的草地上野花盛开,少女和老头呈一红一黑两个小点,悦耳的鸟叫声在天地间回荡。

17. 音乐厅前的空场　日　外

罗菲与胖妮背靠三四米高的广告栏站着,广告栏上是放大了数倍的那张"华光独奏音乐会"的海报,空场上买票的长龙队曲里拐弯浩浩荡荡,人声鼎沸。两个孩子身体一伸一屈,用屁股有节奏地撞着身后广告栏,嘴里嚼着泡泡糖。

胖妮:"他是谁呀?"

罗菲不回答,看着买票的人群,目光中有一丝惶惑。

胖妮:"他怎么你了,啊?"

罗菲仍不说话,更加使劲地用屁股撞广告栏。胖妮见状也更加用劲地撞。

猛然,罗菲转过身,从嘴里取出泡泡糖,啪地一弹,糖粘在海报上。罗菲说:"走吧。"然后推起自行车疾步走开。

胖妮也推起车追上去,但犹豫一下又转回身,也把泡泡糖弹在海报上,这才似乎对得起朋友了,跑步出画。光剩下那面巨幅海报和两块留有牙印的泡泡糖。

胖妮(画外音):"嘿,这家伙到底怎么你了?"

18. 吹黑管的小伙子家里　日　内

这个小伙子是罗菲的邻居。

从屋内的陈设即可断定,这个小伙子是个除音乐之外什么都可以不顾的人。到处都是乐谱,书架上挂满装潢考究的原版磁带,一架高级组合音响精美豪华分外夺目,除此之外的生活用具则杂乱无章,简陋且破旧。

吹黑管的小伙子正全神贯注地吹着练习曲,修长的手指灵巧地按动一排排铜柄,身体的其他部位则一动不动。

罗菲坐在窗台上,与小伙子的女友交谈。

小伙子的女友站在罗菲对面,边示范边讲解着各种现代舞。她给吹黑管的小伙子倒了一杯柠檬汁。

小伙子的女友:"你看,这是霹雳舞,这样,这样,懂了吧?"她又给吹黑管的小伙子冲了一杯速溶咖啡。

罗菲:"我光会一点迪斯科。"

小伙子的女友:"迪斯科也不错。这样,这样是不是?"

罗菲:"那机器人舞呢?"

小伙子的女友:"老天爷保佑,你还想学多少。"说着,她又给吹黑管的小伙子调了一杯麦乳精。

小伙子的女友:"这样,你注意,这样,再这样,你看像不像机器人?完全是现代感觉。"

罗菲:"还有什么?"

小伙子的女友:"……我看你先学太空步吧。"她又倒了一杯可乐,并且打开冰箱加了冰块,放在吹黑管小伙子的身旁。然后说:"我先教你太空步吧。"

吹黑管的小伙子停下练习:"嘘——"嫌她们太吵了。

小伙子的女友吐了一下舌头,抱歉地拍拍恋人的肩,对罗菲小声说:"什么时候我带你去舞会看看吧。"

罗菲也小声说:"最好是星期三,星期三我妈政治学习。"

两个人坐好,静静地听小伙子吹黑管。少顷,小伙子的女友起身,到厨房去了。

罗菲问吹黑管的小伙子:"你不喜欢霹雳舞吗?"

吹黑管的小伙子:"不。"

罗菲:"可是你不跳?"

吹黑管的小伙子:"对。"

罗菲:"可是你不反对她跳,是吗?"

吹黑管的小伙子："对。"

罗菲："你跟她一块儿跳多好呀？"

吹黑管的小伙子："不。"

罗菲："你是不是没时间？"

吹黑管的小伙子："对。"他说话时嘴几乎不离开黑管，话只是在喘气的时候乘机溜出来的。

这时候，小伙子的女友又端了一杯热牛奶，轻轻地放在小伙子身旁，那儿已有六七杯饮料了，都是满满的。

19. 罗菲家中　夜　内

罗菲在自己的房间里练琴。房门开着一道缝，父母的屋门也开着一道缝。罗菲心不在焉地拉琴，从这两道门缝中间朝父母的房间窥视。从这儿刚好可以看见爸爸坐在沙发上，妈妈在屋里来回踱步。时而只看得见爸爸，时而妈妈走过把爸爸挡住。妈妈踱步的姿态高雅又漂亮。

妈妈："那都是很久以前的事了，那时候我和华光，准确地说还都是孩子。"

爸爸手里摆弄着一串钥匙："这不过是一个陈述句。"

妈妈："你要听什么？判断句？我说过一百遍了，我们过去是朋友，现在也不是仇人。这么说行吗？"

爸爸："对不起我提醒你一句，我没有请你说，是你自己要跟我说的。我不是那种小肚鸡肠的人。"

妈妈："我也很抱歉地提醒你一句，我一直以为你不是小肚鸡肠的人。"

罗菲的琴拉得很糟。妈妈喊她："怎么回事，G 弦不对，对准了弦再拉！"罗菲赶紧吹一吹定音器把弦对好。

爸爸："你既然这么看我，咱们就甭说了。"说着站起身。

妈妈："坐下！"

爸爸应声坐下，把妈妈也逗笑了。

爸爸摇摇钥匙，解嘲似的说："毫无办法，这是个夫权旁落的时代。说吧，我洗耳恭听。"

妈妈："当时，事情确实有可能是另一种结果，可是……"

爸爸："最好不用删节号。"

妈妈："可是后来你出现了。"

爸爸："啾，那可太遗憾了。"

妈妈："什么?! 你觉得遗憾？"

爸爸："不不不，我是说我觉得不胜荣幸。"语气虽然仍有调侃味道，但感觉得出来，他心底已经松了一口气。

妈妈："你把他弄得好伤心哪，你知道吗？"声音很轻，兼有惆怅、感慨，甚至是深深的歉意，仿佛沉入遐想。

爸爸反而手足无措起来，结结巴巴地不知说什么好："要不……我看……其实……咳！对了，我得打个电话去。"

爸爸走出屋，过道里传来他拨电话和打电话声音，显然是打给医院病房的，说的全是关于几个重病号的事。

妈妈又喊起来："菲菲！怎么老没记性，这儿是后半拍起。"说着，妈妈走进罗菲房中，指着乐谱说："看，看清楚再拉，从头到尾再来三遍。"

罗菲："你说就拉一小时的，都到了。"

妈妈："再拉一刻钟。"说完走出去。

罗菲小声嘟囔一句："跟我们体育老师一样。"

妈妈又回到屋里的时候，爸爸已经打完电话，这回是妈妈坐在沙发上，爸爸在屋里踱步。爸爸的步态确实有点滑稽，有点书呆子气。

妈妈："我一直像怀念一个好朋友那样怀念他，我想这你一定会理解。"

爸爸停住步："你知道，我不是那种小肚……"想起刚才妈妈的反唇相讥,话憋回去,继续低头踱步。

妈妈:"我知道我知道。"稍顿,她又说,"我甚至想,菲菲将来要是能出去留学,外边有他,我们也放心一点。"

罗菲在那边喊起来:"我用不着!"

妈妈:"没你的事,拉你的琴吧!"

罗菲已经出现在房门口:"告诉你们吧,我才不会求爷爷告奶奶地去出国留学呢,我得让人来请我。"

妈妈:"想得美,就你这样,谁请你?"

罗菲:"不请我呀?我罗菲还不去呢!"

爸爸猛转身,向女儿伸出大拇指。妈妈朝爸爸的大拇指打了一巴掌。父女俩互相做了个鬼脸。

20. 医院的喷水池旁　日　外

池边的一条长椅子上坐着一个病人,他痛苦地捂着嘴轻轻地呻吟。他的半个脸贴满绷带,渗出药膏的黑褐色。

爸爸和他的一个同事走来,每人端一个搪瓷碗,边吃边聊。正是午饭时间。他们在树荫下的另一条长椅上坐下。

爸爸一抬头,见对面的藤萝架上也贴了两张华光独奏音乐会的海报,于是苦笑一下。

爸爸:"唉,有意思,怎么我走到哪儿他跟在哪儿。"

同事也笑了:"你老兄一向以豁达著称,这回是怎么啦?"

爸爸自嘲地笑笑,摇摇头:"说不定我真是个伪君子。"

同事:"据我这么多年对尊夫人的了解,我看你老兄的担心纯属杞人忧天。"

爸爸:"是是是,我比你了解她。可不知怎么,心里像有个怪物。这些日子我常常是心里想的是一句话,可从嘴里出来的却完全相反的一句。不知道是不是也是口腔出了什么问题……"

旁边长椅上的那个病人忽然把话接过去:"嗯——嗯嗯。"因为口齿不便,他极力做着赞同的手势。

爸爸不解地看看那个病人,继续说:"细想起来,我真是对不起她。你知道我们谈恋爱的时候她是怎么说的吗?她说我是她的骄傲……"

话又被那个病人接过去:"唉——唉唉!"他连连摇头,又拍大腿,意思是:唉,别提了,提起来让人羞愧。

爸爸和同事看看那个病人,互相对视一下,颇觉莫名其妙。

爸爸:"我呢,我也是下决心让她感到骄傲。可是你说,我现在有哪点儿能让她骄傲,你说?!"

那个病人又说:"嗯——嗯嗯!"并且同病相怜般地看着爸爸和他的同事。

爸爸和他的同事向他笑笑,感到在这种场合不宜交谈,便起身想换个地方。

那个病人却走过来,使尽浑身力气但仍口齿不清地说道:"是这么回事,咱们都是对不起老婆的人。"

21. 小提琴训练班门前　日　内

一间教室的门前,贴着小提琴训练班的招生广告,上面写着:"特聘专家辅导"。还写着报名费、考试费、学费的金额,贵得惊人。一条长龙队在楼道里转了几个弯——孩子们手提琴匣,孩子们的父母陪在他们身边,不停地叮嘱着什么。罗菲和妈妈排在中间。

妈妈对罗菲说:"记住,别慌。"然后朝队头张望,又回身对罗菲说:"记住,中板,像唱歌那样,像唱歌那样的中板。"

罗菲敷衍地点点头,无精打采的样子。

妈妈:"你得有信心,我知道这次聘请的老师都是水平不错的。你现在再把旋律在心里重复几遍,我到前边看看去。"

妈妈走后,罗菲烦躁地东张西望。她的身旁站着一个有些羞涩的男孩。

罗菲问男孩:"一会儿你拉什么?"

男孩:"小提琴。"

罗菲:"我问你拉什么曲子?"

男孩:"我也不知道。我是来学的。"

罗菲:"你爱拉琴吗?"

男孩:"我也不知道,我爸爱拉琴。"说着朝前边指指。"那就是我爸。"

他爸爸的身高至少有两米。罗菲惊得吐吐舌头。

22. 街头的古建筑旁　日　外

这里陈列着许多古代的天文仪器。罗菲和五六个同学在一座座高大的天文仪器之间漫步、闲聊。

女孩甲:"我呀,我先开一家养殖场,养对虾,等我挣够了一笔钱我就把养殖场让给别人,我买一架高级相机然后去周游世界,我先到尼斯湖去,倒要看看有没有湖怪。"

男孩甲:"那我看你不如买一架录像机,把湖怪录下来。不过我还是喜欢画画,像凡·高似的到非洲去。要什么钱哪?告诉你们,真正的艺术家都是穷光蛋,凡·高经常饿得晕过去。我还要到热带森林去……"

女孩乙:"我想去真正的原始森林。你们知道珍妮吗?美国的珍妮,她一个人去和黑猩猩一块儿生活……"

女孩甲:"我不光要去尼斯湖,我要把十大世界之谜都弄清楚,百慕大三角,复活节岛的石刻、野人、埃及的金字塔……"

男孩乙:"我学数学。"

有点结巴的男孩:"对、对、对了,你的数学那么棒,干、干、干脆得个诺、诺、诺贝尔奖,中国的头一份。"

罗菲:"傻瓜,诺贝尔根本就没有数学奖。"

有点结巴的男孩:"那,那你呢?得个文学奖?"

这时他们正走到天体仪旁。

罗菲:"我说不定想当中国的第一个女宇航员。"她轻轻转动天体仪,那上面铸有一千八百颗恒星,她随手一指:"我要到这颗、这颗、这颗还有这颗上面去看看。等我回来的时候,就连那边那座新盖的大楼都跟这些仪器一样老了,可我只不过长了几岁。"

一个男孩子:"牛!"

罗菲:"当然啦,这是爱因斯坦说的。胖妮。你跟不跟我一块儿去?"

胖妮:"我?我就只想当一个……大使夫人。"

大家都笑起来,有的伸大拇指,有的吹口哨,有的说"干吗不当总统夫人?""干吗不当联合国秘书长夫人呀?""要是我,我当女王的丈夫。"胖妮申辩着,"废话,当然是大使夫人最帅啦!"

罗菲:"别嚷!光会嚷,看那儿,你们谁敢?"

不远的路边停着许多自行车。

孩子们都领会了罗菲的意思,但谁也没敢说敢。

罗菲又问一句:"谁敢?"说罢第一个跳下矮墙朝那堆自行车跑去,其余的孩子一个接一个跳下石台追上去。胖妮犹犹豫豫地跳下来,跑在最后。

停放着自行车的路边。同上。

低机位拍摄:许多忙忙乱乱的手和脚,许多自行车的车轮和车把。渐渐地不见了手和脚,不见了车轮,只有车把和车座颠倒着与地面接触。

机位升高、镜头拉开:所有的自行车都被倒过来,车把与车座呈三点着地、车轮朝天,所有的前轮都在转动。车群中有一面金属牌:此处禁止放自行车。

孩子们已经不见。画外传来孩子们开心的笑声和整齐的歌声,那是他们自己的歌。

爸爸说我好呀，
妈妈说我坏哎，
老师也曾对我说，
你这孩子怪。
I'm sorry, I'm sorry,
I'm sorry, I'm sorry,
我就是我，我就是我，
不好，不坏，也不怪。

天让我长大，
地让我等待，
风雨也曾对我说，
做个乖小孩。
I'm sorry, I'm sorry,
I'm sorry, I'm sorry,
我就是我，我就是我
不大，不小，也不乖。

23. 罗菲家中　日　内　雨

清晨，窗外细雨霏霏。

罗菲穿着睡衣，睡眼惺忪地趿拉着拖鞋到厅里找什么。她听到一种机器发动的声音，朝父母室内望去。

爸爸穿着睡衣，面对窗户坐在写字台前，故意慢悠悠地修理着电风扇。一会儿响了。电扇把屋里的纸吹得满天飞，床上的被子还没叠，妈妈靠在通往阳台的门边，满面怒容地看着爸爸。阳台门开着，雨声沙沙。两人刚吵完正赌气。

爸爸正要拿钳子，妈妈眼疾手快一把抢过去。爸爸看也不看一眼，又拿起一把螺丝刀，妈妈气坏了，又夺走螺丝刀。爸爸漫不经心地看了妈妈一眼,想了想,又从兜里掏出水果刀,而且故作镇静地吹了吹口哨。妈妈又去夺水果刀,不知怎么地风扇又好了,最高速转动的风使妈妈睁不开眼,气得她在门边又站了一会儿,将手中的钳子、螺丝刀等全摔在桌上,冲上去朝爸爸肩上、脖子上乱捶一气,敲打得又狠又重。男人的自尊使爸爸急了,推了妈妈一把,并神速地站起来欲揍妈妈,母亲盯着父亲,心想:"你敢?!"爸爸气馁地收回手,坐在转椅上。风扇还在疯狂地刮着。母亲在屋里踱来踱去,爸爸下意识地将脚一伸,绊得母亲狠狠地向前摔去,爸爸赶快起身将妈妈搂在自己怀里。这回妈妈气着了,使劲将爸爸搡到门外阳台上,摔了个屁墩坐在那儿。妈妈转身拿了衣服和雨伞,疾步出屋,房门摔得很响。

少顷。爸爸沮丧地起来,站在风扇前吹了片刻,伸着脖子朝窗外望去。

24. 街道　日　外　雨

缓缓流动的伞群中,妈妈打着的那把红伞在雨中匆匆地流动着。

25. 罗菲家中,父母屋　日　内　雨

爸爸将风扇的开关关闭了,双手捧着额头支撑在桌面上,似乎有些懊悔。忽然,他感到身后有人,转身看去。

房门不知什么时候打开了,罗菲站在门口已经观察他很久了。两人对视片刻,罗菲跑回自己屋去。

很快罗菲又跑回来,抱着一堆自制的布娃娃。她装着对爸爸的情绪毫无觉察,嘴里哼着歌,把布娃娃摆在沙发上。

她偷看爸爸一眼,像是自语又像是对爸爸说:"我也不知道到底哪个最好。"爸爸侧脸,漫不经心地看了看布娃娃。

罗菲:"爸,你觉得哪个最好?"

爸爸漫不经心地说:"我看都不错,确实都挺漂亮。"

罗菲:"那我到底送哪个去呢?我们班要搞一个'自己动手'比赛。"

爸爸走过来,蹲下,捋捋这个头发,抻抻那个的衣服,调换一下它们的位置。布娃娃做得确实很有想象力,与众不同又具有现代派风格。可爸爸什么也没说,站起身靠着门框,望着窗外的细雨。

罗菲看着爸爸,忽然冒出一句:"您别总认为您是个拔牙的。"
爸爸笑了:"我?拔牙的?谁认为我是拔牙的?"
罗菲:"那你就别管了,反正妈妈从来也不这么说。"
爸爸脸上的笑容慢慢收敛,望着远处霏霏的细雨。
爸爸:"也许我就是个拔牙的吧。"
罗菲激动得像发射机枪连珠炮地说:"不是!你才不是拔牙的呢!你当年是医学院的高才生,妈妈说的!你现在是口腔科的主治大夫。谁要是口腔里长了癌,谁要是让汽车把嘴里头撞成稀巴烂,哼,谁就知道口腔主治大夫是怎么回事了,哼,让他去找拔牙的去吧,你甭管。"

爸爸也被逗笑了。"行了行了行了——"他走到女儿身旁再次观察那些布娃娃。

26. 朋友家客厅里　日　内　雨

妈妈在与老朋友交谈(他就是爸爸的那个老同事,他是爸爸和妈妈共同的老朋友)。老朋友的妻子在厨房里忙早餐,传来煎鸡蛋的声音。

妈妈:"我说什么了?我只是说你应该抓紧把论文写出来,他一下子脸就沉下来,觉也不睡了,没完没了地鼓捣那个破电扇,像受了多大委屈。"

老朋友:"我也觉得现在这种评职称的方法很不科学,很不公正。"

妈妈:"你知道,我不是那么看重什么论文职称的人。我生气他为什么这么不理解我,倒好像我是个薛宝钗。"

老朋友:"不不,你还没理解他的苦恼是什么。"

妈妈:"我当然知道了。可这完全没必要。就是现在让我在他和华光之间选择,我还是会选择他。他现在怎么变得这么俗气了?"

老朋友:"你还是没完全理解他。他只是觉得对不起你。他甚至跟我这样说过,他说你当年要是跟了华光,你会比现在幸福。"

妈妈:"天!简直开玩笑。"

老朋友:"当然,当然是开玩笑。"

妈妈:"他把我看成什么人了?连我把什么看作幸福他都不知道,这还说什么呢?"

老朋友:"人会一时糊涂的。尤其是一个男子汉,他可以蔑视职称,蔑视一切物质享受,可是他若觉得对不起自己所爱的人。不能使自己所爱的人因为自己而幸福而骄傲,他就会糊涂起来。"

两人无言,沉思。

27. 罗菲家中　日　内　雨

罗菲和爸爸一边摆弄娃娃一边接着谈。

罗菲:"妈妈有时就是脾气不好,我都惯了,你甭在乎。"

爸爸:"妈妈让你拉琴,对你的学习要求严格,这些都是为你好。"

罗菲:"可我不爱拉琴。"

爸爸:"你不想当个大音乐家?"

罗菲:"什么狗屁音乐家!我才不想当呢。"

爸爸:"嗷,他可不是狗屁音乐家。"他仿佛忘了女儿在面前,陷入沉思,一边摆弄布娃娃,一边自语地:"老实说,他是很了不起,这么多年他真是不容易,他又有才华又有毅力,比我强多了……"

罗菲:"谁呀?"

爸爸发现说漏了嘴,慌忙掩饰:"啾,没什么,嗯……对了,你今天拿大顶了吗?"

父母俩走到墙边,笑着拿起大顶来。窗玻璃上,雨水有节奏地流淌着。

28. 街道　日　外　雨

妈妈打着伞站在雨里,仰头望着自己家的窗口。从窗口中可以看到父女俩拿大顶时不断起落的腿。

29. 罗菲家中　日　内　雨

窗旁,父女俩边拿大顶,边交谈。姥姥推门看一眼,不屑地撇一撇嘴,走了。

罗菲:"姥姥说,你光会给别人改论文,自己的老改不完。"

爸爸:"那怎么办呢?他们是我的学生啊。"

罗菲:"姥姥说,你一天到晚就知道手术、手术、手术。"

爸爸:"那怎么办呢?我是大夫啊。"

罗菲:"晚上来一个电话就把你叫走了,来一个电话就把你叫走了,真讨厌。"

爸爸:"那怎么办呀?病人太多。"

罗菲:"妈妈说,其实你自己的论文早就可以送去发表了,可你还老改老改老改,老也改不完。"

爸爸沉思片刻,忽然叹口气,自嘲般地苦笑一下说:"上一代说我们是孵不成鸡的蛋,下一代说我们是下不了蛋的鸡。唉——"

罗菲觉得这话挺好玩,笑起来:"什么什么?你再说一遍。"

爸爸:"要是有一只孵不成鸡的蛋和一只下不了蛋的鸡,你说怎么办?"

罗菲:"那有啥难办?把蛋吃了把鸡卖了不就得了?"

两个人都笑起来。

爸爸:"可能就是这样了。"

罗菲:"可你不是蛋你也不是鸡。"

爸爸:"是什么?"

罗菲:"是人,是个好人!"

30.草地大树下　日　外(速度稍慢,有一种梦幻感)

全景:开阔的草地,远处的树林在晨雾中呈淡蓝色,巨大的老树的枝叶间漏下晨晖恬淡的光芒。老头端坐树下。

罗菲蹲在老头对面。上百个白色的鸟笼依然挂满树枝,鸟叫声清脆嘹亮,更显出四周围的宁静。

罗菲:"您的鸟儿卖吗?"

老头奇怪的表情:"鸟儿?可鸟儿不是能卖的东西呀。"

镜头缓缓推近少女与老头。

罗菲思索着老头的话,又抬头看看鸟:"您养这么多鸟儿干吗呀?"

老头:"那你呢?干吗要吃饭哪?干吗要睡觉哇?还有,干吗要喝水呢?"

罗菲若有所思地站起身,绕着老树慢慢走一圈,仔仔细细地看那些鸟。

各种各样的鸟,在白色的笼子里蹦跳啼鸣。

罗菲又走到老头面前,大惑不解地问:"鸟儿,为什么叫鸟儿呢?"

老头:"那人呢?为什么叫人呢?"

罗菲愣愣地想了一会儿,笑了。老头儿也笑了。(罗菲看着老头笑,老头看着罗菲笑,复看三次,每次笑态各异)。鸟叫声中渐渐融入黑管的练习曲……

31. 吹黑管的小伙子家　日　内

吹黑管的小伙子在专心地吹着练习曲。

罗菲和小伙子的女友在翻看一本精致的签名簿。各种字体的签名很难辨认,小伙子的女友给罗菲讲解着:"这是刘心武,是作家;这是郎平,你知道;这是阿兰·德龙,意大利的影星……"

吹黑管的小伙子:"不"。

小伙子的女友:"法国的?"

吹黑管的小伙子:"对。"

小伙子的女友:"这是帕瓦罗蒂,意大利的歌唱家,这是胡絜青,老舍的夫人,画家;这是小泽征尔,大指挥家;这是黄家驷,著名的泌尿科专家……"

吹黑管的小伙子:"不。"

小伙子的女友:"心脏外科专家?"

吹黑管的小伙子:"对。"

罗菲:"你们想不想请个口腔主治大夫给你们签名?"

小伙子的女友:"谁?"

罗菲:"一个能治口腔癌的,老早就是医学院的高才生。"

小伙子的女友:"很有名吗? 有什么著作? 或者,得过什么奖没有?"

罗菲:"现在还没有。"

小伙子的女友:"那不行。进我们这个册子的,都是第一流的。"

罗菲敬慕地看着签名簿:"这些人都很了不起?"

小伙子的女友:"那当然,二流的做梦也进不来。"

罗菲:"那谁算一流的呀?"

小伙子的女友:"嗯……比如说马上就要在咱们这演出的华光,华裔大提琴家华光。"

罗菲:"他呀,"犹豫片刻,但还是说:"我妈认识他。"

吹黑管的小伙子像是被什么东西烫了一下似的,立刻停止了练习,盯着罗菲问:"你说什么?"

罗菲:"他们过去是朋友。"

吹黑管的小伙子严肃地说:"真的?这可不是闹着玩儿的。"

罗菲:"当然是真的,你们要他的签名吗?"

吹黑管的小伙子差点没乐晕过去:"嗷,老天爷有眼,踏破铁鞋无觅处,真的?"

罗菲不免有些炫耀起来:"他是我妈最好的朋友,这事包在我身上。"话出口又有点犹豫,"说真的,他很棒吗?"

吹黑管的小伙子:"那还用说?他在费城演出,是波士顿给他伴奏,卡拉扬指挥。在维也纳是爱乐伴奏。你知道多少钱一张票吗?二百!而且是美金!晚上七点四十五的《文化生活》里专门介绍他。"

小伙子的女友把签名簿交给罗菲:"那这事可就看你的了。"

吹黑管的小伙子:"嗷上帝,这你可别给她,万一丢了这不是让我上吊吗?"他找出两张漂亮的卡片,又把卡片装进一个信封,对罗菲说:"签在卡片上,千万别弄折了。"

罗菲一直呆愣着想心事,忽然问:"是今天晚上七点四十五吗?"

吹黑管的小伙子又开始练习了:"对。"

罗菲:"八频道?"

吹黑管的小伙子:"不。"

罗菲:"二频道?"

吹黑管的小伙子:"对。"

黑管声圆润悠长。小伙子的女友又在调饮料。

32. 罗菲家中　夜　内

客厅里妈妈坐在电视机前,等着看七点四十五分的节目。电视里正在播送广告。

罗菲在隔壁喊:"妈！噤若寒蝉的噤字怎么写？"

妈妈:"查字典,要字典干吗的？！"

时钟指示七点三十分。电视里仍在播送广告。

罗菲又在隔壁喊:"妈！吵死人啦,我们明天还要测验呢,把电视关了行不行？"

妈妈把电视机的音量再拨小些。

罗菲又喊:"妈！我的三角尺哪去了？帮我找找。"

妈妈:"让姥姥给你找找。"

没过一会儿,罗菲又喊:"妈！你过来一下！"

妈妈:"哎呀,你有完没完,什么事？"

罗菲:"明天我们要考试你知道不知道？还有好几道题我还不会哪！"

妈妈:"自己先好好想想,八点钟我过去。"

罗菲无计可施:"哼,就会看破电视,考坏了活该啊！"

罗菲坐在自己的房间里,看看表,已经七点四十三了。书和作业本摊在桌子上,但她的心思根本不在功课上。她忽然灵机一动,赶紧找来晚报,看上面的电视节目。然后,她面有喜色地跑进厨房找姥姥。

罗菲:"姥姥,这会儿有京剧,你还不快去看。"

姥姥正在洗碗:"谁唱的？什么戏？"

罗菲:"京剧演唱大奖赛,什么都有。"

姥姥:"等会儿,我这还没弄完呢。"

罗菲:"你快去吧,活儿我帮你干。"

姥姥:"哟,这是怎么了,太阳从西边出来?这么知道疼姥姥。你明天不是还考试吗?快弄功课去吧。"

罗菲:"没事儿,就是个小测验,我都会了。你快去吧。"

姥姥笑着要转身出去,罗菲又把姥姥拽住:"八频道,记住,不是二频道。"

姥姥走后,罗菲开始洗碗。她尽量不让碗筷弄出太大的声音,轻轻地洗,支棱着耳朵听电视的声音,但仍听不清,她只好走到客厅门边,这回听清了,电视播音员正在介绍华光:"他将要在国内演出四场,演出的全部收入将捐献给残疾人康复事业……下面播放他在伦敦演出的片断。"

看见妈妈和姥姥并排坐在电视机前,甚至有些激动地看着屏幕,她装作无事的样子走近客厅。

镜头从电视后面拍摄:罗菲走到电视机前看了一会儿,贴在姥姥耳边轻声说:"怎么不看京剧大奖赛呀?"

姥姥:"等会儿。"

电视中的光在妈妈和姥姥的脸上闪动,她们屏息静观。

罗菲在妈妈和姥姥周围不安地走来走去,又在姥姥耳边说:"再不看大奖赛可就快完了。"

妈妈这才发现了她:"干吗呢你?明天不是要考试吗?"

罗菲只好快快地走回自己的房间。

罗菲站在阳台上。客厅里隐隐传出大提琴协奏曲的声音。她看见斜下方对面的窗口里,吹黑管的小伙子也不吹他的黑管了,和他的女友挨得紧紧地也在看这个电视节目。她侧转头听了一会儿,很多家的窗口里都传出那辉煌的协奏曲声,并伴有播音员赞美备至的言词。

在这辉煌的乐曲声中,她忽然看见了爸爸单薄而疲劳的身影。是爸爸回来了,蹬着自行车,朝家里来了。她惊慌地回到屋里,坐在桌前不知如何是好,她希望爸爸不要看到正在播出的电视节目,尤其不要当着妈妈和姥姥的面看到。已经听到爸爸锁车的声音了。爸爸已经在开门了。幸好爸爸先进了卧室。她忽然想出一个办法,把台灯的灯泡拧下来,用钢笔试着往灯口里捅,但她有些害怕。爸爸出来了,幸好没进客厅而是进了厕所。她仍然有些犹豫,虽然她知道笔杆是绝缘体,只要让金属的笔帽碰上两极即可大功告成。厕所里的水箱拉响了,爸爸出来了,他肯定要去客厅了,不能再迟疑了,罗菲一闭眼,使劲把钢笔捅进灯口。啪的一个火花,整个单元的灯全灭了。

她听见妈妈的抱怨声,听见姥姥在找蜡烛,听见外面有人在骂街。黑暗中,远处建筑工地上的灯光照进来,罗菲呆呆地坐着,甚至还弄不清自己为什么要这样做。

33. 教室 月夜 内

宽敞的教室里没有亮灯,清澈的月光从高大的玻璃窗中照进来,照在闪光的地板上和洁白的墙壁上,照在一条绿色的横幅上,几个鹅黄色的大字:自己动手。拍摇四周的墙上和教室中间的两排课桌上,挂满和摆满了同学们自己制作的物品——快艇、飞碟、布贴画、童话般的小房子、神话般的脸谱、最新式的汽车,以及各种各样新奇的极富幻想的物品,其中就有罗菲的几个布娃娃。每件物品前面都站着它的制作者,神情都非常庄严、肃穆。罗菲的声音:"放录音。"一支淡雅、神圣、纯洁的长笛响起,像是那朦胧的月光发出的声音。大家都一声不响,像是在等待着什么。这时罗菲说:"预备,开始!"所有的同学齐声说:"谷老师,请进!"一个同学把教室的门打开,一位鬓发斑白的女教师缓步走进来,脸上带着微笑。

罗菲:"谷老师,今晚是预演,只请您一个人看,请多提宝贵意见。"她显然处在主持人的位置上。

老教师点点头,一声不响,开始一件一件观赏同学们的作品。

看样子她很满意,不断地点点头显出激动的神情。

老教师走到一个男同学面前:"你能不能把你的作品给我讲解一下?"

男同学:"这是一只可以飞出宇宙的飞船,嗯……反正它可以飞出宇宙,比美国的阿波罗号快一百倍,它是靠磁力飞行的,差不多跟光一样快,罗菲说她愿意来驾驶。"

老教师指着那些布娃娃问罗菲:"这是你发现的外星人喽?"

罗菲点点头。

老教师又走到一个女同学面前:"请你给讲一下行吗?"

女同学:"这是下个世纪的房子。那时候,工厂、铁路都在地下,地面上只有这样的住房,剩下的地方都是森林和草原,所有的动物都可以在大街上跑。"

老教师走到有点结巴的男同学面前:"别急,慢慢讲。"

有点结巴的男同学:"这、这、这是炎帝和黄、黄帝的脸谱,是、是我们的祖先,我想他们是、是这样的。"

老教师又走到胖妮跟前:"你呢,胖妮?"

胖妮:"这是世界上最有营养的蛋糕,一天只要吃一小块就一点儿都不饿了,可以节省很多时间。"

老教师走了一圈,心中倍觉欣慰。她忽然转过身来:"请问主持人,为什么不开灯呢?"

罗菲:"因为我们觉得,月光更能唤起人们的想象,还因为这些东西我们都是在晚上做完功课时制作的。"

老教师激动地看着每一个孩子,白发在月光中飘动。

34. 一组孩子们骑车的镜头　日　外

背景是一排排飞闪而过的绿树,孩子们骑着自行车各显其能,有的骑在后座上,有的坐在车把上,有的把前轮抬起来,有的猛一捏闸纹丝不动然后继续朝前骑去……你追我赶,笑声不断,树的枝叶间阳光闪烁,树影、光斑洒在孩子们脸上和身上。

35．罗菲家中　黄昏　内

父母的房间里。父母还都没下班,罗菲独自坐在妈妈的梳妆台前,静静地端详自己。夕阳的红光照在墙上,三四个镜框中都是妈妈的照片,又漂亮又潇洒。罗菲看一眼镜框中的妈妈,又看一眼镜子中的自己,用手把自己的眼睛撑大些,再大些,仍然赶不上妈妈的眼睛大,她轻叹一声,想了想,又学着妈妈的微笑,简直糟透了。

姥姥走了。罗菲拿起妈妈的化妆品,把眉毛描一描,又涂一点口红。忽然又转身打开壁柜,取出妈妈的一件连衣裙穿上,再照照镜子。裙子太长了,她找来一只小凳子站上去,再看看镜子,觉得有点像妈妈了,于是下来独自轻轻地跳舞。在越来越暗下去的朦胧的光线中,她自由自在飘然无声地跳舞。

36．建筑设计院的陈列室　日　内

这是妈妈的工作单位,罗菲和同学们一块儿来过队日——参观城市建设的宏伟蓝图。陈列室高大而肃静,陈列着许多巨大的沙盘模型,大理石柱旁摆着各种各样的雕塑,墙壁上的照片都是世界上著名的建筑。

孩子们在沙盘模型之间穿行观赏,不时发出轻轻的赞叹声。女孩甲打着鲜红的队旗。

走到一座白色的建筑模型前,罗菲说:"这是我妈参加设计的。"孩子们发出惊叹声:"是吗!""你妈真够可以的。"罗菲不露声色但心中非常得意。

又走到一片淡蓝色建筑群模型前,罗菲又说:"这个我妈也参加了。"又是一片赞美声,"嘿,盖了帽儿了!""嘿,跟你妈说说给咱来一套怎么样?"一片轻轻的笑声。罗菲一本正经地说:"我妈才

不会走后门呢。"

又走到两座高层建筑模型前,罗菲说:"噢,我想起来了,这是中美合资的科技大厦。"男孩甲问:"你妈去过美国?"胖妮把话接过去,"废话,她妈老出国,还给我买过一个书包呢。"女孩乙:"我怎没见你用过?"胖妮:"废话,那是纪念品,用坏了怎么办?"罗菲:"过几天,我妈又要去欧洲了,唉,一下子要去四个国家,都是合资项目。"她装出心疼妈妈的样子,其实是为妈妈感到骄傲。

37. 建筑设计院　日　外

孩子们的主观镜头,透过围墙的栏杆拍摄:妈妈身穿大褂,衣襟飘起,露出里面紫红色的长裙,在长长的走廊上走着,风度翩翩。

孩子们的画外音:"哟喂,这是你妈呀?怎么好像还没有我姐姐岁数大呀?""哟,你妈走路的样子真够帅的嘿!""我看她像个电影演员。""要不就是个歌唱家。"

妈妈在走廊上碰上一个老工程师样的人,妈妈说起话来的样子显得又干练又迷人,简单几句话说完,妈妈上了楼梯,拐弯的时候乌发甩开,步伐轻捷,仿佛那不是楼梯而是琴键。

尤其是女孩子们,扒在铁栅栏外看得入迷。

女孩丙:"我看她像金丝姬,就是演苔丝的那个金丝姬。"

女孩丁:"得了吧,我看像《克雷默夫妇》里的他妈。"

男孩乙:"谁妈谁妈?懂不懂嘿!"

女孩丁:"克雷默夫妇的儿子他妈。废话,你才不懂呢。"

男孩乙:"比利他妈。你知道那个演员叫什么吗?"

女孩丁:"废话,斯特里普,不比你知道。"

男孩丙:"回答正确,加十分——"

38. 古建筑旁　日　外

孩子们坐在那座石台上还在议论。

胖妮:"我看你妈干吗不当时装模特儿呀!她穿什么衣服都好看。"

罗菲打了胖妮一下:"傻瓜,我妈是工程师。"

有点结巴的男孩:"可、可、可你爸怎、怎么那样儿啊!"

罗菲:"哪样儿?"

有点结巴的男孩:"我看你爸每天骑车上班、怎、怎么那样儿呀?就这、这样儿,还、还这样儿。"他学了几下,学得还真像,弓着腰像个虾米。

罗菲气坏了:"你少废话!我打你怕你不是个儿!"

有点结巴的男孩:"你火、火、火什么?我、我每天都看得见,这、这、这是事实呀?"

罗菲:"你再说,你再说一遍!"

有点结巴的男孩:"这怎么了?"然后指指男孩乙,"不信你、你问他,这是不是事、事、事实?"

男孩乙胆怯地看着罗菲,说:"我不知道,你别拉上我。"

有点结巴的男孩也气了:"好,你小子做事不、不敢承认!你还说什、什么来着?你说她爸根、根本配不上她妈,这是不是事、事、事实?"

男孩乙:"我没说!"

有点结巴的男孩正要揪住男孩乙讲理,不料自己的领子已被罗菲揪住。

罗菲:"你敢再说!"

有点结巴的男孩:"你、你揪我也、也没用,事实还是事、事、事实。"

罗菲猛地一推,把他推了一个大屁墩,正好硌在一块石头上。这男孩龇牙咧嘴地揉着屁股半天没爬起来。

男孩丙像拳击裁判员那样过去数数:"一、二、三……"

有点结巴的男孩感到有失尊严,挣扎着爬起来向罗菲扑去,两个人扭打成一团。

男孩丙:"各位观众各位听众,我们向您实况转播男女混合现代派摔跤比赛。"孩子们又喊又叫。

有点结巴的男孩又被摔倒了,他爬起来再次向罗菲冲去。胖妮见机一伸脚,他不及防备又摔了个大马趴,回头冲胖妮喊:"好,你、你等着,俩人打一个我也不怕!"

男孩丙:"各位听众各位观众,时代不同了男女都一样,刚才是三分钟准备,现在比赛正式开始了,双方加油!"

两个人越打越凶。

胖妮先吓哭了。

举着队旗的女孩赶紧喊大家去拉架。男孩丙一看事态严重,也不"播音"了。大家一齐上去拉架。

有点结巴的男孩浑身是土,向大家解释:"我、我没别的意、意思呀?长得不好有、有什么关系,拿破仑也、也、也长得不好看。架、架不住人家有本、本事呀?"

罗菲一听又冲上来,两个人又抱成一团,滚下水沟去。

39. 罗菲家中　傍晚　内

饭已经摆好了,一家人正在等她。门开了,罗菲满面灰尘地出现在家人面前。

妈妈:"你怎么这么晚才回来?"

罗菲低着头,径直奔入卫生间,把门插上。妈妈还想说什么,爸爸示意别说。罗菲在卫生间将脸、头打扫干净,才开门出来。妈妈装作没事似的:"快来吃饭吧。"

罗菲飞快地跑进自己屋里,把门关上。妈妈、爸爸、姥姥面面相觑,不知发生什么事,只听见屋里乒乒乓乓的声音。

妈妈起身推开罗菲的房门,见她坐在地毯上,写字台的抽屉全被拉下来摆在地上,罗菲胡乱翻找什么,乱七八糟的东西扔了一地。

妈妈:"怎么了,找什么?"

罗菲不理睬,只顾气急败坏地翻找。

妈妈:"你们去参观陈列室不是挺早就出来了吗?怎么会才……说话呀!到底是怎么啦?!"

罗菲又把所有东西塞进抽屉,乒乒乓乓插回写字台。

姥姥进来了,示意妈妈出去,和颜悦色地哄罗菲:"姥姥今儿给你做了糖醋鱼,快吃去吧。……考试没考好哇?唉,谁也有没考好的时候,先吃了饭再说,要不先拿大顶?省得吃了饭一拿大顶,糖醋鱼全跑出来……哟,裤子怎么撕了这么大口子?"

罗菲把姥姥的手推开,转过身去背朝姥姥,仍不说话。

爸爸进来,姥姥又出去。罗菲感到爸爸站在背后,表情有些变化。爸爸在身后踱来踱去,到底猜不透女儿怎么了,他忽然发现女儿在默默地流泪,于是走到女儿面前蹲下,抓住女儿的双肩:"什么事,可以告诉我吗?"

罗菲哇的一声大哭起来,哭得那样伤心,那样难以遏制。爸爸惊恐地将她搂在怀里,不知所措。

对面楼里不断传来断续的黑管声。

40.草地大树下　黄昏　外(速度稍慢,梦幻感)

落日已沉到远处树林的后面,只将几缕黄得令人伤感的光抹在老树墨绿色的枝叶上,上百个鸟笼的剪影,鸟儿叫得有些凄惶。罗菲和老头的剪影一左一右坐在草地上,中间是那棵老树,他们的身影长长地斜铺在草地上。

罗菲:"我也想养鸟儿。"

老头:"想养干吗不养啊?"

罗菲:"他们不让我养。"

老头:"因为他们不懂得鸟儿。"

罗菲:"可我也养过一只鸟儿。"

老头:"哪儿去了?"

罗菲:"丢了。"

老头:"怎么会丢了呢?"

罗菲:"我也不知道怎么就丢了。"

短暂的沉默。晚风微微吹动树叶,吹动草地,吹动头发,老头一动不动。

罗菲:"后来人家又送给我一只鸟儿,可我没要。"

老头:"怎么呢?"

罗菲:"那不是我的鸟儿。我还是想要我的那只鸟儿。"她低下头,声音也有些忧伤。

太阳不见了,微风中,鸟的叫声幽深而绵长。

41. 医院走廊　日　内

星期日,医院里人不多。罗菲拎着个多层饭盒快速走着。

42. 爸爸的办公室　日　内

爸爸在吃午饭,饭盒中是妈妈特别为爸爸准备的午餐,小巧而丰盛。罗菲坐在爸爸对面,看爸爸机械地完成着用餐任务。

爸爸歉意地说:"说好星期天带你出去好好玩玩,可又被一个电话叫到这儿来了。"

罗菲:"哼,我早就习惯了。"

爸爸:"让妈妈陪你去玩玩吧。"

罗菲:"老天爷,她别逼我拉琴就不错了!"

爸爸:"妈妈还不是为你好。"

罗菲:"可我不喜欢拉琴。"

爸爸:"下个星期天吧。我带你去游乐场玩,怎么样?"

罗菲:"我不用你带。"

爸爸:"怎么,也不愿跟我在一起?"

罗菲:"你老那么累,老皱着眉头,弄得我都累,还玩什么劲儿。"

爸爸揉揉眉心,笑笑。

这时一位年轻的实习生走到爸爸跟前。

实习生:"罗大夫,我的那篇论文您看了吗?"

爸爸:"嗯?噢,看了,不,还没看完。事情太多,选题很好,很有见解……既有理论高度又有实践意义。不过,临床实例好像还不充足,我正想帮你搜集一些。"

实习生:"那太谢谢您了。"

爸爸:"这没什么。行。过几天我给你。"

实习生再次道谢,离去。

罗菲:"爸,你说过,不喜欢做的事,硬做也没有好处,是不是?"

爸爸:"是,怎么?"

罗菲:"那你跟妈妈好好说说,别让我拉琴了行不行?"

爸爸迟疑片刻说:"我尽量跟她说吧。"

43.舞蹈学院排练厅　夜　内

这里正在进行最新的现代舞的排练。小伙子的女友和她的舞伴们动作优美,舞姿奔放,神态奇特,极富现代色彩。各种舞姿和造型及灯光效果传达出强烈的时代感和神秘的情绪氛围,伴奏音乐时而如大海的潮汐,时而如山谷的震荡,时而把人带入原始洪荒,时而让人想起永恒的宇宙;时而让人感到大自然的威力,时而又激发起人们的创造欲望。

罗菲与吹黑管的小伙子在一旁入神地观赏。

罗菲:"这也是一种霹雳舞吧?"

吹黑管的小伙子:"不。"

罗菲:"更不是迪斯科?"

吹黑管的小伙子:"对。"

罗菲:"噢,现代舞。最新的。"

吹黑管的小伙子:"对。"

舞蹈进入高潮。罗菲都看呆了,她被深深地感染了。

44. 幽静的马路　夜　外

参观排练后,三人骑车回家,路灯把他们的影子一会儿拉长,一会儿又缩得很短。

女友:"我说菲菲,华光的签名没戏了吧?"

罗菲:"你着什么急呀。"

女友:"反正这年头吹牛不上税是不是?"

罗菲急了:"谁吹牛谁癞皮狗,还不行?"

女友:"你妈到底跟他什么交情?"

罗菲:"没的说。老朋友了,倍儿铁。"

女友:"咳,老朋友就不能忘了啊?"

罗菲:"他人还没有来,就给我妈写了两封信来了,我姥姥说。他年轻时老来我们家,老来找我妈。"

吹黑管小伙:"嗯,什么关系?"

罗菲:"那会儿还没我呢,我哪知道?反正、反正我妈说,我爸把他弄得挺伤心的。"

吹黑管小伙大声笑着说:"噢,原来如此……"然后肯定地点点头,自言自语地,"嗯,这就对了。"

女友:"怎么?"

吹黑管的小伙子:"他写得最好的一首协奏曲,副标题就是献给我故乡的恋人,我说嘛,没有真情是写不出这么好的曲子的。"然后哼出那曲子深情的旋律。

罗菲有些莫名其妙地问:"这怎么了?"

吹黑管的小伙子:"噢噢,不怎么,这下你去找他签名绝对没问题了。"

罗菲:"怎么呢?"

女友:"傻瓜,你想他能不给他故乡的恋人的女儿签名吗?"

吹黑管小伙子:"我很佩服这家伙,真正的艺术家。对生活和艺术一样执着。"

女友:"我不知道阁下成名之后,会不会把过去的朋友忘了。"

吹黑管小伙:"不,值得担心的是你,准夫人同志。"

女友:"算了吧!我长得又不漂亮。"

吹黑管小伙:"这我就放心了,谢谢。"

罗菲一直沉默着,路灯的光不时地在她脸上闪过,这颗小小的心中正泛起波澜。

45.罗菲家中　黄昏　内

罗菲坐在爸爸的写字台前,模仿爸爸在她的考卷上的签字:罗健刚、罗健刚、罗健刚……写了很多,但都不像,气得她把纸揉成一团。她想了一会儿,拉开抽屉取出一摞论文翻看着。她忽然灵机一动,又找出爸爸的图章和印泥,在一篇论文的题头上盖上爸爸的图章。她再把这论文端详一会儿,藏在自己的衣襟里,然后把其余的论文放回抽屉,使桌面上不留痕迹。

她揣了那篇论文出屋,蹑手蹑脚地躲过正在厨房干活的姥姥的眼睛,溜回自己屋里。

46.草地大树下　日　外(速度稍慢,梦幻感)

暴雨到来之前,天空中云团如涌,隐隐传来雷声。鸟儿叫得也似惊慌。老头依然坐在树下,罗菲仰面躺在老头身边的草地上,望着天听老头唱一支歌。

老头唱的是《小鸽子错了》:"小鸽子啊,它弄错了,它弄错了,它要到北方却往南飞……它把星星当作露珠,它把炎热当成冰雪……小鸽子错了,它弄错了……"老头唱毕,稍停。

罗菲:"可是,鸽子不是鸟儿。"

老头:"鸽子怎么会不是鸟儿?鸽子是。猫也是,骆驼也是,还有树和风,都是鸟儿,人也是鸟儿。"

罗菲:"人也是鸟儿。"

老头:"是呀,再说鸟儿也是人呀,树也是,骆驼和猫都是人,草和风和雪,都是人。"

罗菲陷入遐想,看树、看鸟、看天。风吹云走,天空变幻莫测,滚滚的雷声中,鸟的叫声显得微不足道。

47. 音乐厅前的空场　夜　外

音乐会就要开始了,人们纷纷入场。路边等退票的人一个紧挨一个,简直像仪仗队。"师傅,有退票吗?""有富余票吗,师傅?"此类呼唤声此起彼伏不绝于耳。

罗菲站在广告栏下,背后是那张我们已经很熟悉了的海报。她东张西望,手里也举着两元钱。

这时有一个人退票,立刻几十个人拥上去抢成一团。

罗菲看看无望,转身进了旁边的小胡同。

48. 小胡同里　夜　外

路灯昏暗,在一个墙角的阴影里,站着几个卖黑票的。

罗菲走过去:"还有吗?"

其中的一个人:"怎么着,想好了?"

罗菲点点头。

其中另一个人:"可不能后悔啊。好吧,二十。"

罗菲掏出一大摞新票,都是一角二角的,是她平时攒的,她一张张数给那个人。

49. 音乐厅　夜　内

音乐会已经开始,舞台上,大交响乐队显得庄严华贵。华光站在最前面,身着黑色燕尾服,手执琴弓闭目谛听。当乐队奏出一段轻柔如梦的过门之后,华光虔诚如一尊雕像缓缓拉动琴弦,深沉的大提琴声响彻整个大厅。

罗菲坐在最后排,悄悄取出望远镜对准华光。

华光果然是仪表堂堂、气质非凡。他完全沉醉在自己的艺术世界里,嘴角微微颤抖,琴声如行云流水。

罗菲放下望远镜,深深地吸了一口气,低头看说明书,目光落在"A大调第八提琴协奏曲——献给我故乡的恋人"上。

琴声此刻如诉如怨,浸透了不能熄灭的真情。

罗菲原本嚼着泡泡糖的嘴此刻也不动了。被琴声感染。

(以下三组镜头反复穿插,交替出现:1.华光演奏的风姿、潇洒、飘逸、动情、沉醉;2.妈妈在各种色调各种建筑造型的背景前行走、轻盈、健美、自然、优雅;3.爸爸在做手术,在骑车上班,在诊治病人,在匆匆地吃午饭,在打电话,在给实习生讲课。最后的镜头落在爸爸身上:他疲惫地从手术室里出来,半躺在长椅上,双目微闭,从兜里掏出一块糖放在嘴里,不料那竟是块泡泡糖,爸爸苦笑一下,把泡泡糖嚼响。

此节景外始终响着大提琴协奏曲声。)

50. 街道　夜　外

音乐会后,罗菲独自在街上走着,显得心事重重。她双手合拢摇着一个硬币,嘴中念念有词,突然双手一张,硬币滚落地上,她用脚一踩,抬脚细看,不满意地嘟囔了一声。她把硬币捡起,又在手中摇。这样重复几次,总是不满意,但仍不死心。她的背影渐渐远去……

51. 家中

窗外下着雪。客厅内,妈妈在监督罗菲练琴。罗菲满腹委屈,敷衍潦草地拉着一段练习曲。拉完一遍,妈妈说不行。再拉完一遍,妈妈还说不行。(妈妈是个行家,不断指出罗菲的错误。)罗菲终于耐不住了。

罗菲:"老不行老不行,一个钟头早就过了。"

妈妈:"你自己觉得行吗?"

罗菲赌气再拉,连节奏都乱得一塌糊涂。

妈妈生气了:"停!你这是在糊弄谁?"

罗菲嘟着嘴不说话。

妈妈:"这么不严格要求自己,将来能有什么大作为!你不是在给我拉,懂吗?你是在给自己拉。"

罗菲:"才不是呢。"

妈妈:"什么,你说什么?"

罗菲:"就是在给你拉,我自己根本就不想拉。"

妈妈气坏了:"你再说一遍?"

罗菲:"再说一遍就再说一遍,我宣布,从现在起,我再也不拉琴了!"说罢把琴甩在沙发上,转身要出客厅。

爸爸出现在客厅门口:"菲菲,别这样。"

罗菲冲爸爸喊:"你是个大叛徒!"

爸爸笑笑,有意想缓和一下气氛:"嗷,别冤枉好人,我又没逼你拉琴。"

罗菲:"那你答应跟妈妈说,你倒是说呀?"

妈妈却已火了,冲爸爸喊:"噢,原来是这么回事。你是好人,我成了逼孩子的坏蛋,是吗?"

爸爸:"不不,你听我说,菲菲既然不喜欢拉琴,你这样勉强她又有什么好处呢?"

妈妈:"都是你惯得她,这么任性,一点不求上进。"

爸爸:"我看不能这么说,每个人有每个人的爱好嘛。"

妈妈:"哼,怪不得你是个好呢。你在哪儿都是好人。不过你这辈子充其量也就是个好人,还能怎么样?"

爸爸脸上的笑容顿收:"你说得真对。我还能怎样呢?我一上不了电视,二上不了海报,不过我记得我从没有追求过这些。"

妈妈:"你别歪曲我的意思!"

爸爸:"我不敢歪曲你的意思。我充其量也不会有什么大作为,更不会拉琴。"

妈妈气急了:"你别这么庸俗!"

爸爸:"对不起,我从来也没高雅过,你怎么才发现?"

妈妈:"你怎么这样不讲理?"

爸爸:"那你别跟我一般见识,你来讲讲理。孩子不喜欢拉琴,你为什么一定要逼她拉?"

妈妈:"菲菲,我逼你了吗?!"

罗菲吓坏了,吃惊地看着父母不知该说什么。

爸爸:"别冲孩子喊行不行?"

妈妈更火了:"嗬,你这么关心孩子吗?那你最好多为她的前途想想,你整天忙你的事,偶尔充充好人谁不会?"

爸爸:"前途?只有拉琴才是有前途?哼!"

妈妈:"你把话说清楚,哼什么?什么意思?"

爸爸:"哼就是哼,你要怎么理解随你的便。"

妈妈:"我说只有拉琴才是有前途了吗?我才知道,你是这么心胸狭窄的人!"

爸爸:"现在知道还不算晚。"

妈妈气得眼泪都出来了:"滚!你滚!"

爸爸:"谢谢。"说罢转身拿起雨衣要走。

妈妈又追上去夺过他的雨衣连拉带拽把爸爸推倒在沙发上:"你先把'哼'给我解释清楚,不说明白你哪也别想去!"

这时过厅的电话响了。两个人都不去接。

姥姥接了电话,对罗菲说:"告诉你爸爸去,医院来的!"

爸爸只好去接电话。

爸爸冲着电话没好气地说:"不行!我有事离不开。当然是大事,我现在要解释'哼'是什么意思,还要知道我充其量这辈子到底是个什么角色。对,不行,我不能去……"

妈妈已走到电话边,一把夺过电话:"你是谁呀?噢你好。他没事,家里什么事也没有,他完全可以去——你完全没必要在我这儿忍气吞声——他完全是胡说……"

爸爸又把电话抢过去:"对对对,是我胡说,是我不对,都是我的错,我永远是错的——这你应该懂得——我……"

妈妈又把电话夺过去:"不,错是我的!我自己也不知道这么多年原来……"妈妈气得说不出话,"他,他简直不讲理,我劝你不要和这样的人做朋友……"

爸爸再夺过电话:"是,你应该相信她的话,这么多年我从头错到尾,我整个儿是一个错误。"

妈妈又要夺过电话,爸爸"啪"地把电话挂掉。

两人对视,气哼哼地转身回屋。

52. 家中　罗菲与姥姥屋中

门关着。罗菲与姥姥噤若寒蝉。隐约可以听见妈妈和爸爸还在吵,听不清具体内容,但偶尔可以听出"华光"两个字。一会儿,没声音了,静极了。姥姥十分不安。罗菲一直默默地坐着,目光显出她在急剧地思考着什么。

罗菲突然说:"姥姥,我到胖妮家去一会儿。"

姥姥:"你可别再添乱了,下着雨呢。"

罗菲:"我跟她约好了一块儿复习功课。"抬头看看表,"说定了六点半到她家,明天要考试。"

姥姥心乱如麻:"那就快去快回,穿上雨衣。"

53. 马路边的商店屋檐下　雨夜　外

罗菲和胖妮身穿雨衣,站在屋檐下,茫然地望着夜空。雨越下越大,来往的汽车驶过溅起水花。

胖妮:"到底怎么办呀?就跑到这儿来站着呀?"

罗菲做了一个下决心的表示:"就看你够不够朋友了。"

胖妮:"那还用说?你说吧,干什么?"

罗菲:"只要我生一场大病,他们俩就好了,以前有好几次都是这样。"

胖妮:"那你怎么才能病呀?"

罗菲:"我有办法,不过你得绝对保密。"

胖妮:"当然,没的说。"

罗菲:"你得发誓。"

胖妮做了一个发誓的动作:"在死之前对谁都不说。"

罗菲:"来,跟我走。"

两个孩子朝不远处的电话亭走去。

54. 家中　雨夜　内

过厅里的电话铃响起来。

姥姥出来接电话:"噢,胖妮呀?什么?她到你家去了呀。什么没到?"姥姥看看表,"可能马上就到了,她走了有十分钟了,好。喂胖妮,等她到了你给我来个电话。好。"

55. 电话亭　雨夜　外

透过电话亭的玻璃,可以望见远处电报大楼的时钟,现在是六点四十三。两个孩子站在电话亭里,如大战将临一般。

胖妮手握电话,做好拨号的准备:"差不多了吧?"

罗菲:"再等一会儿,钟一响,你就拨。"

随着罗菲把一个硬币投入电话机,远处的钟声敲响了。

56. 家中　雨夜　内

过厅中的电话铃响,姥姥立刻拿起听筒:"什么,还没到?她没说去别的地方呀。"

胖妮的声音:"是呀,我们说好了不见不散呀,她从来都不失约,今儿是怎么啦?"

姥姥:"她没跟你说要办什么别的事去吗?"

这时候,妈妈已经不安地走到电话机旁。

胖妮的声音:"没有,她说六点准来,现在都六点五十了。她的作业本还在我这儿呢。"

姥姥:"好吧再等一会儿,她到了记住给我打电话。"说罢忧虑地把电话挂上。

妈妈:"她去哪儿了?"

姥姥:"她是去胖妮家呀,照说早该到了呀。"

妈妈:"这么远,又下着雨,就不该让她去。"

爸爸这时也走出客厅,父母对视一下,什么也没说。

57. 电话亭　雨夜　外

电报大楼的时钟指向七点。

电话亭内,胖妮又准备拨号码了。

罗菲:"你要给他们造成一种印象,好像我出了事,出了什么人事,什么时候你听见他们的声音有点颤抖了,这才行呢。好,拨吧。"说着投入一个硬币。

58.家中　雨夜　内

这回是母亲接的电话:"她来了没有?"

胖妮的声音:"可真怪了,怎么还没来? 她不会出什么事吧? 现在都快七点半了。"

妈妈:"喂,胖妮,你们到底是怎么说的? 时间没记错?"

59.电话亭　雨夜　外

胖妮捂住话筒对罗菲说,"这回是你妈接的,颤抖了。"

罗菲点头鼓励胖妮。

胖妮赶紧对着话筒说:"哎呀,真急死人了,现在的交通很糟糕,唉,我都不敢往下想了。"

罗菲对胖妮的这句话表示赞赏。

60.家中　雨夜　内

妈妈拿着电话已经说不出话了,脸色苍白,眼圈发红。爸爸见状从妈妈手里接过电话。

爸爸:"胖妮,我是罗菲的爸爸,到你家去走哪条路?"

61.电话亭　雨夜　外

胖妮又捂住话筒:"是你爸爸,可没颤抖。"

罗菲:"废话,男人哪会颤抖。可你听他的声音是不是有点儿沉重?"

胖妮又对着话筒说:"喂,您说什么? 等我想想啊。"然后又捂住话筒对罗菲说,"是有点儿沉重,就像是感冒了。他问到我家走哪条路。"

罗菲:"告诉他,有好几条。"

胖妮:"喂,有好几条哪。"

爸爸的声音:"胖妮,你们家住在哪儿? 几号?"

胖妮傻乎乎地刚要说,电话被罗菲按掉了。
胖妮:"怎么啦?"
罗菲:"废话,他要找来不就露馅了?"

62. 家中　雨夜　内

爸爸:"喂!喂!"只好放下电话。
妈妈:"怎么回事?"
爸爸:"可能是下雨的缘故,电路出了故障。"
一时屋里很静,只有雨声和远处悠闲的黑管声。三个人或坐或站都默默无言,感到了事情的严重。
妈妈埋怨姥姥:"这么大雨还让她骑车去。"
姥姥:"还不是让你们闹的,我想让她到胖妮家去复习功课也好,谁想到……"
爸爸:"现在不是埋怨的时候。我看这样,你们在这儿等着胖妮的电话,我到附近看看,如果不行,只好给公安局打电话问问。"
听到"公安局"三个字,姥姥抹起眼泪来。
妈妈也有些慌了,依赖的目光望着爸爸。爸爸此刻显出了男子汉的镇定,轻轻拍拍妈妈的肩膀,急转身出去。

63. 电话亭　雨夜　外

电话亭里有别人在打电话。两个孩子站在雨地里等着。
胖妮:"以后我爸跟我妈打架,我也用这办法。"
罗菲:"你爸跟你妈也打架吗?"
胖妮:"怎么不打?打得可比你爸你妈凶多了。他们一打架就摔东西,摔完了第二天还得买,你说亏不亏!"
罗菲:"他们为什么打?"
胖妮:"那谁知道,反正不是为什么音乐家。有时候是为我考得不好。人的能力有大小,你说是不是?我考得不好,你说他们俩可打得什么劲儿?"

罗菲:"这还用问,我看你真快成笨蛋了。"

胖妮:"我笨蛋?刚才的电话给你打得怎么样?"

罗菲:"还凑合。嘿,一会儿我爸再问你地址你就可以告诉他了,我估计他们俩这会儿差不多快和好了,只要他们俩一块儿从这条路上来找我,你就算为人民立了一大功。"

胖妮:"没问题,你看我的吧!"

电话亭里的人出来了,两个孩子钻进去。

64. 家中　雨夜　内

妈妈和姥姥守在电话机旁。电话响了。妈妈接电话。

妈妈:"喂,是我。"

见女儿脸上愁云未开且越聚越浓,姥姥忍不住哭出声。

65. 电话亭　雨夜　外

胖妮立志要显示一下自己的才能,不免有点添油加醋地对着电话说:"是呀,她每次来我家都是走那条路。刚才我听我们院的邻居说,六点半左右的时候那儿出了车祸,一辆卡车撞了一个骑自行车的,而且是红色的二六车,是个女孩,已经被抬走了……"

罗菲拍地把胖妮手中的电话打掉,气急败坏地冲她喊:"谁让你这么说了!傻瓜!笨蛋!我让你这么说了吗?!"

胖妮也傻眼了:"你、你不是说要造成你出了大事的印象吗?"

罗菲:"傻帽儿!印象,你懂不懂什么叫印象……"

66. 家中　雨夜　内

妈妈听见了女儿的声音,听见了两个孩子在争吵。她先有些吃惊继而是气愤,然后是松了一口气,于是慢慢地听两个孩子在吵什么。

罗菲的声音:"你说得这么真,还不把她们吓坏了?!"

胖妮的声音:"那、那你不早说。"

罗菲的声音:"我早就说了,只是为了让他们和好!"

胖妮的声音:"那不就行了吗?你说你只要出了什么大事得了什么大病,他们就能和好,现在这不就行了吗?"

罗菲的声音:"行个屁!我要是死了他们就没法活了你懂不懂?还和好个屁?你可真叫笨?"

胖妮的声音:"对不起,罗菲你别生气。"

罗菲的声音:"对不起对不起,对不起管个屁用!"

妈妈轻轻放下电话,她全明白了。她不再焦急不再生气,而是感到深深的内疚。她慢慢地走开了。

67. 楼下门厅的传达室前　雨夜　内

爸爸还在焦急地打电话,给交通队,给公安局,给亲戚家,给学校,给派出所……

妈妈走到爸爸身旁,等他打完一个电话又要拨另一个电话时,妈妈把电话按掉:"不用打了。"

爸爸:"怎么?"他紧张地看着妈妈,像在等待不幸的消息。

妈妈疲惫地笑笑:"放心,没事了。"

68. 电梯中

妈妈依偎在爸爸怀里,爸爸搂着妈妈。两个人的表情都很复杂,松心、感动、庆幸、内疚……兼而有之。

妈妈哭了,轻声说:"是个好孩子。"

爸爸的声音也沉重:"我们还不如她。"

妈妈:"都怨我。"

爸爸:"不,怨我。"

妈妈:"是我的错。"

爸爸:"不,是我不好。"

两人紧紧搂抱着,电梯缓缓上升。

69. 电话亭　雨夜　外

雨小多了,五颜六色的灯光在积水的马路上,像一条童话中的河,电话亭的檐边还在滴水,罗菲和胖妮在电话亭里,罗菲一边拨号,一边恶狠狠地瞪着胖妮。

胖妮缩在电话亭一角,惊惶地看着罗菲。

电话拨通了,罗菲捂住话筒,对胖妮说:"过来,告诉他们,出车祸的不是我,快点呀!说,不是我。"

"喂,喂。"话筒里传出爸爸的声音。

胖妮接过话筒:"出车祸的不是我,噢,不是她,不是罗菲,我发誓。"

爸爸的声音:"我知道,胖妮,现在让罗菲听电话。"

罗菲:"废话,我没在这儿。"

胖妮赶紧对着话筒:"废话,她没在这儿。"

爸爸的声音:"不,她就站在你旁边,让她听电话。"

胖妮又捂住听筒:"咦?他怎么知道了?我可没说。"

罗菲只好从胖妮手中接过电话。

爸爸的声音:"罗菲吗?喂,是罗菲吗?"

罗菲小声地说:"是我,爸爸,我、我……"

爸爸的声音:"好了,不用再说了,我们不怪你……"

70. 家中　夜　内

妈妈和姥姥坐在一旁。听着爸爸和罗菲通电话。

爸爸:"不过这事你做得也太过分了,把妈妈和姥姥都急坏了。不不,我们不怪你,你的心意我们都领了。对对,妈妈没事,姥姥也没了,对,她们就在我旁边。……菲菲,我忽然觉得你已经长大了,我们不能再把你当小孩子看了,我们应该是平等的朋友,我觉得从今天开始我可以像对一个朋友那样对你说话了。菲菲,你对我有什么意见,或者你觉得爸爸这个人怎么样?"

罗菲的声音:"你是天下最好最好的人。"

爸爸:"不,你言过其实了。他可能不是一个坏人,但他身上有好多坏毛病。至少,这么多年,他在心底有一个很大的问题没能解决,就是自卑感。虽然他口头上常说,名和利这些东西都是不重要的,但这些东西一直都在影响他、威胁他,使他常常干出一些蠢事,结果弄得心情总不是很愉快,也伤害了别人。"

爸爸看了看妈妈,接着说:"菲菲,我和妈妈年轻的时候,在我们开始相爱的时候,我就说过,要让妈妈为我感到骄傲。妈妈也说,她相信我会使她骄傲。那指的不是名和利,而是一个真正的价值。这些事细说起来是很复杂的。总之,用名和利来衡量一个人的价值,至少是太简单了。菲菲,今天晚上让我重新记起了这些。谢谢你。"

爸爸认真听了一会儿电话,接着说:"不不,他是妈妈的朋友,也是我的朋友,他是个非常好的人。事实上,友情是友情、爱情是爱情、敬佩是敬佩、爱是爱。这些事你现在可能还不完全懂。是,那样糟糕的事以后绝不会再发生了……"

妈妈向爸爸做了个手势。

爸爸:"不,是我们,我和妈妈,向你保证。我很爱妈妈……"

妈妈又向爸爸做了个手势。

爸爸:"是的,妈妈说,她也很爱我,还有,我们都很爱你。我、你妈妈和姥姥都很爱你。"

71. 音乐厅后台休息室　内

休息室里只有罗菲和华光两个人。他们坐在一个长沙发上,茶几上放了两杯饮料。有些乐器堆放在角落里。墙上是各种海报和剧照。窗帷垂到地上,很安静。罗菲跟华光已经很熟识了似的,像两个老朋友那样闲聊着。

罗菲:"刚才我来的时候,传达室的老头还不让我进来呢,哼,他根本不知道我是谁。"

华光:"那他怎么又让你进来了?"

罗菲:"那当然,我说你是我的老朋友哇。"

华光连连点头:"对对对,老朋友,我们当然是老朋友。"

罗菲坐在沙发上一会儿摸摸这,一会儿踢踢那,没个老实劲儿。她想了一下说:"不过你别以为我认识你是为了想出国。"

华光:"当然、当然不是,绝没有这个意思。"

罗菲:"可是你也别以为我是个老保守,你懂吗?闭关自守可把中国害苦了。"

华光:"嚯,我看你是个政治家。"

罗菲笑笑:"小意思。"她走到墙角,摸摸乐器,若有所思地自语:"哼,等着瞧吧。"

华光:"怎么?"

罗菲的思路却又跑到别处去了:"其实我挺喜欢音乐的,可我不喜欢拉琴,这怎么啦?"

华光双手一摊学着罗菲的语气:"是呀,这怎么啦?"

罗菲:"可我最近又特别喜欢体育了,我们新换了个体育老师,特别好,特别特别特别好。"她的思路跳来跳去。

华光幽默地伸开双臂比画着:"这么好,这么这么这么好,是吗?"他心中充满慈爱,看着这个纯洁又富有幻想的孩子。

罗菲也被华光的幽默逗笑了。

华光:"其实我也是特别特别,特——别,喜欢体育。"

罗菲:"俯卧撑你能做几个?"

华光:"噢!那可是我的强项。"说着他俯在地板上很快地做了几个,又反转身面朝天做了几个。

罗菲:"嘿!看不出来,你还真有两下子。那你会拿大顶吗?"

华光:"拿大顶?"故意摇摇头。

罗菲:"咳,这没什么难的,我教你。"说着走到墙边拿起大顶来。"就这样。你要是工作累了,你就拿一会儿大顶,促进血液循环,增加大脑的给氧,改善思路。不过,你要是睡眠不好,这办法照样管用。"她一直倒立着说。

华光:"嚯,那我可得学学。"

罗菲:"要不要我帮你。"

华光:"我先自个儿试试。"说着,他不用靠墙就拿起大顶来,两脚悬空,两手在地上爬。

罗菲惊得放下腿,站起来:"哟,你还会蝎子爬哪,你知道不知道这叫蝎子爬。"华光爬着,她睁大双眼在旁边跟着,"这下我想起来了,姥姥说你过去是运动员。"

两个人又坐到沙发上,喝着饮料。

罗菲:"嗯,我有件事想求你。"

华光:"什么事?"

罗菲掏出吹黑管的小伙子给她的那两张卡片:"我有个朋友,吹黑管的,想让你给签个名,行吗?"

华光:"当然行,你的朋友也是我的朋友,当然得签。"

签罢名,罗菲说:"他吹黑管吹得棒极了,你要是让他签名,只管说,包在我身上。"

72. 音乐厅门前　夜　外

罗菲和华光从音乐厅里出来,两人依依惜别。

罗菲:"爸爸说,你永远是他和我妈的好朋友。"

华光:"当然,我这次见到他们,非常高兴。不,还有你,你们三个是我永远的朋友。"

罗菲骑上自行车远去。

华光望着罗菲的背影消失在夜色中,眼眶有些湿了,大概一切往事又都涌上心头……

73. 家中　日　内

父母的房间内。父亲和那个医学院实习生。

实习生:"我的那篇论文,您总该看完了吧?"不知为什么,他的语气极不友好,表情中甚至流露出气愤。

爸爸:"噢,看完了。真抱歉,这几天太忙了,我帮你搜集了一些临床实例,还没完全整理好。"

实习生:"我看就不必了吧,请您把它还给我。"

爸爸有些愕然,想不出自己什么时候得罪了他,只好说:"那没有什么不可以的,请你稍等一下。"开始在写字台上翻找,拉开一个抽屉,又拉开一个抽屉……

实习生冷冷地笑道:"还找得着吗?"

爸爸对他这种语气也不大高兴了:"请你稍坐片刻,我马上还给你。"接着便丁丁当当地东翻西找起来,渐渐他头上渗出汗珠,自言自语地说:"咦?见了鬼了,一直放在这儿的呀。"

实习生:"我看您不用白费力气了吧,在这儿呢。"他掏出几张铅字印的清样放在桌上,正是那篇论文。

爸爸看了那份清样:"噢?清样已经出来了。"接着奇怪地指着清样说,"哎?这是怎么回事,怎么署我的名?"

实习生:"您可真有意思,您问谁?我只有一份底稿,而且一直在您这儿。"

爸爸:"你这是什么意思?"

实习生:"再说,我也不认识这家编辑部的人,要不是我的一个朋友恰好发现了这件事,它大概已经算作您的文章发表出来了。"

爸爸有些激动了:"什么,你是说我……"

实习生:"我实在不愿意这么想您,可是,"他指指清样上的署名,"这怎么解释?"

爸爸拿起清样来仔细察看:"怪了,这是怎么闹的？咦？编辑部发的什么疯,简直岂有此理!"

实习生用嘲讽的语气说:"我看这跟编辑没关系。评不评得上副教授并不重要,重要的是人格。"

爸爸气得吼了起来:"你胡说！这是造谣!"他气得有些语无伦次了,用词也不恰当了:"这是污蔑！诽谤！陷害！纯粹是造谣!"他气得在屋里来回走,忽然转过身来冲实习生喊:"你给我出去！你要是这样看我,你立刻给我滚出去,滚出去！滚——"

实习生也气极了,倒退着出去,打开门,对爸爸说:"好,如果您还有一点诚实,咱们法庭上见!""砰"地关门而去。

爸爸对着关上了的门呆呆地站着,他做梦也没有想到会受到这样的侮辱,头都要昏了,肺都快炸了,猛地他朝那扇门扑上去,一通拳打脚踢。然后又跑回屋里。

姥姥不知发生了什么事,哆哆嗦嗦地出门,去找妈妈。

以下是爸爸一场疯狂的独角戏:他一会儿呆坐,一会儿又在写字台上或书橱上乱翻一气,一会儿又拿起那份清样翻来覆去地看,一会儿又使劲踢墙。因用力过猛,他跌倒在地上,有条绳子垂在眼前,他气得使劲一拉,稀里哗啦又是书又是报又是衣服砸在他头上。他简直就像愤怒的唐老鸭。他又坐到写字台前的转椅上,低着头一声不响,猛地他又暴发,一踢床,转椅转起来,再一踢桌子,转椅翻了,把他一个后滚翻摔出去,嘴角碰在椅子腿上,流血了……

74. 电梯里　日　内

妈妈和姥姥气喘吁吁站在电梯里,电梯上升。

妈妈:"到底是因为什么事?"

姥姥："唉哟,我哪知道,都快把我吓死了,昨儿是罗菲,今儿是他,我这心脏可受不了。"

电梯门开了,两个人匆匆走出。

75. 家中　日　内

妈妈进来的时候,爸爸正狼狈地瘫倒在墙角处,妈妈惊慌地跑过去把他扶起来："这是怎么啦? 啊? 你这是怎么啦?"

爸爸喘着粗气："唉哟,我,我算完了,完了。"

妈妈摸摸他的额头,又试一下他的脉搏："怎么不好受? 别急,慢慢说,到底哪儿不舒服?"

爸爸："心里,憋得慌,出不来气,唉哟——"

妈妈把爸爸扶到床上,赶紧在抽屉里找药。

爸爸呻吟着："唉,这叫什么事哟,这是谁干的事。是谁这么坑我,这么害我……"他又坐起来,挣扎着摸到那份清样,再看一遍,表情愈加痛苦。

妈妈找到了体温计和一小瓶药,转身回来。

爸爸："不、我没病,是这个,"他指着清样,"你看,你看看,你说我是这种人吗? 我能做出这种事来吗?"

妈妈接过清样来看。

爸爸："咱们俩认识快十五年了,你说我是这种人吗? 这么多年了你总了解我吧? 你说话呀。"

妈妈不解地说："我不懂,你的论文发表了有什么不好?"

爸爸呻吟着："唉,这叫什么事哟,这是谁干的事,是谁这么坑我,这么害我……"

76. 电话亭附近的路边　日　外

车流人流如潮。罗菲和胖妮坐在一节大水泥管道上,罗菲一言不发。胖妮正在数落她。

胖妮:"你还老说我笨,你看你这事办得有多笨!你还老以为你聪明,真想不到,你简直比我还笨,这不是把你爸给害了吗?回头法院要真把你爸给判了,我看你怎么办?"

罗菲:"我又不是存心,我真以为那是我爸写的呢。"

胖妮:"人家管你是不是存心的呢。亏你想得出来,还盖一个图章,你以为这人家就看不出来了呢?照样判你。"

罗菲想了一会儿,自语道:"我想帮他下个蛋,没想到还下错了,唉!……"她果断地跳下去,骑上车。

胖妮不解地:"哎——"

罗菲飞快猛骑,消失在人群中。

77.编辑部门前高台阶　日　外

挂着醒目牌子的某医学编辑部门口高台阶上。罗菲急匆匆地上台阶,忽然停下,发现了什么。

父亲从编辑部大门出来,他发现了女儿。

父女俩对视片刻。

父亲目光严肃而和蔼,罗菲的表情惭愧而倔强。

父亲放慢脚步,缓缓向女儿走去。

78.湖滨大道　日　外

父女俩并排在湖畔骑车,沉默着,爸爸不时地看看女儿,罗菲低头骑车,她有点害怕爸爸的目光。

父女骑车的背影,两辆车很接近,他们似乎说点什么……

79.湖畔　日　外

湖面上舢板运动员正在起劲地训练着,湖畔石椅上坐着父女俩,不远处停着两辆自行车。

女儿望着湖面上拼搏的运动员,父亲低头替女儿系好鞋带,抬头看看闺女。

罗菲:"我不是成心的,我真以为那稿子是你写的。"

爸爸:"噢,噢,我已经知道了。"

罗菲:"那怎么办呢?稿子要是发表出来……"

爸爸:"不会,不会,我已经找编辑部说好了,稿子已经撤下来了,所有的损失由我们赔偿,我们赔偿损失,这你就别管了……"

女儿咬着嘴唇,望着湖面。舢板在明媚的阳光照射下游动着,强壮的胳臂奋力摇动船桨,打起阵阵水轮。太阳一会儿进入云彩,一会儿又钻出来。舢板时暗时明地前进着。

80. 湖城河边　黄昏　外

父女俩站在河边,默默地看着河对岸。对岸有个三十岁的傻哥们儿,正脱掉背心登上高坡,活动活动他那干瘦的身子骨,做了几个预备动作,他似乎要做精彩的跳水表演。

"啪!"他整个横拍下去,姿势很滑稽。父女俩并未反应,继续着他们的谈话。

罗菲有些激动地冒出一句:"我还是觉得这不公平!不公平!一点儿不公平!干吗别人有时间写论文,就你没时间啊?你原来是医学院的高才生!就是!你要是有时间写论文,你早评上副教授了!干吗你整天干整天干整天干,看那么多病人,动那么多手术还评不上副教授?你给人家改那么多论文,都快改了一百篇了,可你自己的呢,倒没时间写……"

父亲:"好,好了,说了半天还不是这些事吗?这些东西不必那么认真。"

"啪!"又是一声。显然对面那位老哥们儿又狠狠地拍了一下,父女俩感到有点意思,向河面望去。

被拍后有些狼狈、有些不服气的哥们儿忍痛向岸上爬去,嘴里直哼哼着,上岸后又活动开他那身排骨。

罗菲:"不是! 我才不是图名图利呢! 我才不是这意思呢?"

父亲:"那你是什么意思?"

罗菲:"我是说这不公平! 这得改革,你是个老保守!"

爸爸:"嚯,好大的帽子,你说怎么改?"

"啪!"又是一声,只是比上一次拍得更狠更重,父女俩被这位哥们儿逗笑了,笑了一会儿,又接着说。

罗菲:"怎么改? 那得问你! 反正这不公平,说到哪儿也不公平,你就是太软弱了!"

爸爸诚心诚意地:"是,我是有不少缺点,你可以提。"

罗菲:"你刚才说你特别想写论文呢? 你说你有好几篇论文想了一大半呢,你还承认这不大公平。"

爸爸:"关键是怎么办? 要是有那么多病人来找你,你会不管他们吗?"

罗菲:"那当然不。"

爸爸:"要是有人要你帮忙看看稿子,你会说我才不管吗?"

罗菲:"那当然不会。"

爸爸:"如果晚上来了急诊重病人,你已经下班了,可是医院里人手不够,你能躺在家里睡大觉吗?"

罗菲:"当然不。"

爸爸:"这不就行了吗? 咱俩不是一样吗?!"

罗菲:"不! 不一样!!"

爸爸:"那你说怎么办?"

罗菲:"反正我还小,我说不过你。"

爸爸笑笑。

罗菲:"笑什么笑! 反正我跟你不一样! 反正你有些东西是不对的。可是我跟你不完全一样!"

整个谈话过程中,对岸老哥们儿不断机械地重复着拍打胸脯的跳水表演。每次都那么认真,父女谈话不时被他吸引,不时被他逗笑……他们谈完后,骑车走了,还回头看对岸,那位老兄又登上高坡认真做预备动作。父女俩骑车前行,他们越骑越慢,几乎停下车静候什么……

"啪!!"又是一声,显得更响,接着是那位老兄"哎哟、哎哟……"的哼哼声。

父女俩边骑车边笑起来,笑得很开心,罗菲若有所思地笑着,看了一眼父亲,她觉得父亲那么做,虽然她都同意,但肯定有哪儿是不对的。她一时说不清,正像那位跳水的哥们儿,精神可嘉,但肯定有哪儿是不对的,罗菲不会像他那样的,绝不会的。

81. 草地大树下　清晨　外(速度稍慢　梦幻感)

老树上的鸟笼全空了。(上百个白色的鸟笼的特写。)

老头依然坐在树下,罗菲趴在草地上,双手托腮,望着空空的鸟笼,像是在猜测,又像在想象。

罗菲:"鸟儿呢?"

老头:"没在笼子里吗?"

罗菲:"没有啊?"

老头:"噢,那就对了。"

罗菲:"怎么没了呢?"

老头:"鸟儿,不是能总待在笼子里的。"

罗菲:"那它们到哪儿去了呢?"

老头:"噢,这可谁也管不了。"

罗菲:"它们都在哪儿呀?"

老头:"哪儿都有,鸟儿,在所有的地方。"

渐渐响起鸟儿的叫声,一声、两声、三声、五声……鸟叫声越来越多,听起来响亮悦耳。

镜头拉开:草地、树林、老树、空鸟笼、蓝天……老头坐在老树下,罗菲躺在草地上已经睡熟。

　　叠入:罗菲睡得很香很甜,轻风吹动她的柔发。

　　叠入:草地如绿浪起伏,树叶沙沙如唱着一支摇篮曲。

　　再次出现片名:多梦时节。

荆　轲[*]

1. 旷野祭坛　夜　外

秦时明月,深暗的夜空占满银幕。

银幕下角,一人如蹬梯而上,先露头,再露肩……暗夜中容貌不清。此人整体显露时,恰停于银幕正中。他稍立片刻,轻撩袍襟屈膝跪坐,很久不动。

寂静中几声沉鼓。

随之火焰轰然蹿起。干柴噼噼爆裂,火光熊熊吞没此人。祈祷声嗡嗡如潮起。占满银幕的火和火中的人形摇晃起来。

镜头拉开:数十精壮的汉子扛起木架,架上是干柴、烈火和火中人祭,向祭坛行进。扮作鬼神的人们手舞祭器,簇拥于周围,蹦跳嘶喊如癫如狂。数百上千人的长队跟随,祈祷声越来越强。荒野高旷,巨石堆垒的祭坛立于河边高地。

人群中一个少年,火光在他的脸上和眼中闪耀、跳动。少年稚气的目光里含着惊讶和恐惧。

火焰中的人形隐约可见。

人们扛着木架走上祭坛的石阶。鼓乐喧喧,但在天穹中仍显孱弱、缥缈。

木架放在祭坛中央。扮作鬼神的人们在祭坛上跳着叫着,演变成歌舞。响起嘹亮的无字歌(或有字,但难辨其详),苍凉、高

---

[*] 与钟晶晶合作。

六、如吁苍天。

走向祭坛的人群拥满银幕。少年走在人群中,依旧是稚气、虔诚而惊恐的眼神。火光消退,夜色转为黎明,暗蓝色的光线中寂然无声。随之,人群和人群中少年的形象由实变虚,再由虚变实:已是青年荆轲走在逃难的人流中。

2. 荒原　日　外

野草稀疏,地气蒸腾,烈日灼烤下的荒原,一片刺眼的黄色。千里无垠的荒原上,一个骑马人缓缓独行。

片名渐显,渐隐。

骑马人走向镜头,看出是荆轲,风尘仆仆衣衫不整,马背上驮着竹筒。他走过镜头,远去,出画。

3. 咸阳郊外　日　外

"秦"字大旗猎猎招展。号角声声,凯旋的秦军人喧马嘶,扬起一路烟尘。字幕缓缓升起:

公元前260年,秦攻赵,坑俘四十五万。

公元前256年,秦攻赵、韩,取二十二城,斩俘十三万,周亡。

公元前248年,秦攻赵,取三十七城。

公元前244年,秦攻韩,取十三城。公元前242年,秦攻魏,取二十城。公元前241年,楚、赵、韩、卫、魏五国攻秦失败,秦破卫都。

公元前234年,秦攻赵,斩俘十万……秦王嬴政对赵、韩、齐、楚、燕六国的兼并战争,由此开始。

4. 咸阳城　日　外

秦军进城,旗幡涌动,民众迎候两旁。(字幕:秦都咸阳)

御驾亲征归来的嬴政端坐车中。他正当壮年,面容坚毅、冷峻、傲慢。队伍行进在城中大道。大道两侧楼阁商号鳞次栉比,一派繁荣。

嬴政的车马周围,数十护卫,刀枪林立。

突然,从路旁的楼顶上飞跳下三名刺客,一律黑布蒙面,正跳到嬴政车前。惊慌的护卫与刺客 A、B 搏斗,刺客 C 乘机直取嬴政。

但是慢了一步,一名护卫挡在嬴政身前,长剑刺入护卫胸中。这一耽误,众护卫纷纷上前抵挡住刺客 C,救出嬴政。

刀光剑影,三刺客被围困在当中。

有人(也可是惊魂稍定的嬴政)喊:"要活的!"众护卫停止厮杀,数十刀剑前后左右向三刺客围拢。三刺客一同倒转剑锋,剖面毁容,顿时三张脸鲜血喷涌。面目难辨的三刺客一同举剑齐喉。

A、B 立刻刎颈倒地。

C 却犹豫了一下,就在这一瞬间的犹豫中,众护卫一拥而上,打落了他的剑,把他扑倒。

5. 燕宫浴室长廊　日　外

镜头随一个捧衣前行的宫女背影,沿长廊推进。(字幕:燕都蓟城)

长廊内倒是一排格局一律的浴室,门间竹帘垂挂;外侧是木柱石阶,邻着庭院。每间浴室门外都堆着脱下的破衣烂衫,宫女们嫌恶地用竹竿将其挑拨到阶下。

镜头跟随宫女从一扇扇门前走过,闪现每间屋中沐浴的各方游士。他们有的与宫女调笑,有的浸在池中享受着从未有过的惬意。

琴声轻柔、悠扬,奏的是宫廷乐曲。

6. 燕宫浴室　日　内

蒙蒙水雾,荆轲浸在池水中,闭目听着屏风后的琴声。二侍者候立一旁。洗去了积日尘垢,荆轲的脸显出本来的年轻、端逸。

突然,厚厚的木壁拉开(或升起),现出林立的木栏。木栏里一只斑斓猛虎仿佛被惊醒了,扑跳咆哮。

琴声骤停。各小屋的隔墙也都拉开(或升起),相互连通。木栏里虎啸熊嚎,面对这突如其来的情况,其他应招武士都脸色大变,纷纷跳出水中。有的甚至顾不上穿衣,急着去抓地上的长剑,或退于屋角,或抽剑出鞘与猛兽对峙,惊慌无措。唯荆轲面不改色,端坐池中,镇定自若,泰然环顾。

各种野兽如山魈、巨蟒、鹰鹫,嘶鸣吼叫,距荆轲仅两步之遥。荆轲往身上撩着水,平静如常。

众武士瞪口呆地望望荆轲,又望望笼中猛兽,面有愧色。

荆轲出水,披上衣服。二宫女忙上前服侍,荆轲厌恶地推开她们。荆轲仍旧穿上来时的衣裳,系好长剑,谁也不理睬,转身而去。荆轲走出浴室,走过长廊。此时出现画外音。

(画外音)下一场田光的声音:"荆轲虽来自卫国,但他是齐相国庆封的后代,也算是出身名门,不是一般市井之徒可比,他从小饱读诗书,拜名师学剑,他的才能胜我十倍。太子,他才是您要找的人……"

7. 燕太子丹密室　日　内

光线幽暗。笼中的野兽安静地进食。兽笼外,是一丛丛怒放的血红色玫瑰。太子丹一只苍白的手入画,颤抖着摘下一朵花。

田光跪坐于太子丹面前:"……不要说那些前来应招的各方游士,就是您身边的数十门客也没有一个能与他相比。夏扶怒而面红,血勇之人;宋意怒而面青,脉勇之人;秦舞阳怒而面白,骨勇之人。只有荆轲才是神勇,他的镇定,可以说是泰山崩于前而面不改色。至于剑么……"

这时太傅轻轻进来,在一旁坐下。

太子丹的脸苍白、高贵、俊美得稍嫌精致。他把花凑近脸嗅着,微微点头,询问的目光依旧注视着田光。

田光试探的语气:"恐怕只有徐夫人,才能铸出太子您想要的剑吧?"太子丹的脸转向太傅,意思是:有什么事?

太傅:"不久前,在咸阳,三名刺客行刺嬴政未遂。"太子丹盯着太傅,目光里掠过一缕不易觉察的紧张。太傅会意:"三人毁容自刎,面目难辨,谁也不知道他们到底是什么人。"

太子丹仿佛松一口气,沉默良久,然后表情又变得从容:"田先生,您刚才是说到了徐夫人。她,现在何处?"

田光:"听说她在榆次。"

太子丹起身走向兽笼,背身看着幽暗中野兽绿闪闪的眼睛。田光起身:"太子,微臣拜别了?"

太子丹神经质地猛转回身:"等一下!"

田光:"太子还有什么吩咐吗?"

太子丹的表情又复常态,面带恭敬的微笑:"田先生,刚才所谈的,都是国之大事。请先生切勿泄露。"

田光显出一刻惊诧,随即掩饰,轻声道:"是,请太子放心。"

8. 燕市　傍晚　外

行人熙来攘往。身着胡服的东胡、山戎商人与燕国商贩混杂叫卖。兽皮、牛角、燕石、粟末、杏梅,以及各色犬、马,物品丰饶。

胡贩:"快看咧,夫余名马,日行千里……"

燕商:"燕牛角,最新的燕牛角,燕国的名产燕牛角……"

胡贩:"北山裘皮……"

燕商:"先生,您到燕国不买一块燕石么,不是美玉,胜似美玉……"

荆轲腰系长剑,牵马过市。马背上驮着沉重的竹筒。

9. 河边空地　夜　外

荆轲牵马走出燕市,走向郊外,走到河边。画外远远传来女声朗诵:"在东方天空有一片蓝色的土地,那是我伊尔哈女神的故乡,太阳的骄子,苍天的恩赐。"河边空地上一棵千年老树,树旁一顶帐篷。帐篷前临时搭起戏台,数盏火盆高悬,通明如昼。台上拉起大幕,鼓乐声声,一伙艺人正在幕前演戏。众人围观。朗诵变为男声:"我,九头恶魔耶鲁里,天下无敌……"

台上一个扮成九头恶魔的男人,一边舞蹈一边继续朗诵:"……九千九百九十九个格珊萨玛的恶魔耶鲁里。来吧,风暴、冰雪、恶浪滔天！来吧,妖魔、瘟疫,我要让天塌地陷日月无光！"

荆轲挤到人群前。这时大幕后又传出女声朗诵:"在萨哈林河水跳着浪花的时候,走来了我,伊尔哈女神。"

随之,大幕后走出一个漂亮的伊卢女子,她扮作"伊尔哈女神",身着胡衣、浓妆艳抹。在她身后,跟随着扮作河水、白云、树木、草地的四名女子。"伊尔哈女神"边舞边说:"人间的红玫瑰,你在哪里？人间的红玫瑰,你在哪里？"她的目光不断向围观的人群中扫视。

前排的荆轲,仪表不俗。他腰间的长剑熠熠闪光,尤为引人注目。

"伊尔哈女神"的目光似乎在荆轲的长剑上停了一下,继续朗诵道:"啊,我看见了,它在那里,在那里。"她手指荆轲,"人间的红玫瑰,它就在那里……"众人的目光都投向荆轲,弄得荆轲莫名其妙。

这时"伊尔哈女神"走下台,走进人群,走到荆轲身边。忽然,她从荆轲身上奇妙地取出一朵鲜红的玫瑰花,然后又走上戏台。

台上的"伊尔哈女神"举着那朵玫瑰,继续边舞边说:"你是爱的精灵,你将驱散恶魔,给我们带来幸福和光明。东海的太阳照着没有争战的山岩草地,没有哭泣的千里帐包……"她停住舞步,忽然伸手向台下,"来吧,给我们带来红玫瑰的人,来吧……"

随之,她身旁的河水、白云、树木、草地都动起来,并且走下台。四名女子牵了荆轲的衣服,把荆轲引上台,交在"伊尔哈女神"手里。

音乐声中,"女神"拉住荆轲的手走进大幕后去。

10. 船上　夜　内

船中烛火跳动。伊卢女子未卸装,依然是戏中"女神"的样子,与荆轲相对跪坐。桌上摆了酒。船在河上随水漂行,窗外时而闪过星光。

荆轲:"你是谁?"

伊卢女子不答,却说:"知道为什么请你来吗?因为你给我们带来了红玫瑰,伊尔哈女神要给你奖赏。"不等荆轲说话,便又说:"咱们先来个游戏,伊尔哈女神最喜欢的游戏。先猜猜你是谁。"

伊卢女子把几个骨牌在手里摆弄。她的左手上有一颗圆圆的黑痣。她把骨牌摆弄了一阵子,然后看着荆轲说:"你的名字嘛,草下有井,井旁有刀。"说罢用手蘸酒,在桌上写下一个"荆"字。(古"荆"字是由草字头下,左边一个"井",右边一个"刀"组成。)荆轲露出惊讶之色。

伊卢女子得意地笑笑:"我对了,那么再看看。"然后又把那几个骨牌摆弄一阵,神秘地对荆轲说:"啊,你终会爱上一个女人,不过,她将死在你的手里。"

荆轲:"为什么?"

伊卢女子不回答,只说:"这是骨牌告诉我的。"然后她把话题一转,"你能知道我的牌到哪儿去了吗?"

荆轲看桌上,骨牌已经不见。

伊卢女子狡猾地笑着,从脑后取出骨牌:"在这儿。你得喝一杯。"

伊卢女子又抓起骨牌,甩动衣袖转了个圈,问荆轲:"这回呢,在哪儿?"荆轲指指她的衣袖,伊卢女子,"错了。它在这儿。"她又从脚下取出了骨牌。荆轲又饮一杯。

如是者再三。伊卢女子或从腋下或从腰间取出骨牌,荆轲总是猜错。荆轲一杯又一杯地喝酒,渐渐有些醉意。

当伊卢女子再问他时,荆轲扑向她,把她搂在怀里,在她身上摸着:"不,它应该在这儿。"说着便要吻她。

伊卢女子挣脱开,把自己的酒倒进荆轲的酒杯:"慢慢饮,我的雄鹰。"喝下这一杯,荆轲已是醉眼蒙眬,站立不稳。

伊卢女子开始为他跳舞。

荆轲几次想抓住她,都没能抓到,终于倒在地上。

这时伊卢女子停了舞,走近荆轲,见他已经大醉,便去拔他腰间的剑。剑系得很牢,她用刀割断皮绳,摘下剑,走向船头。

荆轲挣扎着爬起,追上去。两人为夺剑撕扯起来。忽然船一倾,两人同时落水。

11. 岸上　夜　外

荆轲浑身湿透,爬上河岸,远远看见伊卢女子正独坐在峭岩头。

伊卢女子白色的衣裙湿淋淋地贴在身上,脸上的彩妆也被洗褪。她在月光下仔细看那柄剑,安静、美丽,恍然似仙。

荆轲向峭岩攀爬。

待荆轲攀上峭岩。但那儿已空空无人,唯有月光。

12. 河边空地　夜　外

荆轲趔趄着走到原来伊卢女子演戏的地方,但那儿人群早散。

帐篷、戏台以及荆轲的马和竹简都不见了,只有那棵老树孤零零地矗立于河边空地。

13. 船上　黎明　内

船舱内荆轲昏睡着,黎明的微光照在他脸上。出现击筑声。荆轲慢慢睁开眼。

舱外,船头上是他的马和竹简。画外高渐离的声音:"荆兄,你怎么在这儿?"高渐离坐在荆轲身旁。

荆轲看看高渐离,说:"我吗,顺水漂流罢了。"

高渐离说:"嘿,你知道谁在找你吗?太子丹。是太子丹,你听见没有?"

荆轲面无表情地问:"就是那个用笼子里的豺狼虎豹来考验我们的人么?"

高渐离:"他可是当今唯一渴望招贤纳士的人哪。"

荆轲:"招贤纳士,哼,他怕是要招杀狗宰羊的吧。"

高渐离:"可听说是田光先生举荐了你,所以太子丹不可能是你说的那种人。能像当年孟尝君那样礼贤下士的仁义君王,当今也只有他了。"

荆轲一下子坐起来:"田光先生?"

高渐离笑了:"小子,你听清楚,你他妈的可是要时来运转了!"

14. 田光宅邸　日　内

室内光线较暗。帘外细雨蒙蒙。荆轲与田光相对跪坐于席上,中间一几,几上放着酒具。远远传来宫中的乐曲、琴音,两人伫听,沉默良久。

田光:"唉,燕王只知歌舞作乐,燕国的前途全在太子一个人了。"

荆轲不语。

田光："我想，太子一定会委你重任。不过你要记住，我举荐你，绝不是出于私情。"

荆轲低头："荆轲明白。先生和我，都不是徇私情的人。"

田光端起酒爵，一饮而尽："临别时太子对我叮嘱说，密室所谈都是国家大事，万万不可泄露。想来他也会疑心我举荐不实吧。身为士，不能取信于人，是最大的屈辱。"

荆轲急切地："先生放心，荆轲一定会用行动来证明先生举荐得正确，消除太子对先生的疑虑。"

田光叹了口气："那我就放心了。"说着缓缓伏地而拜，"田光老朽，一生空有大志，如今能够为燕国举荐荆卿，死也就瞑目了。"

荆轲大惊，连忙伏地回礼："不敢当不敢当。荆轲无才无能，一切还要靠先生指引哪。"膝行上前，扶起田光。

田光："荆卿稍候，田光还有一件东西要交给太子。"说罢走出帘外。荆轲疑虑地等候着。突然听见"当啷"一声，荆轲急忙冲出帘外：

但已经晚了。田光倒在堂前，鲜血从颈间汩汩而出，手边不远是落地的佩剑。荆轲跪倒在田光跟前。

田光气息微弱："……告诉太子……我，我不会……泄密了。"
细雨飘洒。远处的宫廷乐曲依旧！

15. 太子宫　夜　内

殿堂内烛火通明。太子丹与门下众士坐在兽皮铺陈的华宴之上。

太子丹："田光先生以死力荐荆卿，这是上天助我燕国。我广交天下贤士，为的就是佐助父王，振兴燕国，抗击强秦。如今有了荆卿，我们从此不怕他嬴政了！"举杯，"敬荆卿酒！"

众士默然，无人响应。

太子丹放下手中酒爵,微笑着对荆轲说:"我门下这些勇士,难得这么谦让,荆卿请不要见怪。"

荆轲含笑不语。

突然,一个粗鲁的声音打破僵局:"汉阳人夏扶有话问先生,不知当问吗?"

荆轲抬眼:"请讲。"

夏扶:"据说,一个人,在家乡默默无闻,就不必指望他有什么作为,对吗?"

荆轲沉静地望着夏扶,等他说下去。

夏扶:"一匹马,要是没有拉车的本事,就不能知道它是不是好马,对吗?"

满殿寂静。

夏扶:"你既然周游列国,为什么至今毫无作为呢?"

有人高喊:"你用什么来拯救燕国,请说出来!"

众士:"对,说出来!""说呀?""说出来!"

太子丹望着荆轲,脸上的表情高深莫测。

荆轲感到了太子丹的目光。他站起身,一向平和的目光此刻焕发出迫人的神采,与夏扶对视。

荆轲:"一个人有超世的本领,就不必先急着得到家乡人的承认。"

夏扶一愣。众人肃然。

荆轲:"一匹马,能跑千里,又为什么非要去拉车呢!"这针锋相对的回答,令众士面面相觑,无言以对。

荆轲沉稳地侃侃而谈:"从前吕望杀牛的时候,人们都以为他是最下贱的人,等遇到周文王,却当上了军师。一匹千里马,如果只是拉车,谁又能不认为它是最笨的马呢?可遇到了伯乐,它却施展出日行千里的才能。这样看来,用在家乡的表现来判断一个人才,用拉车来挑选良马,岂不是太蠢了吗。"

有人又喊:"道理是不错,可是你用什么来帮助太子呢?"

荆轲:"太子如果有昭王的志向,我荆轲就是乐毅!我要让燕国重现先辈召公时代的强盛、辉煌,上要与夏、商、周三王并驾,下要同齐桓、晋文、秦穆、宋襄、楚庄五霸看齐!"

这时一侍者捧上一捆捆沉重的竹简。荆轲接过竹简,跪地献给太子丹。

荆轲:"荆轲伏案六年,写成治国之策,献给太子。"

太子丹接过竹简,然后再次举爵:"敬荆卿酒!"

众士响应:"敬荆卿酒!"

16.塞外猎场　日　外

白日苍凉,荒野空阔,山林旷远。鹿群惊奔,扬起数里烟尘。

远处,号角阵阵,旗幡飘摇。围猎的兵士们追捕猎物,纵马驰骋。身着猎装,策马狂奔的太子丹。他的身旁,是荆轲。

17.塞外猎场山林　日　外

一头鹿在灌木丛中奔逃,落入陷阱。

兵士们骑马跑来,兴奋地高叫着围向陷阱边。

鹿在陷阱底团团转,试图夺路而逃。井边兵士甩出绳索,套中鹿颈。挣扎着的鹿被拖上来。

18.塞外　黄昏　外

车辚辚,马萧萧。车上横七竖八地躺着鲜血淋漓的猎物:狼、狐、鹿、熊……兵士们或骑马或徒步,随车前行。

太子丹(先是画外音,然后太子丹与荆轲骑马并行入画):"说起来,我与嬴政还算是总角之交,小时候我们同在赵国。叮是,我作为人质到了秦国,他竟毫不念及当年友情,说,除非马生角,天下谷,才放我回燕……"

远处古长城遥遥可见。

19. 塞外古长城　黄昏　外
表砖斑驳的古长城,巍然屹立在茫茫塞外。

太子丹:"为了换我回来,父亲不得不把燕国最美丽的丽人公主送到了秦国……"话头打住,仇恨和痛苦扭歪了他的脸。

荆轲:"太子好像很喜欢她。"

太子丹沉吟良久,说:"世上有一种女人,像火一样,能把男人烧成灰。"二人策马走上长城。

太子丹:"这长城,是先帝昭王为抗击东胡修建的……"感慨万端,抚墙叹息,"当年,我摆脱了秦兵的追杀,就是从这儿回到了家乡的……一切,好像都在昨天。"

荆轲:"那,丽人公主呢?"

太子丹似乎周身一抖:"她,死了。"他脸色阴沉,望着落日映照下的群山,"我与嬴政不共戴天!"

20. 离宫　傍晚　外
荒草萋萋。林木掩映之中,可见离宫久无人居的亭台楼阁。

荆轲与太子丹在荒草颓墙边的小路上款款而行。小路通向亭台。

荆轲(先是画外音,然后荆轲与太子丹漫步入画):"抗秦的策略,只有合纵,向西,与韩、赵、魏三国结盟;向北,与匈奴和好;向南,联合齐楚。效法当年苏秦,太子,我荆轲可去游说列国……"

太子丹谦恭地听着,但含笑而不置可否。

亭中已点燃烛火,摆上酒席。二人走来,入座。一侍者端上一只敦,请荆轲揭盖。

荆轲:"这是什么?"

太子丹微笑:"听说荆卿爱吃马肝,我让他们把我的坐骑杀了。"

荆轲惊:"太子的坐骑?那可是一匹千里马呀!"

太子丹:"只要荆卿喜欢,区区一匹千里马又算得上什么?"

荆轲无语。

太子丹饮酒,环顾四周:"你看这离宫怎么样?"

荆轲:"很美。"

太子丹拍手:"司空!"

一官吏入亭伏拜:"见殿下。"

太子丹:"修整离宫,改作荆馆。请荆卿尽快搬来住。"

官吏领命而去。荆轲感动倍加。

这时有侍从进来,在太子丹耳边轻声说:"太傅请太子回宫,有要事……"

太子丹脸色顿变。

21. 太子丹密室　日　内

太子丹匆匆走进来。太傅迎上前。

太子丹:"怎么回事?"

太傅:"有人看见他了,他确实活着。"

太子丹:"不会弄错吧?"

太傅摇头:"我想不会。他们说他毁了容。"

太子丹倒吸一口冷气,坐下:"你怎么想?"

太傅沉吟片刻,说:"他不该活着。"

太子丹轻轻点头:"他的嘴一旦不牢,就会给嬴政来犯以借口。"

太傅:"我想他还不至于。"

太子丹:"你真的这么以为?"

太傅:"就怕夜长梦多。"

太子丹沉思不语。

太傅问:"我们的计划,太子还没对荆轲说?"

太子丹摇头:"这个人深沉得很,只怕不会轻易……"

太傅:"他还在策划着合纵六国?"

太子丹:"他的志向很高。"

太傅:"不过,他们这种人有一点太子可以放心……"提醒似的看看太子丹,"士为知己者死。"

太子丹点头:"所以,在这个节骨眼儿上,才不能节外生枝!"

太傅:"那么他……最好是已经死了。"

太子丹:"你准备让谁去办?"

太傅:"舞阳。"

太子丹:"不要让荆轲知道。"

太傅点头会意,向门外走,走到门口但又停下,转身问:"怎么对舞阳说?"

太子丹:"嬴政的奸细。"

22. 戏帐　日　内

台上正在排练伊尔哈女神和九头恶魔的双人舞,两个人在台上周旋。(这可以是一种很具现代风格的舞蹈,形式感很强,舞姿狂放洒脱,没有台词只有音乐。)镜头拉开,这时看出是在帐篷内,没有观众,艺人们是在排练。台下一排排长木凳差不多都空着。

台上,舞蹈着的伊卢女子的目光忽然投向帐门。

帐门那儿,荆轲走进来。他站着看了一会儿,在长木凳上坐下。

台上,双人舞仍在进行。音乐骤然紧张,随之从篷顶上纷纷跳下装扮各异的妖魔鬼怪。妖魔鬼怪把伊尔哈女神团团围住,把她高高举起,跳着叫着,在恐怖的鼓乐声中走进后台。

23. 戏帐后台　日　内

后台,艺人们一堆一群地说笑打闹着。各种道具五彩缤纷。荆轲穿行其中,寻找着,但不见了那个伊卢女子。

忽然,从帐窗中看见,伊卢女子的身影在窗外的阳光里一闪。荆轲忙追出帐门,看见她已远远地走进燕市熙攘的人流。

24. 城门附近　日　外

荆轲东张西望,追到城门附近。

伊卢女子在人流中走着,回过头来望荆轲,笑笑,然后走出城门。

25. 郊外荞麦地　日　外

开阔的荞麦地,如紫红的大地毯上飞霜落雪,太阳灿烂地照耀着,伊卢女子的身影在麦浪中时隐时现。

荆轲追来,表情诧异又兴奋。

远远地出现一座钟楼,伊卢女子向那儿走去。

26. 钟楼　日　外

楼梯陈旧,落满尘灰。荆轲拾级而上,随楼梯回转上到楼顶。

楼上是成排高悬的铜钟,大小各异。荆轲在铜钟间走着,不见伊卢女子。荆轲走到一处,见地上有很多撕碎的玫瑰花瓣,荆轲不解,下意识地朝外望。

外面也到处不见伊卢女子的影子。但荆轲却看见,在荞麦地里有一个黑衣人。那人身披黑色斗篷,脸也遮在连衣的帽子里,在红梗白花的荞麦地里踽踽独行,格外显眼。

这时身后的钟响起来,荆轲回身看时,满楼的钟也都敲响。

荆轲再往外看时,见黑衣人已经走远。朝黑衣人走去的方向看,不远的地方有一座不大但是漂亮的宫殿。

27. 荆馆　日　内

荆轲回到荆馆,走到书房外间,见七零八落散乱着一地竹简。

荆轲进到里间,见那伊卢女子背对他,正左顾右盼搔首弄姿。她把竹简一圈圈挂在腰上,仿佛竹裙,前移后退上下打量着自己。

荆轲停步,先是惊讶,随后变得很感兴趣的样子看着她。

伊卢女子对自己的创造颇为得意,穿着"竹裙"手舞足蹈起来,拍手,旋转。这时她看见了荆轲。但她并无惊惧,目光与荆轲对视一下,笑笑,继续她的舞蹈。待她舞罢,荆轲笑着说:"咳,这是书,不是裙子。"

伊卢女子低头看竹裙:"书？就是这些用绳子穿起来的竹片儿？"

荆轲:"这上面记着祖先的思想和智慧。"

伊卢女子笑了:"思想和智慧应该在这儿,"指指自己的心,"怎么会在竹子片儿上。"她轻轻一扯,竹简哗地都落在地上。

荆轲:"你怎么会在这儿？你是怎么进来的？"

伊卢女子:"只要我愿意,燕国的地方,没有我不能到的。"

她赤着脚,踩过地上的竹简,走到桌前取过剑来,对荆轲说:"你的剑我也不要。我还以为是什么好东西呢？"

她抽剑出鞘,看了一下:"为什么不开锋？"

荆轲:"不必开锋。"

伊卢女子:"不必开锋？一把剑,不能杀野猪也不能刺虎豹,算什么剑？"说着,剑在手中把耍,剑尖抵在荆轲胸前。

荆轲轻轻拨开剑,并敏捷地把剑捉在自己手里,瞬间剑已入鞘。动作之娴熟,令伊卢女子不得不对荆轲刮目相看。

荆轲全不在意,说:"真正的得道之剑是不用开锋的,得天下在道,不在剑。"

伊卢女子认真起来:"道？什么是道？"

荆轲:"正义,仁,信。"

伊卢女子愣一下,笑了:"啊,这都是你从那些竹片上学来的?"然后转身在屋里走来走去,四顾察看。

伊卢女子:"这就是你住的地方吗?"摇头,"不好。蓝天才是最好的屋顶,草地是最好的床,可你们却要用泥巴把自己封起来。"说罢就要离开。

这时荆轲上前,一把抓住她的手:"等等,你还欠我一样东西。"

伊卢女子愣愣不解。

荆轲脸上一副诡秘的表情:"忘了?你身上的牌我还没找到呢。"

伊卢女子明白了,眼神略带俏皮和讥讽地说:"你急什么?"甩开荆轲的手,"能不能找到牌,这还要看你的本事呢。"说罢转身,扬长而去。

28. 战场(战争背景)　日　外

人嘶马啸,鼓号阵阵,刀光血影,烽火连天。

飞扬的"秦"字旗,奔驰的秦军车马,声势如雷,排山倒海。熊熊燃烧的城池,城头竖起白旗。

韩王赤膊负荆,跪在城门前。身后跪着老老少少一大排韩国王公。

字幕:公元前230年,秦攻韩,俘韩王,韩亡。

29. 燕王宫　日　内

燕王端坐殿上,文武大臣排列左右。殿下,秦使倨傲不跪,昂头而立。

秦使:"樊於期是我秦国叛将,他随成蟜谋反,罪在不赦!阁下私自收留他,可知这是存心与我秦国为敌,是对我们大王的公开侮辱么?!"

燕王嗫嚅:"这……"

太傅上前:"我王长期养病,不问朝政。这樊於期的事……"

秦使拂袖:"用不着你插嘴!我要和你们那位太子说话,那位秦国过去的右大夫他在哪儿,请他出来!"

30. 露天铁矿、炼铁场及兵造坊　日　外

巨大的露天铁矿全景。矿坑鳞次栉比,旷野满目疮痍。支着木架的斜井。堆积如山的矿石、木柴。炼铁炉中,炉火熊熊。密如蚁群的老少奴隶,奋力劳作。背石扛木的,浇铸铁水的,拉风箱的,锻打兵器的,汗水淋漓疲惫不堪。监工手执皮鞭虎视眈眈。

太子丹在主管官吏的陪同下视察。太子身后跟随着一群门客。

主管官吏:"微臣不敢懈怠,昼夜冶炼锻造。一天可打矛、剑、戟各式兵器,总数一百余件。"

太子丹面无表情,走到一乘战车前。

主管官吏讨好地:"殿下,这样的战车,我们已造成数十乘。"

太子丹冷笑:"我要的不是数十乘,而是数百乘!至于兵器,你必须每天打出五百件!记清楚了吗?不是一百,也不是二百,是五百!否则我要你的头。"

主管官吏目瞪口呆,嗫嚅不敢言。

太子丹看也不看他:"退下。"

太子丹怒气未消,忧心忡忡,默然远望。

这时候,远处一股烟尘,几骑人马飞驰而来。近了,看出是夏扶等人。

夏扶浑身伤创累累,滚鞍下马,跪地伏拜:"太子,徐夫人请到了。"

太子丹问:"宋意呢?"

夏扶:"各国都在找徐夫人,我们几经周折,才把徐夫人抢到手,摆脱围追,死里逃生回到燕国。宋意,他……"

夏扶身后,一匹马驮着宋意的尸身,尸身用白布缠裹着。

太子丹走到宋意尸身前,看了一眼。然后转身道:"回宫!"

31. 太子丹密室　日　内

光线幽暗,只有太子丹和徐夫人。徐夫人鬓发花白,衣着举止颇具仙风道范。

徐夫人:"太子找我来有什么事?我能帮太子做什么呢?"

太子丹:"夫人爽快,那么我就直言了。我要请夫人为我铸一柄剑。"

徐夫人:"干将、莫邪的雌雄双剑,欧冶子的湛卢、鱼肠,风胡子铸的龙渊、太阿,都可水断蛟龙,陆斩犀虎。要论行刺,则是专诸鱼阳之剑最为著名。不知你们要什么样的剑?"

太子丹:"不,这些剑好是好,但都不是我想要的。我听说,夫人手中有一剂铸毒剑的药方。"

徐夫人略惊:"你是要这种剑?"

太子丹:"这种剑,天下只有夫人能铸。"

徐夫沉默片刻,说:"可惜,我不能从命。先师临终之时嘱咐,如此狠毒的兵器不可再流传世间,我们都已发过誓,此方不可再传,此剑绝不能再铸。"

32. 太子丹密室　日　内

室内只剩太子丹一个人。他在兽笼前焦躁地走来走去。

太子丹停在桌前,桌上是荆轲写的捆捆竹简。他从中抽出一卷,走到兽笼前。

笼中的狒狒攀跳着,叫着。

太子丹扯开竹简,一只只抛入笼中,看狒狒们争抢着。他索性把整卷都扔进去。

笼中,狒狒们好奇抱着竹简,撕扯着,啃咬着。

33. 荆馆　夜　内

灯下,荆轲伏案写简。

忽听窗外有响动,像是有人跳进墙,接着便有剑与剑相击之声。荆轲取剑出屋。只见一黑影蹿上墙去,另有几人随之逾墙追去。这时,秦舞阳带着几个人举着火把来到荆轲面前。

荆轲:"舞阳,是什么人?"

秦舞阳:"嬴政的奸细。"

荆轲:"怎么,还没有抓到?"

秦舞阳:"这家伙身手不俗。他就在这附近,荆兄请多加小心。"

秦舞阳说罢带人出门追去。

34. 郊外山下　夜　外

火光冲天,整座山都在燃烧。山下都是燕兵,把山团团围住。

山下某一处,太子丹一言不发地望着火光,静听秦舞阳在发号施令。

秦舞阳在布置围捕,向兵士们交代任务,或向东或向西,意思是:一定要抓住那个秦国的奸细,便是烧焦的尸首也要找到。兵士们纷纷领命而去。

秦舞阳:"太子请放心,这一次他就是插翅也逃不掉了。"

太子丹仍不语,脸色阴沉。

秦舞阳一揖,领人而去。

太子丹身边只剩两名卫士。他望着满山大火,走来走去,若有所思。

正这时,突然从大火中跳出一个浑身是火的人。只见他就地一滚,滚灭身上的火。太子丹一惊。

两名卫士挥剑相迎,可哪里是那人的对手,"叮当"几下,两名卫士的剑已被打落在地。那人并不伤两名卫士的命,转身要逃。

太子丹正要抽剑,那人的剑尖已指住他抽剑的手,意思是:别动。两人四目相对。

这时才看出,那人满面伤疤。

那人也似认出了太子丹,持剑的手有些发抖,呆愣片刻,缓缓收剑入鞘,猛转身向黑暗中跑去。

35. 小酒店　日　内

筑声。小酒店内,荆轲和高渐离临窗而坐。高渐离击筑,荆轲一口口喝着闷酒。筑声停,高渐离看看荆轲。有那么一会儿,两人相对无言。

荆轲沉重地说:"昨天我到田光先生的坟上去了。"又是一阵沉默。

荆轲:"我真不知如何才能报答田光先生的举荐!我现在受着太子的厚待,住着豪华的离宫,每日海味山珍,身旁美女如云。田光先生以命荐我,难道就是为了这个吗?"

高渐离:"你不是已经把你救国的方略都交给太子了吗?"

荆轲长叹一声说:"唉,我真摸不清太子心里是怎么想的。"

两人继续喝着闷酒。

一会儿,荆轲忽然自嘲地笑道:"我现在是个什么人?简直像个游手好闲的浪荡公子了,每天混迹于燕市,哈哈哈……竟然也有了点艳遇。渐离兄,燕市上常常有个戏班子,你知道吗?"

高渐离:"你是说那个跳舞的伊卢女子?"

荆轲微笑着说:"对,我和她还有过那么一点小小的缘分。"

高渐离非常感兴趣地:"噢?"

荆轲:"你知道那天早晨我为什么躺在那条船里吗?你还记得吗?头天晚上,我和她就在那条船里。"

高渐离闻之大笑:"荆兄,你可真是艳福不浅哪!"

荆轲苦笑道:"不不,她要的是我的剑。"

高渐离追问:"然后呢?"

荆轲:"然后她就把我掀到了水里。"

高渐离放声大笑,说:"就这样你也应该知足了。你知道她是谁吗?她可不是一般的卖笑女子,传说她是伊卢的公主。你看见钟楼那边的那座漂亮的宫殿了吗,听说她就住在那儿。而且,听说常常有一个神秘的黑衣人,跟在她身边。"

荆轲略忖:"黑衣人,他是谁?"

高渐离:"没有人知道他是谁。"

荆轲又饮一杯,爽笑道:"这么说,我倒要去会会这位伊卢公主。"

36. 伊卢公主宫　夜　内

纱帐外,一大束盛开的红玫瑰,猩红如血。镜头拉开,纱帐内,伊卢公主正在沐浴。她躺在池中,蒙蒙蒸气中,她一边平静地洗浴,一边对纱帐外说:"比起你宫中那些嫔妃,我怎么样?"

这时可透过纱帐,看见黑衣人模糊、不动的面影。

伊卢公主接着说:"听说你从来不同她们亲热,为什么?是一心要为燕国复仇吗?还是你一心想要我?"

黑衣人还是不动,也不说话。

伊卢公主笑,说:"为什么你不说话?啊,你脸红了。不管你用多么厚的黑布蒙住自己,我还是能看见,你脸红了。"停一下,又说:"在燕国,以你的权力,你可以得到你想要的一切,包括此时此刻。你完全可以进来。你为什么不进来?"

黑衣人喃喃地说:"你以为我是嬴政吗?"

伊卢公主:"那你要的是什么?我的心?"哈哈大笑,"不,你要的不是这个,你要的是复仇,你要的是嬴政想要而没有要到的东西。"

黑衣人:"注意你自己的身份。"

伊卢公主:"身份?什么是身份?伊卢人要的不是身份,是自由。我是一个自由的伊卢人,伊卢的公主!"

黑衣人:"伊卢已经没有人了。这里就是你的家。我把你从秦国带出来,就是为了让你回这个家。"

伊卢公主从池中跳起来:"这不是我的家,我的家不会把我拿出去送人!放我回去,我要回伊卢,我要守着阿妈的墓,我要守着她!"

黑衣人转身离开。

黑衣人大步走出浴室,走出厅廊。侍女纷纷避让,低头致意。背后传来伊卢公主的哭声,抽泣中喃喃叫着阿妈。

37. 樊馆　日　外

庭院空落,草木扶疏。青苔斑驳爬满石阶,一条老狗从走廊中入画,随后是一个老态龙钟的男人,步履迟缓表情呆滞。老人走到院中,在石凳上坐下,狗卧在他脚边。风吹草木,老人瑟瑟发抖。老狗望着主人,一副爱莫能助的目光。

樊馆的后山坡上,太傅陪同秦使向院中观望。

太傅:"你都看见了,樊於期老而多病,已经是没有用的人了。"

秦使傲慢地冷笑:"正因为这样,我们才急着要他的头!"

太傅:"你现在下去,立刻就可以取到他的头。"

秦使依旧冷笑:"我怕脏了我的剑!你是个明白人,秦王所要的,是燕太子亲手取下的这颗头。"

38. 荞麦地　日　外

公主宫外的荞麦地里,走来了荆轲。

红色的夕阳,斜照在宫墙和宫前小路上。荆轲下马,步上宫门的石阶。

39. 伊卢公主宫　日　内

琴房内,伊卢公主在独自弹琴。琴声忧郁,她苦闷的脸与在燕市上判若两人。

侍女来报:"外面来了一个男人,他说公主欠他一样东西。"

琴声停。

伊卢公主:"什么?"

侍女低下头:"他就是这样说的,说公主欠他一样东西。"

伊卢公主起身,略思。

另一侍女:"要不要赶他走?"

伊卢公主:"不,叫他进来。"

40. 伊卢公主宫　日　内

客厅里,只伊卢公主一人迎候荆轲。

荆轲在侍女的引领下走进来。荆轲昂首阔步,打量着气派的厅廊和讲究的陈设。

伊卢公主的声音:"请坐吧。"

荆轲循声望去,见厅上伊卢公主峨冠玉珮,正襟危坐,神情高傲。荆轲微微一笑,坦然落座。

两名侍女端上茶果,并为荆轲斟酒。荆轲并不用酒,唯淡淡一笑。伊卢公主挥挥手,所有的侍女都退下。

伊卢公主:"听说你是来要什么东西? 那么,你要什么?"

荆轲大笑。

伊卢公主:"你笑什么?"

荆轲:"我要什么,难道你还不知道吗?"

伊卢公主脸红一下,随之变色道:"放肆!你知道你是在和谁说话?"

荆轲面不改色:"那么你知道你是在和谁说话吗?"

伊卢公主语塞。

荆轲笑笑站起来,在厅中巡视:"你就住在这儿?可惜堂堂的伊卢国公主,说什么天当房地当床,却住在这样一个泥巴铸成的大屋里。而且你这个小窝,比我那个更厚更深。"

伊卢公主虽已感到伤害,但仍强作傲然说:"我愿意,我愿意住在这儿。只要我愿意,我也可以住到大草原去,住到伊卢国的所有地方。"

荆轲:"你愿意?我看你是无奈吧?你的自由,不过是乔装打扮一番,弄神弄鬼玩点小孩子式的恶作剧,要不就是强颜欢笑去寻欢作乐。让我也给你算一卦吧,看起来你好像很自由很快乐,其实你最孤独,最寂寞。"

伊卢公主恼羞成怒,猛地抽剑出鞘,直抵荆轲。

荆轲低头看剑,点头微笑:"好,这才像真正的伊卢公主。不摆架子了?要当真正自由的伊卢人了?"

伊卢公主:"滚开!你们这些臭男人,没有一个好东西!"挥剑刺来,荆轲撤身闪过。同时荆轲的剑已飞似的出鞘,眨眼间已把对方的剑震开。荆轲低头看剑,一松手,把自己的剑扔在地上。

伊卢公主挥剑又刺。荆轲一翻手,握住公主的手腕。公主拼命想挣脱,但另一只手也已被荆轲牢牢地捉住了。公主与荆轲对视。荆轲的手渐渐用力,把公主的手扭向背后。公主挣扎着,但不知不觉中已被荆轲箍在怀中。此时两人的脸离得越来越近,互相可以感到对方的呼吸。公主的眼神由愤怒、无奈转为慌乱。荆轲的脸便压上去。两个人渐渐狂吻起来。公主手中的剑"当啷"一声落在地上。

41. 伊卢公主宫　日　内

浴室,泉下。荆轲与伊卢公主并坐于池中。泉水垂流,淋在他们头上、肩上,溅起细细的水花。两人无言,唯闻水声。

伊卢公主忽然大哭失声。

荆轲抚爱地把她搂进怀里。公主动情地偎依在他肩头,抽泣不止。

42. 战场(战争背景)　日　外

骄阳下龟裂的土地,未长大的庄稼枯死大半。

路上是成群结伙的难民,携儿带女背井离乡。路边时见倒卧的饿殍。

"秦"字大旗迎风招展。骄横的秦将纵马前行。浩荡的秦军,掀动滚滚烟尘。秦、赵军队在旷野里各自摆开阵势,两军对垒。

字幕:

公元前229年,赵地震。秦将王翦、李信数十万大军分两路包围邯郸。

43. 太子丹密室　夜　内

帷幕内,荆轲环顾四周。一声野兽的低吼把他的目光引向深处。

荆轲举步前行,两边是排向深处的兽笼。笼中的野兽在身旁纷纷闪过,虎狼鹰蛇,目光灼灼,敏捷地踱步、游走,或猛地扇动翅膀。

在一丛怒放的玫瑰花前,荆轲惊愕地站住了。太子丹裸着臂膀跪在地上:"敬候上卿。"

荆轲伏地:"可是……荆轲并没有为燕国做什么……"

太子丹虔敬地:"你的简策,我已全都拜读了。"长叹,又说:

"可惜,我没能早几年见到。"

荆轲慨然仰头:"只要太子授我特使大印,我愿立刻动身出使六国,保证完成合纵大事。"

太子丹叹息摇头:"刚刚接到密报,秦军已分兵两路攻打赵国,王翦率兵十万逼近漳河、邺水,李信也已经出兵太原、云中了。我想赵国一定抵挡不住秦军,如果赵国投降,灾祸不久就要降临到燕国了,我燕国弱小,就是举国出动,也很难打退秦军。大敌当前,合纵的事嘛,恐怕是远水难解这渴了。"

荆轲呆愣,沉吟良久,喃喃地:"那,荆轲又能为燕国做些什么?"

太子丹再次伏地:"我早有一个计划,沉思默想已经几年了,只是找不到适当的人选,直到今天,荆卿,你就是我要找的人哪!只是……只是,我难以开口。"

荆轲:"士为知己者死。太子,你我可是知己么?"

太子丹:"是。只是这件事……"

荆轲:"请太子直言。"

太子丹:"好。只两个字——刺秦。"

荆轲:"刺秦?!"

太子丹:"对。想当年曹沫随鲁庄公赴柯邑之盟,大殿上,用匕首劫持齐桓公,逼他退还了强占鲁国的土地。今天我也要以同样的手段对付嬴政,我将派你出使秦国,假意修好,并用重金收买嬴政宠臣,以求召见。秦国的法律我知道,卫士都不得上殿,而上殿的众官又不得携带兵刃。这样,只要你一把匕首逼住嬴政,五步之内,即使秦国百万大军也无可奈何了。"

荆轲沉吟,语气稳重:"齐桓公退还鲁国土地,并不是他敌不过曹沫的一把匕首,而是因为,当时他的国力还不能与天下为敌,所以他还要以信义笼络诸侯。今天的秦国已不是当年的齐国,今天的嬴政也已经不是当初的齐桓公了。"

太子丹:"这我明白。退一步讲,你也可以杀死嬴政。一来可以造成秦国的内乱,解我燕国之危。二来么……"切齿,脸上疤痕抖动着,将一朵玫瑰扯成碎片。

荆轲语气沉重:"我明白太子的国耻家仇。只是……"

太子丹急切地:"只是什么?"

荆轲:"您可曾想过,万一不成功,燕国会是怎样的命运……"

太子丹忽然爆发:"我管不了那么多!我只要嬴政,只要他死在我的刀下!"

荆轲震惊地望着太子丹。然后抑制住自己,沉默。

太子丹醒悟到了自己的失态,使自己平静下来,语气变得和缓,悲天悯人地:"可是不这样,又怎么能抗拒强秦解我燕国之危呢……"

荆轲无语。

太子丹悄悄瞥了一眼荆轲,说:"这件事,是我和田光先生筹谋多年的。"

听到田光的名字,荆轲的神情黯然。

太子丹注意到了荆轲的心理变化,转而抱歉似的说:"唉,也许我不该对荆卿说这些,不该把这件事……因为,因为这件事恐怕是有去无回的呀。"

荆轲一震,自尊心受到侮辱:"太子,我荆轲绝不是贪生怕死的人!这一点,我想您明白!"

太子丹立即匍匐在地,哽咽着:"那我就代父王,代燕国百姓,代去世的田光先生,感谢荆卿了!"

荆轲呆愣片刻,表情渐渐骄傲庄严:"太子请起,荆轲不会辜负田光先生的举荐,不会辜负太子的厚望。"

一阵沉默之后,荆轲又说:"但此事关系重大。我还需要一个人与我同去。"

太子丹:"谁?"

荆轲:"盖聂。"

太子丹一惊,似有些慌,但立刻稳住语气:"非盖聂不可吗?"

荆轲:"我们曾一同从师学艺,盖聂的剑法在我之上,如果有他相助,这事一定能成功。"

太子丹:"恐怕……"但又话锋一转,"荆卿放心,我会尽力去找到盖聂。"

44. 大厅　夜　内

厅内,众士在饮酒聚会。石壁、石柱上,处处插了松明火把,薄烟缭绕。荆轲独坐一角落,闷闷地饮酒。周围众士豪饮阔论、高谈爽笑,觥筹交错。

荆轲一边闷饮,目光不断投向不远处的一面木墙。木墙上是画的(或者烙的)诸国地图。

荆轲一杯接一杯地饮着,面如石雕,分明有些醉了。木墙上的地图:秦,齐,赵,燕……

忽然荆轲站起来,从身旁石柱上拔下一炬火把,走到木墙前。他在木墙前呆立片刻,便用火把在那地图上圈圈点点地画起来,火星飞溅。火把在某些地方停留,那儿便被烧焦,吱吱地冒烟。

众士停了说笑,都转过脸来看着荆轲。

荆轲画罢,后退几步,哈哈大笑:"可惜可惜,天下识我者谁!霸业在哪里?英雄又在哪里?大殿明堂之上,龙车凤辇之中,都是些他妈的只知道吃饭屙屎的猪狗,他们寻欢作乐,他们繁殖、繁殖、繁殖,繁殖出来的还是猪狗!"骂完,把火把一甩,转身大步出殿。

众士纷纷站起,跟出。

45. 大厅外　夜　外

众士追出大厅,高举松明火把。

夏扶冲荆轲高喊："喂！你以为你是什么人？是苏秦再世吗？"

荆轲站住。众士围上来。

夏扶："可惜，苏秦的时代一去不复返了，你也再没有六国的相印可佩。请问你能干什么？你不是愿效乐毅之劳吗？你不是要重现召公的业绩吗？"

武士A说："他还要上与三王并驾，下与五霸看齐呢。"

众士大笑。

荆轲无言地看着他们，目光中既有愤怒、悲哀，又有傲慢和无奈。荆轲绕过众士，向前走去。

武士B冲他喊："住在太子给你的大宫殿里，你都干了些什么？"

武士C："他在写竹简呀，洋洋万言。"

武士D说："人家出身世家，专长此道呀。"

夏扶："什么'此道'，欺世盗名而已。"

武士F："只怕是在陪那伊卢女人跳舞吧？"

听见最后这句话，荆轲站住，转身，向武士F走来。

荆轲走到武士F面前，看看他，猛地一拳打去，把F打倒在地。众武士都冲上来，于是好一阵混打。

夏扶与荆轲对峙。夏扶出剑。荆轲也出剑。两剑相抵。

荆轲沉默了一会儿，忽然垂下剑，说："我荆轲要干什么，用得着跟你们说吗？你们能懂什么？不过一群乌合之众。"

众士被激怒了，纷纷抽剑出鞘，指向荆轲。

荆轲却微微一笑，反而收剑入鞘，转身，在剑丛中傲然大步而去。

46. 荒野　夜　外

荒野上，荆轲跟跟跄跄地走着。

荆轲站住,仰望苍天,忽然大笑。笑着笑着又干呕起来。随之又笑,但笑声渐渐变为啜泣。荆轲眼眶中满是泪水。

他继续步履踉跄地往前走。淡月下,远处的山头上,隐约可见一间小木屋。

47.木屋　夜　内

荆轲走进木屋。突然一个黑影从暗中蹿出,一剑刺来。荆轲急忙闪身躲过:"谁?"

对方并不答话,又一剑刺来,快似闪电。荆轲酒意全消,急忙抽剑抵挡。两人几个回合,剑刃相碰铿锵有声。淡淡的月光中,可见那人脸上蒙着黑色面罩。两剑再次相抵时,荆轲喊道:"等等,你是谁?"

对方低沉的声音也问:"你是谁?"

荆轲激动地问:"你是盖聂吗?我是荆轲。"

对方闻言,垂下剑。

荆轲:"盖聂兄的剑法,我一见便知。可是,你怎么这样……"

盖聂慢慢扯下面罩,满是疤痕。

荆轲有些吃惊:"怎么,难道你就是……"

盖聂点头:"我就是。"

两人沉默。

荆轲:"为什么,听说你成了嬴政的人?为什么?"

盖聂一愣:"我?我成了嬴政的人?他们就是这么说我的?太子就是这么说我的吗?"惨笑一声,"荆兄,你信吗?"

荆轲不吭声。

盖聂:"我,我盖聂成了嬴政的人?我曾凭着六尺之躯,一腔热血,去刺他呀!只差一步找就让他血洒街头,叫嗜呀!"沉默。

荆轲:"两年前,咸阳城中那三个割面毁容的刺客?"

盖聂沉痛地说:"他们死了,我被抓起来关进了死牢。为了弄清我是谁,他们差点把我活活打死。他们没能如愿,就要杀我。是一个好心人,用另一个死囚换下了我。我逃了出来,四处流落了两年……我恨不得当时就死……"

荆轲:"是太子派你们去的?他又要杀了你?"

盖聂沉浸在自己的思绪里,喃喃地:"只差一步……只是一瞬间,那一瞬间你犹豫了,你没有杀死自己,你就掉进了地狱,你生不如死,生不如死……我生不如死呀,荆兄!"

荆轲无语。

盖聂慢慢踱步,沉思道:"秦宫的威严你想象不到,那些军队,那些车马,那种气势……"他用手蒙住脸,"天哪,六国之中没有谁有那种气势。你站在那里,那么渺小,好像整个世界都向你压下来,好像你在和上天作战,这时你会明白,他是不可战胜的。可是你已经没有了退路,你的脑子里是一片空白,恐惧,无边的恐惧。要战胜这种恐惧,你只有先杀死自己,是的,只有先杀死自己才能去杀死他。"

荆轲跟着他。

盖聂:"你必须先杀死自己,从心里,杀死自己所有的亲人,所有记忆,所有幻想,最后才是你的敌人。我犹豫了,在杀别人的时候我冲上去了,可杀自己时我犹豫了。我没有杀死自己,我在心里杀不死我的孩子,我的爹娘……唉,为了能最后再看他们一眼,我又回到了燕国。"苦笑,"我为什么不能像他们那样去死?我盖聂空有一身武艺,英雄一场,我是一个窝囊废,我是一条虫,一条没出息的虫。太子他是对的,我该死,我不该活着……"

荆轲呆呆地看着他。

盖聂神经质地自言自语着:"杀死自己,你得杀死自己……"

荆轲复杂的表情。传来画外音:"拜卫人荆轲,为燕国上卿……"

48．燕王宫　日　内

灯火辉煌仪仗林立。燕王端坐中央,两旁肃立着太子丹、太傅及文武百官。

司礼:"赐:珪瓒,大辂之服,彤弓一,鼎彝四!赐:采邑一百,驷车五,虎贲二百!"

荆轲从殿下上阶,两次伏地顿首:"臣荆轲受命!"

司礼:"授上卿印!"

荆轲受印再拜。

司礼:"授冠!"

太子丹出列,亲自为荆轲加冕。这时远处隐隐传来钟楼的钟声,荆轲神情一震。

太子丹扶荆轲起身。

司礼:"奏乐!"

钟鼓齐鸣,鼎彝生烟;宫女歌舞,群臣宴饮。

49．钟楼　傍晚　外

夕阳涂染着钟楼。

排排大钟的影子里,伊卢公主独坐,焦急地等待荆轲,时而起身踱步,时而凭栏远眺。远处城中,似有庆典的音乐传来。

50．铸剑坊　日　内

铁水注入铁范,呈现一只匕首形状。铁水渐渐变青。铁钳夹起铁范中正在冷却的匕首,放在铁砧上锻打。火星四溅。

里间屋内,徐夫人跪在火神及先师牌位前,焚香祝祷,再将酒浇入香火微明的鼎中。鼎中火焰渐起。

徐夫人:"先生舍生忘死为天下人除害,我想师父九泉之下也会敬佩的,师父是能够允许的。"

近旁,徐夫人的徒弟正在煎熬草药。炉上一只锅里,黑水沸腾。徐夫人走出到外间。荆轲和太子丹正在那儿等候。

徐夫人对荆轲说:"这剑不仅锋利,而且是一触即亡,先生千万要小心。"

太子丹:"多谢夫人了。"

徐夫人又问荆轲:"先生可是只身前往么?"

荆轲目光扫了一下太子丹,说:"不,我在等盖聂。"

徐夫人:"盖聂?啊,我知道,他的剑法天下无敌。"转身对太子丹,"有他相助,太子,你尽可以放心了。"

太子丹脸色稍沉:"不,我已查明,盖聂他……他已经死了。"

徐夫人显出惊讶的神情。荆轲脸上却毫无表情。

太子丹对徐夫人说:"我将在门下,为荆卿挑选一名得力的助手。"

这时徒弟在那边喊:"师父,火候已到!"

徐夫人走进里间,细看铁砧上的匕首,用钳夹住猛地浸入黑色毒液。腾起一片水雾。

51. 黑松林　夜　外

黑松林似在移动。伊卢公主的声音:"所有的星星都有灵魂,它们是银色的鸟,一群一群从东向西。"

星光下,荆轲与伊卢公主共骑一马,缓缓而行。公主一身白衣,搂着荆轲,头靠在荆轲肩上。

公主继续喃喃地说:"伊尔哈女神是这些星星的母亲,身穿白色的皮袍,背着装满星星的口袋,张开翅膀去追赶太阳和月亮。我们伊卢人的灵魂,要回到祖宗那里,要登上九层高天,也要求伊尔哈女神赐给我们白色的翅膀。"

荆轲:"你是伊卢公主,为什么待在燕国?"

公主:"我是伊卢女王和一个燕人所生。阿妈死后我已经没有亲人了。"

荆轲:"听说有个黑衣人总跟着你,他是谁?"

公主犹豫一下,说:"伊卢人的心就像广阔的大草地,你能数得清有多少棵草吗?你只要知道,那上面所有的草都是属于你的就够了。"

52. 林中空地　夜　外

周围是夜风中的黑松林,空地上是一大片过火木,星光下,形如舞者。白衣的伊卢公主跪在地上,依次点燃了九堆篝火,荆轲望着她。

公主说:"这是九座桥,它通向九天,通向伊尔哈女神。你过来。"

荆轲过去,跪在公主身边。

公主:"我们向伊尔哈女神祈祷。"然后闭目祈祷,跪拜,合掌,口中喃喃。

荆轲心情复杂地望着她,望着夜空。

53. 钟楼　夜　外

钟楼下黑衣人骑马走来,停下,坐在马背上不动。钟楼黑色的影子。传来琴声。钟楼上,伊卢公主在弹琴。

荆轲入迷地看着公主弹琴的手,左手上有一颗圆圆的黑痣。

公主:"这琴是阿妈传给我的,这曲子也是阿妈教给我的。"

荆轲:"你阿妈?"

公主:"我刚才和她说了话,她在伊尔哈女神身边,你看见了吗?"指夜空。

两个人同时眺望夜空。

钟楼下,黑衣人下马朝楼上望。

(画外音)公主:"阿妈要我把琴声给你,我们伊卢女子,把琴声交给谁,也就把心交给谁了。"

荆轲："公主,恐怕我不能要……"

公主："为什么?"

荆轲："我不是你能够托付终身的人。"

公主抚摸着荆轲的头："别说。我不会在乎你是谁,你不要把我当成公主,我只是一个女人。"

荆轲："不,我不能。"

公主："不,你别说了……"拥抱荆轲。

钟楼下,黑衣人猛然"啪"地折断了一根树枝。

钟楼上,拥抱在一起的两个人回身。

荆轲："什么声音?"

公主心里明白,但抱紧荆轲说："不,什么也没有,是风。"

钟楼下,黑衣人策马狂奔出画。

54. 太子丹密室　日　内

内门外有那匹马。

密室内,太子丹的背影,黑衣未脱,跪在鲜红的玫瑰丛中。

太子丹："我从嬴政手里夺回她究竟为的是什么?"

这时才看见黑衣人的脸,是太子丹:痛苦、苍白、满是汗水。

太傅的声音："其实只要太子想,本来是有很多机会……"

太子丹低下头："我要她爱我,我要的是她心甘情愿。"

太傅入画,叹道:"这就是太子你的痛苦了。"

太子丹："我真不明白,燕国美女如云,他为什么偏偏看中了她?"

太傅："不管怎么说,荆轲是你等待了多年,并且唯一可用的人。"

太子丹："我明白,我明白。"

太傅叹道："我老了,这种痛苦我见得太多了。丽人公主生在异邦,你又从小质于秦、赵,虽同为燕国的太子和公主,却不得相见。正是为了换你回国,燕王才把她送去秦国,所以当你们第一次相见时,她已经身为秦妾了,上苍就是这样安排你们的相遇相识的。太子,不信命是不行的。"

太子丹:"我知道。你别说了。"

太傅接着说:"一个孤女,来找她的生父,却被她的生父送给嬴政,这是丽人公主心上永远无法抹平的伤痕。而且在她看来,与其说是你爱她,不如说是你为了报复嬴政而渴望她投到你的怀里。如果你得到了嬴政想要而要不到的东西,这样你就在心里战胜了嬴政。你的爱不是出于爱,而是出于恨。"

太子丹泪流满面:"别说了,求求你,别说了。"

55. 校场　日　外

佩剑的武士站成两排,肃立。太子丹坐在长案边,面对众士。一侍从捧上托盘,盘中白绢上一把寒光闪闪的匕首。

太子丹起身:"各位,我要从你们当中挑选一名剑术超群勇猛非凡的人,委以重任。"说着取举起那匕首,"看,谁能夺到它,谁就是我要选中的人!但是,"冷冷地微笑,声音放慢,"但此剑有剧毒,一触即亡。自愿者请上前。"

众士一齐上前。

太子丹莞尔一笑:"单数出列!"

一排武士走出队。

太子丹持长剑,步入场中央:"各位出剑吧。"

武士纷纷拔剑出鞘,拉开架势,围上来。

太子丹身后,荆轲入画,他诧异地看着这一切。

刀剑撞击,铿锵声不绝于耳。武士们为夺那匕首,血光剑影,彼此残杀。太子丹甚至看得陶醉,牙关紧咬,面色微红不住颤动。

荆轲立于太子身后,闭目端坐,听着剑声。

太子丹扭头看了一下荆轲,仿佛愈加恨上心头,在案前快速地走来走去。

一个武士刺伤对手,刚刚夺到匕首,又被另一武士从背后刺倒。而被那匕首刺中者,挣扎抽搐,顷刻七窍冒血而亡。

56. 铸剑坊　日　内

徐夫人将毒方和捆捆草药掷入方鼎,火焰升腾。师徒几人望着火光,面无表情。

57. 校场　日　外

武士们横躺竖卧。伤者呻吟不已,死者双目不闭似望苍天。

浑身是血的秦舞阳再刺中一武士,夺到匕首,但已疲惫不堪,步履踉跄。

太子一挥手:"上!"

正在等待的第二列武士挥剑围上来,其中一个向秦舞阳劈头便砍。但"当"的一声,他的剑被一只长剑抵住。

太子丹站起,诧异地:"荆卿?!"

荆轲:"太子,还不够吗!"

太子丹有些恼:"不这样,怎能选出最好的武士,怎能试出徐夫人剑的威力?"

荆轲愤愤:"试剑?"摘去头冠后退几步拉开架势。"好吧,让我也来试试!"

太子丹惊慌地:"荆卿,你不能!"

荆轲:"我荆轲和他们一样,也无非血肉之躯,为什么不能?"

二人对视。

太子丹醒悟,神容顿改,一挥手:"好,荆卿所言正合我意,我要选的人就是舞阳。"

众士悻悻归列。秦舞阳颓然跪地,伏拜于太子丹脚下,血淋淋的双手举剑过头。荆轲收剑入鞘,也不告辞,转身而去。

58. 木屋　日　内

山上的木屋前,盖聂背对镜头跪坐,望着朝阳和晨雾中的山坡。鸟啼声声。

荆轲走到盖聂身后,看着他。

盖聂:"黄鹂又叫了,每到这个季节它们就这样叫。"

荆轲不语,举目眺望。

盖聂:"要紧的是你不能有恐惧。在那一刹那,你不能有一丝一毫的犹豫和胆怯,那一刹那就是几千年,就是永远。"

荆轲:"你都知道了?"

盖聂:"我了解太子丹,更了解你。"轻轻地点头,又说:"在燕国除了你,没有别人了。"

荆轲面对盖聂跪坐下,说:"等我上了路,也就不用再担心嬴政知道你了,那时你就可以和家人团聚了。"

盖聂:"我?"笑笑,"别人不了解我,你还不了解我盖聂吗?"

荆轲低头,歉然道:"对不起。"

盖聂凄然地说:"只要荆兄能帮我了了那一剑的夙愿,九泉之下我也不会忘了你的情谊。"向荆轲深深伏拜。

荆轲扶起他,说:"我已经找到了你的家人,你的儿子,我会带他来见你。"

盖聂摇摇头:"不要让他记住我。我只要远远地看他一眼也就够了。"闭目,摇头叹息,"这一天终于要到了。"

59. 钟楼　日　外

钟楼下面的荒草地上开满了野花,伊卢公主躺在那儿,在等荆轲。她手拈一支野花,呆望天空。天空晴朗,白云如奔。

她忽然看见钟楼上有个影子动了一下,立刻跳起来:"是谁在那儿?"

她向钟楼边跑边喊:"嘿,是你吗?你什么时候来的?我等你好久啦。嘿,快出来吧,我已经看见你啦!"

她笑着,追着那个若隐若现的影子:"别讨厌了你,你藏不住了,还不快出来!这么多天你到哪儿去了?我天天都等你可是你……"

钟楼上,从大钟后面闪出一个人。但不是荆轲,是黑衣的太子丹。伊卢公主笑容顿消。

太子丹脸色阴沉、痛苦,低声说:"你在等他?"

公主低头不看太子丹,说:"是。我在等他。"

太子丹:"你已经为他弹琴了?"

公主:"弹了,又怎么样?这跟你没什么关系。"

太子丹沉默一会儿,说:"你是无意的。告诉我,对我说你是无意的。"

公主:"不。我爱他。"

又一阵长久的沉默。

太子丹:"他不是你该爱的人?"

公主:"该爱谁我自己知道。"

太子丹:"你不知道。"

公主:"我不知道难道你知道?你说我该爱谁?我该爱你吗?我讨厌你。你讨厌你阴森森假惺惺的样子。你不是男人,你是一条蛇,藏在阴暗处咝咝地吐着信子的蛇。"

太子丹:"你说吧,说吧,反正我这颗心早让你割得七零八落了。从我第一眼看见你,我就知道我完了。这么多年我所做的一切都是为了你,为了你,你懂吗?"

公主一怔。

太子丹:"可是你从没给过我一点点真心的温柔。有谁能像我这样爱你呢?荆轲吗?他不会爱你的,他会离开你的。他就是爱你,也会离开你的。"

公主:"不。他不会。"

太子丹:"他会的,他会很快离开你。"意识到再说下去就会泄露秘密,于是转身要走。

公主在楼下追着问:"为什么?他什么要离开我?你要让他去干什么?"

太子丹疾行,不回头地说:"你要知道,他是一个士。"

公主站住,冲太子丹的背影喊:"我就是死,也爱他!"

60. 木屋　日　外

木屋下的山坡上,阳光明媚,荆轲领着一个孩子朝木屋走来。边走,荆轲边对孩子说着什么,不断朝木屋张望。

木屋的窗口里站着盖聂,他一动不动。

荆轲领着孩子继续朝木屋走。孩子还小,只顾吃着手里的水果。

荆轲站住,抱起孩子,指点着山上的木屋,尽力把孩子的目光引向那儿。这时,木屋的四处突然一齐腾起火焰。

荆轲愣住,放下孩子,望着木屋。

大火渐渐吞没着木屋,仍可见盖聂那张脸,只有伤疤却无表情,木然不动。这时,燕国的士兵纵马从四周包围过来,秦舞阳冲在前面。

当燕兵正要冲向木屋时,荆轲抽剑把他们挡住。

秦舞阳不解地看着荆轲:"荆兄,你这是……"

荆轲半晌不语,然后望着焚烧着的木屋说:"请你们不要打扰他。"

秦舞阳和众士兵都愣愣地站在原地。

荆轲再抱起孩子往前走。走了一段,走到燕兵所不及的地方,荆轲放下孩子。孩子望着火光问:"那是谁?"

荆轲说:"那是一个可敬的人。有一天,你会知道他的名字。"

荆轲让孩子跪下,自己也面向木屋拄剑而跪,缓缓低头。荆轲脸上是火光,耳边是木屋焚烧的噼啪声。

61.墓地　日　外

天空阴沉,墓碑林立。

太子丹、太傅、荆轲,站在三座墓碑前。碑上空空,既无姓名也无碑文。三人先后酹酒于墓前。

太子丹和太傅跪拜。荆轲看了看他们,又看了看墓碑,却转身走去。

62.荒原　日　外

荆轲独自走在一望无际、平坦无垠的荒原上。烈日高悬,一片灼目的黄色。出现嗡嗡嗡的祈祷声,由弱渐强。

地平线上露出(如同第一场的)人祭的队伍,抬着一架火和火中的人祭。

荆轲迎着人祭的队伍走。

火光近了,荆轲略略惊讶地看着火中不动的人的轮廓。火中的人在荆轲的幻觉中渐渐清晰,幻化得好像荆轲自己。荆轲站住,呆呆地看着火中的自己。

人祭的队伍过来了,人们喊着跳着祈祷着,无视荆轲,从他两旁走过,把他淹没其中。祈祷声、叫喊声喧喧如沸。火中人形稍有颠簸,占满银幕。

火架和人群渐渐远去,出画。

荒原依旧,只剩荆轲一人。祈祷声渐悄渐杳。荆轲茫然地坐在路边。

63.荒原　黄昏　外

荒原上只剩了最后一缕夕阳。荆轲独坐不动。

远远有钟声传来:当、当、当……

64.钟楼　黄昏　外

夕阳将尽,天边尚存一片明亮,钟楼昏暗的影子。

一排排大钟的影子中间,伊卢公主独自舞蹈。微微的喘息声,舞姿显得焦躁不安,边舞边把一只只大钟敲响。钟声在暮色中传向漫山遍野。

65.荒原　夜　外

夜幕降临,满天星光。巨大的天穹下,荆轲依然坐在那儿,一声不响。

66.战场(战争背景)　**日　外**

"秦"字旗下,秦国骑兵挥刀冲杀,刀光剑影,血肉横飞。赵军拼死抵抗,节节败退,伤亡惨重,"赵"字旗纷纷倒地。秦军冲进城池,举火焚城。

字幕:

公元前228年,秦攻破邯郸,赵亡。

67.大殿　夜　内

空阔的大殿上只有几盏灯火,光线幽暗。两排大柱的影子斜躺在地,犹显森然。镜头从"嬴政"的背后拍摄:白袍珠冠的"嬴政"威坐殿上。随着一声"宣燕使上殿",殿门那边走上了荆轲和秦舞阳。

荆轲手捧图匣,秦舞阳跟随其后,穿过条条大柱的影子,走上殿来。荆轲和秦舞阳伏地叩拜。

"嬴政"冷漠而傲慢的声音:"听说你带来了燕国诚心修好的证物,可是吗?"

荆轲举止沉着,语气泰然:"正是。燕使荆轲献大王督亢地图,以示燕国臣服于大王,历万世而不变的至诚!"

"嬴政"道:"展开!"荆轲膝行上前,将图置于嬴政面前的几案。

羊皮制成的地图徐徐展开。

荆轲的声音:"督亢,是幽州南界。方圆百里,由督亢泽、督亢陌组成。盛产稻谷、鱼虾,每年的收入可供燕国的十之五六……"稍顿,提高声音,以手指图,"大王请看,这条渠的走向——"

图继续展开,荆轲的手指沿一条蓝线移动,太子丹的注意力被其吸引。突然,图的尽端现出匕首。

一旁的秦舞阳猛地抽出匕首。正当此时,大柱的黑影里闪出一个人,一下子绊倒了秦舞阳。匕首落地。

荆轲见状,以迅雷不及掩耳之势,弯身抓起匕首直刺"嬴政"。"嬴政"本能地后退躲闪,但荆轲已按住其臂膀使其动弹不得,匕首直抵"嬴政"心窝。

这时绊倒秦舞阳的那个人击掌喝彩:"好!就算有什么意外,凭荆卿的镇定、应变,也万无一失了。"

这原来是刺秦的演练。扮"嬴政"的正是太子丹,绊倒舞阳的正是太傅。

太子丹看着胸前寒光袭人的匕首,渐渐,志得意满之色溢于眉宇:"果能如此,我死也无憾了。"

太傅走去把门窗都打开。外面已是天光大亮。

荆轲:"舞阳切记,一丝慌乱就可能前功尽弃。秦王大殿虽然威赫,舞阳心中应旁若无人,嬴政他固然暴虐,可在你剑下,他无异于一条猪狗。"

秦舞阳频频点头,兴奋、激动。

秦舞阳:"可刺死嬴政以后,我们怎么办?"

一阵难堪的沉默,气氛近乎僵滞。

太子丹缓缓背转身去。荆轲看一眼秦舞阳,一言不发。

秦舞阳顿时醒悟,惭愧得无地自容,跪地叩首竟至涕泪交流:"太子恕罪!舞阳绝不是……绝不是那个意思!太子待我恩重如山,我只怕粉身碎骨肝脑涂地也不能报!舞阳……舞阳绝不敢有贪生之念!"

太子丹不语。

太傅上前扶起秦舞阳:"舞阳的忠勇,没有人怀疑。请下去吧。"

秦舞阳言犹未尽。太傅抚慰着他,送出帐外。

太子丹徐徐转回身,叹一口气:"事已至此,也只有用秦舞阳了。"

荆轲沉默不语,望着那把匕首。

太子丹:"时间紧迫,荆卿打算什么时候动身?"

荆轲缓缓道:"只怕很难成行。"

太子丹焦急地:"怎么?"

荆轲直视太子丹:"你忘记了一件最要紧的事。我和舞阳就是万死也无关要紧,可我们怎样接近嬴政呢?"

太子丹:"我把燕国最富庶的督亢之地献给他,他还能不召见你们?"

荆轲:"太子错了。秦国来使催逼再三的是什么?而太子至今不肯,那么你口口声声与秦修好,又从何谈起?"

太子丹:"你是说,樊将军的头?"嗫嚅地:"我……我不能。那样天下人将骂我不仁不义……"

荆轲冷言道:"太子可以不惜那三个勇士的生命和英名,却不好意思取下一颗将军的头么?"说罢起身,拂袖而去。

荆轲走出殿门,走进门外的朝阳中去。太子丹大惊不解,呆愣无言。

68. 燕市　日　外

往日繁华的集市,今天一片慌乱。商人们捆扎着货物,装上马车。市民们扶老携幼,背包提囊离家出走。道路拥塞尘烟四起,人喊马叫狗吠童啼,乱成一团。

69. 荆馆　日　内

伊卢公主大步走进荆馆,长驱直入,侍女纷纷躲让。她走过一间间厅廊,一直走进荆轲的卧室。

荆轲正在更衣,赤膊而坐。

伊卢公主出剑,直抵荆轲赤裸的臂膀,荆轲不动。

公主说:"你在躲着我,为什么?"

荆轲不吭声。

公主:"你不爱我了?"

荆轲仍不语。

公主:"你要离开我?"

荆轲还是不说话。

公主:"为什么不说话,你是个死人吗?"

荆轲:"对。你只当我已经死了吧。"

公主大怒:"我们伊卢女子是不能欺骗的,你要付出代价!"

公主渐渐用力,剑锋刺进皮肉,血流了下来。但荆轲还是不动,也不出声。公主的剑落地。公主跪倒,抱着荆轲的腿痛哭失声。

荆轲的表情终于有了变化。他转过身,也跪下,搂住公主,摇着她说:"我活一天就爱你一天,懂吗? 你这个小傻瓜!"

两个人拥抱,狂吻。荆轲把公主按在地上。两个人在地上翻滚。

镜头拉出来:退出卧室,退出一间间厅廊。此时可闻荆轲与公主的欢爱之声。

70. 太子丹密室　日　内

太子丹站在盛开的玫瑰丛中,伊卢公主在他身后。

公主问:"你到底要派荆轲去干什么?"

太子丹:"这不是你要管的。"

公主:"我猜你又是要让荆轲去刺嬴政,对吗?"

太子丹不语。

公主:"这么多年了,你还不能忘记,还是想着复仇吗?不错,我侍奉过嬴政,可是我不爱他,我从没为他弹过琴。"

太子丹:"可是你为他弹了。"

公主:"是,我为荆轲弹了。就为这,你要让他去死?"

太子丹不说话,脸上露出不屑的神情,意思是:妇人之见。

公主继续说:"要是我不为他弹了呢,你能放弃这一次吗?"

太子丹苦笑:"你真这样以为?"摇头,"就算我放弃,别人也不会答应的,燕国的百姓不答应,列祖列宗不答应。"

公主:"我为你弹琴。我只为你弹琴,还不行吗?"

太子丹一愣:"真的?"又摇头,"你以为我是傻瓜吗?你是为我弹吗?你是为他弹,你还是要为他弹。"

公主绝望地说:"那我怎么办?"

沉默一阵。

公主决然道:"我不再为他弹了,我永远不会再为他弹琴了,我把我弹琴的手也给你,总行了吧?"

太子丹一惊,转身看着公主:"你要干什么?"

公主退后几步:"我们伊卢人说话是算数的。"说罢,公主抽剑,砍下了自己的一只手。鲜血喷涌,公主倒地。

太子丹扑过来,跪倒,抱住公主,声泪俱下:"你这是干什么!丽人,你这是干的什么呀!"

公主看看他,闭眼,昏了过去。

太子丹:"来人哪,快来人哪!"

侍者纷纷跑来。

71. 太子丹密室　夜　内

密室的另一处。空荡荡的厅内唯一一条几案,几案上是公主的断手。拱形的石窗外透进夜色。

几案前,太子丹茫然呆跪,喃喃自问:"我该怎么办? 我该怎么办……"

太傅的声音:"什么也别说,就当什么也没发生。把丽人送到别处去,等荆轲走后,一切都会过去的。"

沉默一阵之后,太子丹说:"不,我要告诉他。"

太傅几乎不敢相信:"什么?"

太子丹摇摇头,重复道:"我要告诉他。"

太傅走到太子面前:"你疯了吗,太子? 那样的话,我们多少年来的心血,燕国的大业,就统统都要完了。太子,你不能为了一个女人,就丢掉整个社稷!"

太子丹站起来,爆发道:"够了! 我受不了了! 何必要遮掩? 告诉他,都告诉他,去与不去让他来选择。"

太傅先是震惊,但沉思半晌后,却转念点头道:"好,这样也好。"太傅拿定了主意,一边踱来踱去一边继续说:"反正也难遮挡,若一旦让荆轲知道了,反而不好。不过,在你给荆轲看这只手时,我们必须要加上一样东西。"

太子丹抬头看着太傅莫测高深的神态。

太傅一字一句道:"樊於期的头。"

72. 战场(战争背景)　日　外

浩浩荡荡的秦军。

字幕:

公元前228年,秦军屯兵中山,逼近燕国。

73. 荆馆　日　内

一双手打开桌上的一只匣子,匣中是樊於期的头。

镜头拉开:打开匣子的是太傅。太傅旁边,太子丹坐在桌前,对面是荆轲。

荆轲见头无语。

太傅说:"还有一样东西,我本来是不想给你看的,但是太子坚持要给你,因为这东西是伊卢公主要给你的。"

太傅打开另一只匣子,匣中是公主的手,手上有一个圆圆的黑痣。

荆轲一见那手,神色大变,抽剑直抵太子丹。

太子丹闭目:"你杀了我吧,荆轲。我知道会有这一天。我这条命给了你,我不遗憾。"

太傅:"手是公主自己砍下的。"

荆轲转身怒视太傅:"你胡说!"

太傅:"老天在上,不信你可以去问丽人公主自己。"

荆轲愣住。

太傅:"你知道这是谁的手吗?这是丽人公主的手!伊卢公主就是丽人公主。"

荆轲:"丽人?她不是死了吗?"

太子丹神情疲惫地说:"没有,她没死。我把她从秦国带了回来,为了防止嬴政报复,她只能隐姓埋名。多少年来世人只知道她是伊卢公主,不知道她就是丽人。"

荆轲垂下剑,无语。

太子丹:"丽人在我面前砍下了这只手,说是不再为你弹琴,为的是叫我不再让你赴秦。她的琴声,威震天下的嬴政没有听到过,我等了多少年也没能听到,而你荆轲却听到了。"苦笑,"我太子丹宁愿用整个燕国,用自己的一条命去换她的琴声呀!"

荆轲震动,收剑入鞘。

太子丹有气无力地继续说:"作为君王,我嫉妒嬴政,因为他征服天下屡战屡胜。作为男人,我嫉妒你荆轲,因为你得到了她的琴声。作为一个人,我不仅嫉妒你也嫉妒嬴政,因为你们都将青史留名。而我太子丹,我有什么呢?我的国家面临强敌,岌岌可危,我所爱的人弃我而去。我从小就作为人质,被送到赵国、秦国,像蜗牛那样活着,我没有一天领略到君临天下的威荣。我忍辱负重、卧薪尝胆,为的就是有朝一日能割下嬴政的首级,以报国耻家恨。荆卿,嬴政就是第一个毁了丽人的人!"

荆轲默然。

太子丹抬头望着荆轲:"荆卿,我再说一遍,丽人砍下这只手就是为了让我对你说,不让你赴秦。"

太傅在一旁说:"太子都告诉你了,他本来是可以不告诉你的。现在,一边是丽人公主的手,她要用这只手留住你;一边是樊将军的头,他情愿割下自己的头助你去刺秦。荆卿,你自己看着办吧。"

太子丹:"太傅,不要说了,让荆卿自己选择。"跪在地上朝荆轲一拜,"荆卿,不管你做出什么选择,我都视你为知己。"

荆轲颓然坐下。

74. 荆馆 夜 内

夜已深沉,更鼓凄凉。荆轲独坐如木刻石雕。

很久,他慢慢举剑观看。荆轲的内心独白:这剑看来是要开锋了。

响起隆隆车马声。

75. 燕都城外 夜 外

隆隆的车马声。地平线上,遥见燕都城巍峨的远景。一队车马出城。

76. 野外　夜　外

四野静寂。车马声惊起睡鸟。

突然,车马无声无息地停住了。"唰"地,白幡竖立,所有的车马都撒下罩布,车马皆披白挂孝,如雪的一片洁白在暗夜中闪闪耀目。

身着白麻丧服的人手扎长长挽带。

队伍前面,一只身蒙熊皮,四目金面、挟矛持盾的假人升起;队伍继续前进。

77. 易水边　黎明　外

晨光熹微。萧瑟的秋风吹拂河边茫茫芦苇,河水汹涌,拍击霜染的堤岸,天地苍茫,雾霭飘绕。

身着丧服的人们分两排,肃立河边。身后是悄然无声的车马。

荆轲和秦舞阳从两排人形成的夹道间走来。荆轲腰佩长剑,步履从容。秦舞阳双手捧着盛有樊於期首级的木匣,斜背装着督亢地图的长盒,紧随其后。

太子丹从队伍另一端迎上来。众人无声。

太子丹与荆轲、秦舞阳一起,走到一座临时搭起的祭台前。石垒土堆的祭台上,是一排燕国先帝的牌位,其前有各色祭品。

仪式皆在沉默中进行。太子丹洒酒于祭台,太子丹徐徐洒酒于车轮,太子丹跪地向荆轲伏拜,众人随太子丹一齐深深伏拜。太子丹双手捧酒,献于荆轲,荆轲接过酒爵,一饮而尽。

高渐离猛然击筑。悲怆的筑声打破寂静。伏跪的众人,泪水盈眶。

高渐离披发合目,筑声惊天地动鬼神。

夏扶举剑齐喉:"我夏扶空负太子厚待,无能为报,只有以死为荆卿壮行!"

众士纷纷效法:"为荆卿壮行!"

夏扶及七八个士,切喉自刎,鲜血喷洒河滩。

筑声更见高亢、激越。

一道雪光,荆轲横剑当胸,慨然高歌:风萧萧兮易水寒,壮士一去兮不复还!

易水渺渺,衰草茫茫。旭日渐渐升高,把一切染为血红。筑声歌声回天荡地。

78. 大漠　日　外

荆轲一队车马走在长天大漠之间。乱云飞渡,天色如铅。

远处忽见一个深红色的小点在沙丘间时隐时现,疾速变大,是一个人骑马跑来。

荆轲注目而望。

那骑马人再次出现,已经可以看清正是公主。她立马于一座沙丘上。

荆轲看见她,做一个手势,身后的车马立刻原地停下。

荆轲与公主都不动,长时间对望。然后两人几乎同时驱马向对方走近。

79. 大漠　日　外

两座沙丘之间,荆轲与公主立马相对。

公主冷冷地说:"先生这是要去哪儿?"

荆轲说:"我不能背信弃义。"

公主:"要是我不答应呢?"

荆轲沉默片刻,打马掉头便跑。

镜头俯拍:荆轲在前面跑,公主在后紧追。看看荆轲接近了大队车马时,他忽然兜了一个圈,向大漠深处跑去。公主依然紧追不舍。

80. 大漠　日　外

荆轲放慢速度。公主渐渐追近。

正当公主的马挨近荆轲的马时,荆轲抽剑弯腰,剑光一闪砍断了公主的马腿。公主仆身落马。

荆轲在马上对公主说:"我会派人去告诉太子,让他来接你。你等着。"

公主跪在地上大喊:"他不值得你这样,他只想着复仇,他心里只有他自己。"

荆轲:"你以为我是为了太子丹吗？不,我是为了燕国。"

公主:"你救不了燕国,燕国要亡了,这是星星告诉我的。"

荆轲激动地说:"那么田光呢？盖聂和夏扶他们呢？还有樊於期呢？他们的血呢？这么多的血！他们永远在我眼前,永远压在我的心上。"

公主:"你不是剑不开锋吗？"

荆轲一怔,说:"可是我又能干什么？"

公主:"可是你爱我。"向荆轲伸出手,"答应我,不要去。答应我,我们一同回伊卢去。"

荆轲:"你这是要陷我于不义呀。"

公主:"义？什么是义？燕王义吗？太子丹义吗？你所说的义,在哪儿？"

荆轲长叹:"我不能叫天下的人耻笑我,叫后世的人唾骂我。"

公主:"天下人？他们都是瞎子,他们都是傻子。要是几千人几万人都只有一个头脑,只有一颗心,那他们都是瞎子都是傻子。"

荆轲怔怔无言。

公主接着说:"而我们伊卢人,永远为自由而活着,生命属于我们自己。"

荆轲摇头说:"你不懂。你不懂!信义对于我就是生命,当别人为你流血时,当别人为你取下头颅时,你还能说生命属于你自己吗?"

公主:"那么你的生命属于什么?属于信义?属于功名?属于那些活着的死人?天啊,功名、信义,你们这些人!你,嬴政,太子丹,为了这个功名或者是信义,你们自杀、杀人、被杀,你们都疯了!"

荆轲打马要走。

公主扑上来抓住荆轲的马缰:"你杀了我吧!我活一天就不放你走!"

荆轲:"你放手!"

公主:"你杀了吧,你已经杀了我!我已经死了,我的心已经死了。"

荆轲一剑砍断缰绳。公主再次跌倒在地。

荆轲纵马跑去。

公主在后面爬着追他,喊:"我会一步步爬着跟着你的!我会的!我会爬下去,直到死!我会饿死,渴死,我会的!"她爬着,爬着,爬着……

大漠上,风,渐起。

公主向前爬着,声音凄厉地喊:"你杀了我吧,别丢下我,别看着我受苦,杀了我吧,杀了我吧,伊卢公主求你了……"

最后这一声"求",令荆轲不忍。他站住,下马,脸上显露出决绝的神色,注视着公主,看着她一步步爬近。

公主爬到荆轲脚下,抱住荆轲的腿:"你爱我,你不会看着我受苦,对吗?杀了我吧。你有去无回,你要是真的爱我就让我随你去吧,伊卢公主求你了……"

特写:荆轲悲绝的脸。

特写:荆轲握紧长剑的手。长剑出鞘。寒光一闪。

特写:公主面带微笑的脸。

荆轲举剑,剑锋上染满鲜血。

大风铺天盖地而起。风中响起公主的琴声。琴声哀怨、悲烈。琴声中慢慢掺进一个男声无字的吟唱……

81. 大漠　日　外

云高日淡,大漠空阔,唯见风起不闻风声。荆轲赴秦的队伍在风中行进,显得孱弱、渺小。琴声和吟唱撕肝裂胆,鼓声咚咚如行进的脚步。天地沉寂,队伍走向天边,走向云中的太阳,融进那一片分不清是何去处的白光。

大风扬起漫天沙尘,银幕上一片模糊。

82. 东汉墓及"武梁祠"残迹　日　外

琴声及吟唱声渐弱渐止,唯咚咚的鼓声不停。大风息处,见一片荒冢和祠堂的残迹。颓石断瓦,荒草蓊郁。

镜头在乱石荒草间推进,时而碰响砖石朽木,或锈蚀的青铜兵器。

出字幕说明:

清乾隆五十一年(公元 1786 年),在山东嘉祥掘出建于东汉元嘉元年(公元 151 年)的"武梁祠"残迹,于其间发现一面刻有荆轲刺秦王的画像石。

镜头沿发掘现场土阶缓缓推降,直推到画像石前:那是一面祠堂的残壁,上面镶了画像石。黑石白刻虽已残损,但"荆轲刺秦王"的字迹明晰可辨,石上荆轲夺剑刺秦王的形象依旧栩栩如生。

画像石占满整个银幕。字幕升起,同时伴有旁白(因时隔久远,旁白声并不激昂,而是沉着、凝重)。

据司马迁《史记·卷八十六》载：

……于是荆轲就车而去，终已不顾。

遂至秦，持千金之资币物，厚遗秦王宠臣中庶子蒙嘉。……秦王闻之大喜，乃朝服，设九宾，见燕使者咸阳宫。荆轲奉樊於期头函，而秦舞阳奉地图柙，以次进。至陛，秦舞阳色变振恐，群臣怪之。荆轲顾笑舞阳，前谢曰："北蕃蛮夷之鄙人，未尝见天子，故振慑。愿大王少假借之，使得毕使于前。"秦王谓轲曰："取舞阳所持地图。"轲既取图奏之，秦王发图，图穷而匕首见。（轲）因左手把秦王之袖，而右手持匕首揕之。未至身，秦王惊，自引而起，袖绝。（秦王）拔剑，剑长。操其室。时惶急，剑坚，故不可立拔。荆轲逐秦王，秦王环柱而走。群臣皆愕，卒起不意，尽失其度。……是时侍医夏无且以其所奉药囊提荆轲也。……左右乃曰："王负剑！"负剑，遂拔以击荆轲，断其左股。荆轲废，乃引其匕首以擿秦王，不中，中铜柱。秦王复击轲，轲被八创。轲自知事不就，倚柱而笑，箕踞以骂曰："事所以不成者，以欲生劫之，必得约契以报太子也。"于是左右既前杀轲……

于是秦王大怒，……诏王翦军以伐燕。十月而拔蓟城。……燕王乃使使斩太子丹，欲献之秦。秦复进兵攻之。后五年，秦卒灭燕……

鼓声犹在，延至剧终。

演职员表。

剧终。

1994年11月15日　第二稿

访谈·对话

先修个斜坡吧

史铁生：我们在宣传上有一个大毛病，一个人一旦做出事情来了，人们就把他大说特说一通，而在此之前，他恰恰需要帮助时，却无人过问。

王林*：有这种情况。在讨论张海迪的事迹时，有人就说，张海迪出名了，于是人们给她送来各种东西，都来关心她了。可她当初为了找一个工作，遇到了多少困难。人们为什么不在那个时候多关心她呢？

史铁生：也就是说，在人们给张海迪各种关怀的时候，仍有许多残疾青年处在她当年的状况之中。当然，都像关心张海迪那样去关心残疾青年，也是不现实的。但是许多眼前就可以办到的事，就应该着手去做了。咱们先从小地方说吧。比如我，我看不了画展，进不了图书馆和书店，只要有台阶，我就上不去。这类事对残疾青年来说，不仅仅是表面上的事情。一个好电影，别人看了他看不上，他的心一下子就会被弄得灰极了。再比如，大夏天摇车走在大街上，口渴得要命，想买点饮料喝。可卖东西的全在马路牙子上，上不去！别人能喝你喝不着，你火不火？其实解决并不难，在一些书店、图书馆门前，在马路沿上多修几个斜坡，就行了。事情很简单，但要有人去做。

我们残疾人特别需要的，是独立生活的能力。现在大楼建房，

---

* 王林，时为《中国青年》杂志记者。

也应为残疾人想想,那种有上下水、厕所等设备的房子,我想再没有比残疾人更需要的了。这种独立生活的能力的具备,对残疾人的心理会产生很大的积极影响。而比起这些,你仅去宣传一两个人有什么大作为,我觉得实在没什么大意义。

王林: 也许,残疾青年对待成功者的心理与人们不大一样。

史铁生: 给人的感觉是,好像只有成功了,伤残人才有活着的意义。我认识一个青年,他双腿不能动了,可他能打大衣柜,木工活干得特棒。宣传张海迪的时候,他对我说:我想学英语。我说:你快四十了,还学什么英语?他又让我教他写小说。我说:你干木工不是干得很棒吗?他说:干得再棒又怎么样?这"怎么样"中有一些功利主义因素,可他是为了得到人们的承认和重视,否则,他的许多问题就解决不了。是不是一个人干出名堂来了,才重视他,然后才谈到对伤残人的重视?如我们报道的那些残疾青年,都是写出东西来了,翻译出东西来了,或画出东西来了,而大多数残疾青年,就是在干着一般的活,得不到同样的关心。怎样让伤残人在平凡的工作生活中也能感受到生活的乐趣,这不是报道几个出名的人就可以办到的。有限的褒奖没什么意思,需要的是广泛的理解和关心。

王林: 史铁生,在事业上,人们说"你成了";在心理上,你是否还有没站立起来的感觉?

史铁生: 我们心中都可能有被压抑得不正常的痛苦深深地埋藏着。我曾经问一些残疾青年先进人物:你们心中是不是有埋藏着不愿说的痛苦?他们都承认。可表面看来他们都过得不错,我也能给人很乐观的印象。

王林: 具体谈谈。

史铁生: 坦率地说吧,残疾人不愿说的,就是爱情问题。他们心中的阴影,在这儿表现得最浓烈。这些是应该说一说的。

王林: 也许对残疾青年爱情生活的宣传,也还不易找到适当的角度。

史铁生：首先残疾青年往往自己都不敢认为有爱的权利。他们谈到这些问题时，就躲躲闪闪，包括我自己都是这样，有一种摆脱不了的心理障碍。文学中总说爱情是永恒的主题，可一到了残疾人这儿就没了。我看了一些写残疾人获得爱情的报道，那好像在写一种施舍，"谁谁把爱情献给了一个残疾人"，好像残疾人占了一个便宜。他得到了爱，于是宣传他；可那些得不到爱的呢？他们看了会更加痛苦。

王林：在你的一些作品中，也可以看到笼罩在他们头上的阴影。也有人说你的作品色调有些"灰"，你怎么看？

史铁生：什么叫"灰"？残疾人的生活显然不是全透明的。写残疾人，是不是全要写成蓬勃、高昂、乐观的？都像《明姑娘》那样？这不是给人们提供一个假信息？写他们真实的痛苦是不是就意味着悲观？其实，敢于承认痛苦，这就是一种自信的表现。

关于残疾人的事，一下子解决不了，但这恰恰说明该动手解决了。从如何关心残疾人这一点上，完全可以看出一个国家的文明程度。

载《中国青年》1985年第5期

一个作家的生命体验

"活着不是为了写作,写作是为了更好地活着"

张专[*]:史铁生先生,如果不是您这种特殊的命运,所谓"活到最狂妄的年龄上忽地残废了双腿",您会不会走上写作这条道路呢?

史铁生:我觉得这无法预料,只能说我的病促使我走上写作道路。至少在这之前我没想过会以写作为生。"文化大革命"开始的时候我才初中二年级,刚满十五岁,根本没想过以后干什么,然后就参加"文化大革命",稀里糊涂的,出身不好也不坏,没什么特别的骄傲也没什么特别的冲击,然后就去插队,那时候想得很现实,就是怎样在农村干点什么事。只是在病以后才想这件事。病了以后最重要的问题是还活不活,慢慢才想明白死是迟早要来临的节日,不必太着急,等决定活下去之后,自然要想怎么活,有一点很明白,就是:总得要做点事情。

张专:能不能这么理解,写作是您自救的一种方式,而且是最佳的方式。

史铁生:可以这么理解。当然这个自救的意义是有所变化的,刚开始的时候更多的是一种生存自救,走着走着才想明白,其实这

---

[*] 张专,时为北京广播学院教师。

么些年来所追求的东西,最重要的是一个价值感。活着要有点价值,你就要干点什么。至于你问我如果没有病我会干什么,我说不出来。我想如果没有病,至少我不会那么早就动笔,可能会再搁一些年。没这么多东西逼着可能也就搁下了,以至成为一个爱好者、关注者和说三道四者。当时各种各样的状态逼迫你,必须要动手了。

张专:您的一位病残朋友曾说:感谢命运给了我一份特殊的生活。您有这样的感受吗?

史铁生:这就像什么呢。有一本书上写到玩牌,别人洗完了你还不放心,还得自己再洗一遍,你的期望是想比原来好,但你不知道是不是好,原来还没有呈现就消失了,只有一种可能性,如果说感谢命运是指两者比较而言我觉得很难说。如果我们从这个命运中走过来了,发现了生活的美、生命的美,因而对命运有感激情绪的话,我觉得是非常好的。心存感激,很好。

张专:你有没有这种感激之心呢?

史铁生:应该说是有,但这实际上是一个悖论。如果你真觉得它很好很圆满的话,那么这种感激可能会消失。恰恰是因为一种残缺的美。人的残疾怎么说都是一种遗憾,这种遗憾却有意外的收获,这可能就是它的美之所在。如果没有一个限制,没有一种残缺,一切都手到擒来,这个人可说活得很顺利,但活得很傻。

张专:这样的人是不会有感激之心的对吗?那么您目前生活的支撑点是什么?是写作吗?

史铁生:就像我写的一篇文章:活着不是为了写作,而写作是为了活着。如果生命是一条河,职业就是一条船,为在这生命之河上漂泊总是得有一条船,所以船不是目的,目的是诚心诚意地活着。其实往大了说,人的支撑点就是活着,生的欲望。人要是有了绝对的死的愿望就什么都甭说了。生的欲望是人的一种本能,由此他去创造许多美好的东西。也可以说人活着是为了美好的东西,但这个美就没有一个标准,有的人在困难重重的逆境中会活得很好,而有的人一切皆顺却活得很糟糕甚至去死。其实这很有点无可奈何的味道。既然无可奈何,那么如果它是一个悲剧,你要表现出你的力量;如果它是一个骗局,一个幻觉,你要让这个幻觉很美。

在悲剧的背景上做喜剧的演出

张专:具体到您的作品,从一九七九年到现在,您是逐步地指向您的理念和意志,这其间也有一个发展过程,您能不能把自己的作品分个类。

史铁生:有人分过,我也比较同意。刚开始还是写一些社会问题,像《午餐半小时》,因为我们这一代人接受的文艺理论还是文艺要反映社会生活。这种观念是很顽固的,但很快我就变了,写残疾人,这可以归到人道主义范畴,比如《一个冬天的夜晚》,再到后来写人的残疾的时候,就不是人道主义能够概括得了,或者说它是更大的人道。人存在的根本处境有可能是社会的,或者人道的,但从根本上它是人本的。

张专:一般人都认为《我的遥远的清平湾》是您早期的代表作,这应该是没有错的。那种调子:情绪比较饱满、调子比较明快、写法比较现实主义,这种东西到后来并没有延续下去,而实际上这种调子是比较正统也比较容易被肯定的。

史铁生:某种东西确实没有延续下去,因为我觉得那时候还有一种比较虚假的乐观主义。

我并不认为悲观是一个贬义词,在比较深层的意义上。但如果以自己的悲哀为坐标的悲观主义是不好的,以自己的某种温馨为出发点的乐观主义也是虚假的、浅薄的。真正的乐观和悲观都是在一个更深的层面,它是人的处境的根本状态,从这个意义上讲,悲观和乐观没有高低优劣之分。

每个人的生命中都会有一些悲观,如果陷在里面,写作就会萎缩。《我的遥远的清平湾》写的是我生活中比较温情的东西,有些作品写的就是比较悲观的东西,但都没有指向人的根本处境,所以我必须超越它。事实上,《我的遥远的清平湾》的某种风格,某种对感情的重视,在《我与地坛》中又接上了,但它又不一样,它比《我的遥远的清平湾》要大了,它理解快乐和痛苦的视野要大多了。

张专:我想大概是您的作品大多数都涉及残疾人,使您必须要超越那种浅薄的悲观。您的作品有一个很明显的主题,就是关于残疾人……

史铁生:不……不都是这样,这个话题需要说一说。首先我写东西的题材不限于残疾人,我也写过插队的、街道工厂的等其他不相干的。

另外关于残疾我也有一些看法。我的残疾主题总是指向人的残疾,而不是残疾人。一切人都有残疾,这种残疾指的是生命的困境,生命的局限,每个人都有局限,每个人都在这样的局限中试图去超越,这好像是生命最根本的东西,人的一切活动都可以归到这里。从这个意义上理解,我的作品,的确有一个残疾主题。

张专:您的作品所展示的基本上是这种人的生命和生存的基本困境之间的无法解决的冲突,有人评价您是"当代西绪福斯",大概也是这个意思。所不同的是,您比西绪福斯更清醒地意识到:人的困境是与生俱来的,不可以超越的,所谓"原罪、宿命"。

史铁生:命运的力量相当大,人很根本的有一种宿命。所谓命运它不是人可以改变的,人只能在一个规定的条件下去发挥人自身的力量,这种规定的情境就是宿命。比如说你生来就是个女的而不是男的,你生在这个世界上而不是生在唐朝或宋朝,比如说我这腿,它就瘫了,你竟无办法,只能接受这样的一个事实。人的主观力量只能在接受这样一个事实后做一些事情,你所谓接受的这个事实就是宿命。

原罪也是这样,并不是我们犯了什么罪,但是与生俱来的一些东西使我们有罪感。我曾经说过人有三大根本困境:第一,人生来注定只能是自己,人生来注定是活在无数人中间并且无法与他人沟通,这意味着孤独。第二,人生来就有欲望,而人实现欲望的能力永远赶不上欲望,这意味着痛苦。第三,人生来不想死,而人生来就是在走向死,这意味着恐惧。

张专:如此说来人就生活在这样的一个原罪之中,人的力量又在哪里呢?

史铁生:人的力量就是在这样一个悲剧的背景上做乐观的奋斗。我所说的三大困境又是人快乐的根源。

张专:我总觉得这里面有一种很无奈的情绪。

史铁生:是,是无奈。所谓宿命就是无奈,所以我说是在悲剧的背景上做喜剧的演出,你不承认这种悲剧的背景,你是个傻瓜;你不做这种喜剧的奋斗,你是个懦夫。

张专:您信上帝吗?

史铁生:信。但上帝是什么这又是一个大话题,怎么证明上帝的存在又很有意思。它绝不是一个人格化的东西。在某个层面上你可以把它人格化,比如你劝人行善的时候。但在美的层面上它不是人格化的,它本身是一种祈祷。在人面临困境的时候从根本上讲没有人能救助我们,而这种状态可以使我们的心境得到改变,对世界对生命有一种新的态度,这时候,上帝就显露了。

生命之路上纵情歌舞

张专:悲剧的背景已经设定,那么这其中的演出何以又成了喜剧? 这种演出的价值何在呢?

史铁生：这就看你的活法了。面对悲剧的背景,必死的归宿,如果从此就灰溜溜地不思振作,除了抱怨和哀叹再无其他作为,这样的人真是惨透了。有悟性的人会想:既然只能走在这条路上,为什么不在这条路上纵情歌舞一番呢? 于是一路上他不羁不绊,挥洒自如,把上帝赐予他的高山和深渊都笑着接过来玩了一回,玩得兴致盎然且回味无穷,那他就算活出来了,生命其实只是一个过程。

人一方面对威严而神秘的造物充满了敬畏,一方面又为人的不屈和神奇满怀骄傲,他在创造美的时候又欣赏到了美,他欣赏自己这件无与伦比的艺术品,这就是艺术,这就是美,人活着的价值可能最终就是为了美的价值。这说来就长了。

比如说真善美这个话题,我觉得真善美不是平面的,而是递进的关系,真走向善,善走向美。美是最高层次的。所谓真就是指,在我讲到的那种必然、那种宿命里,你必须承认它,真诚地承认它,你给它加什么花活,加什么粉饰都离真越来越远。在这种真面前,什么是世界最珍贵的东西,那就是爱,也就是善,只有在爱与善这个层次的引导下,真才能有价值。一个有爱心和善心的人,你才能相信他不说谎,才相信他真。那么这个善这个爱又有它的困境了,能全世界的人都相爱吗,能每个人都有一份爱心吗? 退一万步说,人都一样了,这世界也就消竭了,这是一个悖论,那么怎么办,只有求得生命的美。你真、你善,并不要求实际的报答,只求美的价值,自我的完善。只有在这种美的引导下,你的美才有归宿,一个人带着欣赏美的心情行善,他的善才不虚假。所以我觉得这是一种递进的关系,而这种递进关系恰又和文学相对应。文学是真的层次,如果文学中看到了人的处境问题,那就有了哲学的意味,也就到了善的层次,然而此时人们往往会陷入一种绝望,一种彻底的悲观,那么就要进入一种神学的层次,我觉得也就是一种美的层次。

张专：据我的理解,您说的神学大概不是指某一种具体宗教,而是指一种宗教精神。

史铁生:你说得很对,我不是指的真正上帝或者释迦牟尼。具体的宗教顶多引导人们向善,有时还起不了这种作用。我说的是一种宗教精神,就是在真和善的绝望处产生的一种感动。

说到宗教很多人会想到由愚昧无知而对某个事物的盲目崇拜,甚至想到迷信。所以我用宗教精神与他区分,宗教精神是清醒时依然保存的坚定信念,是人类知其不可为而决不放弃的理想,它根本源于对人的本原的向往,对生命价值的深刻感悟。所以我说它是美的层面的。这样它就能使人在知道自己生存的困境与局限之后,也依然不厌弃这个存在,依然不失信心和热情、敬畏与骄傲。

无论是一个人,还是一个民族,都需要这样的宗教精神,就像婚姻需要爱情一样。

张专:这让我想起一句话:粗知哲学而离弃的上帝,与精研哲学而皈依的那个上帝,不是同一个上帝。这心中的上帝不妨就说是我们精神的家园,不妨说就是理想与渴望,人们清醒地意识到理想是不能实现的,仍然赋予它牵引过程的力量。这本身就很有意思。

史铁生:先说一句题外话:人们常说童心可爱,其实童心之所以可爱不在于它的干净,而在于它的好奇。

人只要想活下去,他几乎不可能不被理想牵引,人又同时镇静地看到它的必然逻辑,你就会既不失去奔向理想的力量,又不会太为得不到理想而焦灼。你很清楚,得到的只能是过程,理想本身不是为了实现的,他只是用来牵引过程,使过程辉煌,使生命精彩。

人活着意味着生命力的存在,这个时候它不可能没有欲望,理想产生于欲望。欲望是上帝的设计,或者说是自然本身的存在,自然本身就是一个无穷劫,方向即是欲望。所以人只要活着就会有欲望,有欲望就会有理想,有理想生命就精彩。

张专:您的小说和作品好像总在阐述这些意义。

史铁生:有可能,我有一些根深蒂固的想法,可能就陷在里面了,我这个人有时候很顽固……

我知道什么不是文学,但我不知道什么是文学

张专:您的小说自我性比较强,要么有您自己的影子,要么就感觉您在叙述。

史铁生:首先我接触的面比较窄,多数是自己坐在屋子里琢磨,想……这是一个空间的问题,再有一个心理的问题。就是说,我面对的确实是一个个人的困境。我这个困境你找不到它的社会原因,你没招谁惹谁,你不是被迫害的,一上来我的位置就指向人的根本困境,这也可以说是对这个病的所要感激之处,很多人写作是因为社会上经历很多,有感慨、有想法,写的是社会上的一些事和关系。我直接面对的是人的根本困境,生命存在以来它就有了这个问题,自打一出生,问题就存在了,所以我关注的也就是这些。你说它是个人的,但它实际上是人的,只不过较少是社会的。

张专:写作只是要解决自身的问题。

史铁生:我想从根本上是这样,首先写作解决不了别人的问题。它也不能直接解决社会问题。

张专:看您的作品有一种感觉,前期作品叙事成分比较多,到后期则有了很浓厚的理念甚至玄想的色彩,更多是一种哲学和如您所说神学的东西在里面。但这个和文学好像有点冲突。

史铁生:文学这种东西我觉得没有一个界限,我知道什么不是文学,但我不知道什么是文学,它可以是各种各样的,但它又确实区别于哲学的简单的逻辑的推论,艺术源于敬畏与骄傲,对生命的感悟。这很难说,只可意会不可言传。

我说不太好,我现在是信马由缰了……不,不是信马由缰,我还没有达到那种自由境界,但我不太去限定它,我不太去管它是什么,我曾经写过这个问题。对我来说它只是写作,对别人来说它只是一篇作文,你看它感兴趣吗?感兴趣就看好了,你别问它是什么。

张专:很多人评论您后期的作品是实验性小说。

史铁生:这种说法就是他一旦没有办法归类的话,就说它是实验性的。某一个小说流派,或者说艺术流派,只有当它成了大潮流,有一定数量的追随者和认同者之后,人们才给他起一个名字。于是后来搞评论的人就有了一个一个的抽屉,把一些东西分门别类放进去,如果你的东西放不进去,他就说你不是东西,如果放不进去又有点意思,他就说你实验。

其实我骨子里可能很传统,我可能是传统的存在方式加现代的思维方式。

张专:您后期的作品的确让人耳目一新,从标题看都与众不同:《原罪·宿命》《一种谜语的几种简单猜法》《小说三篇》等等,您是否有意在技巧上创新或磨炼技巧?

史铁生:我没有。但我感觉到技巧的重要是:当我有一个东西用已有的技巧表达不出来的时候,我就想怎么去表达出来,这个时候技巧就产生了。我会看到有些小说它的一些方式就很吸引我,像法国新小说派,我至今没有这样写过,但我很有欲望那样去写,在我的某些小说里有类似的片断。这个时候你说它没有纯技巧的东西也不是,但确实是它的方式吸引我,本身这种形式就能使我心里的东西掉出来。所以我写每篇东西都跟第一次写差不多,没有轻车熟路、驾轻就熟的感觉。

张专:最近在写什么新小说吗?

史铁生:在写一个长篇。这是我的第一个长篇,写了将近十年。里面有我所有的东西,三言两语说不清楚……我很费劲,因为我担心写出来的东西往往不是我要说的,有的东西到了极致是不能说的。

张专:讲的什么样的故事?

史铁生:不能说,说出来就变味了,等写出来自己看吧。

载《北京广播学院学报》1994 年第 3 期

轮椅上安静的梦想家

藤井省三＊:史铁生先生,您曾经在《我与地坛》一文中写到,您几乎每天都会独自摇着轮椅去地坛公园。您最近还经常去那里吗?

史铁生:我仍然像往常一样散步。但实际上,四年前我搬到了现在这个房子,因此很少去地坛公园了。我现在的代步三轮车是电瓶的,长途出行会有电池耗尽的风险。

藤井省三:昨天,我拜访清华大学中文系时,翻译了大江健三郎作品的副教授王中忱先生带我参观了附属中学。在校园里与同学们打招呼时,他们都表现出少男少女特有的青涩与腼腆,但同时我感受到了他们的聪慧。这让我再次想起,清华附中历来是北京数一数二的名校,史铁生先生您曾经也是这所学校的学生。您在清华附中时期,最爱阅读的书籍是什么呢?

史铁生:我一九六四年考入清华大学附中。到一九六六年我上初三时,"文革"开始了,学校陷入了一片混乱。一九六九年,我还未升入高中就插队到陕西的一个小山村。那时我还很年轻,从未想过要成为一名作家什么的。也就更不用说考虑未来的道路了。可能只是随便读读身边有的书。那个时候能读到的书也不多。

藤井省三:您在"文革"期间有什么爱读的书吗?

＊ 藤井省三,日本汉学家,东京大学教授。

史铁生：插队期间，我确实多少读了点书。这是因为一块儿插队的同学带去了一些自己家里的书。印象较深的大概是托尔斯泰和巴尔扎克。哲学书更少，我记得读过黑格尔，但我没读懂。我记得还读过南斯拉夫的吉拉斯的《新阶级》。这本书原本是面向高级干部翻译并内部发行的，但"文革"的混乱使这本书流传到了我们这里。

藤井省三：《新阶级》是一本社会主义国家学者批判共产党干部特权化的书籍，郑义也曾在他的作品中提到，他读过这本书。在俄罗斯以外的外国文学中，您还有什么爱看的书吗？

史铁生：我读过的日本小说大概也就是小林多喜二的《蟹工船》了。"文革"末期，一些美国小说也以内部发行的形式流传。我记得有一本书叫作《海鸥乔纳森·利文斯顿》，里面还有一篇标题为《爱情故事》的小说。

藤井省三：一年前，在日本，中国文学研究者山口守翻译了您的《遥远的大地》①。去年，我也在东京大学秋季学期的现代中国文学研讨班上，让一、二年级的同学阅读这本书。研讨班中大约有六名学生，其中包括学理科的孩子，还有棒球队投手什么的，尽管人数不多，但研讨班非常热闹。

关于《插队的故事》，译者山口在解说中提到："这部小说将插队经历通过小说的形式重新构建，但更重要的是，它是一部具有强烈自传性、散文式元素的小说……著者把'归乡'这一行为描绘为对过去的朝圣，将'文革'时期青春的'光与影'和当下生活中的思考与感受，像壁毯一样编织在一起。"讨论这部作品的当天，研讨班氛围非常热烈。由于是第五节课，下课时暖气就会被关掉，我还

---

① 该书日文书名为《遥かなる大地》（《遥远的大地》），由日本宝岛社1994年出版，收录了史铁生的两部作品，其中《遥かなる大地》译自《插队的故事》（原载《钟山》1986年第一期），《車椅子の神樣》译自《车神》（原载1987年《三月风》杂志）。

记得后来我们把阵地转移到咖啡店继续讨论。同学们事先写好的两到三页的阅读报告,以及学期末代替考试提交的小论文,现在都已经退还给他们了,所以很遗憾现在无法向您介绍同学们的真实声音。

在这个研讨班中,我们先讨论了郑义的《老井》和莫言的《怀抱鲜花的女人》,因此同学们对"文革"中和改革开放后的中国农村有了一定程度的理解。他们之所以对《插队的故事》感到震撼,可能是因为您观察农村的视角与郑义和莫言都有所不同,具有不一样的深度。

当然,对于现代日本的年轻人,也包括"文革"时期的北京青年,他们都很难想象山村农民生活的种种艰辛。而您以一种温柔的视角,把这些农民视作亲密的他者。关于这一点,山口也提到:"关于'我'与'世界'、'我'与'他者'如何可能(或不可能)实现相互理解,农民和大地给予了我们极大的教育。"关于这个问题,您本人怎么看呢?

史铁生:好的,我应该怎么回答呢……我记得莫言曾经对我说,即便是从城市插队到农村的知青,也并没有真正理解农民。——什么?莫言把这句话写进了他的散文是吗?我没有读过莫言《超越故乡》这篇散文,但我同样认为知青文学并不就是农民文学。

我插队到陕北农村时只有十七岁。十七岁,说起来是最富于理想的年纪。然而,我从未想象到延安北部的那个村庄会如此贫穷。而且,"文革"期间正是那个村庄最贫困的时期。村干部对村民的生活漠不关心,他们只关注上级下达的生产目标,经常虚报粮食产量。因此,总是多缴公粮(以粮食的形式向国家缴税),收取公粮的过程也非常严酷。这种官僚主义加上自然灾害,让村子遭受了双重打击。

当时的中国完全是阶级斗争一边倒,不允许任何人文主义或个人主义的思想,我也从未有过这样的思考。在这种我难以想象的环境里,村民们依然坚强地努力地生活着。可能是通过与他们的接触,我学到了一种与我在北京作为一名中学生时不同的看待事物的方式。在这个意义上,《插队的故事》不是农民文学,而是下乡知青的文学。我观察农村的视角原本就与莫言存在差异。

藤井省三:那您如何评价莫言的作品呢?

史铁生:虽然我没有读过太多他的作品,但给我印象最深的无疑是《透明的红萝卜》,还有《红高粱》……实际上,莫言对城市的看法,我也有些不同意见。城市人看农村,反过来农民看城市,想要在这些各自形成的印象中寻求完全的客观性或真实,可能是不现实的。不同的视角和视觉,会使同一个农村、同一个城市呈现出各种不同的形象。

藤井省三:莫言三年前发表的《酒国》,是以酒国市这样一个虚构的城市为舞台。对于这部作品,您有什么读后感吗?

史铁生:我没有读过那部作品。最近我不怎么读小说。

藤井省三:那您现在主要阅读些什么呢?

史铁生:哲学。虽说听起来可能有点夸张,但我最近对认知的客观性与主观性、偶然与必然这类主题很感兴趣。不过,我不太记得作者和书名……我最近完成的长篇小说也是出于这样的兴趣开始动笔创作的。通常认为,小说是基于记忆来写作的,但我不依赖记忆,而是尝试去描绘客观性中所包含的偏见。尽管是以北京这个城市为背景,但我还是试着打乱了时间和空间。因为我认为,时间和空间都是主观的。生命究竟是什么?我们的存在到底是什么?我们在人类社会中的位置是什么?我就是想提出这样的问题,所以我认为我的作品可能有点接近哲学。

藤井省三:请告诉我书名和刊载的杂志。

史铁生:书名是《务虚笔记》,计划明年在上海的文学杂志《收获》上发表。

藤井省三：史铁生先生，您个人最喜欢自己的哪部作品呢？

史铁生：越往后面的作品，不满意的地方也就越少。可能是因为随着年龄的增长，对现实的理解也会加深吧……

藤井省三：您的短篇小说《命若琴弦》是我最喜欢的作品之一。小说的主人公是一对行走在中国陕西山村里的盲人师徒，他们以弹三弦琴、说书为生。小说用平淡朴实的语言叙述了一种境界：即使是依附于虚无的希望，人们也只有真诚地活在每一个瞬间，这才是唯一的救赎。这种境界，可以理解为一种和解，或一种觉醒。一九九一年，陈凯歌导演根据这部作品拍摄了电影《边走边唱》，对这部电影，您有何感想？

史铁生：似乎既有处理得很巧妙的地方，也有失败的地方。失败之处在于方法。主题，尤其是哲学部分被过分强调，多少显得有些刻板。成功的地方也与此相关。中国现代文学有时候容易把人的宿命这一问题给淡忘掉，而这部作品对此进行了一个正面回应。我认为宿命本来应该是文学的一个重要主题，但是八十年代中期出现的寻根文学好像过于执着于过去。作家的兴趣都集中在"我们从哪里来"的这样一个过去的时间和空间的问题上，而"我们将去往何方"这一问题似乎却被忽略了。立足现在思考未来，这应该是文学的使命才对。

藤井省三：去年在日本，残障人士张海迪女士的小说《轮椅上的梦》也被翻译成日文。您读过这本书吗？

史铁生：没有。正如我刚才说的，我不怎么读小说（笑）。

藤井省三：中国有很多身体残疾的作家吗？

史铁生：多少有一些，但有影响力的作家比较有限。

藤井省三：在中国，改革开放这一政策使得一些企业获得成功，经济得以持续高速增长，但同时也有许多国有企业陷入严重的经营危机。听说企业之类的福利预算被削减。在文艺界还听说，有老作家因为支付不起医疗费而住不起医院。下面这个问题可能有些冒昧,请问史铁生先生,您是靠稿费生活吗?您一个月的收入大约是多少?

史铁生:我的情况可能是个特例。我从未正式领过工资。虽然作家协会为专职作家发工资,但在北京这样的专职作家也就十几人。他们在原来的工作单位只保留名字,工资由作家协会代发。

一九七二年我生病后,开始了轮椅生活。直到一九八〇年,我都是在民政部门的照顾下作为工伤残疾人士在工厂工作,每月收入十五元。那时的十五元,按照现在的标准大概相当于现在的一百五十元。后来每月可以领取六十元生活费,我就辞掉了工厂的工作。现在这笔生活费变成了一百八十元,另外作家协会还给予一百五十元的补助。所以每月总共大约三百元。在现今这个时代,这样的收入几乎只够吃饭,所以我主要还是依靠稿费来维持生计。

藤井省三:再次冒昧地问一下,您一年的稿费收入大约是多少?

史铁生:嗯嗯,在中国,文学杂志的稿费最低大约是每千字四十到五十元,通俗小报大约是一百到二百元。我的新作如果发表在《收获》杂志上,那本杂志的稿费是每千字六十到七十元,所以一篇四十万字的作品,大约可以得到三万元的稿费。如果这部作品作为单行本出版成书,版税在最好的情况下大约能有七万元左右吧。

有些作家半年写一部长篇小说,但我写作较慢,完成这部新作用了三四年的时间。所以我的稿费收入并不多,但我已经很满足了。

藤井省三:市场经济的推进导致了中国文学的边缘化,小说不再被广泛阅读,文学杂志的发行量普遍下降了好几倍。这是为什么呢?

史铁生:我想,那是因为本来对文学感兴趣的读者就不是太多吧。中国有十二亿人口,如果有一万人读我的作品,我觉得就应该感激涕零了(笑)。改革开放初期,报告文学作为报纸新闻的替代品吸引了很多读者,但现在这个角色已经被电视取代了。并且,很多作家开始编写电视剧,电视剧的稿费为每万字一万元,是文学杂志的十倍以上。这样一来,中国长篇小说的质量就慢慢在下降。

藤井省三:在这种文学不太受欢迎的情况下,您认为作为一个文学家有什么样的使命呢?

史铁生:关于文学的使命,可以列举很多项。例如,旨在对社会产生影响的报告文学。但我对这种类型不太感兴趣。我更关心的是人在社会中的位置,以及人在逆境中的生存方式。我认为,在中国,一直以来很少有关注这类主题的文学作品,《红楼梦》那些是个例。

藤井省三:提到《红楼梦》,这部作品佛教思想色彩浓厚。史铁生先生,您对宗教感兴趣吗?

史铁生:我忘了名字,但我记得有人说过这样一句话,说:"我是基督的追随者,而不是基督教徒。"我也有同感。我对佛教和基督教都挺感兴趣的,但我不信仰任何教义,我对无政府主义有共鸣。

藤井省三:请告知一下您接下来的工作计划。

史铁生:因为我刚刚完成了多年来一直在写的长篇小说,所以我想暂时休息一下。在这段时间里,我想慢慢写一些平时思考的东西,尝试写一些散文。

1995 年 9 月 16 日
于北京史铁生寓所

(原文载日本《SUBARU》杂志 1996 年 5 月号;
童江宁译,译文载《新文学史料 2024 年第 3 期》)

史铁生访谈录

关于困境

胡健[*]:我们知道,你是在二十一岁生日那天住进医院的,然后就再也没有站起来,就是说一个困境造就了一个独特的作家……

史铁生:独特不敢当,但是写作,本来就是人们面对困境才有的一种行为,活得好好的为什么要写作呢？我想就是因为看到了困境,才可能有写作这种行为发生,而且这种困境可以说是永恒的。

胡健:可是面对困境并不是每个人都拿起笔来,正如你当初发现自己不能站起来后,首先想到的也不会是文学吧？

史铁生:我说写作并不一定就是纸和笔的问题,而是人们面对困境而有的思索或感悟,在永恒的困境中想怎么办的时候,这时候我想就是写作行为。

胡健:就是写作的预备行为。

史铁生:或者说拿笔和纸把这些东西记录下来之前,他的心里已经有了这些东西。但是反过来说,如果仅仅有笔和纸那你就能写作吗？写什么呢？能写字不见得能写作。

---

[*] 胡健,时为中央电视台《东方时空》主持人。

胡健：所以必须要有困境？

史铁生：我想是这样，我想文学根本就是面对困境产生的，从来就是这样，如果永远有文学这件事情，困境就是永远的。我今年是四十五岁，正好在四十至五十之间，中国的古话说，四十不惑，五十而知天命，实际上仔细一想，这话有矛盾，四十已不惑了，怎么五十又知天命呢？我想四十不惑可能就是，待人接物这些事都比较熟悉了，但是你心里的困惑并不在此，四十是解决不了的。而五十知天命，知天命却又没说不惑，可能天命就是指永恒的困境和惑的永远存在。

胡健：我想不惑应该是面临着很多东西，他只认准一条路来走，不会被其他的所迷惑，但是到五十了，他就知道走得通还是走不通。

史铁生：而且他知道这条路永远没有头了，人生的这种疑问别说此生无尽，来生大概一代一代永无尽头。

所以我说困境是永恒的，你无法设想一个没有困境的状态，没有困境就没有矛盾。

胡健：但是我想对每一个人来讲，困境还是有大小的，就好比你刚二十出头，就知道自己再也站不起来了，到拿起笔写作是一步一步过来的，一道一道关过来的，最开始是什么感觉？

史铁生：人二十多岁就瘫痪，我想除了特别天才的人大概都受不了，当时就是想别活了，再活没什么意思了。这个死不死的问题不是一下能解决的，后来就想就算我已经死了吧，那么其他器官还好着，不用也糟蹋了，就再活着试试。既然再活着试试，您就要干点什么了。我曾试着画彩蛋、学外语，画彩蛋一下也就成功了，但没兴趣，学外语又没有地方用，没人来找我当翻译，最后就是写作。刚开始也很迷惑，像我这样的人，在家里是不是就能写作呢？但当时也顾不得这些了，就这么干吧。其实人心里的世界更无穷、更丰富，你经历的事情你可以反复看它，实际上都不一样。所以我写的一些东西好些作家朋友也跟我说,思辨色彩比较重,我说这好像也没有办法,这是命。

胡健:说到你的思辨色彩,我觉得是你几次想到死,可能因为这个悟出来的。

史铁生:死的问题,要说彻底摆脱了它,大概也不是太久的事,但是摆脱它的过程却很长。比如说,有人在绝望的时候说到死,第一步,我就劝他先别着急。这话是因为看卓别林电影《城市之光》,有一个女的自杀,卓别林把她救下来了,这个女的说你干什么救我,应该让我死,卓别林说了一句很棒的话:"你着什么急呀?"有时候幽默很好,非常重要,卓别林这句话我这一生都不会忘了。这就是一个开头,既然不着急了,继续活下去有可能各种信心都建立起来了。

胡健:那你说对付困境最好的办法是什么?

史铁生:就得知道困境是没完没了的,而且要做好这种心理准备,你老是觉得有一站,到这一站一切都好了,这是一个骗人的幻影,没有这一天,直到死。

胡健:可是人并不是一开始就能把最后的底都给看清的,你也是一段一段的,是吗?

史铁生:但是现在仍然是迷惑。

胡健:就是轻易地放弃希望?如同你的腿,一开始总会想,有一天会不会好?这种希望,现在还有吗?

史铁生:这种希望存在了十年。那时候听说哪儿有什么偏方呀,江湖大夫呀,甭管多远都要去找,回来是一个更大的失望,后来我觉得这腿这么对不起我,我也不再这么对得起它了。有时候忘了,确实忘了,我自己觉得这是一个很好的状态。当年走在街上你总能感觉到自己是一个残疾人,甚至为此跟别人吵架,忽然有一天,我走在街上,迎面也过来一辆轮椅,我突然觉得,原来我是这样,忽然发现我把它忘掉一段时间了,我觉得这很好。

胡健：你在你的作品里提到过别人对你的态度有两种，一种是眼光里流露出的歧视，一种是过分小心的恭维，你对这两种都不能容忍。

史铁生：不能容忍。后来发现，不能容忍，肯定是你自己的问题，别人之所以要小心恭维你，你肯定发出了要别人小心你的信号，如果人家小心了，你要看看自己是否使人家小心。

胡健：就是说你现在对这两种目光熟视无睹了？

史铁生：好像我现在不太发现这样的目光了，不太发现了反过来就是说我自己的状态也好了。

胡健：那这样是不是也意味着作为一个作家失去了敏感？

史铁生：也有可能吧！这我自己也不知道，但也有可能我的敏感转到其他地方去了。比如你对困境的觉察，当你特别敏感时，你可能对它表面的东西觉察了；深一步的觉察呢，敏感可能就往深一步走了。那时候我就想，这世界上要是没有残疾就好了；那么接下来的是什么？接下来就是病，世界上也没有病；接下来，这世界上人都长得漂亮，这也好；后来你就发现，那是一个没有波澜的死水，没有任何矛盾了，这简直是不可能的，这差别是注定的，是命定给我们的一个方式。人们讲游戏人生，当然是有几种理解，一种是玩世不恭；还有一种就是你发现它的过程是最为要紧的，目的是牵引过程，它才是有意义的时候，这也是一种游戏态度。

关于自信

胡健：我觉得这和一个人自信心的建立很有关系，你的自信是天性中就有的呢，还是落入困境后推动了呢？

史铁生：不是。我觉得我这个人天性中还是很自卑的，可能性格中就有这种东西。我小学毕业的时候，我们老师给我的一句忠告，就是魄力不够，如果要是有魄力的话会好得多，可能是小时候我奶奶把我惯得太厉害,跑到大街门口都得叫回来,好像外面充满了危险的感觉。上小学的时候,都是我奶奶陪着我去,好几天了也不成,我奶奶坐在外面,我坐在教室里,奶奶一走我也跑,就觉得可怕。

至于自信,确实是慢慢建立的。所以胆和识也就联系起来了,你要是对一些事情认识能更多一点的话,感悟得更深广点的话,自信就可能更多一点。

胡健:自信一点一点建立起来以后,自信越强,自卑就越来越弱。

史铁生:人生来都是有自卑的。比如说你要征服一个山峰,你觉得不行,这也是自卑。对待自卑的态度有两种,一种是掩耳盗铃、打肿脸充胖子,这样反而更糟糕。另一种是看清自己的弱点和不足,扬长避短或加倍努力,这就是所谓的超越。自卑也是心理的困境。

胡健:就像当初腿不好以后,你从别人眼里老看到一种轻视的目光,那种算不算自卑心理呢?

史铁生:我想是,实际上就是因为你自己对自己没有信心,所以对这种目光感触尤为深刻。像我这样的凡夫俗子,外界肯定了你,你才逐步建立起自信。还有很多很棒的人,外界没有肯定他,他也很有自信心,而外界未予承认,但他仍然是很了不起的。如卡夫卡,都说他是自卑的,但是实际上他是很自信的,就认为自己是很棒的,后来事实也证明了。我至少原来不是这样。

关于文学

胡健:当初你做过一个比喻,一个人爬到树上可能是为了鸟瞰四周,也可能是因为猛兽在后面追,文学对你来讲,是哪一棵树?

史铁生:可能对我来说两棵树都是存在的。开始的时候有可能是后一种,确实是狼追你的感觉,我那时做梦都是这种感觉,当时我很不理解。弗洛伊德不是说梦是有象征意味的吗?所以我觉得我那时也有慌不择路的意思,但在慌不择路的时候也还有点冷静,就比如说我知道有些事情是不属于我的,比如上大学,至于那棵爬上去观风景的树,可能是后来才出现的。

胡健:可是我想,上不了大学,干什么也不行的时候,腿不好的人有的是,但是作家史铁生只有一个,走上文学创作的路应该有个特细致的过程。

史铁生:不必忌讳的是,有的人适合干这行。我要是学数学,肯定一塌糊涂,我从小作文就不错,上小学时,一个4分都没有,也不用谦虚,确实这方面是我的所长,在你来说是强项,你就干这个吧。我有时想,我缺乏魄力,是慌不择路助长了我的魄力,我在诸多科目里,更适合于干写作,如果不是这样,那么我很可能是个一直想写但一直没有魄力去写的苦恼的人。

胡健:可是我不相信,二十一岁以前对自己今后要做什么的理想就没有?

史铁生:二十一岁以前只是想要做些事情,但是具体没有想。我那时插队,想的就是把牛喂好,腿一下不行了,躺在医院里,确实不知道要干什么。

胡健:你在农村的时候给老乡画过彩柜,后来又画彩蛋,有可能你还会成为一个画家?

史铁生:有可能。我从小喜欢画画,但这也靠机遇了,有时我觉得我是挺清醒的,我想我要是画画,我哪儿也去写生不了,大画也画不了,顶多画小画,所以说这人骨子里还是有点野心的,好像不满足于画彩蛋等,心想要画也得画《江山如此多娇》那样的大画,所以我觉得干这个不行,我就不干了。

胡健:我从你的作品里还发现你经常大量引用陕北民歌,外国名歌等,你也很可能成为一个歌唱家?

史铁生:成为不了,确实我感觉不行,实际我对音乐不太懂。曾经,我在写小说时耳边总有一种旋律,有时候就是有一首歌,但可能跟我所写的内容无关,但是只要它的旋律存在,好像我的文章的旋律也就有了,一旦这个旋律破坏了,就没法往下写。

胡健:其实就是作为作家多方面的修养……

史铁生:我的音乐修养确实很差的。前几天跟别人唱卡拉OK,我对别人说,不唱卡拉OK,不知道嗓子不好。后来唱了几次发现底气不足,放松一点还能唱,可能是人老了,想怎么唱都不对了,老是抖。

胡健:那么文学对于你是什么呢?

史铁生:我想文学就是试图摆脱困境的一种方式,但最终发现是摆脱不了的,会发现活着和写作都是一样永远面对困境,永远摆脱,永远在困境之中。瘫痪了之后,准备活下去之后,总有一种突围的想法,我觉得我好像掉进了一眼四周没人的井里,得爬上去,但是后来一想,突围出去是到哪儿?就算你突围出去了,那是什么地方?那地方就没有困境了吗?不可能有这个地方,所以就是一个永恒的困境,而且永远是一个突围过程,不管活着还是写作。

胡健:可是在很多人眼里,文学特别崇高,是一个事业,拯救灵魂的事业。在你的眼里,它就是个普通的手段?

史铁生:我想崇高还是崇高,但崇高的意义是什么,大概有必要想一下,你比如说是不是用我的笔去塑造别人的灵魂?我觉得不见得是这样,很可能是用我的笔在探索我自己的灵魂的时候,对别人有用,对别人有某种启发。当然我还是觉得它是崇高的,一个人在困境中突围,我想这是最崇高的一种事了。突围是一个永恒的过程,那么过程中的目的是什么?最重要的是什么?如果仅仅是突围,好像有点荒唐。如果人能看到困境是永恒的,突围是永恒的,那必然有一个爱的问题、美的问题要凸显出来,爱和美必然要呈现为最有价值的东西,假如突围过程中是丑的是恨的东西,那可是太得不偿失了。

胡健:有人讲过文学的教育作用,你从来就没有觉得以文学救世,教育别人?

史铁生:如果客观上有这种作用,也是可能的。但是我想作家主观上要是想教育别人,这是挺可笑的,凭什么你就教育别人?历来有一种说法是灵魂工程师,我说应该换成是灵魂的探索者,这可能比较准确。因为还有很多困境,不见得是外在的,如评职称评不上之类,很多是心里面的困境。生、死都确实需要想的,这想的过程就是对自己的灵魂做的一种探索,这种探索如果对别人有益,我想称之为有教育意义也可以。

胡健:我想,一个人各种心理都有,好比猥琐的一面和崇高的一面都会有的,你写作这么长时间没有被批判过,是因为责任心,还是不愿把你的另一面写出来,还是由于本身你就是崇高呢?

史铁生:我想,我实际上有很大的问题,你比如说到真诚的问题,真诚不是很简单的。你说你真诚你就真诚了?甚至不是你想你要真诚你就能真诚的,真诚有时是一种品质,是一种愿望,但根本还有一种胆识问题,有胆有识才可能把问题看得很清楚,把自己看得很清楚。你比如说心里有些东西是不敢看的,那不敢看你还能说是很真诚的吗?所以我的作品有虚伪,这好像不用忌讳,我扪心自问我不是存心,但有没有胆识那可就难说了。

胡健:对你早期作品《我们的角落》《午餐半小时》,很多读者看了感受非常强烈,但是有些评论就认为你的调子低了一点,你认为他们说的有道理吗?

史铁生:我还是那句话,我不同意。我不认为他们说得对,所谓哀军必胜,我觉得首先是对悲观怎么理解的问题。在我看来,文学是有悲观色彩的,绝不是说垂头丧气什么都不干了,厌世。我觉得不是。悲观其实就是看到永恒的困境,没有一个圆满的没有矛盾的状态等着你,你休想。那么乐观呢?如果是建立在对没有困境、万事如意的期待上,那是最为悲惨的一件事,有一天肯定是一头冷水,迎面一棒。我想那些悲观得垂头丧气的人,很可能是开始时都是豪情万丈。只有你能面对困境,承认突围是永恒的,这难道是悲观吗?是贬义的悲观吗?我觉得恰恰不是,这才应该是褒义的乐观。

胡健:可恰恰是在你受批评后,你的作品调子要高多了。

史铁生:当然也有角度的问题,比如插队这件事情,我的经历中田园牧歌式的因素多一些,实际上苦难的东西也是有的,当然有些人经历的惨烈多些。我想我后来的改变不是由悲观到高昂的改变。单纯的悲伤大概离悲观的真正意义还很远。你看文学有史以来较震撼人心的都是有悲观色彩的,像《红楼梦》。那么喜剧呢,一般喜剧如果没有悲观的背景的话,成不了大喜剧,很可能成为闹剧。在悲观的大背景下,以另外一种态度来对待它的时候,可能正是一种进步,是在悲观意义上的推进。

胡健:而作家的自身状况跟作品有关系,你这一段时间的作品要比以前平和了很多,深了很多。

史铁生:深不敢说,平和是可能的,当你思考得长久一些,处境改善了一些,有利于你比较平静地看一些事情;当你被别人打了一顿后,可能会愤怒地想不起来什么其他的角度,那时只是一种反应,很难说是一种反思;当你更为平静下来以后,并不意味着你就可以离开那个背景、困境,但你可能更大地看到了那个困境。就像你看一幅画,你退后几步看,你平静了;刚一看时是好东西,你扑上去了,那仅仅是反应,过分激动大概也不行,既要有激情,又要有平静,这才是比较好的状态。

胡健:《命若琴弦》,是和你过去小说的一个分界,好像更走向内心,参禅悟到的那种东西。

史铁生:可能是有吧,我自己感觉在这之前,仅仅写残疾人;到后来,《命若琴弦》我是写人的残疾了,所有人都有的这种局限,主要写的不是瞎的问题,而是所有人都可能有的问题,过程和目的的问题,看得见和看不见的问题,可能更多写到人的局限、困境,强调的不是躯体的残疾。

所以我心里的东西一般不是故事。世界上那么多故事,我没有兴趣也没有必要知道那么多,而人们对生命的态度,看世界的角度,虽然也是无穷无尽的,但是我有兴趣看。

关于幸福、爱与美

胡健:你好像也探讨过上帝怎么来分配这个幸福和不幸,为什么就落到你的身上,没有落到别人的身上,这种问题你现在是不是就不想了?

史铁生:这个问题有可能想得更深一步了。比如说,我是怎么回事?任何人感觉自己都是"我"。人世间是有差别的,物质是有差别的,不可能是生来平等的,庄子说"乘物以游心",一切都在于你精神的实现。我喜欢看体育,你说这跑来跑去,有什么意思?一百米的距离,这就是一个困境,没有这个,你无法跑,没法跑你就表现不出你的精神,包括你的肉体的美,只有有了这个,你的精神才能有依托呀,才可能实现呀!

胡健:你说的是爱的意义、美的意义在你的生活中……

史铁生:我能活下来,我想这个爱的因素大概很多,不单纯是狭义的爱情。比如我的第一辆轮椅,是在两位老太太号召下,二十几个同学凑钱给我买的,所以后来我换了电瓶车,我说这轮椅不能卖,这必须还得送给需要它的人。

再比如友谊医院神经内科的老主任对我也非常好。她曾对我说过一句话:你现在可别浪费这个时间,将来你好了你会觉得难得有这么多时间。我也是这个想法,既然活着嘛,就先做活下去的打算,所以我躺在医院里倒是看了不少书,其实文学的很多书我是在那个时候看的。友谊医院窗户有多少格我都记得,一共二十四个格,楼道里大夫、护士过来过去的脚步声我都能分辨得出是谁。

爱的问题也是这样,我觉得没有付出这个逻辑,这个逻辑是不成立的。比如说,活着就得消耗你的能量吧,这是付出吗?你不付出你能活着吗?正因为你消耗你的能量,你才能得到你的生命,正是消耗时间、生命,你才能得到爱,那么为爱消耗生命,我觉得这最称得上物尽其用。

胡健: 照你的逻辑就是说困境越大越能体现人最美的姿态?

史铁生: 当然我们也祈祷灾难少一些,但是我觉得这还不是真正的祈祷,真正的祈祷是在接受困境的前提下。那你祈祷什么?刚开始是祈祷一个好的处境,没有矛盾,没有困境,这种祈祷是很不可靠的,那么发现困境不可能消灭时,祈祷什么?祈祷勇气,祈祷人和人之间的爱,这时候才是真正的祈祷。

胡健: 可是比如这个爱,如果你没有这个处境,其实这个爱也存在,同学的友情,爱人的爱,那你因为这个困境得到更多了吗?

史铁生: 我想是得到更多了,这爱有可能根据对困境不同深度的认识,爱的深度也就不一样了。你要问爱到底是什么,是不是就是对好东西的欲望?爱和喜欢是不一样的,如果爱就是喜欢,那我想也就没有那么多痛苦可言,好的东西可以伸手拿来,但爱不是一种东西,而是一种关系,你要想获得它,必须参与到这种关系中,因此你不能破坏这个关系,在任何情况下你破坏这个关系,你就得不到它。比如你爱的人离开你了,你要把他置于死地,那你就什么也得不到,因为本来是一种关系,曾经存在的关系是美好的,仍然存在,要是把这关系消灭了,那你可真是两手空空,人们渴望自由、和平、宽容,这都是关系。甘地说过一句话,没有任何方法获得和平,因为和平本身是个方法,爱也是如此。

胡健: 在你陷于困境之时,获得一部分爱,会不会还要失去一部分,这种时候你失去过吗?

史铁生：我想你如果不破坏这种关系,你可能会失去具体的爱人,不会失去根本的爱情。比如你爱的人不爱你,这个时候你还没有失去你的爱情,还没有失去你对爱的信奉。

恨就是由于把爱看成是一种东西,他要拿来但没能拿来,他就恨,却不知道恨的关系离爱更远了。

美也是,美和漂亮不一样,漂亮会赢得喝彩,美不是。

美很可能是对一种不屈服精神的感动。比如很丑的人,在别人毫不为他喝彩时,他为自己不屈的精神感动,这叫美。

胡健：你的《我与地坛》中有关母爱有一大段,很多人看了潸然泪下,母亲的这种爱你是从什么时候开始体会到的?

史铁生：就像我写的,实际上是我母亲去世之后,我才一天一天感到,才开始触及这个,在此之前确实想的全是自己,没有想过她会是什么样一种心理状态。到后来想到这种痛苦在母亲来说是要加倍的。

我母亲去世的时候,这家好像就是疲于应付了,哪儿都是窟窿的感觉,残缺不全的样子,我们十年没有谈起过母亲。不是不想她,而是不敢,她曾经对这个家太重要了。

胡健：从此你就更多地理解别人,设身处地……

史铁生：人都难免是以己度人,难免对别人理解得不够准确,要能理解到这一步,理解到理解的不可圆满性,宽容才是可能的。比如说残疾人,老盯着自己那点困苦,那不行,要理解人们都处在一个永恒的困境中,别人的困境你就也能理解,在这样的情况下宽容才是可能的,否则宽容倒像施舍了。理解之后才能有真正的宽容。

胡健：好,谢谢你拿出这么多时间接受我们的访谈。

载《北京文学》1996 年第 9 期

与史铁生谈《务虚笔记》

赵为民[*]：这部小说叫"务虚"有什么具体的意思？

史铁生：写小说的都不务实啊。中国对小说的要求太多，人们常问作家：你们说不能这么办，你们倒说说应该怎么办？我就说这事我们不管，我们只管说这事不能这么办。

赵为民：只管批判不管建设？

史铁生："炸庙"的管"炸庙"，"造庙"的管"造庙"，否则倒乱了套。还有，我就是整天在家里"务虚"，然后"笔记"。再有就是关于"真实"的问题：一个是这里面不见得都是真事，一个是不见得这里面都是需要成真的东西。

赵为民：听说这次《务虚笔记》耗费了大量的心血，有殚精竭虑的感觉？

史铁生：是，费劲，这几乎是我写得最费劲的一次。

赵为民：当初怎么想起写《务虚笔记》的？

史铁生：脑子里有一片朦胧不清的东西，写了很多年小说，总觉得那才是最想写的。但是一直不敢写，我知道这长篇一动，就累死了。混混沌沌、纷纷纭纭的一大片，不知道从哪儿写起，也不知道该怎么写，总之是一片混沌……

赵为民：写的时候也是混沌吗？

史铁生：我觉得也是，一边摸着一边往前写，纯粹是跟着感觉

---

[*] 赵为民，时为《中国青年》杂志记者。

走。当然,有一个方向,知道那里有东西,朝着那儿去,走对了一步就往前推进一步,然后回过头来,有的地方觉得又不对了,反复改动。所以说应该是一次寻找。

赵为民:那时是否已经意识到,应该是一个长篇?

史铁生:对,觉得它肯定是一个长篇,但是那长篇是怎么一回事,不知道,反正有那么一片东西引诱我去写。现在写完了,可那片东西并不见得就缩小了。

赵为民:在读小说的时候,总难免会有误读,可能我读出的是这样,他读出的是那样。你自己在写这部长篇的时候,希望读者读出什么?或者说,你自己觉得自己想说的是什么?

史铁生:如果要用最简单的话概括,就是想说一说我这几十年生命的主要印象。我说它不是记忆,它是印象。和"印象"比较,"记忆"这个词意味着一种僵死的规则或逻辑,在时间里,在空间里,它都是确定的东西,一种不能发展不能盛开的僵局。而"印象"比"记忆"要活、要大。你要讲"记忆"的时候,往事就必然一件一件都限定在一个位置上,不容混淆,但我觉得感兴趣的东西并不在那儿,把往事复述一遍真是毫无必要。写作,在我想,并不是要复述往事,而是要"借尸还魂",就是去看已经发生于时间和空间的事实后面,心魂还有怎样的可能,由于纷纭的梦想,所谓事实还可能有怎样的交织。比如,某个偶然因素要是改变一下会怎样?某件 A 遇到的事,要是让 B 遇到会怎样?一件可能发生而没有发生的事,要是发生了呢,会怎样?这样的可能性非常诱惑我,可以说让我看到了命运的神秘和无奈,在这神秘和无奈的背景下,往事才在心魂中变得更为深厚和宽广,才活起来,不曾开放的东西才开放出来。这部小说中的人物经常互相混淆,原因也在于此。那是我的印象,不是史实。谁一定是谁,这在档案里是必要的,在印象里不仅多余,甚至是不真的。事实上,在人的印象里,很多事物和人物经常是混淆不清的,所以你的记忆会发生错误,这是因为印象占了上风。这种错误电脑是从来不犯的,电脑只会记忆,没有欲望、没有梦想、没有期待,因而不会产生印象,它是可靠的但它是死的。就像一个守门员他光是可靠可不行,他必须还要有想象力才能组织进攻,在这样的进攻中各种可能性才能盛开。对人真正产生影响的东西,未必只是事实,更可能是印象。对很多人和事,猛地去想,你可能根本来不及去分辨谁是谁,哪件事与哪件事一定是什么关系,你只是立刻到达一个突出的印象点,它给你一种情绪、一种思念,甚至一种思路,而这更可能是命运的出发点。不过写作有几种情况,有的人善于收集材料,写史实,我可能不行,也许是因为我的记性太坏。记忆这东西总是太有限。

赵为民:你是说,不必拘泥于实际的东西?

史铁生:是,印象要大得多,印象可以繁衍。比如二十岁发生的一件事情,三十岁时写了一下,四十岁时发现可以再写一下,而且写出了很不同的东西。很不同的那些东西是原来没有的吗?不,是原来有的,它存进印象,但它没有和未来的生活联系起来的时候,它没有机会显现,当它和未来的什么东西联系起来的时候,它忽然显现了。

赵为民:在你的记忆里,还有谁写过这种完全用混沌来架构一个篇幅比较长的作品?

史铁生:可能有人写过,应该有。记得最早马原对我说起过,为一部作品列出详细的提纲是很奇怪的事。刚开始学写作时,听人家说先要列出提纲,确定主题,故事和人物关系都安排好了,然后去写,我那时也接受这个,觉得小说就得这么写。

赵为民:什么时候把这个想法放松了?

史铁生:也不是有意识的,后来就是觉得那样行不通,那样的提纲我列不出来。比如说很情绪的东西,你怎么列啊。印象的东西、情绪的东西,像做梦似的,事先没法设计。你只能说有一片,人做梦肯定也有一个趋势,或者一种倾向,但怎么做法,恐怕不太好设计。谈恋爱也是啊,只是有一个趋势,否则倒像阴谋。

赵为民:就是说,写小说不是一个理性的过程?

史铁生:不能说完全没有理性,我觉得理性差不多是工具,但出发点绝不可能那么理性。有人说我的理性太多了一点,可能是吧。

赵为民:《务虚笔记》里,人物处境好像在不断重复,这是不是有意做的?为什么?

史铁生:对,是有意的。单从技术上说,我觉得每一个人的历史都从头说起,很浪费文字空间。A 的一段历史完全可以是 B 的,在同样一种境遇中,你可能往东,也可能往西,其实两个人、两种命运就是这样分开的。天壤之别的两种命运,常常是一个非常细微、非常偶然的差别决定的,外界的或内在的非常小的差别。然后,也许在某个时候,他们又合在一起,就像非常不同的两个人有时候也会经历一种相同的心绪。这样的人物,就不再是客观的人物,而是我的印象,这样的人物并未在空间里存在过,只是在雕铸我的心魂的意义上存在过。所以我说,不是我负责塑造他们,是他们在塑造我。塑造人物似乎是小说的金科玉律,什么"这个人物是丰满的""这个人物是完整的",可我总觉得,那只是某种理论期待下的丰满和完整,实际上一个人几乎写不出另一个完整的他人。

赵为民:也写不出另一个真实的人。

史铁生:对,一个真实的、完整的他人,我觉得几乎是不可能塑造的,而现实中一个人的完满性也在于他身上有好多其他人。就是我在这篇小说后头有一段说的,"我在哪儿?"肉体的我是一个生理结构,精神的我呢?排除外在的很多东西,"我"还能成为"我"吗?所以"我"很可能是联结着这个世界的很多信息的一个点。

赵为民:读者好像更重视一种像电影、电视的那种观赏性的东西,在你小说里好像很少。

史铁生：你是说可读性的问题？

赵为民：不是可读性，而是形象性的东西很少。比如说王朔式的语言，读者就爱看。应该说，更多的时候风格在于思想。

史铁生：王朔最先肯定也没有想到这些。王朔式的语言是一种新东西，一种新东西的出现，实际上不会太多地考虑到读者，考虑不了，还没有呢，你知道读者喜欢吗？不知道。

赵为民：那是否可以说写作是一种随心所欲的事情，先写出自己的感觉再考虑其他？

史铁生：我觉得真正的写作应该是这样。

赵为民：这部小说思想浓度太大，大概不是所有的读者都能读下去的。

史铁生：很有可能。我写完这个长篇之后就想，你说写作是职业啊，还是信仰？后来我发现是命运。当你感到那片混混沌沌在那儿时，你只是想怎么把它抓来。也不是说一点不考虑读者，比如说我在《务虚笔记》中过分强调我的写法时，就是因为怕读者听不明白。像你跟别人谈话一样，总是想让别人能听懂啊。但一开始就拣读者熟悉的话说，可能倒把你自己独特的话给耽误了。当你要写一个特别想写的东西的时候，你要下一个决心：这可能是废物点心一块，可能谁也不要，谁也不爱看，谁也不承认。

赵为民：原来看你写的书里，印象最深刻的是里面有很多自问自答的话题，感到你想得特别痛苦。写完这部小说，这种精神上的困扰还有吗？

史铁生：写这部小说的这几年，可能没工夫，但是还要经常想。一本书看半天，经常有一片东西在脑子里让我想。这可能和我的处境有关系。我是一个过于用脑的人，这样的人肯定不是天才。

赵为民：这可能是因为人的行动空间越小，思想的空间就会越大。你写作的产量怎么样？

史铁生：我算了算写作也有十七年了，十七年的总产量大概是一百四十万字。

赵为民：一年不到十万字。

史铁生：不到十万字。这两年我觉得还多了呢。一开始对文学的理解就是得"干预社会"，那时对特权深恶痛绝，就专写这些。

赵为民：后来什么时候转过这个弯来的？就是不再"干预生活"了？

史铁生：也不是存心不干预，而是觉得存心去干预，对文学来说反而不妙。现在回过头来看，从"四人帮"之后文学走过的路，刚开始太幼稚了，为一些幼儿园水平的问题嚷嚷得天翻地覆，"要不要写人性"呀，"艺术和政治是怎么一个关系"呀，还有人道主义什么的，吵得不亦乐乎。但也就是受这个影响，开始写一些真正心里的事儿了。如果说变化，大概是在一九八五年前后。

赵为民：有一个问题，我在问其他作家时，经常忍不住要问：你在"写什么"上花的精力多呢，还是"怎么写"上花的精力多？我在看很多人的小说时，觉得它的内容和形式可以区分得很清楚。可是看这部小说，觉得是粘在一起，拆不开的。

史铁生：要真是这样我会特高兴。我觉得内容和形式应该是区分不开才好呢。至于"写什么和怎么写"，这个话题其实特别玄。"写什么"和"怎么写"这个话先要界定一下，有时人们指的恰恰是相反的。要让我说，什么都可以写，所以怎么写是更重要的，但这绝不是说怎么写都可以。说到形式和内容，我想，有一种形式是窗口，它可以装内容，比如传统的现实主义写法，它那个容器基本是不变的，而装的内容是不一样的。再有一种形式，它不是窗口。它是形式本身就要说话，就是常说的"形式即内容"。比如一种情绪，我要是用文字说这情绪，这情绪就没了。那就要用一种方法，比如文字的结构性、韵律性——这就是形式，使你感受到这种情绪。我说电影总是有小说所不能达到的，就是它全部信息"啪"的一下就全来了，情绪就是一下子涌来的，不能靠文字一层一层地说明。可小说要一行一行写。

这可能就需要字面以外的东西来达到，这就是形式。毕加索的画，要让你感到战争的恐怖，于是画一些牛头马面，没有任何飞机大炮，但它给人造成的恐怖是与战争给人造成的恐怖同构的。有些编辑不太理解这个意思，说这个地方你前面说了，怎么又说一遍呢？他大概不注意音乐，音乐有没有回旋这一说？有没有主题重复这一说？他只相信形式是容器。用文字经常感觉到这个麻烦，那片东西就在那儿，你用文字怎么也觉着不是它，你用文字就没法说了，就算你有天大的本事，实际上还是有这个问题。就是你说的，是粘在一块儿的，拆开就没了。所以我觉得，一切艺术都在趋向音乐。

赵为民：你在操作上怎么让人觉得那是一种同构的东西？

史铁生：就是要靠形式使人们得到一种感受，而不见得是一种很明确的意思。因为文字必须一行一行写，我写下来，从字面上看似乎有点文不对题，这时候文字更像是音符。比如，有人说你说这句话多余，但没准儿恰恰是这句多余的话造成一种气氛、印象。

赵为民：是不是说有时候模糊的东西比实在的东西更好一些？

史铁生：对，有时候是需要这样。有时候，在形式不大重要的时候，倒也无所谓。但比如说我写"爱"的那一段，写了好几天啊，最后也不满意，心想反正我这点儿文字能力也就这样了，这时候我就觉得文字与影视和音乐无可比拟。

赵为民：过去只能靠写字儿的时候，没有电影、电视的时候，就得靠"花开两朵，各表一枝"。

史铁生：那时候也有在字面之外获得妙处的办法，比如诗。诗的逻辑就是印象，一种扭转，不是靠词意本身，而是靠结构唤起联想。像"山丹丹开花"紧跟着的一句似乎跟它没什么关系，但两句联起来，就让你生出一种情绪。我写这小说，就想到电影的"蒙太奇"。剪接方式有的是靠故事的发展，有的是靠时间顺序，有的是靠人物关系……我想来想去这部小说就是要靠印象,印象是怎样连接的,就怎样。

赵为民:"蒙太奇"是一种很具象的东西,这样,观众特别容易就看懂了。但是一旦到了你精神上的浓度这么大时,再"蒙太奇",读者一上来就会莫名其妙了。

史铁生:反正有时候没法照顾读者,我觉得最痛苦的是我想达到那个效果,没达到,或者是我的能力压根就达不到。我经常就觉得有一片东西,甚至觉得它就在脑子的这一块,飘着一片,什么颜色、什么形状、什么味儿……都有,可就是找不到文字给它固定下来。我觉得写作,就是用文字把它捉拿归案。

赵为民:关于这部小说,你比较满意的是什么?比较遗憾的是什么?

史铁生:前半部分可能是我下的力气比较多,自己感觉就好一点。后边,大概离结尾还有几万字的时候,觉得特别疲惫,好像有点写不动了似的,好像敏感和激情都要没有了似的,再写,总觉得有点把握不住了。写完了给朋友看,都说后边比前边好些,我也糊涂了。皮皮说,你对你的这种方式过分强调,是在为这种方式做一种解说,好像有两个作者,一个在写这个小说,一个在不断解说这个东西。不断地解说——我觉得这确实是一个败笔。

赵为民:写完了这部小说,总的来说,你自己满意吗?

史铁生:写完了,我就发晕,写完了我就没感觉了,就不知道了。有时候看着,又想改,就劝自己别这样,这可没有头,永远改不完。

载《海上文坛》1996年第9期

爱的冥思与梦想

林舟[*]：几年前,看到你的《〈务虚笔记〉备忘》,它透露了你创作《务虚笔记》的消息,但也不太肯定它能否完成,现在它终于完成了,你自己感到满意吗?

史铁生：《务虚笔记》我写了有四年吧,从开始到结束。中间断断续续地也干一些别的。我这人写东西别说长的,短篇也很少有一气呵成的。当然这四年主要是《务虚笔记》。至于"满意",要看怎么说。能够达到我设想的百分之六七十,那也算是满意了;百分之百的达到可能没有。短篇还可以,它所达到的百分比要高得多。长篇不行,有些地方就是觉得没有办法。

林舟：在这个长篇中,对于女性人物的描述比较多,色彩比较浓,这在你其他的小说中似乎难以看到。

史铁生：是的。曾经有人说我的小说逃避爱情问题,其实也不是逃避。逃避的因素是不是有呢?可能有。我遇到的爱情问题毕竟是特殊一点儿的爱情问题。为什么不能完全说我的小说逃避爱情呢?因为我要想清楚或者理解清楚它需要的时间多一些,简单写一下又觉得不对头,所以才积蓄了很久才写了这么篇东西。

林舟：曾经在《钟山》上读到你的《爱情问题》,这篇散文应该是这方面思考的结果吧。读《务虚笔记》时感到散文中的许多观念性的东西在小说中被"泡"开了。

---

[*] 林舟,文学批评家。

史铁生：实际上写《爱情问题》时，小说中相应的一部分已经写完了，它是写这部长篇过程中的一个"副产品"，可以说是对长篇中相应的一部分的总结。

林舟："爱情"是不是《务虚笔记》这部长篇的重大主题呢？

史铁生：应该是这样。有朋友看了说我这部应该是爱情小说，我说也可以这么算。我想爱情问题的深意应该是贯穿到人的所有领域里去的，它作为永恒的主题也就在这里，而不仅仅是一个简单的悲欢离合的爱情故事。

林舟：是的。比如说你在《务虚笔记》里描述爱情时，很多地方特别强调了"梦"——人的梦想、梦境。

史铁生：我想人们更多的时候是存在于他的梦想（或者叫欲望、理想）里的。如果可以做一种计量的统计的话，人的多数时间应该是在这种状态里，而实际做事的时间能占多少呢？只有当你梦想的时候，你的存在才更为显明。而实际上人的爱情、性爱离开梦想简直是要死掉的。

林舟：所以我们看到残疾人 C 的生命勃发离不开梦的牵引，而诗人 L 关于性爱的那段思辨中包含的莫大困惑，其中的关键之一是否就是一种梦的丢弃和失落呢？

史铁生：诗人 L 他本身存在着这样的梦，但是他很迷惑，不知道梦的指向是什么。他既是一个真诚的恋人，又是一个欲望横生的好色之徒。实际上他向我们表明我们一向碰到的矛盾都是性和爱的矛盾，在这种矛盾里我们的梦想终究会指向何处？它以什么样的方式牵引着我们？

林舟：这都与人的一些根本问题有关。

史铁生：是的，比如说性是一种语言，那么它究竟要表达什么？它为什么成为禁区，又为什么成为欢乐？为什么它突破禁区反而成就一种欢乐？

林舟：与此不无关联的是"虚无"的问题，你似乎相信人的健全的爱（包括性爱）是对虚无的抗争，你把虚无置于一个相对的位置上。

史铁生：哲学上讲"无"是存在的，它被存在所证明。也就是说，"无"这种东西也不能不存在，但绝对的虚无是不可言说的，或者说是没法存在的。

林舟：你有一个中篇《第一人称》给我很深的印象，我感到它表现了作为主体的人的局限性，它让我想起存在主义哲学中的一个概念"统摄"，人在爬楼或登山时，视界的边缘在扩大，而这种扩大是没有止境的。

史铁生：你说的作为主体的人的局限性，是他的处境。他不断在更大的维度里看，但他终归有一个盲点，他的宿命就存在于这个盲点中。有人说我这篇小说的最后一笔是一个败笔。我还不这么认为。我还有一篇小说叫《别人》。这两篇小说应该合起来看，可能会更有点意思吧。那个本来我想叫"第三人称"。——"别人"嘛。或者说本来我想把《第一人称》叫作《我》，而"我"这个词的感觉有点限制，不如"第一人称"的意思广阔。你刚才谈到了视界的扩大，一方面这没有止境，再就是当视界扩大之后又有了不同的意味，因为你看到了更多的可能性。

林舟：那么这种"看到"本身即是对"我"——主体的一种印证。像《命若琴弦》里的小瞎子最初将"弹断一千根琴弦便可见到光明"当作一个绝对命令，而最终在他不懈的努力反抗苦难的过程中，他实际上把它当作了一种相对的启迪，这个过程便是生命的展开，也即它的意义所在。

史铁生：可能是这样的。人一直在参与的历史，正如人的爬楼，不停地发现事物的结构，试图认识这个世界，事实上人一直在做这种事情，即做着一种绝对的努力，但最终你会发现你的处境一直在一种相对的位置上。

林舟：谈到人对历史的参与，我想到你在《务虚笔记》中关于人与历史的关系的悖论,大意是人在历史之中,又在历史之外,这两者之间是否有可能获得统一呢?

史铁生: 小说中没有什么地方可以具体地表明这一点,但整个情绪是这样的:两种历史的观点,一个是人对历史的主动性。它逃不开你的当下的或者说主观的参与,但同时它又是一个客观的、宿命式的东西。这就像牌已经发好了,但怎么打还有赖于牌手的行动。没有人的参与,历史便没法进行。

林舟: 关于一个人的出生问题,在你以前的小说中出现过,而《务虚笔记》里,除了对原来小说的大段节录,还有更加充分的展示。你认为真正的出生是在不断地产生着。

史铁生: 这在小说的下半部分(尤其是结尾部分)还有一些说法。前面讲的是人不断地在出生,后面则涉及一些更为基本的问题。譬如说"我在哪儿?我到底在哪儿?"F医生拿着解剖刀找不到"我",你的身体只是使你成为一个结构,你不能具体地找到你在哪儿。同时这个生理的"我"又没法儿离开整个的外在的一切,成为"我"。那么最后这个"我"究竟成为什么?它很可能是很抽象的"灵魂",或者是世界的全部信息的一种无序的编置。

林舟: 你在《务虚笔记》中用很多的篇幅写了"我"的童年记忆中那个可怕的孩子,这是否与你个人的某个情结有关?它传达了一种恐惧的情绪,当然在WR,是对它的战胜。

史铁生: 应该是这样,但这不只是一个情结的问题。比如我写到爱的问题,爱以及性的问题,都是人们试图逃脱这种恐惧的方式,它最根本上要表达的是什么呢?它是要逃避"他人即地狱"的意思。但"他人即地狱"绝不意味着要逃开他人,而是要使他在人间建立一个自由平安之地。也就是说爱的语言要表达的就是这样。"性"是禁果,是人们对"陌生"的一种探求,一个期冀,而到了爱情,又希望这种自由是平安的。这种情结跟爱、跟性以及这个世界的种种束缚和不自由、梦想等等都是相关的。人从一生下来,到走进小学(我比较多地写了走进小学的恐惧),一进入这样一种境况,就像走出伊甸园一样,就开始有这个问题,这个问题就成为非常重要的一个问题。

林舟:同样出于上述的感悟,小说中也特别强调画家Z走进那所房子、诗人L的情书被贴在墙上时他们所受到的心灵的冲击。

史铁生:对,事实上是由此走进这个世界,走进人间。

林舟:人的一生都在受这个时刻的影响,正如小说中对画家Z的描述:他一生都在画那个冬天,都在画那白色的羽毛。如果单独看画家Z,他的艺术行为是否可以说使我们看到了从事艺术创造的最初驱力———一种心灵的伤痛。

史铁生:有可能是这样。当然在你说出之前我还没有想到,我只是想,一个人不管从事什么行当,他步入人类社会的开端就在于此,在于自卑感的诞生。至于画家Z,我写他的时候渐渐感到,他是被那个冬天夜晚的事件"拿"住了,成为他要征服的东西,他的一生都被这种征服的欲望所左右了。

林舟:《务虚笔记》的笔触,在思索和冥想方面,可以说将你自《命若琴弦》《宿命》以来的哲理性推向了一个极致,有些章节完全可以看作"冥思录"。

史铁生:许多人说我的小说思辨色彩比较浓,我也不试图逃脱它,我写过一篇小文章,里面提到我觉得写作是一种命运,意思并不是说命运让我做写作这件事而没有成为一个木匠,而是说我终于要写什么大概已成为一种定局。我在《务虚笔记》的后半部分也提到这个问题:F医生对诗人L说,如果你有一种冲动要写诗,你去追踪它,那么你的根据是什么?追踪的是你呢,还是被追踪的是你?F医生的结论是,这足以证明人的大脑和灵魂是两回事,一个是追踪者,一个是被追踪者。就是说那种灵魂的东西已经存在于你的命运中,你面临的问题是你能不能接近它,能在多大程度上接近它;如果你试图离开它,也许更糟糕。所以我觉得我的命运就是这样,绝大多数时间是坐在屋子里,看看书,想些事情。世界的空间性对我来说太小了。

林舟:所以冥想、思索的成分就自然比较多起来。

史铁生:是的。

林舟:你从早期的小说(比如说《午餐半小时》)到思索型、哲理意味很强的小说,这其中的转变对你来说有没有一个契机呢?

史铁生:非常明显的不见得有。大概是从一九八五年左右(我说不准,仅仅是感觉)开始转变。那时候中国人免不了受一些文学理论的影响,认为不能到处深入生活干写作这件事就未免荒唐。当时我虽然管不了这么多,但总有一些疑惑,觉得自己的写作面很窄,生活也会枯竭的,等等。但是后来在写的过程中发现,当写作与生活的关系不再以那种方式理解的时候,你就感觉到,人的心灵的领域更加无边无际,它应该是写不完的,当然也是更难写的。空间上的事情你到处去采访,找点东西来说一说,这相对来说倒是容易的。其实这种认识在别人那里是早已完成了的,而在中国,像我们这一代人,多半是从粉碎"四人帮"之后开始写的,那时还没有这样的自觉。当时的理论界对此也还有争论,现在看来已经是很常识性的,很容易被大家接受了。

林舟:那么,像《命若琴弦》《宿命》等,就其表达的哲理而言,将它们作为一种哲学寓言也是可以的,你为什么不直接去写哲学寓言,而用小说的方式来写呢?

史铁生:我想是这样的:第一,文学其实是可以有各种各样的,只要它很有意思、很有启示、大家爱读,它就可以存在,甚至于对它是不是小说、是不是散文都可以不去管它。昨天我还跟一位朋友谈到,如果你的心里有了一种想法,这个想法既不能符合已经被规定好了的"小说"概念,也不能符合"散文"概念,其他一切都不能符合的话,你的这种想法是不是就应该作废? 如果你仍然要写出来,那么,好,你就随便叫它什么。我很同意叫它"作品"啊,文章啊,等等。再者,我想,哲学从存在主义开始,就更倾向于文学了。好多存在主义大师并不指望用哲学的方式阐述他们的思想,而是试图用文学的方式表现他们的感悟了。就是说,过去的理论较为单纯的是从复杂走向简单,即从纷纭的生活中抽象出一个简单的命题抑或理论、逻辑,这好像是一贯的方式,或者叫作科学的方式。那么当科学的方式捉襟见肘时,人们将从简单走向复杂,这时候可就要用到文学了。

林舟:这让我想到你在《答自己问》里的话:文学是在智力的盲点上产生的。

史铁生:对。比如说一个道理,一种意义,你感到了,但你要是把它表达为一种简洁的哲学逻辑,就很难理解,虽然它也许并不错,但是它已经近于枯萎,有时甚至你根本就无法做这样的表达。你必须把它"还原"到生活中去,让它活在它产生的地方,它才能发出它的全部消息,很多消息是存在于文学和逻辑之外的。这种"还原"就接近文学了。

林舟:再就是,这些哲理性很强的小说,它们的叙述方式,它们的非观念可以概括的意象等等,还是非常个人化的,它们植根于个人的体验,这些大概是成就其"小说品性"的重要因素吧。

史铁生:应该是的。个人化问题在我的小说中被不断强调,而所谓个人化的东西不见得是你个人经历过的。人们一般说的你的"经历"就是指你在时间和空间中的行状,那么你的梦境是不是你的经历?你的理解、你的猜想是不是你的经历?而这一切组成了你的全部生命,绝不仅仅是你在空间里做了一件什么事情才是你的经历,恰恰相反,如果你在空间里做了某件事而你并没有感知它,那么它就等于不存在。

林舟:你在《务虚笔记》里写道:"人的本性倾向福音。但人的根本处境是苦难,或者是残疾。"苦难是你极具个人体验的一个主题,几乎贯穿着你一九八五年以来的小说,《务虚笔记》中的一个突出景观是,几乎所有的女性人物都表现出对苦难——心灵的和身体的——的极大承受力,你是否在此强调了人对苦难的坦然承受的态度,坦然承受然后才能超越?

史铁生:我想首先是不能逃避。前不久我在《小说界》上发了一篇散文《墙下短记》,结尾恰恰就是这句话。墙所要说的是什么?站在那里,默然不语地向你反复重复的意思就是你得接受它,你不接受它怎么撞都不行。接受并不意味着屈服,而是需要懂得在不尽的墙中有不尽的路,不尽的路的前面还会有不尽的墙。

林舟:在你的小说和许多散文中,人们不难看到西方哲学尤其是存在主义哲学对你的影响很大。你对之做过研究吗?像《命若琴弦》让人想到西绪弗斯神话。

史铁生:谈不上研究,但是我很喜欢,因为有共鸣,让我理解。我读过一点这方面的书,我感到你感觉到的东西被人家一下子说出来,人家把你的想法分析得极了。存在主义的全部内容是什么我不清楚,我只能说对存在主义有某种我的理解。我觉得在最根本的理解上应该说是对的,这个东西应该说对我影响比较大。不过我想到这种意思的时候,对存在主义还没有看很多东西。有时候确实如大作家所说,苦难把你引向存在的意味。没有这个你靠什么照亮?可能正是靠苦难照亮、靠局限照亮、靠困境照亮。当你发现你无能为力的时候,你就非想照亮一点儿空间之外的地方不可。

林舟:当你要将与你的切身思考相关的小说写出来的时候,它的相应的形式上的探索也是很重要的,是吗?

史铁生:这两者绝对分不开。我写东西毫无故弄玄虚的意思,我总是力求能让更多的人看懂。所以有人说我的作品的某些地方是多余,太不信任读者。但是有些东西的形式非得这样不可,别人看不懂,我也就实在没办法。

林舟:实际上,你一直没有放弃形式的探索。像《中篇1或短篇4》,还有《一个谜语的几种简单猜法》。它们一出现,形式的陌生感即给人以很大的冲击。

史铁生:《中篇1或短篇4》是在写《务虚笔记》这个长篇过程中写的唯一一个中篇。所谓"短篇4"就意味着有一种相同的东西在四个短篇中都是有的,或者说是"混淆"的,它相当于对长篇的某种写法的一次演习。后一篇也有点这个意思。我很喜欢你刚才提到的"陌生感"这个词。前些天《花城》的文能约我写了一个比较短的小文章,标题就叫作《陌生与熟练》。我说艺术应该反对的首先是虚伪。紧跟着就是熟练,在熟练中没有艺术可言,只有熟练的技术,不可能有熟练的艺术。艺术是在陌生的领域,或者在熟悉的事情中透出陌生的消息的时候,这是文学艺术的用武之地。

林舟:在《务虚笔记》中我感到歧义的模糊的语言很多,比如这样的表达:"L或者是F或者是……"你似乎以此强调一个人的多面性和多种可能性。

史铁生:可以这么理解。我在突出人物的混淆,尤其是前四分之一部分,这种表达方式更多一些,因为我想得让读者逐渐地接受这种方式,后面就相对少一些。这对我来说是一种方式上的尝试,它比较能够激动我、刺激我。我在里面也常提到,我放弃塑造人物。以往的小说有时空的完全打乱,这种打乱显然是根据写作者的情绪逻辑(产生的)。如果按电影蒙太奇来说,它就不是时间的,而是心理的、情绪的。我想人物也是这样,试图塑造一个客观的、完满的人物,这愿望基本上是要落空的。有一种说法是,写来写去总归是写自己,当然这"自己"不一定都是自己经历的事情,别人身上发生的事情在你这里得到重要组合,重新赋予它一些意义。人物也是这样。我在这里特别强调的不是"记忆",而是"印象"。在记忆里我们就要去找它的客观事实是不是这样,对于艺术而言这太死板、限制。而在你的印象中,A所发生的事件很可能会跑到 B 身上。这种错位或混淆,肯定是有意味的。它之所以在你的印象里发生这样的混淆,也就表明你的印象里需要这样的混淆,混淆之后它对你便拥有了另外一种意思。

林舟:这种"混淆"平时在我们是往往不自觉的、潜意识的,而当你在小说中运用它时则是自觉的。

史铁生:但是当你写到某一部分,又很难事先安排好,那个时候又是即兴的了。

林舟:如此在小说的叙事中产生了什么样的效果呢?

史铁生:你也许没发生这件事,但你有可能发生;如果你可能发生而又没发生,这里面可能又比前两者多出一些东西。我想这就可以将你刚才说的人的多种可能性表现出来。

林舟:在这部长篇中你以字母代替人物的姓名是否也出于上述考虑呢?

史铁生:你会发现我很久以来写小说不使用姓名了,姓名让我感到特别别扭,好像一个姓名马上就把人物给限制起来了。姓名的几个字太有限制性了,比如说叫一个娇滴滴的名字会是什么样,叫一个古板的名字又是什么样,就是说这种束缚已经相当于文字本身的一种魔力了,或者叫"霸权"。我试图打消这种"霸权"。这是一个根本的考虑。于是我用字母代替人物姓名。单纯用字母也有一个技术性的考虑即造成记忆的混乱,现在看来是有这方面的结果。但乱一点是我的愿望,太乱了又影响阅读,所以就考虑加上点东西,加什么呢? 恰好显要的人物都是有职业身份的,就加上职业身份。至于那个字母是什么,我认为是一种感觉,当时觉得这个字母对头,就用它,毫无道理可说的。我恰恰要避免那种对号入座的事情发生,吸引我的(让我选择它的)仅仅是它的形、它的音。

林舟:你这个长篇的开头"写作之夜"不断出现在后面的叙述中。直至最后,这意味着什么呢?

史铁生:这跟"务虚笔记"的意思有点相似。当你试图追问很多东西的背后的东西时,当你以务虚的方式或心魂的方式来重新看一件事情时,它已经脱离开具体的时间、空间、人物,这些东西在这里不再重要。"写作之夜"反复出现就是为了强调这一点。有的朋友也来信说这个出现得太多了,不必要的。我其实是有时想强调一下是在"写作之夜"它才会有。在"写作之夜"的思绪之外,那些事情完全可以是另外的样子。这个"写作之夜"也可以看作写作着的"我"。当然不见得是史铁生,是一个写作着的人,一个写作着的灵魂。

林舟:还有不断地在叙述他人的故事时出现"我",是否与上面说的这些有关?

史铁生:这个就跟第一章最后的那个悖论一样,"我"是我的一部分,而我的全部印象才是"我"。就是说在我一生的全部印象中,只有一部分是关于我自己的,而另外的很多部分是关于他人的,而所有这些部分共同构成了我全部的生命历程。所以我有时候是独立的,有时候是经由他人才得以存在的。经由他们的形象,经由他们的思索,经由他们的梦想,才成为全部的"我"。

林舟:《务虚笔记》表面上看起来很散,似乎是许多断章的拼接,但却有一种回旋不已的东西贯穿其中,譬如前后的有些描述看起来重复,却是在复现中递进、丰富,给人以回旋曲的感受。

史铁生:方式是如此,它基于这样一种情况:同样一个东西在历史的不同时间或不同空间里,意味是不同的,小说可以表现这种情状。譬如我们童年的事情可以写一辈子,在你二十岁的时候你有一个十岁;在你三十岁的时候你又拥有一个十岁,两个"十岁"是不一样的,虽然发生的事情表面上看差不多。

林舟:在你的散文中,我尤其喜欢《我与地坛》,看着看着就要朗读,你好像对充满朗诵意味、颂歌般的语言十分看重。它在你的小说中也有明显的体现。

史铁生:这可能跟我的习惯有关系。我总喜欢上口,我在写的过程中总在默念,字的形出来了,声音也得出来,声音不出来节奏就没有了,感觉不到节奏旋律就会乱套。我曾跟朋友说过,写一个东西很要紧的就是找到一种旋律。在长篇写作中,把握旋律比较累。比如说,前一天写完第二天要进入的时候,确实需要如海明威所说的那样,把前一天的东西都要读一下,进入到这个节奏里来。所以说,刚开始的时候有许多设想,以及这样那样的理性的东西,还有事实在起作用,到写的时候可能起最大作用的是那个旋律,在按照它来写,许多事先觉得很精彩的东西,到写的时候发现跟整个旋律不吻合,也得拿掉。

林舟:从《我的遥远的清平湾》到现在你的创作,其间有没有某种贯通的东西呢?如果有那是什么呢?

史铁生:肯定是有一些东西是一贯的,比如说旋律的强调。还有可能是我的从一开始就有的写作的宿命观,难以摆脱,但这个"宿命"色彩显然不是人们常常说的"认命",而是知命,知命运的力量之强大,而与之对话,领悟它的深意。

林舟:假如你不遭遇身体的疾病,那么你的命运会怎样?

史铁生:这是人们常常想到的问题,但实际上它不能成立,因为它建立在现在已经"是这样"的基础上。有一次我说过了多少年之后我终于有一天忽然想到"残疾"对我是有幸的,意识到这个我很感动。如果没有残疾,我稀里糊涂去搞一个理工科可能是一无所获,这是我的短项。残疾把我"逼上梁山",当你的面前有许多路而又不知道选哪条路的时候,上帝为你决定了一条,免去了选择的痛苦,否则也许我还会非常喜欢文学,却又没有足够的信心去干,而成为一辈子的遗憾。

林舟:对生命本身的感动情怀,在你的小说中与苦难的表现相伴随,每每给人以内在的震颤。

史铁生:我觉得可以用另外一个词:"感恩"。其实如果对苦难有了一种感恩情绪,这就可能是宗教情绪,否则,祈求一点什么东西算不上宗教情绪。最近我看了舍斯托夫的《旷野呼唤》,他那种在苦难的极端产生的感恩与爱,是宗教的根本。

林舟: 就你而言,对小说写作本身有一种小说理想吗?

史铁生: 有,它应该是最没有限制地去接近那个叫作"灵魂"的东西。这种限制有时是行政的限制,还有一种形式的限制,甚至体裁的限制。比如有人说我这不是小说,不是就不是吧,只要有人看,叫它什么都可以。能够很放松的,不考虑那些外在的命令,用你寻找到的最好的语言去接近灵魂,可能这就是我的小说理想。

林舟: 那么这个接近的过程实际上也是自己作为一个生命,它的真实得以敞露的过程。

史铁生: 是的,因为他必须先闯入。什么来决定你要写这个的?不可能是理性,虽然后来你必须要用理性。不用理性什么也发现不了,但是没有最初的生命本身对你的冲动,比如爱情、残疾、死亡等等这样的东西不冲击你的时候,理性也不会产生,而当你的理性产生的时候,你会发现你的问题的解决是在理性边缘之外的事情。

林舟: 知青生活在你一九八五年以后的小说中就不见了,以后还会出现吗?

史铁生: 知青生活题材的理解应该是这样的,最初状态是你写了当时的知青生活,或者在今天的回响,像《孽债》,还有更潜移默化的。说它没有影响是不可能的,它在我们这一代人身上是最重的烙印,它的影响是无形的,对我而言,以后过于写它的社会性的东西不会太多的。

林舟: 在你的写作生涯中,阅读上你有什么倾向?

史铁生: 写东西的时候我一般避免看书——看好的书,因为那些会影响我的旋律。近几年小说看得少,我更愿意看一些边缘状态的东西。比方说各个领域的大师写的一些文章,近乎哲学又不是哲学,近乎科学又不是科学,它们确实能启发我们很多东西。像

"第一推动力丛书"里有一本叫《细胞生命礼赞》,很有意思,人其实就是人类社会的一个细胞,他自己常常是盲目的。读这样的一些书让我感到,其实甭管干什么的,那些大家最后关注的都是人的状态,人的位置,人在宇宙中的处境。这些方面的阅读对我有些影响。我感到,现代社会的联网状态越来越厉害,几万年前一个孤立的或者相对孤立的人可以不错地活下去,现在简直到了互相离不开的状态。就像人的大脑,一个发达的社会就相当于一个聪明的大脑,它互相之间的联络更复杂了,存储量更大了,但尤其是这时候灵魂问题应该提出:灵魂与大脑是不同的,像F医生所表明的那样。我们的社会无论怎么现代、怎么发达,灵魂的问题一点儿也没有缩小。

林舟:你现在的生活基本上靠写作吗?

史铁生:嗯,基本上是这样。因为我从插队回来就没有工作,到现在也没有。民政部门在我瘫痪八年的时候才算有一个政策,将公费医疗、生活费给予我,生活费到目前变成了二百块钱,北京搞作家合同制后,我每月有一百多块钱的补助。这几年主要在写长篇,有朋友有时搞电视剧,拉我去凑份子,给我一个挣钱的机会。生存有些压力,但吃饭可以保证。

林舟:平时在看书、写作之外你爱看体育?——刚刚你看了泰森的拳击赛。

史铁生:我就是喜欢看体育,足球、田径等,其他看得很少,电视剧可看的也不多。

林舟:完成了《务虚笔记》这部长篇后,你有什么新的动作,还打算写长篇吗?

史铁生:去年八月完成后,到现在写了几篇小文章,都是推不掉的,后来又写了两个东西现在都还没有最后完成,一个中篇五万字基本完成,还有一篇较长的散文。长篇我是很想再写,但我很害怕。身体不行,肾不太好,右肾已经萎缩,现在左肾功能也不好,休息的时候比较多一些,所以谈起长篇来我比较害怕,太累了,尤其是不仅仅是写一个故事的时候。我想至少两年内我不再去动长篇的。

载《花城》1997 年第 1 期

史铁生访谈录

栗山千香子[*]：你在《〈务虚笔记〉备忘》里写过"《务虚笔记》是我梦想的长篇。……但也有可能,这就是那部梦想的长篇——《务虚笔记》的局部"。后来,情况怎么样?

史铁生：这个长篇已经写完了。《收获》一九九六年第一期和第二期连载。

栗山千香子：有多少字?

史铁生：我打出来的是四十四万字左右。

陈骏涛[**]：也是作为他们的丛书出的吗?

史铁生：单行本我首先跟上海文艺出版社谈了。先《收获》发,这个月底应该能看到刊物了。

栗山千香子：祝贺你了。

史铁生：但究竟写得怎么样,以后还得请陈老师给批评。(笑)反正,好歹已经写完了。这长篇我写得很久……

栗山千香子：《〈务虚笔记〉备忘》是一九九二年……

史铁生：我大概从一九九一年开始写。那时候刚刚写完一部分。《小说界》要发,发就发吧,我也没什么反对的,当时起的名字叫《〈务虚笔记〉备忘》。那一部分实际上后来有变化。

栗山千香子：几月份写完的?

---

[*] 栗山千香子,时为日本一桥大学大学院博士研究生。
[**] 陈骏涛,中国社会科学院文学研究所研究员。

史铁生:七月份。天热的时候。后来李小林(《收获》副主编)她们让我删改了一些地方。

栗山千香子:你写作时用电脑?

史铁生:对。我从一九八九年开始用。

栗山千香子:用电脑写作,跟用笔写作有不同的地方吗?

史铁生:我习惯了。我觉得比较方便。我写作起来毛病挺多的。用笔抄稿的时候,一张纸涂改的地方多一点,又得重抄一遍。要不然心里就乱,好像旋律破坏了。做的无用功太多了。现在用电脑,修改时不用费力去抄它。如果我不用电脑,长篇到现在也写不完,甚至我也可能写不动。

栗山千香子:电脑不会障碍思路吧。

史铁生:障碍是刚开始的时候有。把它克服了,就跟用笔写作一样了。我现在不愿意写字了。有时候我写字,就觉得很累。

栗山千香子:我也是。如果没有电脑不能写东西。

陈骏涛:你也用电脑?

栗山千香子:对。陈老师呢?

陈骏涛:我没有。我还是老古董。

史铁生:年轻人也有些不能接受这个。像王安忆、莫言,他们都不接受这个。

陈骏涛:你一天能打多少字?

史铁生:我本来就写得慢。一天能打一千字左右算是丰收日。有时候坐在电脑前,坐半天一个字都没写,就把它关掉。

栗山千香子:一般在白天写,还是晚上写?

史铁生:白天。因为我身体不好,躺的时间也比较多。中午躺一会儿,晚上也不能熬夜。

陈骏涛:你气色挺好。

史铁生:气色也不行。写长篇的时候,肾的指标上去了。我实际上只有一个肾,它还有点问题。所以这段时间我专门用来休息。

关于写作心态

栗山千香子:你的作品我觉得对生命的追求是一贯的,但是形式有各种。有时候把自己的精神追求比较直接地写进去,有时候讲寓言式的故事,有时候甚至解构形式……那么,写作心态是不是不一样?

史铁生:我想可能是心态不同。为什么要有各种各样的形式,很可能就是因为你对这个东西的理解吧……其实这和我们吃饭一样,不同的东西应该有不同的做法,不能一概地全是红烧,否则那个东西的特色就出不来了。写作总离不开你所写的某件事情或某个人,而对不同的事情和不同的人,你的心态肯定是有所不同的。我写作有种旋律感,跟唱歌一样,有时候唱美声,有时候唱民歌。这都跟你心态有关,是基于这个而考虑形式的变化,而不是为了某一种形式做出一种心态。

栗山千香子:你以后想写什么样的小说?你能估计以后的写作方向是什么样的吗?

史铁生:当然具体的我也估计不出。十年前,我也很难估计我今天对写作是怎么理解的。我觉得在很大程度上不断地有对写作本身的理解上的改变,理解上的深入。我只能说,我喜欢或很希望有各种各样的不同的尝试。因为这个世界,甚至你自己,心里的东西是很丰富的,很难用一种固定的方式表达出来。所以语言的问题还不是句型的问题,文字的前后设计的问题,而是你内质的东西的一种。那时候语言还不存在。你只是感觉到一片很朦胧的东西,你还说不出来的时候,就是在选择语言了,就是在寻找方式了。方式本身是语言嘛,所以语言不仅仅表现在文字上。我觉得写作有意思的就在这儿。有时候我看到别人用了很好的方式,我很喜欢,觉得也可以试一试。但是你心里没有这个东西,仅仅模仿也不行。只有对世界有一种不断的新的理解,才可能有不断的新的语言或新的形式。

陈骏涛:你讲得有意思。你这个不同的风格形式,不是有意地去选择,而是由于自己的心态的需要而选择的。

史铁生:我主要是这样。有意的也有,但只是一部分。你感受到外界的事情是一个方面,自己的心理状态是又一个方面。有一片东西,很朦朦胧胧的一片东西,但有时候很难把它很准确地呈现出来。写作的过程就是使这种朦胧的东西逐渐变得清晰起来的过程。但是,绝对清晰起来是不可能的。这跟人与上帝的距离一样。你笔下的东西跟这个朦胧的感觉的距离,是一个绝对的距离。只能尽量接近它,使它显示出来。

陈骏涛:朦胧的东西通过写作过程慢慢地清晰起来。但可能永远清晰不起来,太清晰就可能太理性化了。

史铁生:就完了。太清晰的东西,我不愿意写。没有这个激动,没有这个兴致,它就是那么回事儿,我为什么要写?

陈骏涛:作家的思维状态跟评论家、搞研究的不一样。搞研究评论的人尽量地要把事情弄清楚,讲清楚,而且喜欢把它归类、概括。但是,就像王蒙讲过的,概括是以牺牲某些丰富生动的东西为代价的。所以,评论研究文章永远不像小说那么有读者。

史铁生:我觉得,理论总是要把事物简洁化,而写作艺术总是要让事物复杂化。我们是把看起来很简单的东西写成很复杂的东西,而理论是把复杂的东西简洁化了,归纳出几条简单的道理。

关于社会变化对创作的影响

栗山千香子:中国社会正在转型,商品大潮也越来越厉害。这些对你的写作有没有影响?

史铁生:这个问题应该分两个,一个是对我的创作,一个是对整个儿的创作。有人问我:"你下不下(海)?"但是我从来就没有上过路,怎么下海?(笑)物价涨得很厉害,钱也花得多,能说没有影响?肯定有一些。所以,有时候我也写一点电影、电视剧,那些比写小说费力小,稿费也多。所以还是有影响。有些影响,我觉得也很正常。为什么要用别人的俗来养你的雅?用自己的俗来养自己的雅也挺安心的。对整个儿的写作,不单是写作,对其他严肃的学科都有影响,这可能有个过程。但是我想,最后,很基础的科学、文化的东西还是有人干的,比如教员什么的。像社科院可能现在很穷……

陈骏涛:可能是相当穷。(笑)

史铁生:这就麻烦。一时穷,我还抱着希望,但是不能长远这么穷。一些基础的研究,科学院、社科院很穷,这不是好兆头。但愿这是暂时的、短期的。

关于"人文精神"的讨论

栗山千香子:从一九九三年开始的关于"人文精神"的讨论,好像也跟这个情况有关系。你对这个讨论有什么看法?

史铁生:人文精神……好像谈起来挺复杂的。而且有些事情,我也不大清楚。但是讨论总归是好吧。它是在讨论之中发展的。这种对话方式比命令方式好得多。人们现在都在关注这个问题。但它很可能比人们想象的要复杂得多,要丰富得多。

陈骏涛:萧夏林(《中华读书报》编辑)编的那个"抵抗投降文学书系",有没有你?

史铁生:好像他把我的名字也列进去了,但是我也不认识这个人。他没有跟我联系过。

陈骏涛:对,那几本没有你。在理论上,有的人要把你划在抵

抗的成员里。我也觉得莫名其妙。(笑)

史铁生：我觉得对话就够了。他们出书,可以讨论讨论吧。

栗山千香子：但是看来,对话现在已经变成了对立了。

陈骏涛：现在有点儿对立了。

史铁生：应该是对话。情绪太严重了就不利于对话了。如果主要是对话的话,严厉声、严肃都没有关系。

陈骏涛：你基本上没介入。

史铁生：实际上,刚开始我不太清楚,后来看了一些。反正人家不可能不关注这事。我觉得王朔也是很关注这事,他也不是不要"终极关怀"的。

陈骏涛：王朔他们更加"务实",面向实际。他的调侃是对过去那个"伪崇高"的一种反动。至少客观上是如此。王蒙也是从这个意义上支持王朔的。不过,王朔不应该笼统地调侃崇高、嘲笑知识分子,这就走向极端了。王朔是太实用主义了。

史铁生：这个看法是对的。

陈骏涛：王朔这几年也有点变化。

史铁生：其实他的作品也是不同的。我觉得很多作品还是严肃的。虽然他的语言调侃,但他关注的东西是很严肃的。

陈骏涛：从某种意义上说也是一种解构。他把很多崇高的东西全都放在平面上摆平了,就这样。

关于莫言

栗山千香子：你对年轻作家,比如六十年代出生的作家,觉得怎么样?

史铁生：好多都是我朋友,像余华、格非……再年轻的……韩东我也认识。其他不太熟。

栗山千香子：你喜欢看他们的作品吗?

史铁生:我看。觉得挺好。我现在看文字看得比较少。莫言的《丰乳肥臀》我看了,我觉得还是不错。我很佩服莫言的语言和他的天才的感觉。我喜欢那些和我不一样的东西。他有的东西,我没有,但我特别喜欢。

陈骏涛:他那个感觉绝对是狂放的感觉。

史铁生:对。而且写得好像遮不住似的。他写作的状态肯定和我不一样。莫言憋足了,然后一气呵成。四十万字的东西大概写两个多月吧。

栗山千香子:你写长篇用了……

史铁生:四年,四年……我是断断续续。每天能写一千多字的话,算很不错。

栗山千香子:长篇写完了,今年还有什么样的计划?

史铁生:我本来写完了,想换写点散文。结果身体不大好,而且肾的问题比较麻烦。所以这段时间写得很少。

栗山千香子:写散文,心态比较轻松一点吗?

史铁生:短的东西,还是轻松一点。因为它很快就结束。我在这四年里,经常想的就是长篇。刚开始的时候,朦胧纷纭的一片,还没有信心,最后写到哪儿都不知道。我不是把所有的东西都想好了、提纲都列好了才动笔的。我从来没这样写的,所以写得慢,我也不是特别善于写故事。

上清华初中的时候

栗山千香子:你除了写作以外,其他的时候一般干什么?

史铁生:我受限制,只能坐在家里。看看球赛,足球……各种体育项目我都看。我写过"我是全能的体育迷"。奥运会的时候,我每个项目都看。

陈骏涛:你年轻的时候,身体还没有毛病的时候,喜欢体育?

史铁生：对。但是体育也不是很好,那是要天赋的。足球,我小时候踢,到中学打篮球。当时清华初中很重视体育。

陈骏涛：你跟张承志是一届吗?

史铁生：不是一届。他是"高六七",老高。我是"初六七",老初。

陈骏涛：这都是老三届。

栗山千香子："老三届"是……

史铁生：就是六六、六七、六八这三年毕业的初中生、高中生。

栗山千香子：我记得张承志写过"红卫兵"是他上清华高中时起的名字。

史铁生：对。那名字首先他提议的,然后大家认同的。

栗山千香子：那时你也参加了吗?

史铁生：我没有。

陈骏涛：他小。

史铁生：不是小。出身的问题。出身好的才可能参加。所谓老红卫兵,刚开始要求很严,红五类。"红五类"懂吗?

栗山千香子：懂。还有"黑五类"。

史铁生：对。当时我是"灰五类"。

关于地坛公园

栗山千香子：那个照片(书架上放着几张照片,其中一张可能是他逝世的母亲)是地坛公园吧?哪一年照的?

史铁生：地坛门口。那是在一九七六年以前,估计可能是一九七五年。

栗山千香子：你原来的家离地坛公园很近吧?

史铁生：很近的。要走的话,用不了十分钟……五分钟就可以到了。

栗山千香子：搬到这儿来离它远了。

史铁生：对。我喜欢地坛那个大柏树,觉得特别舒服。我觉得它是北京最清静的地方。

栗山千香子：最近去了吗?

史铁生：昨天去了。他们拍电视,(中央电视台《东方时空》节目。2月23至25日在《东方之子》栏目里放映。)带我去的。我一般去地坛公园都用手摇的车,现在离地坛好远了。我搬过来四年,快五年了,大概去过两三次。

栗山千香子：地坛公园在你的作品里也经常出现,对你来说是一个特殊的地方。昨天去了,有什么特别的感觉吗?

史铁生：感觉……跟我离开的时候差不多。离开的时候已经变化不少了。原来那个荒芜的感觉早已没有了,整理得很整齐了。不过我更喜欢它原来那个荒芜的感觉。

载《作家》1997年第2期

我在哪里活着

陈村[*]：你车(轮椅)开得好，看你倒车倒得！一估计，往后一倒……

史铁生：特别熟练。过门才绝呢，将将好，准确极了！

陈村：刚才在路上堵着，那么多车开不动了，我想，不能出门倒也好。昨天晚上回去我在想，一个人生出来很不容易，有很多纳闷的事儿。比如说，一次性交那么多精子在跑，就像赛车，跑到终点也许就是一场空，也许盘带过人，到禁区一看前面没球门。瞎跑，都在那里瞎跑。人类有时跑跑就不对了，人类的生存状态不好，会叹息啊，会想我不跑了，我休息一会儿，看看你怎么跑。精子不知道是怎么想的。

史铁生：那天，我一个同学，做买卖做得有点不顺，请一易侠你听说过吗张延生？《易经》研究得很厉害，原来是一个大学老师，据说后来研究《易经》特别棒，写了一本书就叫《易侠》。据说此人真是能预测，很多东西都非常准。我那同学就问，能预测，以前的东西说出来还可以理解，把将来都说清楚，这怎么理解啊？它就是说，什么都是排定了。

陈村：这是不能说的。就我们刚才讲精子在奔跑，如果我跟你们一说，就剩一个精子在跑的话，这肯定要出事。

史铁生：这也是上帝给排定了。

---

[*] 陈村，作家。

陈村：老子那句话好："天地不仁，以万物为刍狗"，天地就是这么安排的，就是安排你们大多数人瞎跑。

史铁生：基督教是这么说，上帝给你的不是完全的福音，给你的是一个很艰难的世界。现在说是基因谱系都弄清楚了，这只能说把一个人的弄清楚了，但这基因谱系上帝是怎么写的，不见得是一个一个单个儿写的，很可能是所有的人搁在一块儿，你只是其中的一个段落，你这段落孤立起来看可能没什么大意义，你可能跟其他人的基因谱系放在一块儿看是一篇文章，是一个乐谱。单独看，你是一个音符，你是一个段落，这段落没有上下文的话，没意义。还有就像蚂蚁，每一个蚂蚁它都不清楚该往哪儿走，但是一群蚂蚁呢，它似乎有一个意志，它知道应该怎么样怎么样怎么样，应该长途迁徙，应该积攒食品，应该到哪儿去安家，到哪儿去立业，爬哪一棵树。它们合起来是一个乐章，这乐章有它的意义，这意义每个蚂蚁都不清楚，它整体可能是清楚的。人呢，你可以单个看每一个都是蚂蚁，你也可以看我们每一个人都是一群蚂蚁，我们每一个细胞互相都不知道要干什么，它们连在一块儿了，有了一个意志，只不过我们的皮肤把它们包在一块儿了，形成一个人形，就像蚂蚁它们有一个队形。

陈村：这种使命，它们要干什么的使命，我们不是要找出谜底吗，要千方百计地，以前也在找，现在也在找，有些科学有些不科学的。比如测基因是比较科学的办法，数出来双螺旋什么的，有些不科学的像是推测出来，像心理学心理医生，很多是凭着经验，凭着对世界的一知半解，我们的中医，也像是这样。

史铁生：反正不管你怎么推测也好，预测也好，真有什么科学根据也好，人很可能是在一个时间已经限定了的大的里头在做着小数点之后的一些事情。

陈村：那就不让你知道，所以有一个非常好的做法：生存的奥秘就是不能让你知道。

史铁生:其实最根本的东西是不能知道的。你稍等一会儿(稍停,抚面)。我从静的状态忽然到用脑的状态,浑身会发一下抖,过一会儿就好。你说你的。

陈村:你细胞不知道你要干什么。怎么刚才要找个羽毛球打回去,一会儿要找很虚空的东西。其实想到生啊死啊这样的命题,人是不大提起它的。我们人在对待具体的生死的时候,是很落实的。比如看待孩子的出生,它有个过程,这个过程很实。但是生下来以后,你去想那种所谓的生,就变得很虚了。

史铁生:其实,人更多数的时间是活在一个梦想里头。你说一天里很实在的事情,吃喝拉撒之外,你是存在你的想法里头。你那想法,就很难预测你什么时候要想什么,意识流。人是因为这些想法而存在的。本来没有。根本上来说,生是说出来的,想出来的。

陈村:就是笛卡尔说的"我思故我在",当然他不是像我们这样说的,我们是歪曲地说。

史铁生:也可以这么说:先是"我在故我思"。"在"是一个限制,在这限制里头去"思",然后你的"思"又成为你的"在",就是"我思故我在"。

陈村:说到这样命题的时候总是有些含糊其词,有些暧昧。像孔子说:"不知生,焉知死",你也可以看他是很诚恳地在说,"你活都不知道怎么活,你怎么知道死呢"。其实他是在回避死。还有就是,"不知死"那是绝对的,那怎么可能知道生呢?

史铁生:其实应该是"不知死,安知生"。(**陈村**:死是一个非常大的限定。)而且死是一个更广阔的存在。你本来是从死中来的。人老说我们没有死过,后来我想这话可能不对。比如你在一九五四年之前,我在一九五一年之前,本来是死的,是没有的。人们有时候太看重了我们要回到虚无中去,结果给忘了我们本来是从虚无中来的。

陈村:但人不能接受,就是说,人不能接受一个"没有我"的世界。

史铁生：人是在"有我"的时候而不能接受"没我"的猜测。实际人的一切言论、一切猜测、一切怀疑、一切的不确定，都是在有我的前提之下，才能成为问题。所以我有时觉得，任何一个具体的人死了，这世界上任何消息都还在流传，一点都没有减损，一点都没因为某一个人死了，这世界的消息有所改变。没这回事。所以后来我想，很可能不是我们的肉体承载着负载着一个灵魂，而是灵魂一直飘荡在那儿，它在订制好多肉体。

陈村：我写过一篇小说，以前写的，《起子和他的五幕梦》。其中一个梦，一个灵魂想要出去，等于你现在要出门上街去，灵魂就走进一个仓库，那里面有很多肉体，你可以随便挑一个，看穿上舒服不舒服。

史铁生：对。其实肉体就是承载着一个消息，在传达着这个消息。很多消息经过我们。比如说，这消息的来源，是历史啊他人啊传过来的，然后你把它放大一下，或缩小一下，或改编一下，传达出去，好像只是这么一个媒体的意思。

陈村：而且使得一种东西变得可见了。所谓的灵魂如果有的话，或者改换一个词叫作"基因"，它可能也就是不灭的。以前古人猜测"灵魂不灭"，可是没找到根据，现在越来越接近这个猜测的后来。我前两天写了一篇东西，人家要我写一个世纪过去了，又在说那话题的时候，我突然想一个事，我说以后如果有一种技术，可以把人的古人，把祖先给复原了，根据某一个基因，可以七推八推推到某一代的时候，啊史铁生找到了，就把你给复原了。我写"可千万记得要把我给弄回来"。我说"我要为将来的时代放声歌唱，但也不知道听我唱的是谁"。这有两重意思，一种听我唱的也许是我的灰孙子吧，另一种意思听的也不知道是哪儿来的"闲杂人等"，也可能是孔子时代其他时代的。我能复原别人也能复原。所谓"一切人类成兄弟"就对了，这"一切人类"不只是平面的人类,平面的人,我跟你成兄弟,活在一个时代,也可能这句话隐藏着你跟孔子也成兄弟。物理世界从二维、三维到四维,人可能也有那么几维。

史铁生:很可能有一维就叫历史。比如,这一本书,这里面有多少思想,有多少活生生的经历,经过书,人类历代的想法也都流传下来。我们的大脑也是这样,我们把今天的东西昨天的东西别人的东西储在里头,传下来。我有时想,每个人肉体是一个牢笼,是把巨大的消息分成一小块一小块不相干的片段,存在你的肉体肌体里面,电脑,联网,最后它们在一个地方有一个大的联网。

陈村:我在看那些生物学书的时候,我觉得有一个消息特别好玩,它说人类去分析基因,那些基因的信息中有很多是没用的,现在我们不知道它有什么用。大段大段没意义的文字,二十行英文里面,夹着二百行日文,这是没法读的,你不知道它要干什么。假如能像我们用电脑那样删除,把这些没用的东西都删除了之后,不知道还是不是本来意义上的人。

史铁生:肯定就不是。你比如我们写文章,有些笨编辑他说你写得太多了,它完全可以浓缩成两句话就完了。但我们偏偏是有很多渲染的呀,枝枝杈杈……

陈村:有时纯粹就是没意义。我们只是凭着直感觉得应该这样写。你问我是为了起承转合,为了呼应前面,为了照应情节,都不是。

史铁生:但它整体放在一块儿会有一个说不清的感觉。就像老子有个话叫作"有为利,无为用"(故有之以为利,无之以为用。《道德经》第十一章)。这个房子,是个六面体,要是没窗户没有门,房子就没有用,然后把门打开窗打开就叫"空",这叫"无",有了这个"无"了,就有用了。围棋,空,没有空,没法活。所以有人研究脉络,说脉络人总找不到它的实体,脉络很可能是人体之中的"空",就像围棋里的空,你没有这空,人肯定没法活。

陈村:死结实了。

史铁生:它里面全填满了,您这黑棋全填满了就死了。(**陈村**:这说法很好。)所以这空,基因里可能也存在着"空",在人看来,它不起什么作用,但在上帝看来,很可能是有用的,很可能是它和别的人、和所有人连接在一块儿,是个空,然后没这空,就要死了。

陈村:我在想事情的时候有一个出发点,就是上帝总是对的。你不能想你是对的,上帝犯错误了,这不可能。上帝是对的。

史铁生:上帝如何地违背你的意愿,它也是对的,你面对上帝,你别跟上帝叫板,你一叫板肯定是你错了。

陈村:而且你也找不到上帝的破绽,你以为找到了,其实不是。

史铁生:然后你从一个更大的范畴里看,你认为是破绽,很可能是非常重要的东西。所以我有时候想,人活着是什么呢?假定未来也都预算好了,整个的谱系都写好了,咱们就是下放,下凡跟下放一样。到后来明白这回事,明白了,也没用。下围棋也是这样,有一人输一人赢,最后你明白怎么下法,得有空,得有点,明白完了,回去了。

陈村:有两种生存的办法。一种办法是人吃苹果以前的办法,上帝本来的意思是你们该这么活着,从《圣经》上讲你们该这么活,所以那地方叫伊甸园,很舒服,你在那儿活着浑浑噩噩,可以享受人生。但人是不安分的,人自己不安分却怪罪蛇是不对的,我写过文章,蛇不过是很老实地说了一个真的消息,后来人迁怒于它,因为上了一当。上当其实人上的是上帝的当。上了一当,把原来的破坏了。我举个俗气的例子,等于是一对夫妻结婚了,然后那女的告诉你,我不是你第一个了。这是不能说的。无论你如何放达,开脱自己,但这一句话你是忘不了的。就等于把不能说的话给说出来了。

史铁生:有些话是不能说。

陈村：蛇告诉你了，你吃了苹果，懂了，懂了以后就坏了。你就走进了这条永远盘旋的路，不讲它死胡同吧，反正你就是永远要跋涉去了。

史铁生：错就错在你要跟上帝……

陈村：你要学上帝，要做上帝。

史铁生：你想代替它。实际上你只是部分，而上帝是全体。

陈村：人类是什么？人类全部的事，就像儿子和老子一样，开始时崇拜上帝，然后要反抗上帝，到最后你老了以后，觉得你很像上帝。要学习上帝，但你还没它什么什么。有些人一谈起"我爹"来，那种崇敬。小时候恨不得"打死父亲"。

史铁生：不光是爹了，很多事情，小时候不服。尤其说比如"红卫兵"，"红卫兵"不只是中国的事情，任何国家，整个人类的那个年龄，都可以把它命名为"红卫兵年龄"。初生牛犊，不知天高地厚，然后，终于有一天，知道了天高地厚，就是孔子说"知命"（不知命，无以为君子也。《论语·尧曰》第二十）了。或者说你认识上帝了，你干不过上帝，你只是它的一部分，部分你怎么能代替全体或超过整体呢。你终于知道了你是它的一部分，你要做一部分的工作而已。

陈村：但有一种冲动，这种冲动是人类不可遏止的，就是一定要去做上帝。这一两百年里，被人类发现了很多东西，甚至有人断言以后不可能再有大的科学发现了，我想肯定不是，上帝的手艺哪会就这一点点呢。

史铁生：你怎么折腾你也是有限的，上帝就在那儿，是无限的，你一点办法也没有。

陈村：但这些都是我们所回避的，我们平时生活里，我们回避这样的思想，即便有这样思想的人，即便像爱因斯坦那样的人，你还得去过那种世俗的生活。它（上帝）给你两边都照应好了。

史铁生：就是你绝对不能逾越的东西，这就给你限定了。

陈村：即便已经很超脱了，想到这是你的皮囊，这是无关紧要的……

史铁生：你只能理解它，没法克服它。没法消灭它。

陈村：你还可能以后去领另外的一副皮囊，你还能复活，耶稣复活你也复活。但有种情结你摆脱不了，对现在的留恋，对自己的留恋，你摆脱不了。那些话是很狡猾的，比如"生还是死，这是一个问题"，它没有褒贬没有感情色彩，只不过说它"是一个问题"，那后面的半句话是可以不要的，"生还是死"，打个问号就行了。把它提出来，告诉你，你去想一想这一点，你眼睛看着这一点，让你去望一眼的意思。但它没有跟你说，生或者死是一种幸福，是一种哀叹，是一种不测，它只是跟你说是个问题。

史铁生：确实就是这两方面的问题，一个生的问题，一个死的问题。

陈村：相辅相成的。而且到了某一种境界，我想大概就是无生无死。

史铁生：生如死。

陈村：生和死到了某个点上是统一的。生就是死，死就是生。

史铁生：道家说，搬一次家而已。我看林语堂的《信仰之旅》，他说，上帝的声音是命令的强迫的声音，但它又是温柔的声音，它是近两千年来浮在人的理解力之上的一种声音。人开始不理解，由于吃了那个禁果，于是人想超越上帝，想用科学来控制上帝的作品，于是乎他开始听不懂这"之上"的声音，实际这是最大的那个声音，是最终控制你的那个声音。

陈村：人找到的乐趣就是瞎跑的乐趣，一切冥冥之中都是决定了的。一开始讲的精子那么的悲壮，几亿个东西啊，妈的就一个成材！还做了一个非常坏的机制，一个进去了以后，立刻用一层膜把卵保护起来，防止多精入卵。

史铁生：偶尔有两个。

陈村：偶然可能有两个卵子在那儿等你。看起来是加了一倍，但对两亿个来说，也可以忽略不计。那么的浩浩荡荡，上帝的大手笔，那种挥霍！我们在看沙漠，看戈壁，看大海，上帝在挥霍，看太空，在挥霍，在我们的身体里，也是非常大的挥霍，它造出那么大量的哥们儿挤在那儿。我前些天在跟阿城说话，他从哪儿书上看来的，这里头都有故事，比如有一部分（精子）是负责保卫的，哥们儿我挤着它，就像打橄榄球一样，让你过去。

史铁生：所以它是一个大东西。最能说明问题的，战后，苏联和德国男人死了很多，男女比例悬殊很大，但没有人为的努力，过了多少年之后，它还是比例挺好的。上帝的这个比例是安排好的。

陈村：它每一代人都有平衡的能力，这种机制不因为有时男人死掉了，女人多了而失衡。它一代人都会……

史铁生：这个消息是从哪儿来？我看过一个电视片，说是蜜蜂还是蚂蚁，反正一样，它有蜂王，有雄蜂，有工蜂；蚂蚁它有工蚁，它还有兵蚁。一场战争之后，兵蚁大量死亡之后，于是乎工蚁喂食物给蚁后，这之后大量生下的都是兵蚁，最后仍然趋于一个和谐的比例之后，开始停止生兵蚁了。开始平衡了。有一个说法，说人这么下去会把地球搞坏，会把宇宙搞坏。这是不可能的，只可能把人本身搞坏。你失去这东西，可这宇宙可是要求这东西的。肯定要有上帝之手来改变你。说你人口限制太多了，说你现在男人太多了，肯定要出现另外一种东西。就像兵蚁很少，要生产兵蚁了，工蚁过剩，要限制工蚁了。

陈村：这种生的感觉。人都有些自恋。我有时要（其实不可能）跳出人的立脚点，去观察和思考人的问题。我是"非人"的话，怎么看问题。人在生的感觉中，有一个是自恋，就是我觉得我是重要的，如果我觉得我不重要的话，那么很多事情就无从做起了。养着自己，等于自己是朵花，要浇水要锄草要施肥要捉虫。爱惜你自己。女人是通过化妆啊，修修指甲啊。她觉得被照顾了，其实没什么用处。你手指头,我每天给你揉半小时有什么用呢?没用。她像宗教做功课一样,你爱恋过自己了。扩展说,绿色和平,爱惜地球,不让动物绝种,不让环境被破坏。但站在更大的上面说,上帝做出的那种毁灭,冰河期恐龙绝灭,也许我们的地球已经死过了几次,它是不分青红皂白,一概可以抹掉。

史铁生:在它的大文章里,咱们的小忧虑都不足为虑。

陈村:因为我们是不可能超越的,我们也已经给自己限定,我不可能像神一样去超越了很多时代,就等于你一样,你走不远了,我也走不远,那些地方我们玩不到了,所以周围的东西都放大了。一个老人也是,躺在床上的话,像我妈现在几乎不大起来,她躺在床上,外面修了什么高架路关她什么事。

史铁生:没关系没关系。其实每个人都活在很小的范围里。

陈村:那种限定里。其他人觉得,高架路跟我有关系啊。可能纽约的什么事儿跟他没关系,纽约有关系了以后,可能南极下面的事跟他没关系。

史铁生:也许纽约有关系,隔壁倒没关系。

陈村:那很好玩。那种限定。你也只能去心疼这样的东西了。

史铁生:这种心疼,包括心疼自己,这可能就是尼采所说的"强力意志"。"强力意志"是任何生命必然的东西,否则它没法延续,有人说"我生来就不怕死",这个物种可能要被淘汰,没有了。只有它怕死,怕死是争取活的意志。一个物种生来就没有这种意志,那它在生存竞争中肯定就没有了。它有,证明它必然有这个能力。

陈村:不怕死是后来注入的,跟本质没关系。不怕死是某些人的假胸,戴上以后呈现出另外一种他以为好看的面貌。但你本质上不行。(两人抽烟)抽这个,淡点,你在说话,你会多抽。

史铁生:所以人的罪行,基督教讲"罪行",就像一片地,你种了很多种草和花,它们都想长大,它们都要排挤对方才能长大。一块地只能长这么多东西。任何一个物种,它要是不愿意去竞争了,它也就没有了。人唯一比其他东西妙的地方,就是说他能站出来看,他能站在自己的身外看一看,试图去理解上帝的更大的愿望。你要说爱还不仅仅是说爱情啊,慈善哪,舍己为人啊。接受这一事实,并从这个事实里站出来看,我们有另外一种活的趣味,很可能这就是爱。

陈村:我不知道外国人是怎么的,中国人想出来的那句话,"不孝有三,无后为大"。我们现在说的不孝,对他老娘不好叫不孝,但是老娘看起来你要生儿子,你要延续种族,这是生命中某种东西暗示她告诉她的,这是最最孝。

史铁生:对。这应该算是对上帝制作的一种,敬吧。

陈村:这是愿望。能够延续下去的愿望,比任何东西都重要。

史铁生:所以,轻易言死大概是对上帝意旨的最大的背离。西方有些宗教里头反对安乐死,它很重要的理由是,活下去是生命的本性,是上帝给我们的根本的处境,根本的义务。

陈村:不管你活得多么糟糕,多么苟且,多么什么。你必须要活。活是不要理由的。

史铁生:然后人把它变成不是唯一的理由了。

陈村:延续很好,这种延续使得活看到了一点点的曙光。

史铁生:延续我想就是相当于电脑的换代。它们在传达着一个无始无终的消息。在这个消息里头,我们既是传达者,又在这个消息里被传达。这是一个不可推卸的上帝给你的责任,你是我买来的电脑,你不能不给我工作。

陈村:就不能到你那儿算了。按理说,某些断是可以接受的,但是它灌输的信息,为了使某一根线不断,它就让所有的线都接受一个信息:都不能断。

史铁生:就像克隆,克隆出一个人来,你克隆出他的身体来,你想完全彻底地克隆一个陈村,你必须还要克隆他的父母,克隆他的朋友,这时候你会发现你还要克隆一个跟他一模一样的世界,你才能克隆出一个完完全全的陈村。

陈村:也许,我在想,这些都是我们生的布景。讲的那种父母啊,你的时代啊,什么啊,都是你生的布景。你这个灵魂基因是演员,你总是在台上,一代代你在那儿演着,大幕拉开以后,后面的东西不断地走马灯一样地换。

史铁生:现代人的问题是,戏剧被布景所掌握了。时代的变化,科学的进展和我们物质的丰富,不过是道具的千变万化和丰富无比。然后我们演着演着,我们把戏给忘了,我们专门去玩那些道具了。我们演什么这事儿也忘了,迷恋起那些道具来。现代戏剧有这倾向,包括电影。

陈村:人也有啊,你玩游戏的时候,也没台词了,你把自己给搁置了,你变成了游戏的一部分,你以为你在操纵游戏,无休无止地去重复着。

史铁生:其实上帝是在重复一个戏剧,它在不断地变换布景。上帝像是一个考官,它不断地变换题面,而学生一变换题面就晕了……

陈村:两个梨子加三个苹果等于几啊,下次出题两个香蕉跟四个梨子。

史铁生:然后种类一多,香蕉和梨,被皮色所迷惑了。

陈村:另外而且上帝出手是非常慷慨的。它拿出香蕉有色香味体积重量。你很容易沉迷到对香蕉……

史铁生:你马上会觉得它是一个非常新的。所以现在很多人在追求新,说这就是我们的生活,你们那个都过时了。不对啊,我们一直在研究的是同一个戏啊。上帝拿出了其他味儿的东西,就觉得它是一个新东西。你就开始为这个味儿所迷恋了,然后把这个果子到底是为什么这事儿给忘了。

陈村:把抽象出来的那些东西给忘了。但是我们的生存就是依托着这种具体的、也没有什么意思的东西。就是说没有一个终极的东西,它安排得很好,我觉得是两面,一面是,数是有意思的,1+1 = 2,2+1 = 3,这种数是从具体的物质当中抽象出来的。第二,那一面也是有意思的。有人偏颇,觉得数有意思,那个没意思。在上帝的眼里,那些也是有意思的,那些色香味啊,那些香蕉皮啊纤维啊……

史铁生:上帝的乐趣是什么呀,给你弄出各种各样的味儿相当于一个迷宫,看你还能转出来不转出来。你这次转出来了,苹果你转出来了,给你香蕉看你还能转出来吧,这跟人训练大猩猩的意思是一样的。

陈村:人还很高兴地发现另外一个秘密。梨苹果。啊呀上帝给我一个梨一个苹果,梨和苹果居然也能嫁接,出来一个新的物种。

史铁生:他以为自己超越自然了,却不知道这两个东西没有种子。玩出来就玩出来了,驴和马,骡子是不能生育的。人玩苹果和香蕉的时候自以为是比上帝还要高明,上帝只拿出了香蕉和苹果,而我们拿出了一个香蕉苹果。

陈村:它给了人两种生存的状态,一种是不断求取抽象的状态,还有一种状态是这辈子我就玩玩梨玩玩苹果。准备下下棋,听听闲话,看看报纸。它使得你也是能过的。

史铁生:其实那游戏玩来玩去怎么玩都行,都是游戏。但是,这个游戏最后我想有一个根本的不同,就是说你逐渐地理解了上帝。上帝给你各种各样的游戏,思考是游戏,我赌博是游戏,欣赏是游戏,我创作还是一个游戏。我们不过是从种种的游戏里头试图得到一种快乐,得到一种乐趣,得到生命的过程。但是不同的是说,有人终于从游戏里头理解了上帝的意图,于是接近了上帝,有的人玩了半天还是没有接近上帝的意图,还是被道具所缠绕着。动物就不能站出来。佛家讲,畜牲就永远在苦的轮回里头。它是不能超越六道轮回的,只有人可能做到这一点。具体的咱们姑且不论,人和动物的区别就在这儿,人可以站出来看,理解上帝的意图,而畜牲没有这能力。它永远在玩它这个很具体的游戏。

陈村:但是这中间磨损了一个东西,人损失了畜牲的快乐。

史铁生:是人很可能要付出的一个东西。付出了,但是他最后能够理解了上帝的意图,他再来玩这个游戏的时候,也可能他会兼得。也可能兼得。但他必须事先要付出一个东西,付出了自己的这个这个这个这个很自然的美的感受。

陈村:这个肯定是不好玩儿的。我在想,在所有的奥秘被揭破之后,那一些那种玩啊,就变成一种很不好玩的东西了。你一边是心存疑惑,一边是津津乐道,在那儿玩的时候,那是不好玩的。

史铁生:很可能我觉得是一种"猜",对上帝的一种猜测。它只能是,怎么说哪,就像我们刚才谈到的这个,叫"知不知",终于知道了我们毕竟最终是不知的,那我们比较镇静,比较镇静而已。

陈村:像以前呢,是靠一代代人的积累,就是说一个小孩生出来以后他都是重复的,从"我"开始,他知道"我",会用一个"我"字,要经过很多时间之后。他开始不知道"我"的,他是用第三人称称呼自己,"史铁生现在想抽烟了",不说"我想抽烟了"。那么慢慢地就变成进化到有"我"了,人类也是这样。进化到区别于其他东西,他看自己是不一样的,是"我们人类"。他靠的是一代代的积累,试图要进入更高层的那一种秘密,像我们通关一样,像玩游戏一样,一关又一关,一关又一关,制作者手艺比较好,那关数无限,那么他一关又一关地在走。走着,也许也是重复的。我们在玩一个游戏的时候,可能你经过了两百次或一千次的话你也腻歪了,这个游戏是不好玩的。这个过错在于那一个制作游戏的人,他本身的手艺和上帝的手艺在比。我们人在玩自己的时候,是在玩上帝的手艺,它的变化无穷,它的莫测,它给我们引起很多的心理的振荡,恐惧悲哀等等等等。

史铁生:它那是变的,人制作出来的还是有限。

陈村:很容易就被腻歪了。

史铁生:你终于玩儿完了,但你人是玩不完的。

陈村:上帝在做出这样的游戏的时候,跟我们人所设计的游戏你也可以说有一些相似,我们只不过是一个制造伪劣产品的。

史铁生:对对对,功能太低。

陈村:一般我们是越来越复杂地去做它,比如说像我们的电脑,要弄到3D,要能够三维的,要能够什么的,使它更逼真地要仿造这一个世界。其实这一些也是在牺牲了很多东西以后。我就觉得比如说有些游戏比较好玩的游戏,我有时候偶然也会玩一些游戏,比方说那电脑上的俄罗斯方块,那堆积下来是没有意义的。那一块块方块,这一个长的那一个圆的堆起来,消掉,这是没什么意义的,但是你觉得对它更迷恋,在那种没有意义中重复,因为它也没什么意义,它也没有一个顶点,就是你不可能达到了某种顶点了,我已经全部知晓了。我们现在的游戏,哪里藏着宝物,哪儿有个什么东西,你只要知道了以后,那是易如反掌,一马风顺(一马平川一帆风顺)地就可以过去了。在这里面呢,我觉得就更像了,我们的原始人造的一把锤子,你说从远古时候到现在,那锤子总是锤子,它更简单但是它更有用,虽然它被认为不是更好的。我在看那些游戏的时候,就会进入一种好像被迷惑的催眠的状态里,你的手指在那儿瞎动,你就不知道脑子里在想什么了。玩那俄罗斯方块的时候你会觉得很好的,你可以不想事儿,你人呢因为也要依托个东西,灵魂要依托肉体,什么要依托什么,人类也要依托一个很具体的那一些东西才能够使"无"出现,就像你刚才讲的那棋,要有那么多的黑子白子堆起来以后,那个空才会被显现出来,才有意义。我们在堆那个黑子白子一样。在玩俄罗斯方块的时候,那儿一块块地泻下来泻下来,而且是永无尽头地泻下来,你跟它搏斗肯定是徒劳的,是没用的,但是你在这儿玩的时候也很怪的,就像是一种精神手淫一样的,但是它没有终极,因为有终极你这个活动就要停止,它没有终极。

史铁生:所以我总是对流行的信佛的人有疑问,它就是说终于大家都成佛,成佛是一个目的,成佛呢就是没有任何困惑。这个很值得一问,很可疑的。

陈村:它是一个仿造了一个境界,死的境界,就是你可以无知无觉了,你可以死了,不要欲望了。

史铁生:它不是所谓的极乐,而且"死"这个事情,我想它,就像我刚才说过我们曾经是死的,老子说的"有生于无","有"大概是绝对的。永远在这个世界流传着这样的消息。这样消息要求了一个个肉体的出现,即便将来有可能不是以蛋白质为基础的这样的一个生命,它是以其他的方式其他的元素作为代替的,那么这种生命的消息,只要流传,生命就存在。我很难想象,宇宙一切消息都终止了,一切的存在的消息都终止了。首先我想,一个是我不太相信,一个是如果是那样的话,我们也没什么好说了。我们一切言说,一切怀疑,一切疑问,它的前提是生命的存在,或者说叫作这种消息的传扬。你生命,可能你肉体再过三千年,霍金不是预言么,霍金说到那时候人本身都要变了,现在写的一切科幻片都犯了一个极大的错误,就是说其他都变了,你的人没变。人可能变了,他那时候可能就不是蛋白质的,他可能是硅,他可能是纳米,可能是这个那个那个,这些物质来造的这台人的机器,而它这些机器仍然在流传无始无终的消息。这个消息是什么,或者这个消息就是灵魂永远在要求一个个肉体。

陈村:在玩苹果的人的手,它不知道自己也是一个苹果。它出牌的时候也可以不出你,出另外一个苹果,出另外一种东西。

史铁生:你完全可以像一些特异功能似的,你完全可以想象再有另外的生命是和我们这个空间重叠着,只不过是我们不能发现它而已,它在流传着另外样式的消息。咱们宇宙的,霍金讲因为宇宙的诞生,或者叫大爆炸,才有了我们这个世界的所谓空间和时间这个概念,这种东西产生于宇宙诞生之后,并不是宇宙在这个空间和时间里诞生了。这个空间和时间恰恰是我们这个宇宙的一部分,所能感知的东西。那么我们不能感知的东西,那种消息,借助另外的一种媒体在传扬,他们也是一个世界,这个世界有可能在哪儿,就跟我们重叠的。因此有的人可能不小心掉到那里边去了,于是就有了特异功能。

陈村:这个都是猜测的,猜测另外一个世界,猜测另外什么,这是一种疑虑。我们一边活着一边不是很踏实,你会想到很远那山,很外面的事情……

史铁生:这个猜测呢也是我们的一种目的,是某些人的一种处境,但最后想来想去,就是生命是永远不息止的,那么这个消息永远在要求着一个个生命的,那么这生命就是永远走不到头了,那么我们干吗来了?而且一切都可能是写好了的,好像我们就剩了玩牌的乐趣,玩牌的乐趣和对这个牌局,对上帝的意图,(**陈村**:出牌的人。)这,我想就是,这个可能就是叫作对上帝的感恩了。就是说你在这儿,你要在这里头玩好。

陈村:再说一个很好玩的事儿,那个事情,那个干细胞能够克隆出那个多利。这个事情里边,就是说它有一个东西是违反我们平时的那种常识的,就是说它在这一个小小的点上,在任何一个小小的同样的点上,都包含着所有的信息。那么在我们所玩的,我们也可以这样子去推想,就是一滴水里看世界的,就是我们在吃的苹果里面,我们在玩的这个最简单的最不堪的最什么的游戏里边,都包含着同样的事实,就是说。

史铁生:所以他那个预测的那个事。印度有一个神庙里头,它那儿有一个宝石编成的网,它的意思就是每一个宝石里都有所有的宝石,所有的宝石里头都有这一个宝石。确实是这么一个,没法孤立的,要不就说咱们是一个片断呢。这一个片断拿出来看,谁也看不懂,它必须放到那个大乐章里边儿去,它才成了一个音。

陈村:你从人类的那种状态讲,一个鲁滨孙,当然他还有一个礼拜五,所谓的一个社会。如果说就是那么一个人,在一个孤岛上,他作为人是没意义的。(**史铁生**:没意义。就不存在。)就不存在这个叫人的,好像是有这个物种,但是这个是没有用的。

史铁生:没用。没用。那也是人们设想出来的一个抽象的东西,抽象说,在一个孤岛上他有一个人,他可以活。实际上这是一个抽象的概念,实际上是不可能的,这个物种也是不可能的。如果他是一个物种,这个物种就没法这个延续。

陈村:这个东西就变成不必的了。那么在我们这个世界上,我在想就有很多层次,比如你细胞是一个层次,细胞再下面也是,这么一层层的过来,我们人,我们所关注的就是人这一层,像我你他什么的,这一层人,我们这么多的人诞生出来以后演一个戏,这么大的一大群,你刚才讲的大蚂蚁,我们这一大群蚂蚁,在演这个戏。我们这一群蚂蚁呢又变成一个核,然后再跟另外的东西挤在一起。

史铁生:这个,可能是一个无限的一个等级,无限的一个,就是太极。无极即太极。

陈村:这么一层层地堆积,但是我们因为自己活着的局限,我们只能够看到这一层。

史铁生:对,这一层我们所以能看到,是我们的肉体能够适应或者能够感觉到它的频率。你说这时间,这时间有一种限定的频率,我们适合这样的频率,在这样的平衡里头我们可以诞生,如果换一种平衡呢,可能就是所谓的特异功能了。

陈村:但是特异功能所能看到的也是一点,如果有的话,他能够看到的……

史铁生:不过我们是坐在前头,他是另外一个,他是稍微差一点……

陈村:他有点杂音,有点什么……

史铁生:他有点儿串音了,他到了另外一个频道里的意思。

陈村:就说你的看不到。我举个例子,我们登山吧,人都有个冲动,什么都想看得更多,无论是历史是什么。登山,爬得越高,但是地球就是弯的。这个局限使得你不能看到,古人是不知道这事的,他以为地球是平的,你目力不济不能看到,其实你本质上最终你就是不能看到的。

史铁生:这就是说那个通天塔。你搭不到天堂。

陈村:一次次都很荒谬。揭示了人类的好玩的东西。就比如说上下天地。我们现在是知道,无所谓上下,整天地球在那里瞎滚,太阳系也不知道在哪里瞎滚。哪儿有什么上下?

史铁生:只要我所在的地方永远是中心,上下左右都是无限的。

陈村:在人类远古传下来的,上是好的,下是不好的,什么什么的这些差别。

史铁生:这都是人类社会的一个坐标。

陈村:必须有这样一个坐标以后,我才能够活得舒坦。但是从那个讲是没有的。你要爬天是没用的,你爬天还要爬地呢。

史铁生:上下左右全是无限的。在南极,往哪边走都是北啊。

陈村:你所设想的通天塔是直的,可能你就不是直的,妈的就是这么弯曲的。

史铁生:这就是测不准原理也是这样。当我们认为有绝对的客观和绝对的主观在对它们进行观察的时候,当然从理论讲它应该是清晰的,但实际上我们是混在一块的,我们的观察影响它的存在。这一个层次,看到一个层次。它的原理,你作为部分,你不可能观察到全体,这是一个大限。

陈村:我平时的生存状态是回避这样的事的。我想大多数人也是回避的。

史铁生:那只是你的很小一段时间里的玄思。你还是要在你的人间里头生活。

陈村：等于你是一支毛笔，你可能可以写龙飞凤舞，写书法家写得非常好的字。这是你的想（玄思），但你还是要蘸那个墨。有一个大的墨池，你在那里面去拖几下，拖几下这个动作从来没有人给它命名是艺术行为。拖几下是为了以后的艺术，但是你必须拖。

史铁生：必须拖。是前提。所以说，人，说通俗啊，说什么纯文学啊，其实人的二十四小时里大概有二十三小时生活在通俗里。

陈村：非常通俗。从上帝的手艺讲，比如说你觉得你很伟大，但你还是个畜牲，我们还要做性吧。性本来你还可以给它找到一个由头，你说要繁殖，别人没话说。（两人点烟）我有火。我刚才说什么了？（**史铁生**：通俗。）通俗。我说上帝的手艺，人有时还是畜牲，避孕就是个可笑的事。在最革命的时候，也没有人跟你说你不必避孕，你只要不做就是了，避什么孕？他其实也认可了性的游戏是无法遏止的。除了个别的洪秀全跟波尔布特他们曾经设想过，但这种设想也是在别人身上设想，他自己也不是这么做。这种游戏给你限定了，我觉得生活中不好的事情是什么呢，是一种无知无识到那种，本来你也就是那么一个东西，你为了要标榜跟别人不一样，你现在穿名牌了。不一样的结果是什么呢，你还得做这事，你再做，那种乐趣，那种浑然天成啊都没有了。

史铁生："文化大革命"时的一个事特逗，一个人看禁书，被领导抓住了，说你怎么看黄书啊？这人回答得好，你天天晚上跟你老婆干黄事。

陈村：这是我们所谓的一个分野。我们以为找到这东西以后就有了立论的根据。（稍停）有些书，我们有些推理小说啊，悬念影片啊，有人把希区柯克提到一个非常高的高度，赞赏他。如果从纯文艺的角度讲，不值得赞赏，如果从我们写小说的手艺拍电影的手艺讲，他手艺不是最高的。但他符合我们心中的一个潜意识：我们要猜谜啊，我们不猜谜难受。人们就觉得能够给你弄出个好谜的人是个高手,值得我们尊崇。

史铁生:西方理想,就是说基督精神,最欣赏的是它这么多年来,一直在强调人和神不是一回事,人和神是有一个永恒的距离,绝对的距离。任何时候人都不可能成为神。而我们的文化里头不是这样的,我们特别地容易把人做成神。神是一个你绝对不能做成的,它就是你的绝对的价值观。

陈村:道可道非常道。

史铁生:你所梦想的最美好的东西,你朝着它走。而我们呢是,我们要拿到最好的东西。就这么一点差别。这点差别是差得太远,太远了!所以我们特别容易造神。

陈村:但是我有时会有很奇怪的想头,人就是神的那种畜牲的性质。神有两种性质,一种是我们作为低等生物所设想的神的高妙的地方,神哪,我们在谈起来的时候那种敬佩,敬畏,他是永远从事着1+1的事儿。其实我们人可能本来就是神中间的,如用了避孕套去做爱的,神本身也要游戏,我们就是神的游戏。(**史铁生**:很可能是这样的。)我们在看神的时候是一个苹果在看人的态度。神是无数苹果的总和。

史铁生:任何人都有一个最美好最高贵的愿望,我觉得这就是他的神。所以我看刘小枫的那个文章,他说基督教,上帝那个神与原始诸神是不太一样的,和中国不一样。中国的神是万能的,有求必应,它可以随心所欲地去改变什么。

陈村:它可以不讲理的,不按牌理出牌的,而且神没有本身的道理。

史铁生:对。所以他讲,基督是一个苦弱的神,他有他办不到的东西。如果他既是大善他又是大能,何以把世界造成这么苦难深重?那是讲不通的。所以他说神跟我们一样是苦弱的,因此他主张的是一种爱。这就有意思。(**陈村**:他在一个更高的上面有他的不能。)它不是这个。你要说它创造世界,对,它给了你一个不可否认的使命,不可逃避的命运,这里面包含福也包含苦。不是光给你一个乐的世界,我们常常到庙里祈祷的不是这个,我们祈祷的是全能的,它光给你好,给你一点坏你就不信它,把它砸了。这个神不是这样,这是它的意义,它所谓的创造世界的意义。第二个,在这个创造世界里头,它提倡一种爱的精神,你没办法逃避世界上的苦难,我求了你之后,我就只要这世界里的好,我不要这世界里的他妈的不好的东西,这不行。

陈村:我回到很感性的东西,苹果跟人,刚才所讲的游戏里面。苹果有苹果的宿命。它身为一个苹果,它不知道可以把它的同类梨啊香蕉啊芒果啊椰子啊摆弄的乐趣,它摆弄不到,它只能摆弄其他比它更小的那种东西。但是,如果说它有知觉的话,它也会有一种被赏识的乐趣,有谁用这么爱抚的用这么奇奇怪怪的各种各样的眼光看着它,在它上面的所谓人,是这么去看它的。他栽培它,又吃了它,在吃的同时人会有一种快感,会赞美它,讴歌它,说它的营养等。我们的画家去画,我们的摄影家去拍。经过这一层灵光我们的艺术之光以后,整个世界都焕发出另外一种模样。

史铁生:这就是审美的价值实现。有时候仔细想,这世界就是上帝弄的,弄一个游戏。就是浮士德说的,魔鬼跟他打一个赌,你造出的这些东西,究竟要怎么样?下棋一样。

陈村:要你走一条大龙。

史铁生:能不能走出去?就是上帝和魔鬼以人打一个赌,上帝对人寄予了一个希望,魔鬼呢是另外一种期待。

陈村:就变成了两个乐趣,一个是猜测的乐趣,猜测上帝,是整个人类的一个无意识行为,总在沿着那个方向斜的那个方向在走。还有一个乐趣就是一个苹果从萌芽到生长到膨胀,精子在黑暗中的运动摸索的乐趣。你在挣扎着,运动着,你要尽显生命中非常可贵的东西,本能的东西。

史铁生:尼采不是说么,你既是一个艺术家,你又是一个欣赏者。

陈村：中间有一个破绽，艺术家是指主动的行为，而且是可以夸耀的行为。我们没有可夸耀的，你在做的那些事是别人给你规定的，你没什么好夸耀的。你说妈的我成人了，成了一个人不是你夸耀的事，你没有功劳。尼采还是抬高了人类。我们只能去感受一种东西，知恩图报的上帝的恩情，这个恩情使你成为一个人，可以感受到一块地域，你在这地域里可以去想事。这块地域有人看起来大一些，你坐轮椅上看起来好像小一些，这些没关系。这不妨碍另外的一面。你可能是一个永远没见过苹果的人，但你可能有另外的东西。

史铁生：这是对初始条件的敏感一类。最初你要是一个什么，你走进这么一个世界里，最初你是什么，你就走进那么一个世界里。昨天姜文说黑泽明是因为是日本战败。人们最初触动他的原因是一回事，然后你是否超越了这个原因，而知道了更深层的东西。比如说将来人们研究我，我可能一切初衷都是因为这个（轮椅），但是我确实觉得，当你继续再想下去，轮椅仅仅是一个契机了，很多事情跟它无关了。但是你又不能否认确实是它给你带来的一条路，我就不可能再走比如说王朔那条路。

陈村：轮椅和你本人形成一个受精的过程，你受了轮椅的精，然后就沿着这条道去想。

史铁生：对。我们就进到了这条胡同，这条胡同通到另一个世界。这个世界很可能跟那个世界是永远不相交的，不搭界。很有可能。我写过务虚，人务实的时候，恐怕是相交的，这世界的实面，法律啊，交通啊，派出所啊，登记结婚啊，这都是必须相交的。但是在你务虚的时候，有些人永远不会想到这儿，而他想到的地方我也永远不会想到，在这个地方是永远不相交。所以像《务虚笔记》这样的书，你别指望给很多人看。

陈村：那也是。它也是虚空的，你所能发展的方向思索的方向是虚空的,因为种种的不一样,因为两亿个精子在奔袭的时候某一个精子的受精,然后就朝着这张脸发展,那个(受精)呢朝那张脸发展,那是无穷尽的,都是可以被认知的。

史铁生:那是一个分离过程。而我们所做的一切事情都是向着交融来做,比如你心里有很多东西,永远都是属于你自己,第一是可能别人不会理解,第二你甚至不能把它表达出来,因为你用的是一种公共语言。这种公共语言表达不了你的很多感受。所以这些感受,只好像你过去说的一句话:我只好成为想小说,我们没法把它写出来。这一部分实际上非常大,我们只是试图找到一个边缘,找到一个交叉点,把它向别人倾诉一下而已。而这时候还有巨大的挫折。

陈村:这种交流是一种困难的交流,人类发明了很多东西,我们用音乐用绘画用语言文字用造型艺术用我们的建筑等等,用这样一切东西跟别人有所交流,很琐碎。但这事情都是个别的,它中间弄了很多隔阂,不相通的。我们的感受如果是个圆点的话,这个感受本身是无法完整地表达。

史铁生:对对。甚至所能表现出来的是少部分。

陈村:我们从这个面去表达它,从声音的方面去表达它,从颜色方面表达。

史铁生:你尽了浑身力气仅仅表达了它的很少的一部分,我觉得在心里永远存在一些巨大的迷惑,简直是说不通说不清楚的。

陈村:有时想想蛮好玩的。一个人从无知无识开始。从我们的能量讲,以前有元气一说,说小孩的元气是最充沛的,唐僧也是,人家要吃他的肉,唐僧保存了特别好的婴儿状态。我们人出生后就不断损耗,把元气损耗。从伊甸园的状态中损耗,人开始时是小型的伊甸园,人一开始是无知无识的,然后我们吃过苹果的上一代对你说无知无识的状态是无法生存的。这中间坏就坏在某一个人吃过苹果了,其他人就不可能不吃。因为他走到另外那边去了,那其他人必须也要吃苹果,一起吃了苹果后大家再往那儿想,这想也是一种损耗。这个过程中,我们进入到一个比较平稳的阶段以后,你是可以站在外部角度来看它,到那天,你对这个动静本身不是那么一惊一乍。

史铁生:这是真的。我觉得人最终也就是对生命获得一种镇定感,获得一种任劳任怨的感觉。没有什么可……

陈村:这个感觉就是人本初的感觉。你又回到人的本初的状态去。本初你是不去感觉它。最后尽管你回不到那个点去,你回不去。我在看弘一法师的事儿,看他的"悲欣交集",书法那么好。何谓"悲欣"呢?就是说,人,不管你怎么去放下它,但是"悲欣"二字你已经放不下了。

史铁生:所以佛说"去有情",这要解释。这种关怀已经不可能放下了,放下也没意义了。我们进入网,我们刚出生的时候没有进入网。进入这个网,我们对这网有所关注。

陈村:这种复制这种模拟,你说网,可能本来也存在着各种各样的网,我说的网,不是户籍啊什么的网,人之间本来就有各种各样的沟通,这种沟通以它所适应的速度。不是它不好,而是这速度对它是恰当的。我和你两个人,网的两个节点,我和你用这种速度在沟通,你跟陈希米用另外的速度在沟通。因特网就又把它弄成了另外一个层面,跟以前的网是交叉的,它给你再看一个网,就又出来一个。以后可能还会有其他的网。其实也没想多远,别说自己很了不起。想到我的脑电波可以和你沟通,也没多远,肯定也都能做到。等你做到的那一刻,会觉得也不是非常奇妙和终极的。(陈村接电话)等会儿一起去吃饭,你有力气吗?(**史铁生**:不不!)你昨天刚好好玩过,对你来说是一个比较大的运动。

史铁生:昨天筹备了一上午。昨天上午没敢干什么活,躺下了,所以昨晚上还行。

陈村:我们即便是知道,人,一个皮囊,皮囊有皮囊的要求,就等于你嫁给一个什么人一样,娶一个老婆,或嫁给一个老公,你不能漠视他,不能忽视他的存在。

史铁生:任何事情只要一发生,它本身就是一个现实。你不断地走进各种现实。

陈村:你在那里面求潇洒求什么,你折腾出来的婚外恋,什么包二奶,或者妻妾成群或到青楼去,那都没用。

史铁生:那不过是把网织得更密。

陈村:那都是花哨的行为。你本身的失去,本身的不自由状态,已经被一个行为所规定了。

史铁生:而且是(折腾)越多,规定越多。所以这死就一点没什么可说的,没有什么可怕的。只不过是当时有一惊而已,就像是你从椅子上摔到地上,你也会吓一跳。我看也就这么回事。

陈村:死是什么呢,我觉得是有种惦记,因为还有生这世界存在着,你会惦记生的事情。

史铁生:有些可言说不可证明,你比如说,死就是一个绝对,这点我理解不了。因为我们既然曾经是死的话,我们都有了生的继续,我们凭什么说那个死就是一个永远的完结呢?

陈村:人对生的感觉,我觉得是曾经沧海难为水,我们居然生过一回,在这时间在这特定的空间,我们就像回到童年的什么地方,这儿有口老井,那儿有棵老树,我们到了那儿有感慨。或看这照片,看相似的东西我们也有感慨。曾经沧海,我们活过一回,只能是这个道具,换一个道具不像。你有了一种惦记。还有一种惦记,是你前一生失落的。就像一本书写皇帝听了戏评论:唱腔唱到啊啊啊这儿时候,轻轻一丢——"轻轻一丢"这四个字非常好。但人类的生存不能轻轻一丢,它有延续。我们不知道我们是不死的,我们不相信我们是不死的,或者说我们有疑惑,所以你要轻轻一丢丢不下。更多的人在他死的时候惦记的是孩子,孩子你从表面的那一层看是爱,但是也是你的基因,你不能把你基因的未来给轻轻丢了。你作为这一环,你想着下一环的延续。

史铁生:(轻声)这是一个感情的。是一个上帝的。但站出来看,我觉得你会有惦记的,但这惦记还是可以放下的。用一个……

陈村:一个人从生以后,从他有知觉,吃苹果以后,就惦记着那个(死),一辈子在惦记了。尽管小孩说,网上,小孩说你们有什么好说死的。因为离他很远。其实他已经惦记了,说到死就是惦记了。

史铁生:要不你根本就不说。你一说。其实人的死的恐惧,一个是不知道死后是什么,一个是别人还没死,我死。有一个人得癌症,他觉得特别丢人。其实死很可能就是说和大伙儿不一样了。死从我们生下来就在那儿惦记着我们,大家都知道这些事,谁不接近它的时候也不把它当回事,其实这是多大的一件事啊,不是人的最大的一件事吗,它是必然要到来的。

陈村:你刚才讲的题面。玩的东西已经玩了一遍,忘了生存本来的意义。玩游戏,怀念是对道具的怀念。即便我们玩不到,我们还是要怀念。前两年我改了陆游的《示儿》:"电脑到了几八六,家祭无忘告乃翁。"我是一直有兴趣看电脑的升级换代的。

史铁生:我觉得这就跟故乡的感觉是一样的。到一个地方,对故乡不能忘记,你曾经跟这块土地水乳交融,一下子离开它到另外一个地方,虽然那地方别人告诉你可能也不错。就像到美国,同学说,你别走了,在这黑着吧。不行,这儿很好但……

陈村:但心里不踏实。我是从另外一面讲,烦忧。人,有时怕的不是恶啊善啊,是一种烦忧。我是一个懒人,一般没有特别重要的特别诱惑我的,我不愿意挪动自己的位置从这儿到那儿。人是由两种组成,一种是很主动地要去找事,还有呢回避事,不到山穷水尽火烧眉毛你不去。那么现在死就给你一个非常大的事,你又要去重新就业了,你不是下岗了么,你从这个队伍里下岗,要去找一个另外的活儿,妈的这烦!

史铁生：所以已经下岗的大概就不怕这事了。

陈村：已经下岗的他可能也是无奈的。他没办法。也可能有人感激下岗,下岗以后他能找到更好的事:当年我们老板把我一炒鱿鱼,我今天成了比他更大的老板。他那种骄傲那种自得!

史铁生：这符合"我们砸碎的是脚镣手铐,我们得到的是整个世界"。过去不是说"压迫愈深,反抗愈烈","越穷的人革命性越强"。比如我的肉体啊,现在我觉得几乎无可留恋了,它带给我的全是痛苦。有时我特别想象我是脱它而出,然后是一片轻松,一点都不难受了。我现在想要一点都不难受的一瞬间都没有,想到这尤其恐怖,就是我喘口气的机会都没有,这个感觉。我要"唰"脱开它了,我一下子就轻松了。

陈村：这是一个想法,还有另外一个。我现在经常会想起,我的腿越来越不好,会想起我跟它是怨偶,你不能"头白鸳鸯失伴飞",它对我的折磨,走路疼啊什么,愈爱恋它,使你更真切地感觉到它的存在,它的种种好处。我们都是不知感恩的家伙,平时不会感觉到,你的腿负载着你,承受了多大的科学可以证明的力。你以人的非常不恰当的直立的方式在行走。这些你都没想到。今天不行了你会想到它的种种委屈。即便它没用了,有人要是提出把它卸了,那肯定是不行的,没人会同意把它给卸了,还不只是为了别人看起来好看,或我比较正常。

史铁生：没错。这什么道理?这还是一个感情问题。

陈村：这就是说浑然天成,出来就这么一团,不管好说歹说我们就这一团,我们一起走吧。即便你(腿)已不行了,我还带着伤病。有时会很真切地感到,我平时对自己很疏忽,也不照镜子,刮胡子就拿电脑光盘照着,大约地刮一刮也就拉倒。对这个形本身,看起来不是那么爱恋。现在,它以它的死给了你一种警示,给你参照,它也会死,它慢慢死给你看,死在你手里,死在你身上。这种事是随时发生的,不只是物质上的,精神中某种东西也死。就比如说我现在很少哈哈大笑,听到特别好笑很幽默的段子的时候,也笑,但那种笑也是短暂的,不能做到忘我地笑。那种笑已经死去了,那种纯真死去了,那种不相信死去了。小时候有种不相信,小时候有种很奇怪很傻的投入,慢慢都死去了,死成你今天这样一个东西。你这部分还在死去。这是很奇妙的,我在想我们有无穷多的可能的感受,一个人他的感受是有限的,但他可能去感受的是无限的。你有这种奇妙,你在生活中就不是"体验生活"的态度。是无可体验的。用各种办法,用我们的五官眼睛耳朵鼻子去审各种各样的东西。这种审法,用我们能力所规定的感知去审。我们的灵魂去审另外的一部分东西。你想加入主观意志,但你没有主观意志,你被动地被强力支配着地去想。(稍停)我有时想,做一个人蛮好玩的。只要是不把皮囊摧残到它不能接受的物理反应,对我这样一个人来说,很多事都是好玩的,包括疼痛,包括挫折,包括沮丧,包括我们最不乐意看到的情感方式,都变作很好玩的东西。我在画一个圆,阿Q的那个圆,阿Q的惦记是非常好的那一笔,惦记他画不圆。其实没有人可以画圆,圆规画的也不圆,但是人的一生的企图就是要画圆。这个圆中的有些系列如果是好的话,有些系列就是疼痛的,有些系列就是被摧残的。有这样的东西你才能圆。

史铁生:我活到今天,可能,对这个比如说残疾啊,才看到一点儿,有一部分是恩赐的东西,否则就是不圆。

陈村:我们一开始是排斥的,对残疾是没看见,不接受,恐惧,沮丧,有时似乎转过来了,我们看见了它的必要。

史铁生:我给一个早年的朋友写信,我说,我曾经我这么长时间我都没有想到,终于有一天我会说这个这个这个这个残疾啊,在某种程度上我要感恩的。

陈村:看到必要就有感恩的心态了。它在你有脑力有精力的时候,把一种无能状态交给你。本来我们是已经到日薄西山的时候给你这种状态。

史铁生：对,说得太好了。现在像我说的,那时我老说我是二十一岁瘫痪,是我最好的时间。后来我现在想啊,我幸亏是二十一岁,我要是现在瘫痪了,那就可能更难受了。就像一棵树啊,在春天它断了,可以再长,如果到秋天断了,它也就死了。所以有时候这个东西是要感恩的。我常想要不是这样的话,至少我看到的事情一定不是这么丰富。

陈村：而且(另外)那半个环就没有的,你永远行走在一个半圆里面。就像人家在玩滑板车,电视里看到的,小孩子滑上去,翻个跟斗,啊啊又滑下来,不会在天上转过一个圆去,那个地方对他来说是虚空的。

史铁生：我们有幸同时体验着生和死。一半生,一半死。

陈村：我跟你的差别可能是我在下面的半圆里面多滑了几下,试图做一些花哨的动作,招徕观众。有一天慢慢就跟你说,要你上来。不是下去,是要你上来。它提升你。被看中了。

史铁生：被选定了。

陈村：咱们是某种东西的梯队。

史铁生：有些人可能是生来有非常好的慧根,我觉得我就是生来没有,可能上帝看我实在是没有,就把我放在那非有不可的地方。

陈村：否则就是笨拙的。人类在很笨拙地生存着。到有一天,也许别人看出你笨拙了。看出自己笨拙。我出来时看到最近一期《新民周刊》,把最大的图片献给我了,旁边有很多人,我在走,人是弯着的你就没法好好看前面,所以眼光是朝上看的,也有人曾认为你这眼睛是不是有毛病,瞎了?这画面上,人们看到是一个弯着的人很笨拙很努力地在走,别人很容易看见你的笨拙,没有看见因为笨拙以后所出现的一些东西。平时我们所关注的是一泄如注的快感,我们追求高潮,追求什么。要流畅要运动……

史铁生：要快要高。他们忽视了你说的笨拙,笨拙所给出来的东西,他们看不到。

陈村:哪怕是比较热闹的东西。有段时间我常听贝多芬的《命运》。我们所容易谈论的是《命运》的咪咪咪多。但音乐是不能一直这么写的,所以要有一些很平稳的拼命挣扎的走路肯定是不好看的段落垫底,然后再激进。人的激进。我无法用马拉多纳的漂亮去体现在足球场上,你刚才讲到霍金,他的自由度,他可以想到的遥远,很多很多人你我都做不到。

史铁生:是这么回事。很可能马拉多纳想到的就是那些,再没了。潇洒,后头可能没什么东西。

陈村:潇洒是蛮好的,是物种的本能的快感,最容易找到的快感。

史铁生:这种快感后头跟着的东西比较少。所以,存在主义讲,只有痛苦才能发现存在,流畅的时候没有。流畅就跟人们说的,快乐的时光过得那么快,过去了。

陈村:要去体味所谓的生存状态比较困难。

史铁生:在比较枯索的地方,留意了存在。(**陈村**:这种留意是因为死。)死神拉你一下,让你停下,让你感受一下你跟地球的摩擦,你跟空气的摩擦。而这流畅就没有了。所以我觉得,这种流畅幸运儿是给别人带来的一种赏心悦目而已。

陈村:它也是有意义的。它是梦想状态。潇洒总是有限的,一百米跑到九秒八七是流畅,但你也只是这速度,跟汽车不能比,跟我们的飞机不能比。就说你这种流畅是人类的梦想境界。人们在梦想着越来越流畅,他希望通过这种东西使得自己生活有另外的一种色彩。它也是回避当世,我们对它的向往和欣赏本身是希望忘掉惊吓,不要停留在沉沦在凝固在今天这一点上。希望遐想。我们看到美人,看到什么,希望种种的东西把人的宿命忘记。

史铁生:非梦想的东西始终都是一样的,假定跑得很快的那个和跑得不快的那个,跑得很快的那个要是没有梦想,其实是……

陈村：我有时在想，比如说同性恋，前两天还在看金星跳舞。（陈村接电话）他向你问好。我从人道出发，从人的丰富性多样性和不安分，我非常有理由找到和他们的共同点，但是我又觉得这中间有个破绽，我们是双性动物，双性动物最大的愿望任务使命是要（找异性）繁殖，但你同性恋排斥了繁殖。这只能是另类的，你不可能是主流，如果是主流人就没有了，另类可能是艺术的，但不是实际的东西。那么多精子浩浩荡荡地前进的时候，如果说它们全体都停下来同性恋，那么这物种就没有了。不可能有同性恋精子的物种。这同性恋只能发生在已成为人的级别上，不能发生在只有二分之一人的级别上。

史铁生：同性恋我总怀疑它是不是完全的生理因素。爱这东西它是产生于不同，相异。异性构成了它亲和的倾向，同性是在另外的地方有异，异趣、异思、异端。社会对同性恋的不容忍这一点，很可能是同性恋很大的一个动力，很大的一个基础。人们的爱，尤其在今天性是很敞开的时代里头，爱的异啊，主要是人之间的隔膜。人之间的这种隔膜是促成爱的根本动力。所以同性恋是人的一种特产，就像自杀是人的特产一样，特色特点特征特性。比如任何动物都没有自杀行为，只有人有。鲸鱼的那个不算，那算失足，不小心。

陈村：它没有主观愿望。

史铁生：会自杀的类如果你要发现，你会发现这个类也一定是会写作的。同性恋也是这样，它的异，它的不同，它的隔离已经超越了性的差异了。性可以是人的最大的隔离，或者说是繁殖所选中的最大的隔离。没有隔离，没有不同，没有趣味。

陈村：刚才讲到，在精子这一层上是没有同性恋的。但是，再往下走，在某一层上，从干细胞可以克隆人讲，人从根本上是可以无性的。不是说一定要有性才能繁殖。

史铁生：地球上最早出现生物的时候是无性的，细胞分裂。

陈村：同性恋可能提前地找到了理由。如果我们可以非常方便常态地无性繁殖的话,同性恋是非常有理由的。

史铁生：同性恋它分两种,有一种是在缺少性的地方。

陈村：缺少性的地方等于是残疾。它是被迫的代偿。

史铁生：低层的没有性差异的地方它要创造出（性差异来）。我猜测,性的角色可能更要鲜明一些。男性角色,女性角色,性的表征可能更要鲜明一些。到了高层,那个异趣啊,已经不在性上,它在另外的地方。只要是在关闭的地方,就有敞开的欲望。人在行走,刚才你说的奔跑,对猜谜的乐趣,都是对一个关闭的东西的渴望它敞开。性曾经是最被隔离的一个,所以在性最解放的地方,同性恋出现的越多。在那些东西敞开的地方,缺乏猜谜的乐趣了。

陈村：在性最敞开的地方,也是性最无趣的地方。

史铁生：最无趣,它没猜谜的乐趣,没有探索。所以讲,第三者啊婚外恋和旅游的乐趣是一样的,要在异域中探索。所有的这种探索是成为人间的一切事情的动力。

陈村：人间很有意思,比如服装。服装就是人类的残疾。看那么多的艺术人体图片,我作为一头牛一头羊,它可能是大概的审美,我大概地审出那头母牛母老虎是美的,我要和它做爱,做爱以后咱们就拜拜。像人类这样,看到一个胳肢窝,看到一个锁骨,觉得性感。这样的审美,是因为残疾所造成的,因为服装的残疾所造成的。我们人类因为有了服装所以残疾了,残疾以后才会去审这样的美,像坐在轮椅上才去审另外一种美。才有另外的种种。

史铁生：服装就是遮蔽嘛。把它关闭起来,然后再试图把它打开。

陈村：那种遮蔽,那种对孩子的性的保密,动物不保密,它母亲要性交就性交了,没什么好保密。那种故作神秘状的人类做出来的事情,都为了另外一种看见。因为我们以前是盲视的,看不见的。

史铁生：这种事是很有意思的。为什么伊甸园,他一旦用一片叶子挡住了之后,就走出伊甸园了。

陈村：人类做的第一个动作就是这个。

史铁生：就是这个。我觉得这很有……我觉得前人的这个事儿想得太好了!

陈村：太好了!而且所有的猜谜都是……(换录音磁带)

陈村：人很容易地就回到了物质的状态,这是人的打底的东西,打一个底,才能往前跑。好笑,人吃饭,弄出所谓美食家,吃饭本身应该是没什么可美的,吃饭就是为了等会你吃完饭去折腾。但吃饭的过程实在太频繁,太长了,你要不给它一点另外的色彩,就显得太难堪了。

史铁生：昨天的菜不错。

陈村：还没做到最好。没做到极致。

史铁生：那极致在哪儿呢,在它的老家?

陈村：如果做到极致,就像不抽烟的人不喜欢抽的烟。昨天的菜就是给不抽烟的人也能抽的烟。酒的好坏是酒鬼老喝酒的人才能品出。不喝的人,人头马和咳嗽药水差不多。比如说鱼和蟹,它不腥了。这不对的,妈的鱼和蟹怎么能不腥呢?螃蟹吃完以后是要用菊花水洗手,用肥皂都洗不掉,那才叫螃蟹。现在养殖的,等于基因里头那些段落都没有了。

史铁生：没空白了。

陈村：变成了颜色还在,肉还在,但那种天知道的腥就没了,你不能忘记的,你不能染指它的,一染指就有印迹的腥。

载《收获》2001年第2期

我并不关心我是不是小说家

今年三月二十日,有"田径之王"之称的美国著名的运动员卡尔·刘易斯来到中国,他到北京当天,就打听史铁生在哪儿,次日上午十点,在北京中国大饭店,刘易斯亲手将一个镶着他参加百米短跑雄姿的精致镜框和一双按他的鞋号定做的耐克跑鞋,亲手赠予史铁生。当天晚上,我找到铁生家中,于是话题首先从他和刘易斯见面开始说,随后又谈及他近几年都在写些什么、做些什么、想些什么——

奥运口号应当在"更快、更高、更强"之后再加上"更美"

何东[*]:和刘易斯这次会面,应当算圆了你十多年来一个梦吧?你们当时都聊了些什么?

史铁生:当时旁边人挺多的,也来不及多说什么。大屏幕上先放当年他在洛杉矶奥运会破世界纪录的录像;后来我担心场面尴尬,就先跟他说:我一九九七年去洛杉矶特意去加州大学体育场(第二十三届奥运会的主会场)摇着轮椅转了几圈。我还跟他说:跑百米的运动员有很多,后来也有比你跑得快的,也有破你纪录的,但在我看过的百米比赛之中,你是跑得最美的。刘易斯也对我

---

[*] 何东,记者、电视节目主持人。

说,跑的过程才是他最大的享受,那比纪录更重要。

何东: 从你写《我的梦想》到现在也有十几年了吧?

史铁生: 那是一九八八年汉城奥运会之后写的。那天约翰逊把刘易斯赢了,整个下午我眼前就老翻腾着电视上那个场面:所有的人都涌向约翰逊,刘易斯当时也过去和他握手,约翰逊却带搭不理的。哎哟!那时我心里真是难受。可第二天,刘易斯在跳远决赛中跳出八米七二,他历史的最好成绩,拿了冠军。我当时就想,这哥们儿他成!

何东: 给人印象最深的,还是《我的梦想》的最后一段:"后来得知,约翰逊跑出了九秒七九是因为服用了兴奋剂。对此我们该说什么呢?我在报纸上见了这样一个消息,他的牙买加故乡的人们说:'约翰逊什么时候愿意回来,我们都会欢迎他,不管他做错了什么事,他都是牙买加的儿子。'这几句话让我感动至深。难道我们不该对灵魂有了残疾的人,比对肢体有了残疾的人,给予更多的同情和爱吗?"

史铁生: 是。我觉得牙买加人这种精神真是太棒了!所以,我说在奥运口号"更快、更高、更强"之后,应该再加上"更美"。如果光是强调"更快、更高、更强",就难免会追求出兴奋剂或暴力甚至其他更不好的东西来。这"更美",并不仅仅就是指姿态的优美,更是指精神的美丽。这就是说,在比赛中,赢并不是最重要的,重要的是人有了一个向自身极限挑战的机会。我想那些最优秀的运动员,心里肯定都明白这个。荷兰足球巨星博格坎普曾经批评一些球队说:"他们是在为结果踢球。"言外之意,他看重的是过程。更"美"是全息,它包含了"真"与"善"。比如说因为足球而赌博而杀人,你说他们违反了"更快、更高、更强"吗?可能并不违反,但他们绝对违反了"更美"。在"更美"之中,还包含了人与人的关系、人与世界的关系、人与神的关系。依我看,这才是真正的奥运精神,是体育可以作为一种信仰的原因。

所以相比起来,我还是更爱看田径比赛。其他像球类、拳击、摔跤,还是人战胜人的一种方式和象征,唯独田径,是人向上帝规定的困境或极限挑战。你看跳高,最后总是人在一个自然高度前以失败而告终,并且在失败之中,又让人能体会到人自己的处境、人的意志、人对美的欣赏。本来嘛,人输了还谈什么"更强"?但在跳高比赛中,人却输得很美、很漂亮。

《病隙碎笔》怎么写也离不了题

何东:你的肾病是从什么时候开始的?透析又是从什么时候开始的?

史铁生:(抬头想了一想)最早发作实际上是在一九八〇年,一次突然的急性肾衰竭,还是跟我的下肢截瘫有直接关系,当时就造成了肾盂积水。可后来医生给做了膀胱造瘘手术,居然就坚持了十八年。那时大夫就跟我说:你难免有一天就要做透析。所以说,命运对我还真是非常善待,因为十八年前的透析水平,可远远达不到现在这样。这样一直坚持到一九九八年,我开始做透析,到现在已经整整三年,基本上隔两天去一次医院,一做就要花大半天时间。

何东:你透析之后的生活与写作相比透析之前,是不是有了很大不同?

史铁生:太不一样了!在我透析之前,我每天上午和下午可以各工作三个小时,晚上还可以看看书。现在就是不透析,而且还得是在精神状态比较好的情况下,一天也就是上午顶多能写两个多小时,然后下午多少看一会儿书。如果再多干一点,血压马上就会高起来。

何东:从你开始透析之后,已经读到你写的《病隙碎笔》之一、之二、之三、之四,这是不是你有意为自己选定的新的写作方式?

史铁生：《病隙碎笔》之一发表在《花城》杂志上。后来的之二、之三、之四发表在《天涯》杂志上。其实我这两年多以来，断断续续的，主要精力就是用来写了这么一些东西。我感觉以这种形式，比较适合我现在的具体情况，因为以我现在的身体条件，很难再写一个很完整的长的东西，但"病隙"而且"碎笔"，我就能每天都写上一点，想到哪儿写到哪儿，慢慢又发现呢，这种形式其实也有好处，写起来很自由，怎么写也离不了题。

何东：那今后，你是不是就要以这种命名和形式，一直"之五、之六、之七、之八"这么写下去了？除了完成这些，你还写了些什么其他东西？

史铁生：《病隙碎笔》可能就是这么"之"下去了，至于终于"之"到哪去，我现在也不知道。

除了《病隙碎笔》之外，也有写一点小说和散文的打算，这两年也写了几个短篇。有些大想法，不敢动，因为透析弄得我总是没力气，不过"碎笔"很可能是个好办法，原本是偷懒，现在看，化整为零、集碎为整，说不定也可以写一点长的。

发现所有的人都有残缺
是从《命若琴弦》开始的

何东：你最初开始进入文学写作，没少写残疾人，后来发现所有的人都不同程度地存在着残缺，这是从哪一年开始的，具体又能从哪一部作品算起？

史铁生：具体而言，是从《命若琴弦》开始。《命若琴弦》本身也表达了这种意思。

何东：你当时自己明确意识到这种转变了吗？

史铁生：我意识到了。当时就好像心里忽然有了一种豁然开朗的感觉，也可以看成是在我写作中一次大的开窍吧。之后我发现,人的心魂深处其实比外界更丰富,也更无奈、更辽阔,更有得可写。

属于自己的写作路子,我就是活出一些问题

何东:你以前曾经不止一次谈到,每个作家对文学和自己的写作,都有自己的一套标准和要求,而且人家都可能各有各的道理;也就是说靠什么路子去写,都有可能写出很好的和别人不一样的作品;那你现在能简单说说完全独属于你的写作路子吗?

史铁生:这咱们分几方面说吧。前些日子不是让五十个作家推荐自己的作品嘛,后来就有朋友问我:你自己怎么推荐的是那篇《关于一部以电影做舞台背景的戏剧之设想》呀?这可跟读者和批评家的推荐都不一样呀?你为什么不自荐《我与地坛》呢?我说我是认为这一篇东西对自己可能有点特殊之处、有点新的尝试。我还跟他讲:作家有时和读者和批评家之间看法不一样的原因,就在于作家一旦对自己的写作有了一点新的尝试的时候,他心里就会特别高兴。我想作家都希望能在作品中突破一点自己,哪怕就是那么一点点进展,他也会特别看重。当然,这样的作品,很可能会因为有了一点新的尝试,就不如他过去的作品写得那么熟练、那么完整。但读者就并不一定特别看重你是不是有什么新的尝试,他们可能只关注你写的这部作品好不好。所以上面提到的五十个作家自荐的作品,和读者、批评家推荐不一样的占多数。还有一点,《我与地坛》被评、被选得已经太多了。

你刚才问我有什么独属自己的写作路子?我实际上也没有什么特别的招数。要非让我找一点什么特点,这个我在《病隙碎笔》中已经写过了:我就是活出了一些"问题"。所以,我总认为"问题"才是文学产生的根本原因,因此我更感觉文学之根并不在于过去而在于未来,未来会不断向作家提出一些"问题",当然这些

"问题"很可能古已有之,但不会因为前人曾对这些"问题"作过回答,现在的作家就无所作为了。这些生命的疑问或者关口,其实无论古今,人人都是要过的。既然写作要面对这些生命的问题,它就不是单靠熟练的技巧就可以解决的;就像厨子拿到一样什么材料,他就都能给你做熟喽,而且还做得色、香、味俱全;类似这样熟练的操作,至少对一部分作家来说,就不一定会让他们感觉很兴奋。当然作家也可以把写作当成一种手艺卖。

还有一件事我也老在想:文学应当是在一切事物定论之外的东西。说得更极端一点:作家应当是在文学之外去寻找文学。在文学之外,还存在着一个巨大而无限的空间,那就是灵魂的空间。我一直认为在这个空间里有文学创作取之不尽的东西。

小说?散文?《务虚笔记》
——它爱是什么就算什么

何东:那么相比已经被读者公认写得很美的《我与地坛》而言,《务虚笔记》是否也可以被看成是因为你活出了一些新问题而在创作上的一次新的巨大冒险呢?

史铁生:有你说的这个意思。写《务虚笔记》确实带有几分探险的意思,甚至在实际创作过程中,我都怀疑我可能会把它写砸喽!因为探险就有可能会"出事儿",蹚一条新路也难免会跌跟头。所以每当我要在写作中进行新尝试之前,都要跟自己下很大的决心:它写出来可能什么都不是,爱是什么是什么。假如我非逼着自己要把一个东西写得符合什么标准,那我没准就又会转回到原来的老路上去。包括看别人的书,我也是宁可看那些"有事儿"的书,也不愿意看那些既"没事儿"也没什么错、手艺熟练重复的书。比如你好几次提到我那篇《老屋小记》写得怎么怎么好,我也承认它写得很纯熟、很完整,但它不但没什么错,而且出的"事儿"

也比《务虚笔记》少多了。所以还得提到罗兰·巴特说过的"写作的零度"。也就是说,最初触动自己的——我为什么要写作?我常有一种感觉:就是在心魂深处,朦朦胧胧总有那么一大片混沌,吵吵嚷嚷地不能让我放下,它们并不适合完整的故事,也不符合现成的结构和公认的规律,那么是不是这种不合规范的东西,就应当作废和忽略呢?不对!我老觉得在那片"混沌"里肯定有什么新的东西,我对这种东西特别有兴趣,总想去把它们尽量表现出来。

何东:从二十世纪八十年代末,当时的文学和作家红得一塌糊涂,可到了现在文学和作家的地位又一落千丈;你恰好也可以算是那时候写起来的作家之一,不知你亲身经历这么多年的文学的起落,对文学和作家出现了这么大的落差,怎么看?而在这个落差的过程之中,你个人都有什么感受?有没有被逐渐冷落的感觉?

史铁生:我觉得,从来,人们给作家的虚名就太多了,而容忍作家在写作上的自由太少了。虚名,至少对一部分作家,不是那么太重要,而对写作上的自由才是最需要的。所以我认为作家不再被捧得太红太火,其实可能倒是件好事。同时但愿作家又能够不要太为衣食住行发愁,这样他们才有可能去想一些用我的话说是"务虚"的事情。其实真正意义上的文学,不就是"务虚"吗?你要非指望着拿文学弄出经济和政治来,那就比较可笑了。文学有可能会对一些事情做更深层次的铺垫,也或许在很久以后,它有可能会对经济或其他什么产生一定的作用,那也是文学自己始料不及的,这种作用倒是不可能"主题先行"的。所以对我而言,最好的状态就是衣食不愁、治病不忧,然后,就自己躲在一边写去。不信你问所有作家,都是刚开始写东西时的那种状态是最好的,那时谁也不知道你,公众也对你没有过高的期望和苛刻的要求,用王朔的话说"我就是一俗人",那时就是自己的灵魂和心愿对自己有要求,而外界的要求恰恰在那时最不能左右和干扰自己。可一旦作家出了名,麻烦跟着也就来了:哎哟有点名了,动笔写篇东西,可不能太现眼、太丢人,这个那个——非纯粹写作的要求和标准就都跟着出来了,于是全面乱套。所以,我现在没觉得失落和被冷淡,能冷静下来写作我就舒服。

何东:你现在还能算是严格意义上的小说家吗?

史铁生:我自己认为我就是一个写作者,我并不关心我是不是小说家或散文家,我关心的是我在怎样想,我可以怎样说和怎样说才能更有点意思。

载《南方周末》2001 年 4 月 27 日

两个傻子的"好运设计"

苗苗*：铁生叔叔,什么是"知青"？

史铁生：这"知青"你是问对人了,"知青"是怎么回事儿呢？那时既然不上课了,让这些学生下乡,接受贫下中农的再教育去。我就上了陕北。

苗苗：就是"遥远的清平湾"吧？

史铁生：对。延安你知道吧？我就在那儿住窑洞,干农活儿,喂牛。

苗苗：铁生叔叔,我发现,别人写的书里边,有好人,也有坏人。可您写的书里边,几乎都是好人,没有坏人,难道您认识的人全都是好人吗？

史铁生：问得有道理。

好和坏是非常复杂的,有的时候好和坏容易分辨,可还有的时候,好和坏并不容易分辨。我不太重视写人的好和坏,而是人的复杂性。我觉得,文学不是要简单地证明谁是好人谁是坏人,而是更深一层的东西。

苗苗：铁生叔叔,我很喜欢看您写的书,我也正在学习写点东西,您说,写东西怎么就能让人爱看,应该注意些什么呢？

史铁生：真诚。你写的东西要让人喜欢看,首先就要真诚。人的才华天生是有差异的,但不管写什么,真诚是最重要的,要是在

---

* 苗苗,时为中学生。

真诚这儿出了问题,就会越写越让人厌烦。

苗苗:铁生叔叔,有人写的书看着也挺刺激,可看过之后又觉得不可能,不像真事儿,这是为什么呢?

史铁生:文学作品可以分成这么两种,一种单纯是热热闹闹的,大家看完一乐;还有一种是让你真正去面对生活的,不是说看完了就完了,而是让你在心里还去想很多很多的问题。

苗苗:铁生叔叔,我就特别爱想事儿,比如我就爱想我是谁呀?我从哪来呀?我为什么是我呀?将来我到底会是什么样的呀?有时候想得很高兴,有时候想着想着就吓一激灵。我把我想的跟小朋友们说了,他们都骂我是傻子,可我忍不住还想,您说我算傻子吗?

史铁生:(铁生叔叔使劲笑了半天)那,那我也是个傻子,咱俩想的差不多。

苗苗:我觉得我跟您有点儿像,您就爱在文章里使劲儿地想呀想呀的。

史铁生:这个世界上总得有点儿爱想事情的傻子,不想不行,许多问题都得有人去想。不过你想得可是够早的呀。(笑)

苗苗:铁生叔叔,我看您在《命若琴弦》里写了两个瞎子,他们以为弹断很多很多琴弦之后就能看见光明了。虽然这是别人骗他们的,但就是为了这个信念,他们才活得挺好的。您说,人活着是不是都得有一个信念呢?您的信念是什么呢?

史铁生:你的问题可真大。(笑)往简单了说吧,能使大家都活得很好,很快乐,这就是一种理想,一种信念。人是不能没有理想,没有信念的。有理想才能有追求,有追求,才能有真正的幸福,真正的快乐。

苗苗:铁生叔叔,我也喜欢地坛,您写的《我与地坛》我看了好几遍。可是您写的地坛跟我现在看见的地坛一点儿都不一样,我觉得还是以前的地坛好玩儿。

史铁生：你这感觉太好了,现在的地坛人工雕琢的痕迹太浓,哪儿哪儿都弄上栅栏,就留下中间一条小窄道儿,我看简直快成地坛胡同了。园子里人多了,漂亮了,但原来的气氛却没有了。我在地坛的时候,那儿很安静,我在园子里一待就是一天,看看书,想想心事儿。

苗苗：铁生叔叔,我还特别喜欢看您写的《好运设计》,您设计的那个人要是我就好了。

史铁生：生活不可能永远给你的都是好运,总会有各种各样的困难出现。麦当劳好吃,要让你天天吃,准腻。同样,没有困难也就没有快乐,因为,只有克服了困难之后获得的快乐,才是真快乐。

载《深圳特区报》2001 年 7 月 10 日

写作与超越时代的可能性

安妮[*]：从"文化大革命"末期最近二十年以来，中国文学经过速度快的变化。您认为这些变化的突出特征怎么样？

史铁生：根据关注点的不同，我看中国的文学可以分为三类。一是对生命（或生活）存有疑问，视写作为对生命价值的探问与寻求，对生活的匡正，这可以说是面对灵魂的写作。二是对社会的不公存有义愤，以写作来针砭时弊、伸张正义，是面对社会的写作。三是根据市场的需求而写作，或曰满足大众的娱乐。当然还有"文化大革命"中，乃至"文化大革命"前的那种"奉命文学"。这些都被（或都曾被）称为文学。"文革"之后的二十几年来，"奉命文学"事实上已日趋衰微，第一类虽在成长但并未壮大，第二类理所当然地受到大众的欢迎，但如火如荼的好像是第三类。

安妮：在这种情况下，您看您自己创作怎样？

史铁生：我从二十岁就被束缚在轮椅上，绝大多数的时光是在四壁之间度过，这样的处境每时每刻都在问我为什么要活下去，即向我索要生命的意义。这样的处境和这样的疑问，对于我大约是终身制了，无可逃避。这是我所以写作的根本原因。

安妮：毛泽东去世之后，中国进行开放政策以来，中国作家们又可以评价并探索中国古代、现代的文化、审美、哲学因素。这是不是一种当代创作的启发来源？您自己怎么进行与往时的对话？

---

[*] 安妮（安妮·居里安），法国汉学家。

哲学领域大概对您特别显出诱惑力,是不是?

史铁生:开放以来,写作有了相对自由的环境,思想可以不再像以往那样封闭在一时一地。回顾历史,环望四周,与古人和异域的沟通都是可能的了。这当然丰富、拓宽了中国作家的思想和眼界。但我想,任何时代,写作的根本都是一个,即人之与生俱来的困境。自由唯使人更清楚地看见了这一点。在文学不得不"奉命"的时代,文学曾踌躇满志,以为一旦自由理当人定胜天,但尘埃落定这才看见,人的困境其实是永恒的,这才是写作之不尽的源头。

自由不能不是一种理想,但局限总是现实。人不能不仰望天空,但那正是因为人站在地上。这是困境,但不是绝望。正因这永恒的距离,生命才有了享用不尽的过程,人才有了追求精神价值的永不枯竭的源头,也才有了写作。加缪的"西绪福斯的欢乐"是否也是这个意思?所谓天堂,我以为就是这样的过程。唯对视实利为目者,是绝境。这样的写作,必然要与往时对话。或者说,唯这样的态度,才是与往时、与他者、与自己、与空冥、与神祇对话的根据。于是就难免对哲学有兴趣,虽然我对哲学知之甚少。

安妮:在您来看,做当代人意味着什么?换句话说,写作在某一种程度上是否与时代有联系?

史铁生:我想,上帝给人出的是一个永恒的题目,亘古至今从未改变。时代的更迭,唯变化了题面,比如说:茅屋变成了高楼,短刀改成了炸弹,飞机代替了马车,促膝而谈演变成网上聊天,喁喁私语做成了电视节目,以及森林变成了荒地,草原变成了沙漠,等等。但还是那句话:人的困境和人的向往并未改变。我的意思是说:我们仍然不能不仰望天空,以及不能不仍然是站在地上。

但是今天,我们对待上帝之永恒题目的态度,正危险地有所改变。人智的成就,迷了人的眼睛——种种精妙的发明,种种物欲的得以满足,正使人做成着物的奴仆,使人以为天堂不再是一条心魂的道路,而是一种实实在在的享乐。一种曾经是美丽的、跋涉着的、具有无限升华之可能的精神,忽地颓然止步,茫然不知所往。其实呢,上帝不过变换了一下题面,更新了一下道具,于是人就看迷了题意,错乱了自己担当的角色。高傲的人,便把信仰看成了迷信,反把人智铺成了迷途。

写作与时代的联系,我想,现在是,而且永远都是:辨清那不断更换着的题面,认清那永不更改的题意。

安妮:在您自己写作的作品与过程,您认为写作与时代的联系如何? 比如说,在《命若琴弦》?

史铁生:写作不可能不与时代有联系,但写作主要不是为了联系时代。我想,《命若琴弦》也许是个长久的寓言,也可把它看作是我的生命与写作的注释。

安妮:在您不少的作品里,您的叙述方式是顺着假定、猜测、偶然的情况进行。好像相对主义的看法表达我们对世界的多样化的视觉。

您的《第一人称》可提供很好的例子:主人公每上一层楼,就看到风景的新形象,真理的新的一小部分。

我认为主观性和偶然性以及组合的本领确实是您风格的突出特点。您对偶然、命运,还有数字的兴趣从哪里来的?

史铁生:人命定是一种局限,这意味着与生俱来的独孤无助、命运无常。一切假定和猜测,都未必不是现实,一切不知都可能只是未知,因而都可能是确在。所谓现实,其实都有假定、猜测,以及愿望和梦想参与其中。生命并非只是空间中的真确,比如说,人类从来就对有限视域之外有着不竭的惊奇、向往与猜测。有限之域的真确,和无限之域的迷茫,共同构成着人的命运,共同要求着人的眺望与认信。

世界或生活的多样化,是不能容忍谁来强行统一的。但我想,这并不导致价值相对主义的合理。如果谁想干什么就干什么,那只能是各自的封闭。那样的话,法律何用?语言何用?沟通也就不可能,写作无非是自说自话;比如说,对您的采访,我将会不知所问,所答也必南辕北辙。我一直相信:理当由个人而非集体发言,但要关注人类,而非只关注一己。人因其孤独的处境而有爱愿。爱愿,即是对一个美好人间的追求,这是多样化世界中人的共同期待。这追求,不一定都能实现,即不一定都能成为空间中的真确,但因这爱愿如风如梦飘荡在人间,人类的路途将可能保持其美好的方向。梦想作为人生的一个部分,并不比航天飞机更无用。这就像,勿以失败的婚姻作为轻慢爱情的理由。婚姻是多样化的,爱却是一致的梦想。人应该有独立选择的自由,但不可没有共同的期求与仰望,否则就会像甘守孤独的大熊猫,终于活成濒临灭绝的物种。

我对主观、偶然和命运的兴趣,正是因此而生。它让我不断地看到人的局限,人的不可自以为是、不可自信为世界的主宰。《第一人称》确是一例,人的局限是人的处境,人的眺望正是人不屈地试图理解命运和把握命运,但他终难看清那无限之域的迷茫,那么他终归何处呢?命运向他走来,他将何以应对?这永远是人的问题,是上帝不变的题意。

安妮:在这种方向,您是否看过给您很大启发的书?主要是文学的书,还是也有别的范围?有外国作家写过的作品吗?

史铁生:我读的书很少,文学书读的更少。我更喜欢读些能够启发我思想、拓宽我思路的书。我对故事不大关心,更注意的是讲——无论是不是故事——的方式。我对多种多样的形式和角度有兴趣,因为那里面才埋藏着心魂的多样性和可能性;而故事,难免要附和种种成规,反而容易埋没了独特。我以前对您说过,我喜欢法国作家的善于标新立异,比如说罗伯-格里叶和玛格丽特·杜拉,当然还有其他的国家的其他作家。不过我常把作家和作品之间的关系搞混,我不太善于研究文学。

前面我说了,我对哲学知之甚少,但却心向往之。看外国的哲学译本(我不懂外语)总觉艰涩难懂,所以就取捷径(对我这个业余的哲学爱好者反正无关紧要),读得更多的是中国学者的书,这使我受益匪浅。

安妮:有人说当代性意味着与时代进行联系——属于时代,接入时代,同时明显也会意味着超越时代的可能性。

在您来看,作者与读者的联系会是怎么样的? 在这方面,您自己认为作家的作用或作家的奉献是哪一种的?

史铁生:老实说,我以为这种对当代性的概括等于什么都没说。这有点儿像一份官样报告:方方面面都要做好。——可这还用说吗?

我这样看,人既活在当代(事实上所有人都活在,或都曾活在当代)就是这个时代的一部分,不可能不与之联系。这联系,最好不是为了某一先定目的而有意为之,而是要自然融入,故无需特别强调。自然融入并非一味地顺从,对时代之种种存有疑虑,那正是一切写作的开端和写作的责任。当然,各时代的具体疑虑会有不同,这正是由于题面的日新月异,但因题意不变,写作就有了超越时代的可能。

今天的问题是,奇诡多变的题面(更为多彩的生活)、五光十色的道具(更为舒适的器具)就像一种魔法,使人太易为其所迷,为其所障,因而忘记了题意,忘记了终极的期盼与依归(所以我喜欢《去年在马里昂巴》)。比如说,写作更多的是在寻求技巧的变化(这无可非议),但有没有什么永恒不变的东西呢? 倘其没有,文学将不过是一种娱乐,人将只好随遇而安,那人岂非要苟同于动物了? 我想,写作永远都是探问,透过时代的迷雾,去追问那永恒的美好。绝对的美好不存在吗? 对,它不存在于空间,但它存在于追问与寻求之中,它从来都不是物质的而是精神的,是心魂的确在。

这就是作家的奉献吧。人的各种器官有着不同的用处,有的去种地打粮,有的去开山铺路,有的去痴心梦想;要是所有的器官都用于捕猎筑巢,后果也是不堪设想。人类是整体,作家就像其一种器官,他们梦想纷纭常做些看似无用的事,并以此作为奉献——这当然不可笑,种种可能的路途,哪一条不是以梦想为先?

载《北京文学》2001 年第 12 期

有了一种精神应对苦难时,你就复活了

王尧[*]:这次访谈对我来说是一个很长的心理等待。我知道,对话与沟通不是件容易的事,但正如您所说,在神的字典里,行与路共一种解释。我把这次访谈,当作走近您的一种方式,能走多近,我没有把握。

在二十世纪九十年代,无论是文学界还是思想文化界,都有许多由文学界引起的论争,譬如说,关于终极关怀、人文精神、道德理想主义问题等。我的看法,这是很正常的现象,中国处于一个转型期,当代知识分子精神上的价值取向上的冲突是不可避免的。从当时的情况来看,您并没有介入,但是几乎所有的人在讲到理想主义、人文精神、终极关怀的时候,正常地都会举您为例。我想,尽管您没有介入,但是肯定会在旁静观默察,肯定会有自己的思考。所以,我首先想请您谈谈您的基本想法。当时有一些人也把您归入抵抗这样一个行列,您对此是如何看待的?

史铁生:当时的那些观点我现在也记不太清楚了。我想这是没有什么可以非议的,正如你说,这是一个很正常的事情。在市场经济里头,人们比较忽视这样的问题,有人提出这样的问题来,很正常。很可能中国在很长一段时间里头,这个问题是会被忽视的。至于抵抗,我不大喜欢"抵抗"这个词。抵抗,这好像是被强迫的。

---

[*] 王尧,文学评论家。

关于终极关怀,我是肯定的。我觉得人类在任何社会里都应该保持这样的问题。这样的问题一旦不存在了,这个社会就会很麻烦。譬如说终极关怀、人文精神,在我看,文学做的就是这件事情。文学为什么会产生,可能就是因为人有终极疑问。如果仅仅是对现实的一种反映,文学存在的价值就没有那么大了。人们常常谈到文学的求变问题,求新、创新,我觉得这些年人们说创新说得比较多,但在我看来,社会永远在更新,永远在更新的是题面,里边有一个回答,这个回答是永远的不变的东西。我觉得文学是在一个千变万化的社会里头一直在寻找,寻找那个不变的、那个所谓的终极意义。终极的应该是不变的。那个东西是什么?我文章里写过,我说这就像老师给学生出题,它那个题面一定要变化,它要是永远不变的话,学生照着题答就完了,但是题面变化了的情况下,你还弄不弄懂这个题意,你还能不能找出那个不变的答案?可能也就是上次给我们出的那个题,可那个试卷变了。试卷从古时候到现在不知变了多少回了,但人的生命的意义这一个问题可能是没有变。所有的,不管是商业还是什么里边,到最后人们都要为自己回答这样一个问题。我跟朋友开玩笑的时候说,世界上有很多问题,就像老师给你出一个考卷,这里边有一道题占六十分,也就是终极的问题,这道题你回答出了就及格,这道题没回答出来,所有的题都回答出了,四十分。

王尧:这么多年来,特别是二十世纪九十年代以后,大家几乎都认为您是一个理想主义者。是什么样的理想主义?有许多概括或者描述,譬如说是个人的,而不是群体本位的;是过程的,而不是目的的。还讲在俗世,同时也能超越俗世,您讲这是心灵的拯救,而不是自我的一种改造。大家习惯从这样的一个角度来讲您的理想主义。实际上,我想问您,您自己觉得怎样表述比较好?

史铁生:这个说起来就会很长……我想是,理想主义曾经可能被理解为比较具体的、比较阶段性的东西。你譬如说,拿一个

"家"作比,说我们要买个冰箱,这算不算理想? 我们要装修、我们要买房子,这算不算理想? 这经常被认为也是一种理想,应该也可以说它是一种理想,但是,我想说的理想不是这种理想。这是家政。家政要成为理想的话,尤其是终极理想的话,这事情可能就比较麻烦。就拿爱情作比,如果对爱情的信念没有的话,家政就是一个很物质化的东西。人的本性,或者人的最根本的灵魂处境的这些疑问,需要理想、信仰来解决。也就是说,一个社会是不是政治改造好了,人就没有困境了? 那个困境是什么? 一个家庭如果它物质非常丰裕了,之后它还有什么问题没有? 或者说它自古至今的那个理想是否就解决了? 我觉得这可能是通向信仰的问题。这个要用信仰去解决的,是用科学和政治都无法解决的。那么这种理想是什么? 我想,我不是说反对科学、轻视政治,这个人间它就需要科学、就需要政治,这一个家庭它也就需要家政。但是除此之外那个根,我们说的所谓终极关怀,就十分重要了。理想,没法在一个具体的时空中去实现。它不是能这样实现的,它是靠一条路去实现的,它是靠一个没有终结的一个过程来实现的。理想恰恰是用过程来实现的。

王尧:过程的理想主义……

史铁生:它恰恰是靠过程,它没法靠目的去实现。目的意味着结束,结束了还要什么理想? 所以,所谓终极,我看其实是无极。有人说"得到爱情",得到爱情本身这句式我觉得就成问题,它不是在某一个空间内和某一个时间内就可以得到的,它是在一个整个的过程里去实现的。它基本是靠你对爱情的理解、你对爱情的付出。有人说"没有爱情",这话就很奇怪,你说你"没有爱情",你说你"没有"的那是什么? 你说出来,它就"有",因为它是一种意识性的东西,它是一种精神性的东西,它不是一个有形的东西在那儿,你去把它拿来,而是要靠你的一生的过程来实现那个东西,是不是?

王尧：我很赞成您的说法。但我也宽容那些错误理解爱情的人，因为我觉得在面对"爱情"时，人的智商通常会打折扣。

史铁生：其实，咱们常会说的话吧，有时候没太理解。

王尧：有些问题得回到常识。

史铁生：有时候，你会发现那个常识里是有着真谛的……

王尧：我记得曾经有人说现在是个"缩略时代"。"缩略"最多的大概就是精神性的东西，精神也被物质化了。极左意识形态曾经歪曲过理想主义，金钱又在改写理想主义的定义。

史铁生：理想被用滥了，它有很多歧义。其实人是不可能没有理想的。所以现在很多人讲，说理想的事情太累了。任何一个人在说没有的时候，实际上他是知道它是什么的。就说很多人说没有爱情，因为他知道什么是爱情。但他把婚姻等同于爱情了，他一离婚他就说没有爱情了。这就错了。没有爱情你不用离婚了。

王尧：离婚的原因可能复杂些。在谈到理想主义时，大概很难绕开一个话题，就是"红卫兵运动"与"理想主义"。我印象中您也是清华附中的学生，红卫兵从清华附中开始的。您是六七届初中生？

史铁生：对。我是初中生，当时我们其实还不懂什么东西。你别瞧高中和初中，这个时候，差距可大。我们初中生还就不知道怎么回事。再加上出身也不是好出身，所以我跟这个运动关系不大。因为你出身不好，你也参加不了。再加上我那时候读初二，直到弄得轰轰烈烈的时候，我才知道。那时候我们就想玩，小孩，十四五岁。当然我不是想摆脱责任，我说过，在那样的时刻即便你是旁观，你也不能说你没有责任。

王尧：高中生和大学生又有区别。所以我一直觉得，许多问题就是不能一概而论。

史铁生：那张大字报还没有的时候，清华附中就开始大辩论，辩论的就是清华附中是不是修正主义，是不是执行修正主义路线，就是关于校领导的问题。这时候就出现两派意见,像我可能还是属于后一派的,就是认为没有,认为校领导执行正确路线很好。其实也不知道,不懂,只知道他们在说什么修正主义。那高中里头,就辩论得很厉害了。

王尧:当时几乎没怎么卷入?

史铁生:卷入?那是后来了。后来工作组就来了,"文化大革命"就开始了。大家认为红卫兵是对的。刚一开始,"红卫兵",只是知道,哦,大概在六月份之前,说有一拨高中生在弄的,叫"红卫兵"。后来我们基本上是跟着看热闹。那时候,站在这个所谓保皇派一边,我们总归认为校领导是对的。

王尧:那时候的教育就是这样子,领导总是对的。即使到了现在,"我们"也不得不认为领导总是对的,一个单位的秩序有时就靠这个认识来维持的。但在"文革"发动初期,敢于造领导的反,也有各种情形。

史铁生:是啊,至今我也不太清楚,他们是怎么动起来的。当然现在有些书上是讲,他们从上面得到些消息。

王尧:早期的"老红卫兵"不少有政治背景。

史铁生:我们是不知道这些消息。我到现在弄得也糊涂,我不知道他们到底知道什么。你譬如说,我们宿舍的几个同学,也都跟我一样,也是这个年纪,也不太清楚。某一个晚上,我同宿舍的一个同学到另一个宿舍去,另一个宿舍的都是出身比较好的,都是革命干部出身,去了一晚上回来,观点就全变了,就开始攻击校领导了。到现在我也不知道是怎么回事,他们说的是什么,是什么东西可以使他们这样地相信了。

王尧:对一些作家而言,"文革"中最主要的经历可能是插队。"红卫兵运动"到了一九六八年开始发生大的转折。一九六八年在欧美也是左翼思潮蓬勃的一年,像法国一九六八年的五月风暴。中国的"红卫兵运动"到了一九六八年有了大的变化,毛泽东约了几个红卫兵领袖谈话,提出了严厉的批评,"红卫兵运动"开始变成了"知青上山下乡运动"。您写过《"文革"记愧》,还有一些小说也写到"文革"中的人性问题。我想知道,"文革"给您的思想历程究竟带来了什么影响?

史铁生:"文革"在我们这一代,对我来说主要是插队的事。但在插队之前,"文革"给我的印象主要是混乱、惊慌,不知道怎么了,可以说是一个大的价值空缺。这一段,包括在"文革"之前其实已经开始了,我觉得主要的压力,就是对出身的强调。像我这出身就不行,我奶奶应该算地主,我父亲他们上了学,所以我的出身算职员。像我的堂姐,她们就觉得入团非常困难。可能在那之前就觉得生命开始有所艰难了。你当然还是要争取入团。但我还没到入团年龄,我刚到入团年龄了,"文化大革命"就开始了,所以到现在我没入过团,等到恢复入团的时候,我已经瘫痪了。所以那时候稍稍感到的压力是这个。感到出身好的和出身不好的之间,在学校里也是有分别的。造反的同学他们那时老说校领导执行的是修正主义路线。但是我们感觉到的就是,出身好的,前程就比较好。有这种感觉,很朦胧的感觉,还不很清晰。可能到了高中,就变得很清晰了。跟我同桌的,咱们不说是谁,是一个非常著名的大右派的儿子,哎,他呀,就不好好学。当年我们很奇怪,他爸爸是一个大文化人,他怎么会这样?后来到插队的时候我才明白,就是像他这样的人是甭想考大学的,他要谋自己的一些事,问将来自己要怎么做?要干什么?研究什么或者学什么?他已经不对考大学抱有希望了,所以他不管学业不学业的事。插队之前巨大的压力是这个,影响也主要是这个。当然"文化大革命"开始,你会对很多的东西失去价值判断,就比较迷茫,所以最后像我们这样的,出身又不好又不太坏的,就都成逍遥派,就玩,在街上玩,出去玩,再加上年龄又小,没有什么想法。直到插队,对我们来说才开始有了一些认真的想法了,因为你要面临你的一生嘛,然后你又重新看见了一个世界,它不再是你学校里的那个世界了。一到了延安,那你必须全要重新调整你对中国的看法了。那个时候,再加上这些学生,尤其像我们学校,书的来源比较多,有的从家里带的书啊,大家就看书,看各种各样的,逮什么书看什么书,然后呢,确实有辩论,任何事情都可以辩论。你会看到很多现实,很多理论,很多现实和很多理论互相冲突,于是你就有了很多不正统,或者说非主流的想法,但可以说很不系统。从那个时候开始有一些东西传来。譬如说,我记得有一个叫张木生的,也是老知青,比我们大,他写的就是对中国农村的一些看法,譬如所有制问题,他那时候已经提到所有制,给我们震动就比较大了。因为我们看到实际情况,哪个好哪个不好,一个是概念的,一个是实际的,你还摆脱不了你的概念,但你不得不承认这个实际,这样就有了思想的冲突。

王尧:好多人都是这样,换了一个位置,在底层活着,看问题就不一样了,对整个当代中国的看法发生了一些根本性的变化。

史铁生:对,根本性的变化。这个仅仅是开始。再加上中国的农村的穷啊,甚至包括你对要饭的看法,就是在一个冬天之内转变的。刚去的时候是冬天,看见要饭的,知青都骂他,说你怎么就不好好劳动?等过了一年的冬天,知道了,原来都是干活儿干得非常好的人,我们那儿叫受苦人,好受苦人,他们也去要饭了。粮食呢,多数都被收走了,被公粮收走了,剩下不多的要留着春天吃,春天干活儿时不能没的吃呀!譬如说前一年是一个欠产年,因为我们去的那年正好是丰收年,丰收了但粮食得不到,都得用来还去年欠的那个公粮。就这样的冲突,肯定是要想一想了。于是就有各种各样的想法,想离开的,想在那儿改天换地的,等等。你要说"文化大革命"的影响,我想主要就是这个。

王尧:插队的故事成为您一生当中很重要的一段。

史铁生:肯定是,肯定是这样的。其实,至今为止,我了解的中国也不过就是从插队开始的。

王尧:今天重新回头来看那一段历程,您自己的基本的感情、价值的取向还跟那"遥远的清平湾"差不多少吗?没有大的变化吧?

史铁生:《我的遥远的清平湾》,其实不能算是写农村,只能算是写知青,知青对那段生活的一种感情、一种感受。至于农村,我们这三年也还不敢说了解。所以莫言就说你那个不叫农村,他当然是有资格,他是在农村。我说我承认这不是,这就是知青。那知青的生活跟老乡的又不一样了。

王尧:知青尽管是在接受再教育,还是有些优越性的。

史铁生:优越,当然。

王尧:我是回乡知青,身上也有啊,我高中毕业,我的父辈们都没有这么高的学历。

史铁生:当然有。物质上也有,精神上也有,最后你离开那里的时候还是有,说了半天,你很容易地还是离开了。一个当地的人就很难了。

王尧:今天回头来看"文革"、看知青,其实当时还是非常复杂的,好多现象都不完全一样。

史铁生:知青是一个时代。知青互相说你写的是不真实的。它不一样,什么样都有。上山下乡它整个成为中国的一段历史时期,在这个历史时期里,有几百万的知青,他们的生活都不太一样。确实有人是豪情满怀地去要干一番事业的,也有些是,像我呢就随大流去的,也想干,既然去了也想,也有干脆不去的。这个非常复杂,所以知青题材不能强求一致。你说你那个"田园牧歌"就一定不是知青生活?至少在那儿没有阶级斗争,在贫穷面前已经没有阶级斗争了,不会。在我们学校的各种派,几乎就都成为知识青年了。大家面对的是同样一种东西,不再是校领导的问题,就不再是哪个派了,所以在那儿就没有那个了。那里的阶级斗争不过是上面传达下来的一个指示,说你们这儿要开会斗一个地主,于是乎就找一个地主,这个地主不过是比别人多了几亩地,斗争的时候,斗者和被斗者两个人在下面商量着别的事……这就完全不一样了。其实,他们可以说面对一个更为根本性的问题——生存问题,怎么生活得好一点的问题。

王尧:生存是个回避不了的问题。后来关于知青问题,有人讲青春无悔,可能确实有这种类型的人。

史铁生:对。这个悔不悔,我觉得有这么一个说法。有个"悔"的说法是,你有没有反省,有一个"不悔"的说法呢,就是说你还要不要往前走。

王尧:不悔,怎么往前走?

史铁生:对呀。你"悔",你也要往前走吧?你有什么可悔的?但是你完全"不悔",你对它完全没有反省,这也不成啊。要是说重新再给你来一遍,你要不要?那你不要,就算你"悔"。如果说你就悔到这儿,你就别再往前走了,那就"不悔"。

王尧:是这样。面对一段复杂的历史,不是一种感情方式可以应对的。一个人在今天所达到的境界或者高度,有种种的原因。譬如您的状态与残疾的关系。

史铁生:其实我想,谈到这个问题的时候,是要强调一点,就是说同样的原因,并不注定会有同样的效果。同样的残疾,在人生的路上并不一定起同样的作用。同样的健全人,路途也都不一样。残疾,一般来说肯定会改变你的生活,但终于改变到哪里去,却不一定。

我现在经常想,要是我没有这个病的话……人哪,其实人很困难的是选择,譬如说在二十岁的时候你想到什么,三十岁的时候你想到什么,我在那个时候好像别无选择,上帝代我选了,这应该说是一个好事。我当时确实没有怎么选,我学了一阵英语,我也写了两篇文章,结果这英语没人找你来翻。学无所用,你学了干什么?其他的事情,那就只剩了谋生的事情。如果在谋生之外,你还想做点什么,那这种选择,对残疾人来说余地就很少了。所以残疾人学外语的多,想写作的人多,这差不多是顺理成章的。再加上我觉得写作这件事情恰恰是这样,所谓痛苦使人存在,是吧?你的存在就鲜明起来,就被凸显出来了。你没病的时候,日子是浩浩荡荡也好,是平平稳稳也好,就流过去了。你一旦到了残疾的地步,惊涛骇浪也好,崎岖坎坷也好,你就深刻地感觉到,至少你得给自己找一条路。找一条路,如果不仅仅是谋生的路的话,那你不可能不涉及譬如说终极的问题,你一定势必要往那儿走、往那儿想了,你到底活着。所以人到了重病的时候,譬如到了中年重病了,到了老年将死了,你可能想的就跟平时不一样了。就是那个终极的点,你不理它,它先要找你。你必须得看着那个,如果你不想仅仅就是谋生的话。所以我很重视荒诞这件事。人有没有荒诞感?你想绣花,绣花绣了多半生,所谓"几十年如一日"的时候,你有没有一点荒诞的感觉?你有了,你肯定是在问生命到底是什么意思了,这就是终极。我想,我呢这个提问开始得比较早,一般二十岁的人还没有涉及,这是秋天的事。春风尚未减弱的时候,不问这事儿,来不及问这事儿。那我就是春天里的秋天了,就得问这事儿了,所以我不过是开始得早一点儿。

王尧:生存的困境会改变人。

史铁生:因为我二十一岁就不能走了,别人都还在插队,后来,别人都在考大学,我在街道工厂。

王尧:残疾在改变您的道路。

史铁生:是。恰好呢,可能我比较擅长学文的东西,让我学数学就瞎了。

王尧:人要找到自己存在的一种方式,写作是一种存在的方式。

史铁生:对,找这种方式,倒是要一点智慧。别跟自己办不到的、绝对办不到的事情较劲。这也是一个终极的问题。

王尧：这话也给我启发，我看以后也要放弃做一些愚蠢的事情。

史铁生：说起来，我觉得人们真的是挺复杂的，既得有点现实的精神，你还得有点特别不现实的东西。太现实了，咱们就都不写作了。你说终极关怀也好，你说写作也好，还是要有点死心眼的东西。太复杂了，事情都在现实的层面上，梦想的东西就都没了。人太耽于梦想，一般来说也麻烦，但我觉得写作的人也应该有这么一点儿特别。

王尧：我记得您讲过一句话："生命由梦想展开"，这就是不现实的一面。您后来讲，写作是宿命的写作，精神的东西常常是不可为而为之，"为"就是过程。

史铁生：实际上，还有一个，就是写作的人更容易谈到死，更容易探讨宿命的问题。我觉得，有些东西是命定的东西，你甚至觉得人的无能为力。也正是为什么人无能为力的时候，你可能才有真正的信仰。有能为力的东西……咱们还说那家政，我觉得冰箱我们是可以买到的，面包也能有，但是最终的疑难可能你还是解决不了。这时候，你开始依靠信仰，放弃智力。所以说，理智，是有局限的。我觉得理智有两个概念，中国人在说理智的时候，常常是混淆的。一种是思考，你是不是要用你脑子思考、反省；一种是规则，你就按着旧有的规则去走。人们好像把这两个理智的概念给混淆了。实际上，我觉得人是要思考的，这个理智是应该提倡的，但是在思考的头上是一个迷惘，必然陷入迷惘。也就是说，有一个说法，就是说一种是无理性，一种是非理性。非理性是说，你到达一个状态的时候已经是理性不能解决的、理性的能力之外的东西，这时候，你需要祈祷，需要信心，而信心这种东西是先于证明的。

王尧：您在这里讲到真正的信仰问题。

史铁生：邪教是要用正教来抵御的，邪教的对立面并不是科学，邪教的对立面是正当的信仰。正当的信仰和非正当的信仰。

我觉得是这样。你不能用家政来抵抗爱情。这不是一对矛盾,不是一回事。

王尧：谈到这个宗教、神学,我们要说到刘小枫先生。

史铁生：我很敬仰他。

王尧：他在学术界的影响是很大的。

史铁生：其实我很迷惘的时候,是看刘小枫的书,不光是他写的,还包括他翻译的、组织的书。

王尧：上海三联出过一套他主编的基督教神学的书。

史铁生：对,很多这样的书,我也没看全,但我是看了一些。在我迷惑不解、知道这样是不对的但是哪样是对的又不清楚的时候,他的书给我很大的启发。

王尧：最重要的启发在哪里？

史铁生：就是说,信仰到底是怎么回事？我们常常迷惑于：信仰既然不能实现,为什么它还是信仰？它有什么意义？很注重现实、实际的人会说：你要那玩意儿有什么用？

王尧：功利主义在今天是大行其道。您在一些文章里谈到宗教、谈到神性的一些问题,那您觉得在今天中国这个语境中来谈宗教、谈神性,您认为最大的困境是什么？

史铁生：包括你说的终极问题,我也没参加什么讨论,我老觉得中国挺缺乏这种讨论的民主的气氛,他常常一说出来就是什么立场。因为立场问题,在"文化大革命"中,受罪受得太多了。首先你是什么立场,你有了你的立场,再设计你的观点。这太可笑了,我有了我的观点,我已经有了我的立场,我不是用立场来决定观点的,而是有观点顺带着有了立场,就完了嘛。你一强调立场那就是党同伐异。

王尧：我不反对提立场,如果立场是强制性的,当然会带来您所说的"党同伐异"现象。立场的"集体性",曾经是我们的问题,那好比是一种捆绑。

史铁生：对对对,捆绑的,捆绑的东西。

王尧：譬如以"阶级"或者"革命"的名义把大家捆绑在一起,这就是所谓的"立场一致"。

史铁生：对,对。就是说,你既然是我们这一拨的,你就要和我们立场一致。讲到立场,我就是这感觉。

王尧：你既然是我朋友,你要跟我立场一致。

史铁生：对,而且一旦我们立场一致,好像我们就全都一致了。其实,这件事情我们一样了,可能那件事情我们不一样,反正"立场"这一词,我特别甚至是非常反感,而且害怕这个词儿,这可能是"文化大革命"留下的后遗症。

王尧：您很谨慎地用这个词。

史铁生：我几乎很少用,这词不好。在有自由的思想前提下,我们为什么要有立场,我一直不明白。

王尧：如果用自由的思想、用独立的精神来强调知识分子的立场,这样的提法您赞成吗?

史铁生：你做了这一番解释、这一份界定之后,我能同意,但是我觉得这是没必要的。而且,没必要,还可能混淆,因为"立场"在它的历史上,已经有了很多内涵,这个内涵,甚至不见得是你做一次界定,可以给它弄清楚的。

王尧：现在已经成为一种习惯性的用语。

史铁生：有一次,一个法国的汉学家让我写一篇关于"中国心"的文章,问我怎么看中国心?我说我理解中国心就是相亲相连而已。再一个我就不知道了,你有没有法国心?有没有印度心?有没有阿尔巴尼亚心?如果都有的话,你强调中国心什么意思?如果他对故乡更加地敬爱的话,那他就是爱心嘛。它不光爱中国啊。

王尧：我们在一开始就谈到爱情问题。

史铁生：爱情,确实是永恒的文章。说起这个食文化、性文化,你说人生来,最讲究、最根本的东西,一个是食、一个是性,否则的话,没法生存。但食这个东西基本是属物的,它是物质的东西,所以从这里头我觉得中国人更加关心物质。而性文化里边,性的东西,你的需要一定要走向精神,或者说,它是更可能走向精神的。但我看不出吃怎么样走向精神。

王尧:美食也令人愉快。

史铁生:这种愉快不见得是精神。所以,说中国没有真正的悲剧,我也赞成。精神的迷惘、精神的绝境才是悲剧,不是悲惨。其实悲剧应该出现在好人和好人之间,就算悲剧,像出现在黄世仁与杨白劳之间,这只能算是一种社会缺陷。

王尧:其实,今天我们在讨论一些问题时,总是要面对"社会缺陷"。刚才我们提到,在今天的语境中,讲宗教精神、讲神性,您觉得有什么大的困难?

史铁生:困难就是人们对神的理解有一个先入为主的错误。中国对神的理解是,神是人的仆从、神是人的秘书,你要他给你去干件事,他给你干不好,你就把他开除了,你再找一个,这是中国人对神的态度,就是某种对神的、神性的观点。神到底是什么,仍没弄清楚,所以没弄清楚你再说它有没有,这件事就瞎了。你还不知道它是什么,你就开始讨论它有没有。我觉得中国人现在应该广泛地探讨的是,神到底是什么,信仰到底是什么。然后才能区分出什么是迷信,什么是邪教。但当我们还没有这样对它认识的时候,我们开始说它有没有。那你说它有没有?你说它没有,好像就特别有道理,因为谁也没能证明。

王尧:您可以谈得更具体些吗?

史铁生:我觉得讲这个问题就是,神到底怎么解释?佛这问题我觉得也是。其实中国这佛,佛家也几千年没有那种大的集结,你像佛学史上不是有几次集结?然后这些大师们在探讨这佛的一些话,我觉得这些东西必须在探讨中延续,或者叫继承。否则它的很多意思都被弄拧了。我就看基督教这个,几千年它一直都在谈,所以我觉得谈谈是非常重要的。就是说基督到底是什么,它到底是什么样的类,神跟人的关系到底是怎么回事,我觉得它几千年没有断。跟一些外国人的交往过程中,我觉得他们不是干这行的,但这种基本常识都是很清楚,水平就是比较高的。你看我们那一般信佛信神的,就不一样。当然对一般的老百姓而言,他能够信佛信善也就很好。历史上,我觉得是官本位的吧,而不是神。因此就特别容易变成造神,造人为神的这件事。我有一次跟我们一个同学,他是学理工的人,他说宗教没好玩意儿,那他看到的可能就全都是那种,尤其是"文化大革命"时候的那种造神,狂热地造神。其实最大的危险就是在这儿。一旦造人为神,可能要出事儿,它就可以办到人想办到的种种未必是善好的事情。你怎么能保证这个人他要干什么?我就觉得西方研究这神的问题时候,它有一种强调我觉得特别好,就是说人永远不可以是神,人和神之间是有一个绝对的距离。这就避免了造人为神的可能性。其实我们一直没有弄清楚信仰是什么意义,在二十世纪五十年代的时候,是把某种政策和政治当成信仰,这也是问题。不通过某位代言者,你直接和无穷的那个东西沉思、对话,我觉得这是信仰。

王尧: 这就是信仰,这里有距离。

史铁生: 一个永远的距离。而其实神性,神的本身就是意味着永远的追求,就是说正是因为人的残缺,证明了神的存在。其实我觉得这就是个人和神的、和一种冥冥之中的、一种绝对的、一种不可知的东西对话,表达你自己的感悟、你自己的体验、你对生命的一种绝对性的理解是什么。

王尧: 二十世纪八十年代您在文章中讲到这个文化形成的问题。有一句话我印象非常深,讲文化是人类面对困境的时候所建立起来的这样一种观念。我很赞同,如果以此来思考问题,您觉得当代文化缺少一些什么东西?我觉得这好像也是您一直思考的一个问题。

史铁生:我觉得有两件最重要的东西,是一个健全社会不可或缺的,一个是信仰,一个是法制。我是一个"人性恶"论者,人呀,要不管住他,他一定要干坏事的。两种管制的办法,一个是外在的——法律,这事你干了就要处罚你,一种是内在的——要求,因为外在的你不可能管全,剩下的事情要归信仰。

王尧:一个有信仰的人,他在现实社会中的最高境界是什么,是抵抗世俗吗?

史铁生:我觉得诚实当然是一种品格。我们经常要想它最高境界是什么。我个人认为战斗也不是最高境界,说我,是反抗什么的,我也不赞成。

王尧:您比较主张宽容。

史铁生:不是宽容。我说忏悔,当然这忏悔过于宗教化了。实际上人的内心是很复杂的。它甚至不是用战斗可以解决的,可能至少是这样。难道爱情问题是可以用战斗来解决的吗?

王尧:忏悔可能是人更靠近神的内心之路。

史铁生:忏悔,有它的确定的定义,我说的意思是比忏悔还要大,就是说,它要往里头深思,向内心、向根本追问。忏悔一般是人对糟糕的行为的一种承认和一种改正的决心。但是它里面所包含的意义、原因、动机、可能性都是什么,问题何以如此?这都要深思。

王尧:我注意到您在谈话中一直强调怎样来面对问题、剖析问题。这是我非常赞同的,我们必须有问题意识。

史铁生:少谈些主义,多研究些问题。"主义"这个词我觉得很有意思,我一直啊,小时候就不太明白,为什么是这个"义"而不是意思的"意"。如果说,这是我的主张,为什么不是说"主意",而是"主义"?现在我想,"主义"说的不是主张,而是说"靠什么来主持正义"。那么显然,靠物质和靠资本,都是讲不通的。"义"首先是精神的、情感的。

王尧：您自己也强调理想是自我的一种拯救，但同时我看到一篇文章说，如果用史铁生的方法来思考，接受史铁生的方式，它会"威胁"中国人面对世界时的生存方式。这"威胁"就是改变，改变目前中国人面对世界时的一种方式，用"威胁"这个词很有意思。我理解这个威胁是改变，改变这样一种方式。

史铁生：你这种理解也成，但是你要说是贬义的，我倒也赞成。为什么？这个只是信仰问题，世界的问题不能光用信仰问题来解决。我不是很虚无的，那政治也需要的呀，但是咱们在谈的是信仰的问题。信仰，对神的看法，在这个民族的上空飘摇，在地上的这些政治是要受到影响的。我不是说要用所有的宽容去对待政治，这点该枪毙还是枪毙，但是该枪毙还要枪毙的时候，它的上空要是飘缭着的慈悲、爱愿，和仅仅是仇恨，这是不一样的。它的效果是不一样的。当枪毙一个人的时候，你看到的仅仅是仇恨，和你也看到了一个巨大的慈悲和爱愿在向你发出更深的质问，那是不一样的，那可能就有未来的新路。那么这个东西，这个飘缭的慈悲和爱愿，虽然是虚的，底下该枪毙还枪毙了，可上面飘缭的东西的不一样，决定了底下这还是不一样的，虽然同样还是枪毙。也就是说爱情如果在那儿存在着，离婚也不见得说明它的失败。中国人比较重实的，好像离婚了就是爱情失败了，一个人不结婚了就说明他一辈子没有爱情，所以他可以得出结论说没有爱情，因为确实没有一个像我们期待的那样一个天堂式的婚姻，没有。但是在你那个地上的婚姻里却可以飘缭着天堂式的爱情的理想，这种意识也是存在的，你不能说它不是存在。

王尧：您对存在的理解跟西方一些哲学家不一样。

史铁生：我觉得西方讲的存在也不是说，这个沙发的有，就是存在，而我们对沙发的理解倒不是存在，其实恰恰是我们对沙发的理解、认识，比如对它的审美感受、对它的功能要求，使它存在，使存在诞生。并不是说仅仅是有形的东西才是存在。要是那样,梦是不是存在?理想是不是存在?其实,有形的事物有可能如过眼烟云,倒不存在,无形的梦想却可能是永恒的,是存在。我所说的这些都不见得准确,我没有刻意地研究过,很多主义的具体内涵都是什么,在我,只是根据自己的理解。

王尧:这样一种思考问题的方式对自己没有限制。在您看来,中国的知识分子究竟怎样回应现实,我们都讲良知,怎么来表达自己的良知?

史铁生:这儿首先有一个问题,什么是知识分子,又出来了。是不是有了一些知识的人,就是知识分子,其实只有关怀这个东西的人才算知识分子,他与多高的文凭无关。我觉得现在的大学生就常常是这样,知识越来越多,其实思想越来越少,人文关怀甚至就很淡薄,其实现在这种倾向我觉得挺厉害,就是知识越来越成为过去说的仕途的台阶。在高等学府,我觉得人文精神可能是最重要的。

王尧:人文精神的危机是中国的教育危机之一。

史铁生:你看咱们这中小学也是,他们有一个误区。其实人啊,我觉得他智商是教育不了,智商天生什么是什么,不能经过教育而有根本的改善。教育所能施用的地方,就是使他勤奋,使他掌握最佳的思想方法,使他了解人类自古至今都走过了什么,还要走向哪儿,在这路途上有着怎样的坎坷或问题。这孩子聪明不聪明吧,我觉得不好通过教育有本质的改变,就像咱们这电脑,586就586,286就286,但它做什么事情,却不一定说286一定比586做得少、做得差,那就要决定于操纵这电脑的人了,只有他知道怎样做、做什么。

王尧:讲如何回应现实可能太大了。在您看来应该从哪里做起?

史铁生:很多,很多……我觉得我们现在就应该多研究问题。

因为现在有些事情,就是它成不了气候的时候,其实就被扼杀了,其实很可能中国人要做的是最基础的那种工作,我觉得中国糟糕的是人文素质平均水平太低。你就说看电视剧,我觉得什么时候咱们的电视剧到一定水平了,这个民族的人文素质就到一定水平了。电视剧有可能代表着平均水平,平均水平最能说明一个民族的素质,而不是精英。那时候,你再说些话,很多事情就要好办,现在说没用。就是说怎么能提高中国的平均水平的人文素质,这可能就要澄清很多问题,让普通人都能看得懂的一些问题。你看有一套书就特别好,像林达写的那套,你知道吗?

王尧:好像是三联出的"近距离看美国"系列。

史铁生:林达这个人啊,两口子是中国人在美国,这个书实际在北京至少在知识层里传得比较开。他写了三本书,一本书叫《历史深处的忧虑》,通过写辛普森案件等看美国的法律;第二本叫《总统是靠不住的》,通过写尼克松的"水门事件",看美国的法律;第三本叫《我也有一个梦想》,通过写美国种族的问题看美国。写得非常好,又平实又深。这套书对我影响太大了,原来我根本就不理解美国的这套所谓民主体制到底是怎么回事。于是乎,它完全改变了我过去的好些看法。

王尧:我觉得如何看世界与如何看中国是联系在一起的。如果从信仰、从人文的角度来看,最近的二十年中国的变化是比较大的,可以说整个社会都在转型,当然这里面夹着很多问题。您如何看转型中的社会?

史铁生:我觉得,人们的法制观念比较强一些,也许在深部的那些信仰问题方面,我觉得还没有太多的变化。因为这两年的企业、商业、国际化进程快,可能人们的自我的权利意识和法律意识比较强,其他的我觉得还没顾上。所以我们文学大概也是它的一个坐标,如果文学顾上了的话,就说明大家是关心这个事情了。

王尧:在思想的形成过程当中,哪些思想资源影响了您?包括思想家,包括哲学,还有一些作家。

史铁生:近些年,给我影响大的,一个是刘小枫的书,一个是林达的书。刘小枫的书是属于信仰、神学方面的,林达的书是属于法律的。还有一类书,就是科普杂志。韩少功写那文章说,史铁生的基督是一个爱好科普的基督。说到作家,我觉得韩少功总是能给我们一些启发。比如他的新作《暗示》,说到在我们平时的话语中暗藏的东西,或不经意而流失了的东西,可能恰恰是我们要重视的东西,是写作应该特别关注的。对此我有同感。跟王朔聊天时,他也说起过这个意思。

王尧:韩少功很了解您。谈您的话都很到位。好的科普书现在欧美的比较多,我们中国自己的比较少。

史铁生:而且那真正好的科普真的是大师写的,像霍金写的,咱们看得似懂非懂吧,其实也确实能够有收获,还有其他比较好的科普作品。

王尧:在整个中国的文化传统当中,您觉得自己更喜欢哪些?

史铁生:中国传统里头?中国传统里头可能还是佛教这方面吧。我觉得人生下来有两个处境,一个你怎么活,这个我觉得是基督的精神,一个是你对死怎么看,那你得看重佛的智慧。

王尧:这很有意思。在您的小说里头好多人物形象都有一个老人和一个孩子。

史铁生:我觉得老人和孩子是最具诗意的,一个是刚从死里来,一个要到死里去。那是诗,中间是一个漫长的小说,孩子和老人最具诗意了。孩子一来,眼前一个惊讶的世界,老人呢……我从小时候就想那个,人到八十岁他怎么想,指不定哪会儿就死了,他怎么想?一个人要被枪毙的时候,他吓得不得了,而一个老人呢,他什么时候都可能死,为什么他会那样坦然?

王尧:还有一个意象,我觉得您用得比较多的是舞蹈,您很喜欢把理想化的一些东西比喻成舞蹈。

史铁生：那就是过程。

王尧：除了《我与地坛》，其他一些文章里也有这样的表达方式。

史铁生：还有就是，可能人最终就是一个美的感受，不是很实的感受，而是梦幻的，很美的。

王尧：您讲您的梦想不是通过一个很实在的一种接触，它可能是一个设想、一个回忆、一个情愫，您在这样的基础上建立一个虚构的世界，而这个世界的无限的可能性是取决于语言的无限性，从这个角度讲，您觉得今天的汉语写作它的优势与问题在哪里？

史铁生：汉语写作，我不敢说这个，因为我对外语没有研究，它没有对比物。汉语会是怎么样的，我真的没这个能力说，但在我粗糙的感觉里头，汉语是丰富的，它对细微的感情的描述会不会比外语要好，我不知道。但其实最近我写的几个短篇——我也没怎么写短篇，我都想强调梦就是存在，人们老觉得梦想，它是虚的东西，那么它一定要变成实际的东西它才存在，其实不是这样。就是我刚才讲的，飘在上空的它也存在着，而且它的存在是很重要的。实际上，我们一个人在一天之中，除了吃喝拉撒睡是实在的之外，你一直都在梦想中。其实想这个事情，是要比实的这个事情要大得多的，所以我有时候觉得有些年轻人写东西，他们总去外部去找一些东西，这也不错，但我觉得最重要的是里边是无限的，你怎么看这个东西，是无限的，以及你怎么看你自己，我觉得是无限的。有时候你自己藏在你自己里面，你都找不着它。我觉得现在的倾向太重外层的东西、外表的东西，人们好像还来不及往下边渗透，就走过去了。

王尧：年轻的写作者中这个问题还比较突出。

史铁生：这可能跟年轻也有关系。但不见得一定是年轻人的问题。

王尧：也与今天的时尚、潮流有关。我印象里您还讲过，就是说对于一个写作者来讲,他不在乎他的小说别人怎么评价。我觉得因为现在大家注意您创作中的宗教精神,注意您对人本困境的思考等,对您的文体,小说、散文的文体,谈得少了。我觉得您从一开始对小说的文体就有很强的探索性,实验性很强的,有好多小说都是这样。这两年,您在散文文体上也有一个很大的突破。我们通常把散文看作一种是闲话式的,还有一种是呐喊式的,还有一种是独语式的,独语的方式,我觉得到您这儿有一个很大的变化。

史铁生:其实我特别不重视那种已经有了的文体规范,我不要人说我这篇东西应该放在哪一个抽屉里。它是我的真实的想法,就行了,我觉得它有意思,我就写它。而且我特别不赞成按着已有的规范去写,所以我记得我写过一句话,"文学在文学之外",因为已有的文学已经定了,已经就是那样了。小说就应该是怎么样的,散文就应该是怎么样的,但是在这些东西之外,却有我们无限的感受、神思、情感、情绪等。它怎么能只在这里头呢,这种形式就能够满足它了吗?满足不了,所以我说它的新的形式不是刻意求来的,它是这种神思的呼唤,然后让他试试,他就试试,我觉得是这样,尤其散文,我们受到的束缚特别大,因为我们的小说被世界的各种方式冲击得比较多,这样的流派或那样的,比较多。散文呢,好像没有,散文很可能也不会出现那么多流派,但是我们的散文好像一直是被固定在一个什么触景生情的模式上。

王尧:杨朔的那种模式。

史铁生:对,杨朔。杨朔的散文也是有点学古的,但是他到了社会主义环境下呢,他又不如古人的质朴和斟酌,他那个是什么游览啊,然后附会一下,用自己的心情去附会一下,这叫什么,叫模仿激情。就是这种,好像人们通常就认为这是散文。其实在我看,小说和散文只有一点不同,就是散文的虚构成分要比小说少,也不可能绝对没有,要不然你就成不了篇。虚构的成分一多,我写出的东西,就要把它叫小说了。我最近刚写了一篇,我甚至把诗也掺进去了,它不是说一旦掺进一些诗就是把它弄模糊了。到那时候,你确实是觉得那种诗的写法是能够表达你,那你就是它。但我的诗写得也不好,可能。

王尧:应该会好的。我想知道,您怎样看待这二十年来,您自己在文学界的一个位置?

史铁生:我属于这种,好像喜欢我东西的人,就特别喜欢我,不喜欢的人啊,看也不看。是这样一个状态。所以,我的书呢,也还能卖,我就不知道他们会不会盗版。

王尧:我记得好像是胡河清写过一篇文章,谈到残疾作为一个主题,在文学创作中的意义,他还讲到您和西方作家的一些区别。

史铁生:我觉得是这样,其实小说的根本啊,应该是这样的,一个看自己很圆满的人,我觉得就不太容易去搞文学,他们是很快乐的人。就我,从根本上说,残疾是写作的原因。残疾一般是指身体器官上,残缺,那是指人,按着基督的说法人有罪行,罪行,其实我觉得就是残缺。不光是那个不满意的残缺,我没有腿我很不满意,不单是这种残缺。我曾经看一部电影,我就说恺撒大帝,恺撒大帝最后那一声呼唤,震动人心的一声呼唤,就是他爱的那个女人得了病了,怎么办,什么办法也治不好,他喊了一句话说是:"上帝,我恺撒求你了!"他以为恺撒求你就怎么样了,还是没用。这就是到头了,这就是终极了。他好像要为了他那个女人屈服于上帝,以恺撒的身份求上帝,但是上帝还是没有应答。关于这个上帝应答的问题,刘小枫有一篇文章,是写奥斯维辛集中营的,后来发现了人们的一些日记、一些记录,就是说有的人就在呼唤这个,说上帝你让我死在外面,死在外面那个阳光里头,我只求你这一件事情。上帝仍然没有应答。于是乎,奥斯维辛之后,人们开始怀疑上帝,上帝到底是干预不干预人间的这种善恶。他就这个问题说,上帝和诸神是不一样的,那个万能的诸神是人们原始的那种诸神。他觉得上帝作为神,叫作苦弱的上帝,上帝的办法没有别的,只是爱,他跟你在一起,他并不是把世间的苦难全部消灭掉,他是要你建立起爱来,应对这个苦难,所以上帝也是苦弱的上帝,他那提法给我印象太深了。其实人们经常不信呢,放弃信仰的时候,就是信仰不给予实现,但信仰恰恰不是这样实现的,它是要让你有在精神里诞生的那种复活,有了一种精神应对苦难的时候,你复活了。这就是我的理解。刘小枫的《这一代人的怕和爱》,这名字取得好,我们现在糟糕的就是,那种既无怕也无爱,既无对神的畏惧也无对人的爱怜。

王尧:您认为《务虚笔记》可以看成是一个自传体的小说?

史铁生:我写的时候就是这么想,人的自传,因为首先人的梦是存在的,不是仅仅在空间里发生的事情才叫存在,所以你的自传就不一定完全是发生在空间里的事实,更多的是发生在心魂里的可能。所以最近我写那个《记忆与印象》,我说记忆是一个牢笼,至于印象是外面的天空,那么那印象就不是你的存在了吗?所以有时候,我真有过这样的事情,就把梦和现实弄混了。最近我写了那个《往事》,其实我就是在写,梦为什么不是存在的?所谓梦想和理想,它为什么不是存在的?为什么只是认为这种空间发生的事情是存在的?这我觉得很重要。那就是说信仰是不是重要,还是只有吃到嘴里的才是真实的。

王尧:您在生命的追问中一个核心的问题就是我是谁。经过这么多年的修炼、思考,您自己也想:我不是史铁生,谁是我呀?我想问,您已经在多大程度上找到了自己?

史铁生:说自己,还是一个是肉体的自己,另外一个是,也可能我最近的文章里常常用一个"消息"这个词,我好像很爱用这个词。不过就是身体承载着一种消息。这个"我",中国也有这种说法,"大我""小我"的问题。你看到了那个精神的我的无限性、无限联系性,看到了肉体的我的暂时的载体性质,你可能就找到我了。因为你从虚无中来的时候,你也不知道怎么就是我了,它是一个我的消息的继承,很多宗教都讲这个,人们认为是迷信,这个问题当然可以慢慢说,不是一下子能讲得完的。我觉得,肉体不过是一个消息的载体,如此而已。然后这个肉体消失了,这个消息却还在传扬。人们获得永恒的方式不是生孩子,而是这种消息能够传扬。

王尧:那个消息在,史铁生就在。

史铁生:不是史铁生在,是我在。佛家说"心识不灭"。史铁生已经死了。所以最近我刚发表的一篇文章中的最后一句就是:"我已不在地坛,地坛在我。"

王尧:这话很有意思,很让人玄想。

载《当代作家评论》2003 年第 1 期

人的残缺证明了神的完美

华语文学传媒大奖具有里程碑式的意义

记者*：首先恭喜你获得二〇〇二年度华语文学传媒大奖杰出成就奖。这个奖在你心中的分量如何？

史铁生：这样的文学奖是头一次办，以前像这么隆重的奖好像还没有。我了解到这个奖的宗旨是"公正、独立和创造"，"反抗遮蔽，崇尚创造，追求自由，维护公正"。它的出现，我在答谢词中也写了，我觉得应该具有里程碑式的意义。改革说到底是一句话，就是建立公正、透明的规则。所以我认为，这个奖要是能够一直坚持下去，应该可以成为各种评选制度的典范。

记者：以前的文学奖都是文坛内部的圈子化的东西，作为传播媒体的《南方都市报》来创办文学奖，是否能够跳出圈子，代表某种民间立场？

史铁生：对。因为过去的评奖，一般是在作协这样一个机制内进行的。现在一个是企业赞助参与颁奖典礼，另一个是媒体自己斥资来设立奖项，参与评选的人比较广泛。这可能也是他们追求公正、独立和创造的一种方式。

记者：多年来，你的作品很受读者欢迎，但是你获得的文学奖

---

* 记者，《南方都市报》记者许庆亮、陈祥蕉。

却很少,你怎么看这件事?

史铁生:也有,也有过。我的东西是不是读者面不是很大?好像是这样:喜欢读的人很喜欢,不喜欢的人干脆不看。

记者:但是你的《我与地坛》的影响是很广泛的。

史铁生:有时候可能是碰上一个机遇。正好那年发表的时候,没有什么奖。

记者:我记得有人这么评价:"《我与地坛》这篇文章的发表,对当年的文坛来说,即使没有其他的作品,那一年的文坛也是一个丰年。"

史铁生:那是韩少功说的。韩少功这句话快成了我这篇东西的广告语了。他这话比我的作品传播得还广。(笑)

记者:现在地坛怎么样?

史铁生:现在修得已经比较规整了。以前我在那里的时候,那里基本上是一片荒地。门上挂的是"地坛公园",实际上也不收票,很多人从里面穿行。白天的时候,好像没人。我在那里看书,包括有些东西也是在那里写的。那是刚开始的时候。我在那儿待了十五年。

思想不妨先锋一点,行为不妨保守一点

记者:我对你的一句话很感兴趣,"大家都生活在生活中,这样的真实如果够了,那还要文学干吗?"但在你所有的作品中,《我和地坛》和《病隙碎笔》影响却是最大的,反而虚构的小说却没得到这样的关注。大家从你的散文随笔中看到你的生活和思考,也认同这种真实,这与你的话好像有冲突?

史铁生:其实我觉得也不冲突。就算是写实的,也有生活里不被发现的东西。我就觉得真实应该算文学一个很好的品质,但不应该算文学的最高标准。如果仅仅是真实,我觉得文学的意义就

要小得多。其实文学更多的是梦想。人要有梦想,因此人创造了文学这种方式。我还有一个长篇叫《务虚笔记》,其中也写到,其实一个人的很实的生活是很少的。像每天的衣食住行就是很实的,但当你走路的时候,你会想到一些东西。写作不一定是纸和笔的问题,只要你脑子里在对生活做一种思考的时候,我觉得就是一种写作。

记者:也就是说你生活的真实和文学的真实是两方面的。

史铁生:"真实"这个词要是仔细追究起来,应该是一个被公认的真实。不被公认我们怎么能说它是真实的?所以我在《病隙碎笔》里也强调:"写作需要真诚。"因为我没有办法保证它一定正确,它很可能是一种探索。你的梦想,你很难说它真实,但你完全可以说它很真诚。你再不着边际的梦想,也可以是很真诚的。可是在梦想里真的可以给生活开辟很多新的可能性。如果说仅仅是我们已经有了的东西,已经被公认了的东西才是真实的,那么它的领域可能被束缚得很狭窄。

记者:那你的梦想是什么?

史铁生:梦想?每个人可能会有他具体的梦想。但是说到文学的梦想,我想还是终极的问题:你活着到底为了什么?你总归要为你的生活找到一个你认可的根据,你认可的目的。不能说已经实现了的东西是你的目的,肯定你的愿望有很多是远远没有实现的,这都可以叫梦想。它跟做梦还不一样。当某一天你在干什么的时候,脑子会走神,会想起你的某种愿望,这都可以是梦想。这种愿望怎么实现,怎么不能实现,遇到什么困阻,这可能都是写作形成的。其实作家不过是把这些东西看得更多,试图看得更仔细。有很多人是没有发表作品,但跟他聊起来,他的很多想法都是非常美妙的,只是没写而已。有很多事情,我觉得应该把它写好。一个人开始写作的时候,你为什么开始呢?因为你有很多想法。这些想法还没有被文字捕捉到,还没有形成文章,还不能表达。它只是在你的意识里,甚至在潜意识里。用我的话说,就是用文字把这些东西"捉拿归案"。你为什么有时候写着觉得不对?有什么不对?因为你的文字和你心里的东西不对。你觉得写得最得意的时候,对了!跟你心里头的对了,不是跟别的东西对了,是跟你心里的愿望对了。

记者: 那你现在每天写作的时候,有这种"对了"的喜悦吗?

史铁生: 太有了!没有的时候,你写了很多段都不对,不是它,所以你就把它扔了。终于对了的时候,你觉得太好了!今天有收获。你也许会说你脑子里已经有了,为什么还非要写出来?实际上脑子里是个朦胧的东西,当你用文字把它"捉拿归案"的时候,不仅是"捉拿"给读者看,也是捉拿了给自己看。自己也会很欣喜,很惊奇,我终于找到它了!

记者: 可以看出你是一个很乐观的人。曾经有一个评论家说"史铁生是最爱笑的作家",是什么让你保持了这种乐观的情绪?

史铁生: 中国人都爱笑,咱们刚才也一直都在笑。乐观要看怎么理解,不是说笑就是乐观。

记者: 你理解的乐观应该是怎样?

史铁生: 我常说这样的话:"人的思想不妨先锋一点,人的行为不妨保守一点。"那么写作也是那样。你写的时候,可能不见得那么乐观,因为你感觉到了问题和困惑,如果你觉得很顺畅的时候,我觉得反倒没什么可写的。所以在写作上,我不排斥悲观主义,也不排斥怀疑主义。但在生活中,你既然选择了活着,干吗要痛苦地活着呢?不过,傻乐可不成啊!傻乐不算是乐观。所以"悲观""乐观"这样的概念放到文学上,应该有重新的定义。

人不可能天生完美

记者: 最近跟一些朋友谈起你,他们一方面是关心你的《病隙碎笔》是在什么状况下写的;二是想知道你的身体怎么样?

史铁生:所以我说这个奖也对我鼓励特别大。因为我肾衰竭之后,真的是没有力气,我觉得可能就写不了了。但是幸亏有透析,要是倒退二十年,这个病就是绝症,就没有办法。在近五六年,透析技术才比较成熟,所以我还能有这个状态,但仍然很疲劳。昨天我坐飞机到广州,因为贫血、缺氧,晚上都觉得喘不过气来。所以我说到一楼的花园来进行采访,空气好一点。很累,特别容易疲劳。在开始写《病隙碎笔》的时候,我觉得我能写,我不能放下,放下可能就放下了。刚开始比较困难,每天写几行字。一星期我要去医院透析三次,在上飞机前一天我还去透析了一次。这样,一星期三天就没有了。剩下的四天,上午可以写两三个小时。所以我现在写得非常少,非常慢,但我在坚持,坚持每天都写。《病隙碎笔》大概写了四年,从透析之后到去年,共有十几万字。

记者:这个书名就把你的写作状态概括出来了。

史铁生:对,这个书名自然而然地就呈现了。确实是病隙碎笔,所以形式上也就一、二、三这么往下写。

记者:你的《病隙碎笔》出来之后,在哲学界、思想界引起了震动。

史铁生:应该没有那么严重吧,我觉得可能是我们一般人看哲学书看得少。我说那点零碎,人家大师全说过,我不过是把有的地方改得更容易懂一点。

记者:我看你的《病隙碎笔》,其实给我震撼最大的反而不是一些讨论生命本体这一类的问题,而是你在书中谈到的"残疾情结"。你非常坦然并正视自己的残疾,并引用了马丁·路德·金的话:切莫用仇恨的苦酒来缓解热望自由的干渴。

史铁生:OK,这个太好了!你注意到这个,我特别高兴和欣慰。好多人没注意到,但我很希望别人注意到这个。其实不光残疾人,我们很多人都有这种情结,这个情结有时候会左右人,左右得一塌糊涂。中国人几十年来反复犯一些错误,就是太情绪化,缺乏理性思考。我跟残联的接触很多,参加他们会议的时候,发现里面就有一种情绪:"我们残疾人……我们残疾人比你们健全人要困难,因此我们残疾人比你们健全人要优秀。"一下子就把两者划开了,但这其实完全不合逻辑。

记者:就是说,他把残疾当成一种特权?

史铁生:对,当成一种特权,并且演变成一种自我感动,自我原谅。这会对人的心理造成非常不好的影响。那你说健全人有没有类似的心理? 也会有的。

记者:当你发现所有人都有不同程度的残疾,会不会豁然开朗,觉得你写的是全人类的问题?

史铁生:我想是这样。曾经一度,有的评论家把我的写作分成几个段,一九八五年之前很多写的是残疾人,之后更多是写人的残疾,就是人的缺陷。按照宗教的观点,就是"原罪"的问题。人生来有问题,缺陷,不可能天生完美。

记者:所以你说,"人的残缺证明了神的完美"。

史铁生:对。你用什么证明神的存在? 当你觉得自己是残缺的,而有一个不残缺的比照着的时候,神就存在了。

哲学和宗教永远不可能结束

记者:在你的作品中,有不少关于忏悔、末日审判的思考,并引用了不少圣经故事,你是否觉得,宗教信仰不可或缺?

史铁生:宗教有很多,对宗教的看法也有很多,对神的看法每个人都不尽相同。我不说宗教,我说信仰。我觉得人是应该有一个信仰的。信仰就像刚才说的,我觉得我是残疾的,但有一个完美的境界存在,那么这就成为我的信仰了。所以讲信仰是一条路。我不喜欢那种功利的信仰,比如信到一定程度我就能如何如何了。

我认为信仰和梦想差不多，没那么多实际的好处，它只是给你一种心灵的好处。

记者：说到神的问题，你有个朋友这样评价："史铁生证明了神性，却不想证明神。"你的解释是，证明神比证明神性重要。因为没有信仰固然可怕，但假冒的神更为可怕。怎么理解你的这句话？

史铁生：信仰可以做成世界上最美好的事情，也可以做成世界上最糟糕的事情。我觉得"神到底是什么"，这是很重要的。在中国文化里面，不说是缺失，也是一个很弱的部分。这么多年来，人们好像没有认真探讨过这个问题，一说神好像就是迷信。所以我觉得证明神不重要，咱们先要看看神是什么样的，神在哪儿。

记者：那你觉得你的神是什么样的？在哪儿？

史铁生：我的神就是一种境界，在你想使自己达到这个境界的路上。所以有人说到达"天堂"，我说天堂就在这条路上，而不是在某一个地方。

记者：彼岸是只能去跋涉，但不能抵达的？

史铁生：对，不能到达。如果可以到达，就没有过程了，人也没有原罪了，人就成了神了。于是乎，神就被造出来了。只要有一个人到达了完美境界，这对所有人都是非常危险的。他说什么都是对的了，你什么都不用去想了。所以人是永远不能成神的，因为神是对人的一种引领，你怎么能成神呢？所以任何宣称人就是神的时候，我觉得就可疑了，就是心里想着干别的事了。

记者：你觉得中国人喜欢造神，是不是和这种信仰的缺失有关？

史铁生：有关系。真正的信仰，真正的神是什么，好像从来没谈到过。

记者：我注意到有人对你的评价："史铁生之后，谈生是奢侈的，论死是矫情的。"我从中看到一种危险，如果有一天，你发现自己被"神化"了,对你来说应该是件很具有讽刺意味的事。

史铁生:很讽刺,很讽刺。我说的是不要干这事,他们就把我推向这事。这是太讽刺了,我觉得这是很糟糕的,应该不会,也没有这么严重吧。

记者:你觉得有没有办法解决中国这种信仰问题?中国人需不需要自己的一个神?需要一部自己的《圣经》?

史铁生:这要慢慢来。我觉得谈论这个问题是重要的。你看西方几千年来的信仰发展,哥白尼和他的同党也不都被迫害了吗?也有很糟糕的时期。它为什么能最后走出一条路,至少有一个分支是好的呢?我觉得是因为几千年没有断过,没有断了思考神到底是什么的问题。尤其在二战之后,有些人产生了疑问:奥斯维辛之后,还有没有神?这神对人间的事情还关注不关注?这引导他们进行了很多深入的思考。而我们的信仰,咱们就说佛教断了大概上千年,就不再讨论了。

记者:你经常说你在贡献自己的迷途。你的"迷途"指的是什么?是不是也跟信仰有关?

史铁生:我的迷途可能从我坐上轮椅就开始了。那时候,一个非常简单的,非常自然而然的问题就产生了:你为什么活着?如果活得很快乐,你活着是有明显的道理,可你这样的还要活着,到底为什么?可能所有的问题就从这里开始了。人类的信仰也好,哲学也好,可能开始都源于这一疑问。加缪在《西绪福斯的神话》里说过:"真正严肃的哲学问题只有一个,就是自杀。"就是说为什么人要活着,而不去死,活着的价值是什么?追根溯源,我想哲学和宗教就开始了。所以,哲学和宗教永远不可能结束,因为人永远不可能圆满。当人类完满,人类也就结束了。

不知死，安知生

记者：通过写作，你体会到的还是荒诞吗？

史铁生：人生还是有许多荒诞的地方，这不宜深说。一深说，你会觉得我是个非常悲观的人。

记者：那你在地坛的时候，是不是觉得百无聊赖？

史铁生：没有，那时候一鼓干劲，没有看到荒唐。那时候好像目标很短浅，因此很坚定。所以你看那些科学家也是，一个小科学家非常乐观，而大科学家，像爱因斯坦这种人，就难免有悲观情绪了。因为他看到了无限。当然，我这可不是自比。

记者：你的乐观和悲观好像一直是互相交织的，正如《病隙碎笔》封底的那句话："其实每时每刻我们都是幸运的，因为任何的灾难前都可能再加一个'更'字。"

史铁生：可能我们都没遇到过真正的灾难。困难不算灾难。

记者：那在你看来，什么是灾难？

史铁生：你先设想一下你忍受不了的东西。比如我在透析中心见过一个大学生，是独生子女。他肾坏了，又没有公费医疗，你说这个母亲怎么办啊？这我就觉得太可怕了！在那个地方你就觉得，连人的生存平等权都尚未解决。

记者：那么顺便问一句，你的透析要做到什么程度才可以不做了？

史铁生：做到死就不做了。因为我的身体状况，不能换肾，只能靠透析。

记者：贾平凹说："病是小死，死是大病。"你认同他这个说法吗？

史铁生：病是小死，死是大病。（笑）这应该说对，应该是这样。也许有人一生不病，但是没有人不死的。可是人对死的看法却完全不一样。孔子说,不知生,安知死?我是觉得,不知死,安知生?北京有句骂人的话,叫"你不知死"!

媒体在未来可能有很大的危险性

记者:你很少参加文坛的会议、活动,你对很多人热衷于媒体炒作、拉帮结派有什么看法?

史铁生:我说一句话可能就会得罪你们做媒体的。媒体在未来可能有很大的危险性。咱们就说电视,我觉得电视就是把文化档次往下压。我觉得电视剧什么的是把大众的思想和艺术趣味往底线推,而不是往上边提。

记者:但对普通老百姓来说,这可能是一种需要。

史铁生:是一种需要。但在满足需要的条件下,应该让它逐渐往上走。一个民族的文化水平,它既不决定于最上,也不决定于最下,而电视剧水平恰恰可能是一个坐标。就是说我们多数人的思想和欣赏口味最能说明这个民族的文化水平。对于观众的口味,我觉得不能一味顺应。

记者:可能这个水平是创作方面有问题,不是受众的问题。上海、北京最近上演了音乐剧《猫》,据说都取得了很强烈的反响,所以说在影视创作或者说文学创作上是不是存在一种误区?

史铁生:是这样,确实有些东西是属于少数人看的,有些是多数人看的。但不存在高雅的东西就一定要亏本的定论。现在这成了一种借口,说为了挽救一个企业,就消灭一个艺术,那也不成。像那几年演的《克莱默夫妇》,它不算最先锋的,也不是很低俗的东西,但它在中国的卖座也很好。我觉得不要用"卖座"就把这个问题全掩盖了。"我们得活啊!"这话是没错。崔健说那些假唱的:"你们总说为了糊口,你们糊口要多少钱呀?"所以写作这个东西要有一个限度,物质没限度。说到糊口,吃饱了也算糊口,天天吃鱼翅也算糊口。

记者：在他们的创作观念里面，就是中国的读者、观众比较傻。老是觉得搞深沉一点，读者理解不了、观众看不懂。这是不是对他们的一种低估？

史铁生：我觉得是低估，肯定有低估。实际上你想投其所好，说不定"投来""投去"人家反而不爱看了。人们想看一个东西，肯定想看高于自己，出乎自己意料的东西。如果在大街上看见什么，你们电影里还给我演什么，那还有什么意思？

性是爱的表达

记者：读者关心的可能还有一个问题，你在这么多年生病的状况下，本身在生活上就存在很大的困难，又写了这么多东西。对于你的生活也好，写作也好，你的妻子应该给你提供了很大的帮助。她是否牺牲了自己的事业……

史铁生：那是。尤其我肾坏之后，其他的事情我都不管了，我可能每天做的事情就是透析、睡觉，有精力的时候写东西。透析的时候最多只能看点报纸，因为那个时候，大概有三四百毫升的血都在体外。对于那种比较艰深的东西，根本就看不动，看到一半就非常累了。因为透析把你血里的营养也透走了，它没有善恶的选择，只有分子大小的选择。透完析就特别累而且饿，然后就吃，等身体补起来了，毒素又够了，又得去透了。

记者：就是说，如果没有你太太，你这几年的写作是不可能持续下去的。

史铁生：肯定的。至少透析以后我是什么事都不能做的。

记者：套句俗话就是"军功章里有你的一半……"

史铁生：也有她的一半。

记者：你太太现在哪里工作？

史铁生:华夏出版社。

记者:谈到家庭,你的作品有不少关于爱和性的精辟论断,你能不能用最简练的语言谈谈爱跟性的关系?

史铁生:现在我正在写一个这方面的小说。我本来在写一个短篇,写着写着成中篇了,再写着写着我看样子要成长篇了。我觉得这两者一个是肉体的,一个是精神的,这是最简单的。我还说过一句:"性是爱的表达,是一种仪式,一种语言。这种语言说滥了就没意思了。"

记者:但现在好多人爱和性是分离的。

史铁生:对,有这种分离。分离也是不要紧的,我的意思是说最好的状态应该是什么样。

记者:你也会宽容这种行为?

史铁生:你不宽容也不成,它存在啊!

载《南方都市报》2003 年 4 月 23 日

逃避灵魂是写作致命的缺陷

生命就是一次锻炼、一次游戏

申霞艳*：我还记得《我与地坛》发表前后的一些花絮，我觉得非常有意思，在文坛尤其是小说为主体的文学期刊编辑眼中，可能小说是一种更高的文体或者说是一种更智性的文体，所以一定要把好文章归到小说里头去。当然也可能本来就是一种策略，迎合读者、吸引读者的策略。它暗示了一个问题：小说的位置要比散文重要，至少在假想中。您怎么看？

史铁生：这个我不这么看，很多科学家写的科普文章那绝对是很好的散文，是美文，如霍金的《时间简史》。我非常同意韩少功先生的说法。不要预先去给文章限定，那样容易落入窠臼。对我来说，小说和散文的区别只在于虚构的成分和比例。这两种文体都是很自由的，小说的自由是虚构的自由，散文的自由是结构的自由。

申霞艳：我们的常识里头，小说就是一门讲故事的艺术，作家一定要进入那种叙事状态里头去。您如何看待故事？

史铁生：我觉得要把故事和情节分开来谈。我们传统的概念中故事是完整的，包含起承转合、起伏跌宕、悬念迭起，它靠外部空

---

* 申霞艳，文学评论家。

间的发展变化来推动。如果是这个意义上可以有无故事的小说,但不可能有无情节的小说,就像我们拍电影老强调身体动作,如果说话一长就会觉得不好一样。其实说不正是心灵的动作吗?很多好电影就是说,我最近看一个韩国片,讲自杀的,就一直在说。就像电影不能把动作一味地固定为肢体动作一样,不能把小说情节简单地理解为故事。

申霞艳:我时常在《务虚笔记》里读到强烈的抒情性。同时,在您的散文里头蕴涵较多的叙事成分,比如《病隙碎笔》里头那个对"'我'和史铁生"那种辩证关系的发现可能借鉴于小说的视点。

史铁生:写作的时候我不会先去考虑写出来像什么文体,至于它到底是小说还是散文随笔甚至是论文并不重要,重要的是它如何表达、表达了什么,带给了读者什么。其实最初的时候并没有文体之分,写作就是自由地表达。后来才在这块自由的园地画出很多很多的框框来,但这些框框是不是就不能突破?我看写作就是要破除清规戒律,真诚地面对自己的内在世界。

申霞艳:托尔斯泰曾说:"艺术家的真挚程度对艺术感染力大小的影响比什么都大。"您这样一个以写作安魂立命的作者,我们没有理由怀疑您写作态度的真诚。我们文艺理论中传统喜欢谈论真实观,您是如何理解真诚与真实这一字之差的。

史铁生:我们过去所说的真实很大程度上是一种摹写能力,像画家的写生,是像不像的范畴。生活中发生了什么,外部世界出现了什么,我们就如实记录下来。我觉得这样的真实是容易的,它是一种功力,是一种技术。真实对艺术而言是一种好的品格但不是最高的品格,比这个更高一个层次的是真诚,我在多个场合谈到它。因为真诚超越了外部,要求我们直接面对自己的内心、查看自己的心魂。

申霞艳:您在很多场合写到写作对您的意义。我记得卡夫卡在日记中写过:通过写作我没有把自己救赎出来。那么我想请问您写作到底有没有救赎您?

史铁生:这个要看从什么角度、什么意义上来谈救赎。如果是说困境、苦难的消灭,绝对的自由,那是不可能的。人生不同时期会碰到不同的困惑、不同的苦难,前一个困惑解决了,后一个接踵而至。但是如果是从让我不再惊慌,让我镇静之后重新对世界产生爱这两点来说,那写作的救赎是可能的。

记得有位名人说过最大的恐惧是对恐惧的恐惧。我们来到这个世界,首先是欣喜、惊喜地打量这个新奇的世界,对未来充满着信心,慢慢地我们就发现真相不是我们想象的那个样子,我们失望,失望多了就会惊慌。这个时候,文学、哲学、宗教信仰就产生了。我们首先要考虑的是这些到底能给你什么,然后才能追问它到底给了你什么。显然它不能给你金光大道,它无法允诺你平安无事,困难消失或者消灭都是不可能的,你唯有面对。这个时候写作让我镇静,镇静之后让我对这个世界产生爱,这种爱不一定导致情绪高涨,但它让你接受它、赞叹它、尊敬它。你可以说生命就是一次锻炼、一次旅行、一次游戏。

我常常站在自己之外看史铁生

申霞艳:《病隙碎笔》里头有很多"我"和史铁生的对话,人都有一体两面,都有某种程度的分裂体验,在这个文本里头,您重新审视了这种对立统一性,我不想简单地用理性和情感来概括,我觉得这两个词汇是二元对立的,而且边界太过清晰,我更愿意认为是自我与人"作为社会关系的总和"这一所指之间的关系。您在《病隙碎笔》里边的"我"和史铁生既有分裂的状态也有和解的状态,这里面涵盖了一个巨大的空间。

史铁生:分裂很多时候被以为是贬义的,其实是中性的,甚至是褒义的。所谓旁观者清,我们通常对别人会有比对自己更深的认识。所以我要站出自己之外来看自己,无论是在生活中还是在文学中,我们不仅要看到自身,还要看到所处的环境,社会关系中所处的位置。有个练气功的朋友告诉我,在练功的时候,他就出来了,在一旁看自己怎么练。其实就是对自己的审视、注视和察看。体操运动员李小鹏曾说他能把自己的每个动作看得很清楚。我在获奖词中谈得很简单,说的是"遮蔽的内心",其实就是不断地敞开自己的心魂,向内里去察看、注视。不是停留在外边,外部的那是新闻的范畴。

申霞艳:残雪在解读卡夫卡的时候经常用"凝视",我觉得这个词很好,形象。而且残雪不像学院派,学院派的总是先数典,看别人研究到哪,然后在这个上面说话。残雪直接从作品开始,让自己的心灵与作品面对面地交流。

史铁生:创作者和研究者不同,创作者更注重自身的体会,研究者要从被研究对象的脉络来谈。

申霞艳:那么在这么多研究您的论文中,您觉得哪些论文与您自身的感受比较切合?

史铁生:好些文章都很好,关于《务虚笔记》的,邓晓芒、张柠、陈朗的评论都对我很有启发。还有几篇也很好,可我记不住作者的名字了。

申霞艳:说到邓晓芒老师,他是研究西方哲学的,我想到一个问题,您的写作逐步打通了哲学与文学的边界,拓展了文学的范围,超出了文学的价值。文学和哲学其实思考同样的问题,归结到底就是"人从哪里来、到哪里去",但它们有不同的表达方式。

史铁生:无论是文学、哲学还是艺术,我看重形式、角度的创新,我看重那种创造性。有些文艺作品哪怕很好、很成熟,但如果没有创造性就吸引不了我。以我看来精彩的世界多在内心。科技如此发达,摄像技术的逼真、讯息的即时传输,坐在家里就可以看到天涯,外部世界的遥远性、神秘性正在慢慢消失。转向内部世界,我们向内里眺望,会有我们最真切、最迷惑、最向往的东西。网络使很多东西可以虚拟,日本有个软件只要你把一些对应的条件输进去,它立即就给你呈现一个虚构的世界,你不满意又可以重来。这个对虚构是一种很大的打击。但人的丰富复杂的内心世界里的混沌、困惑,电脑模拟不了,我想这也是文学、哲学、艺术存在的理由。只要这些问题还在,人文科学就将永远存在。

申霞艳:从这个角度上说,世界没有变。几千年过去了,那些古老的爱、恨、情、愁依然困扰我们,我们思考着同样的问题。

史铁生:世界是不变的,只是道具变了:楼变高了、马车变飞机了……科技迅速发展,原有的问题并没有消失,反而更尖锐了,因为我们看得更多,想得更多,外部世界与内心的裂缝越来越大。浮士德的意义在今天可能比歌德的时代更突出了。比如戏剧,莎士比亚的戏剧还在上演,但道具变了。

身体是内心表达的最后方式

申霞艳:记得您在《务虚笔记》中写道:"人的本性倾向福音。但人的根本处境是苦难,或者是残疾。"您的目光穿透了残疾生命个体,在一个新的高度瞭望人类整体。我想您一定比我们看到的更多。

史铁生:不能这么说,我是从限制这个意义上理解残疾的。人向往自由,但自由一定是在限制中。

申霞艳:我觉得《务虚笔记》这部作品不是写出来的,它是从内心里头缓缓流出来的,您在不断地触摸时间的边界、触摸心魂的根底、触摸生命最终的困惑……我更愿意将它当日记来读,我觉得它就是您一个人的心灵史。作为一个诗的国度,中国欠缺一种厚重的叙事传统,我们容易把注意力集中在人与外部世界的关系上,很少去关注人与心灵的纠葛,您认为写作的内在深度如何建构?

史铁生:我觉得我们当前的写作最大的缺陷是逃避灵魂,尽可能绕过去。有时候我也害怕敞开自己的内心,真的将内心完全敞开自己会害怕!写作有时候很像是对一个恋人,你既希望靠近,不断地靠近,但又有所畏惧、有所保留。写作寻找的就是这个。现在的作品写性太多,其实写什么是为了表达自己,就像爱与性的关系。性是为了表达爱、诉说爱。如果单单是性,那是一种生物现象,到红灯区一趟那是分泌、是排泄,到器官为止。但有了爱就不同,它可以延展、可以升华,它希望内心亲密无间地交融,它向往的是一种无止境的状态。真正的开放不应该停留在外部而是内心的。

申霞艳:现在比较流行说"身体写作""下半身写作",我觉得这里头可能混淆了身体、肉身与肉体的概念。

史铁生:这个一时半刻很难谈。身体是一种表达,是内心表达的最后的方式。

申霞艳:您关注二十世纪七十年代作家的写作吗?您对他们的写作有什么看法?

史铁生:这个很抱歉。有五六年了,我身体状态一直不好,我没法大量阅读。但是我知道这一拨里头有很不错的作家,这一代不像我们那时候,要找到一本托尔斯泰的书很困难,他们的起点高,很小就可以接触世界范围内人类最优秀的遗产,这个我们不得不服气。不过这终归是他们的事情。我已经到了知天命的年龄,我知道我有限的精力还能干些什么。我年轻的时候也对老作家不服气过,现在知道老有老的好处。我祝福他们。

每个人的世界其实很小。

苦难未必和写作成正比

申霞艳:有二十多年了,您不能行走,近五六年,您更是与病生活,您曾在文章中谈到您的职业是生病。在这个与疾病相依为命的过程中,您感受最深的是什么?

史铁生:以前有个记者问过我怎么看我的病,当时我愣了,现在我清楚我敬畏它。病这个东西你蔑视它、气愤地骂它一顿都没有用,有时候它很强大。你打不败它,你就得学着习惯它,与它共处。很多场合,大家谈到我喜欢用"乐观"这个词,我觉得不那么简单。

申霞艳:我觉得乐观已经被用得太滥,它太轻了,失去了本有的质地。

史铁生:乐观在媒体、学校等场合使用的时候可能是有效的,但我希望对这个有更成熟一点的看法,乐观有不同的层次,一点悲观也看不到的人不可能真正乐观。古语说:能者劳,智者忧。人的领悟力其实跟文凭跟知识的多少并没有直接的关系,有些人煞有介事地思考了半天,人家若无其事地就说出来了。大学教授可能写出来了,但农民可能轻而易举就做到了。

申霞艳:很多时候,我们总是世俗地以为是残疾让您走上了写作道路,成了史铁生(残疾就是史铁生,史铁生就是残疾),现在我认为这是误会了!残疾的人很多,但史铁生只有一个。

史铁生:这里头包含一个对痛苦和苦难的态度问题。不是苦难越多,痛苦越大,就一定能写出作品,不是的。每个人对这个的感受都不一样,有些人经历了太多太多的苦难之后反而麻木了。

申霞艳:我更愿意认为残疾对您只是一种写作的契机,它让您抒写您的生命故事,同时它延伸了您内心的生命感觉。这些原本就在那里。只是残疾让您静下心来慢慢地发现了这个潜在的世界,所以您的作品很自然地荡漾着那种流动的生命感。想请您谈谈您的创作与您的生命情怀、生命感觉之间的关系。

史铁生:这个很难谈清楚。你说那我是怎么获得这种生命的情怀的呢?

申霞艳：我想不能说它就是与生俱来的吧。

史铁生：但的确每个人是不同的，同一件事情发生、降临在同样年龄的小孩身上，他们的反应、感受和体会是不一样的。你当编辑，注意观察一下会发现作家一般对童年记忆比较清晰，童年印象对一个作家来说很重要。很多那么遥远的感性的往事还能够记得很清楚。那些对痛苦、危难相当敏感，哪怕发生在别人身上也能够感同身受的人适合搞文艺创作。

载《羊城晚报》2003 年 5 月 4 日

我们活着的可能性有多少[*]

史铁生:我先申请抽一支烟,这有百害,但是有一利,就是控制紧张。王安忆邀请我,从北京来到上海,我就为今天紧张,在飞机上紧张,在地上也紧张。我为什么紧张呢?我不仅大学的讲堂没上过,大学的课堂我也没上过。我上到初二"文革"就开始了,然后就再没上过学。所以,今天见了这个架势,还是让我紧张。所以丑话说在前面,这不是报告,也不是讲课,就是交流,我反复拜托王安忆,一定要强调清楚。第二个丑话,你们都是中文系的,研究文学的,你们别奢望跟我一块儿研究文学,我对文学没有什么研究。第三个丑话,我也写过这样的文章,你们就把我当成一个写作者,不见得是作家,我写的跟文学可能也有很大差距。文学几千年有很多讲究,我写东西很没有讲究。我后来看了王安忆对小说的一些说法,她讲叫"推动",对我还是很有启发。我是完全按照心里想的写。其实我的写作,用最简单的话说,就是我对生活总是有疑问,这个疑问一直也没有解除。尤其是二十岁插队回来,坐到轮椅上,就觉得生命对我是一个冤案,这冤案好像还不能翻,然后我想,蒙此冤者大概都会要想些事。所以,也有人说我什么悟性、佛性啦,其实差得很远,我恰恰是那个最没有悟性、最没有佛性的人,可能就是被命运扔到那个地方。人被扔到这个地方,他要想些问题吧,我就是这样开始写了。

---

[*] 本文是史铁生在复旦大学与学生的对话。

问：我在高中就读您的《我与地坛》，非常感动，我觉得在您的文章中，常有一种哲学的思考和一种宗教的情怀，我想问一下，哲学和宗教，与您的写作之间的关系，对您来说是怎样的？

史铁生：可能有些人会说我跟哲学挨得近。实际上，说我懂哲学的人，一定是不懂哲学的。我不敢说懂哲学，我也从来没有真正地研究过哲学。也有人说，我这是哲思，我倒愿意我有哲思，但实际上是不是，就不好说了。他们那种印象，很可能就是说我爱想。我总是愿意想问题。我也只有想问题的能力，其他的没有。因为我主要的生活就是在四壁之间，和外界生活的接触基本上比较少，这也是一个问题，一会儿咱们也可以探讨。过去文学理论老讲深入生活，在刚开始想写东西的时候，我觉得，我跟理论很不合拍的。像我这样的人是不是可以干这一行，是很值得怀疑的。

问：我在看文学作品的时候，经常会看到一些知青生活，我不能说它很浪漫，但是确实对它非常感兴趣。您在这里能不能给我们讲讲故事，或者谈一些感受？

史铁生：那时候，我又年轻，又没有病，当然是很值得怀念的时候。

故事实在是太多了。我一下子给你讲不出什么故事。读过我的作品的人，大概也会发现，我作品里的故事是不多的，我不是太善于讲故事，我生活里的故事也很少。实际上，我倒是有一个观点，我总说，我们这个世界是一个大工厂，科技很发达，工业也很发达，农业也很发达，有时候我就想，这个大车间，它最后的产品是什么，我们终于要生产什么呢？最后生产出什么来算我们这个车间有成就了呢？人活着本身就是一个巨大的奇迹。我曾经写过这样的话，世界上叫着同一种名称，而实际上差别最大的东西是人。另外一种叫着同一种名称，差别同样大的东西是文学。所以，我们大家都在说着文学，都在说着小说的时候，可能说的不是一回事儿。在我来看，文学，或者小说也好，散文也好，它是在我们现实生活之外的一块自由之地,可以使我们生活在那儿漫游,在那儿实现一些在现实里头不能实现的东西。那是一块巨大的不确定的可能性。当然也不能不是小说,也不能不是文学,所以它又是一个有限之中的无限的可能性。这种可能性,实际上也就是我们活着的可能性有多少,我们有多少种可能的活着的方法。

有人说,我的长篇不算小说。我也能同意。一方面是因为我写得可能不好。另一方面,我就要提出这个问题,什么是小说?谁能给小说下个定义?说它是故事。那么,什么是故事?说故事得有悬念。那么,什么是悬念?你的思想是不是有悬念?一个人看他自己是不是有悬念?这个悬念,按王安忆的说法是推动,推动力。那么,一个人对自己的疑问,对自己生命本身来到这个世上到底要干什么,我经常这样讲,我心里有很多疑问,我有很多想法,我有很多猜想,我有很多幻想,我有很多渴望,这些东西不符合小说,它是不是就应该作废了?如果说它不应该作废的话,我就把它写下来,那么有人看了,有人还喜欢看,当然不是所有人,甚至不是很多人喜欢,这就是我写作的这个目的。所以,我写作的目的可以更简单地说,是一种交流,一种对生活的可能性或者说生活态度的交流。

我们看小说的时候,一定是看故事的,或者说根本是看故事的。世界上有多少故事,你看得完吗?我觉得看小说的时候,更主要的是最后看作者对生命的态度。作者用故事的方法,或者用任何一种方法,要告诉你他的态度,他希望你也有一种态度作为回应。我看王安忆的小说就是这样,她写了很多,那些故事,有的我也没看过,有的看过了,也不会记得很清楚。但是,我总是只要拿起她小说的一个片段,我就看到王安忆,我就看见一个很沧桑的人坐在一条大河的河边儿,那么尽心尽意地、那么执着地、那么痴迷地看着那条河上的风光,看那条河上的劳作,看那条河上的艰难,然后,你发现,她依然保持着她的镇定和她的慈爱。这是最感动我的。我说,如果看完了故事,得不到这个印象的话,我觉得这个小说的质量就不太令人满意。

王安忆是把那些都想完了的人,她走到了那个态度里头来,我好像是初来乍到这个世界上,我对河底下的事可能还有些好奇。河底下有很多暗流,像一个孩子或者是年轻人可能还很猖狂地就想把这些事情都弄清楚。实际上你也弄不清楚。我想,我最后弄得最好的结果,还是像王安忆那样,能够镇定地和仍然不失慈爱地看着这条河。这条河虽然很美,但是又很无奈。这个过程可能是我的一种态度,我曾经听一个画家给我讲一幅画,他对这幅画的感动,他甚至拿放大镜去看这个画。我本来是期望他给我讲这幅画是什么意思,他没讲那个。他就是感动,这个画家这么尽心尽力地、一丝不苟地就在画布上在寻找他的一个愿望,或者寻找他的一个梦想,他简直是呕心沥血。这个东西让他感动了,话说回来,还是作家的态度。其实我们作为朋友也是,互相交流的时候,我们要求知道对方的态度,如果这一个人坐在这儿,跟你讲了半天别人的故事就走了,这大概还是形同路人吧。

我想,小说有各种各样的方法,各种各样的途径,它想把世界解释清楚,也是很困难的,我不知道有没有可能。最后,我获得的是一种态度,也可以叫"启示"。它不能直接告诉你什么,但是你得到了一种启示,就是你对生命、对生活的态度。

问:假如生命给您一次重新选择的机会,您还会选择做文学家,是不是选择像约翰逊那样的长跑运动员?在一篇文章中读到您有这样的想法。

史铁生:我有时候做梦,不是夜梦,是白日梦,我就想,我在年轻的时候当运动员,到了老年去写作。可能我这个人缺什么,就想什么,我是特别爱看体育的。你说我写的一篇东西,叫《好运设计》,自慰而已,好像重新设计的可能性是没有的。有人说,我们是被抛到这个世界上来的,我刚才也说了,是一场冤案。这个冤案想来想去呢,不光是我一个人的冤案。你仔细想,一个人的冤案,就像吃饭,吃出一颗沙子,你把它扔了就算了,如果这一碗都是沙子,这事儿就该想想了,就相当于说,我们为什么要吃这个饭了。如果我们都是被抛到这个世界上来的,这里都有冤案的因素,那这案不翻也得想办法翻一翻了。怎么翻?就是一个问题。你想让上帝改变主意,这事儿咱们没办法。那你只好自己想想有没有另外的途径。也就是说,如果给你的,永远是一条路,没有终点,你怎么办?永远的苦难是不可以消除的,怎么办?我想这可能就是"启示",上帝给你的启示。

咱们经常说"神",我稍微说几句。其实是两个神,一个叫创世神,怎么证明创世神的存在?因为我们世界存在,它一定有一个原因,你叫它"神"也可以,叫它"大爆炸"也可以,总之是这么一个原因。而这你是弄不清楚的,就像北京话说,这事儿神了。这话很恰当,它就是"神"的意思。这就是创世神。你休想让创世神去改变主意,他就给你放在那儿了,就让你二十岁得这个病。我刚开始得病的时候也是满心的不服气。这没办法,你非服气不可。《圣经》有一个《约伯篇》,约伯就是对他的苦难不服气,说,上帝你怎么对我这样?上帝并没有直接回答他这个问题,上帝说,我创造世界的时候,你在哪儿,有你什么事?这哑口无言了。那也就是说,你必须接受。如果你接受了这个困境、毫无办法的困境的时候,启示神就出现了,他就向你要求一种态度。你必须拿出一种态度来。当然你可以自杀,不自杀就要一种态度。说到"信仰",就是这么一种意思。所以,中国人老是向神要求很具体的东西,这是他对创世神没有理解,也不接受,启示神的启示他也不听见,他就以为那是一个官,不是这回事。

问:你觉得这些困难和困境对成为一个作家,或者说,对人的成才,总体是有利还是有弊?

史铁生:苦难这个事情,最好不要去自讨。你不找,总会有的。

现在有些家长对孩子说,你要经受一些苦难。苦难不是说,你要有计划地让人经历多少。不是那么回事。就说深入生活去监狱里坐一两年,那不是,还不是坐监狱。苦难自然会有的,所以你就不用担那份心。你说,我没苦难,这怎么办呢?没有这事儿。

关键是,你面对苦难得有一个什么办法。最简单的办法,最不负责任的办法,是自杀。我当年也想过这个办法。这很省事,但是呢,也很无聊。就是说,什么事儿都白弄了,你的苦也白受了。我写过这个,我有一天看一部电影,《城市之光》,卓别林把那个怀孕要自杀的女孩救下来了,女孩说,我要死,你凭什么救我?卓别林说,着什么急呀,总得有死的时候啊。这给我减掉了很大压力。这事儿不劳你,世界上什么事都没有这件事可靠,苦难就是这样。

问:人对艺术到底期盼应该有多大?您是不是赞同"为艺术而艺术"?

史铁生:艺术的重要性肯定没有吃饭重要。但是呢,吃饭仅仅使人能够活着,任何动物都在做这个事情。就是说,人的存在,它是要依靠思想啊、艺术啊这些东西来扩展的,它不简单是一个生物性的存在。如果满足于生理性存在的话,艺术就毫无意义。如果不满足这点,那可能有些人甚至觉得它比吃饭都重要,宁可死,我也得有一个精神的寄托也好,精神的追求也好。总之,他需要问,我吃这碗饭,到底干吗?

用艺术来做别的事情,这是一种说法,就是说,艺术是某种政策,是某种教育的工具。你说它完全没有这个作用,不是。但艺术家很可能初衷不是那样。初衷要我说,就是生命的疑难,我掉到河里了,我要抓住一根稻草,我的精神要活下去,去找到一个路,创造这些东西,而它同时可能使对其他掉到河里和可能掉到河里的人有作用。

问:大约出生在二十世纪七十年代末、八十年代初的小孩子,在网络上写了大量的作品,您是否关注?从我的角度,这些网络上的作者或者写手,有的作品非常成熟。作为当代重要的作家,您是怎么看待这些作品和在网络上写作的人?因为我的老师告诉我,看太多这种作品,会影响我的审美水平。我就非常困惑。

史铁生:对这个问题,我特别不能回答。因为网络这个东西是在我透析之后才发达起来的。我透析之后身体特别差,精力特别差,我到现在不会上网,一看那个就乱,血压就上去,但是我爱人也经常给我下载一些网上的文章,我就看她下载的。我从网上看到过很多挺好的文章,当然是被她过滤过的,我的视野就被她决定了。

我们那时候写作有一点跟今天不一样,就是你必须得在刊物上发表。那有机会到刊物上发表的就很有限了,实际上在私下里写作的人是很多的。我写过这个意思,什么是写作?你把它写在纸上,去发表了,叫写作;实际上你没有写在纸上,你只要对生活或者说生命有审视,这种审视,这种思考,我觉得都叫写作行为。那么网上,它比较容易发表,你只要一上网,大家都能看到了,那可能有很好的,也有很差的,可能是这样一种错觉使人感到网上的文章不如书上的,书上肯定是经过过滤的。我对这个问题发言权很少,我对网络的东西实在是看得太少了。

问:对我们十几岁、二十岁出头的人来说,提起您,您关于地坛那些作品是无法拒绝的诱惑,所以必然要问到这方面的问题。您写地坛是在十多年前,给我非常安静的感觉,现在很多东西都已经变化得找不回来那种感觉了。北京这几年很多有特色的地方是在消失了,就说皇城根那一块,现在是皇城根遗址公园,您发现只是一块吗?不是这样的,地坛周围也修成这样,现在整个北京就好像一个公司规划出来的。现在您再看地坛有什么感觉?而且听您谈话,和看其他几位老师的表情,有这么一种沉重感,包括您的作品。不是写得沉重,而是像一位女生说的,看完以后有一种哭的冲动,我也有这样的感觉。另外,您写《我与地坛》,写您当初第一次推着轮椅去地坛的时候,是有一对中年的夫妇,后来再去看,就变成老年夫妇,您说他们简直是在搀着走。您在很年轻考虑婚姻的时候,看到这一对中年夫妇走的时候,有什么憧憬,会不会想到自己以后也是这个样子?这对人来说是失去的回忆,还是一种幸福?

史铁生:我最近写过一篇叫作《想念地坛》,可能看过的人不多。第一句话就是,想念地坛,主要是想念它的安静。最后一句话是,我已经不在地坛了,地坛在我。我愿意保持住曾经在地坛里有的那种安静。那不光是环境的安静,是内心的安静。内心的安静是可以让你去想很多事情的。现在我去地坛,确实像你说的,面目全非,修得可以说很糟糕,那种沧桑感全都没有了,全都也是轰轰烈烈的感觉。以后再有人去看地坛,一定是说,我瞎写,没么一个地坛。

你要问我这对夫妇,可能就是隐私了。有人发现我里边藏着一个爱情故事,他当时跟我说的时候,我说,你的眼睛太毒了,我那一块是闪过去的,在"地坛"里是有的,因为这是一次注定不能成功的爱情,它终于也没有成功。它不能成功,不一定是一件值得憎恶的事情,或者说完全悲哀的事情。这话可能显得有点高尚,但是爱的付出和获得,付出确实是重要的,因为你不爱,等于什么也没有。那你要说我对那对中年夫妇的羡慕心理肯定是有的。而且我在那里头还写过一个人,我判断他一定是一个理工科的知识分子,我说他走过的时候,地坛应该放《献给爱丽丝》。那当然都是有你对生活的憧憬,这种憧憬,那时候可能在我来说比较迷茫。地坛的故事不能全讲漏了,还是留点儿……主要还是我刚才说的,对生命的态度。我在任何情绪下都在地坛里待过,我在地坛里待了十五年,十五年写了这一万多字。

问:您现在对生命的态度还是疑问、迷茫、困惑?

史铁生:好一点。这个谜你要想解开,这是办不到的。前几天《参考消息》上有一篇文章说霍金。霍金试图把所有的理论统一成一个理论,来把世界解释清楚,他终于意识到这是做不到的,从理论上讲做不到。他说,我们毕竟不是在宇宙之外的一个天使,可以从客观的角度看宇宙,我们是其中的一部分。这就是定理了。就是说,你设想把一切搞清楚,这件事情从理论上说是不成立的。因为你是一个有限,它是一个无限。有限对于无限,就是零了。这种情况下,你是否对活下去有了一个新的态度,这是关键。就要知道,你理解不完,但是你可能在这个过程里获得了对生命的另外的理解,我刚才说这就是一种启示。

问:请您谈一谈,您在劳动组做工的那段时光的生活。

史铁生:我是插队回来,腿坏了,住了一年半医院。出来之后呢,没地方去,那时候招工也不找你,有一次招工我也去了,人家说,没你什么事,我们这儿全手全腿的还没有工作呢。后来是街道工厂,街道工厂是一群半老的老太太,五十多岁的家庭妇女们,盖了一个小房子,给一个正式的工艺厂做它的一道工序,做什么呢?叫"金漆镶嵌"。大漆的家具,屏风啊,书桌啊,在上面画些东西,刻下来,弄得金碧辉煌的去出口。我就在那儿干了大概七年。后来我又干半天,后来我又想用半天时间来写作了。我写到的具体的那些人吧,我不好给你讲他们的故事,因为跟他们就有差别了,写作还是有虚构的,要把他们都说出来,我也说不清楚,很多是我的猜想。总之,那儿什么样的人都有,我在那儿干了七年。七年之后肾就完了,我就离开那里。我的履历就非常简单:上学,"文革",插队,街道工厂,写作,现在每个礼拜三天去透析中心。

问:我们现在经常谈到终极关怀的问题,我特别想知道,终极关怀和宗教情怀有什么区别?

史铁生:终极关怀和宗教,从根上讲,是很接近,但要说到宗教,可能有很多距离,我们不信任何教的人,我们也可以终极关怀。终极关怀说到底,就是一句话,我们最终能怎么样。我刚才说的,我们这么大一个轰轰烈烈的大车间,最后的产品是什么? 就是很老的话，我们为什么活着？只要有这种关怀，他就会逐渐地有所谓的哲思，很可能对宗教有……宗教起源可能也是这样，就像动物每天都是在找食，它低着头的，有一天抬起头的时候，就很惊恐，所以最早的神可能都是太阳神。这我没有太多研究。总而言之，你心里一旦出现了神，就我刚才说的话，这就神了，咱弄不清楚，这到底怎么回事儿啊。这时候你对生命的要求不仅仅是活着就可以了，你那可能就依然是终极关怀了，终极关怀可能没有那么神秘和过分的高贵。

但是，没有它，就是一辈子活得很实在，我也很恭喜他，直到死也没有那么多的忧虑，但是世界上的这些苦难，这些疑问，它是不消灭的。有人说，你别想这些事儿了，这些事儿毫无意义。但是我说，这样说话的人，他已经想这个事儿了。要不然，他不这么说。要真的不想这个事儿的人，你跟他说完了，他说，是啊，这事儿什么呀？这他真是没想。完全没有的人是根本不问，你跟他说他也不懂。就说爱情，有人也说，没有什么爱情。我说，那你说没有的这个东西是什么？你不能描绘它，你怎么知道它没有呢？而你一旦描绘它，它就有了。这不是像个桌子似的，有和没有摆在那儿，它就存在你的思想里，你的愿望里，你的情怀里，就是这么存在方式，一问它，它就有了。

问：关于写作，我猜想史铁生老师对生活有比较多的感悟，然后把它写出来，与大家分享。现在有很多少年作家，他们对生活的感悟肯定不会深刻，您对他们怎么看？还有每个人对生活都有感受，我曾经试图把它们写出来，但写出来一看，跟自己想的完全不是那么回事，我想请教一下，怎样比较好的把它表达出来？

史铁生：少年作家，有时候你觉得他的文笔真是很有才气。我看过一些高中生的作文，我觉得我写不了。确实有很多天才的人物，咱们就不去谈论他。一个人啊，别跟天才过不去。天才你就让它是天才吧，人的问题我们比较感兴趣。就像莫扎特，有一个戏叫

《上帝的宠儿》,那个宫廷乐师就特别嫉妒莫扎特,他呕心沥血地写了一个曲子,拿到宫廷上,莫扎特一看,给它变奏了一下,马上他那个被淘汰了,这个人的痛苦我特别理解,但他的处境,我觉得才是人的处境。后来莫扎特也倒霉了,那个时候他就到了人的位置上了。我常说,莫扎特应该是上帝之笔啊,包括很多天才的画家,天才的作家。从来我就不跟他比,他是上帝的事儿。

但是呢,我也见到很多人很小的时候,人说早慧,确实很有才气,但忽然就不行了。写作那件事,说到底,可能光凭才气是不够的。不是讲文学是人学嘛,他那时候对人所知道的东西可能还很少,他那点才气大概也表现很好。最近我看了一篇哈维尔的文章,他说到作家的第二口气,甚至第三口气,就是说,你要不断地有你自己的提升,或者叫作积累,重新地认识你的生命。为什么有很多往事是可以不断地写的?你在二十岁写它的时候,你看到的是它的一个状态,一个意义。那时候可能还有你没看到的,它就在那儿了,到你三十岁的时候,你就看到了,你具备了看它的能力了。我碰上一个天才的孩子,我不敢说什么,如果他不是天才的话,我就提醒他,最好寄希望于年岁更大的时候的一种创作。

载《上海文学》2004年第7期

与史铁生对谈文学

写作是一种可能性生活

章德宁[*]：对你而言，写作意味着什么？

史铁生：我觉得，"写作是一种可能性的生活"。在你生活的日常之外，还有一种可能性，其实这种可能性，经常是在夜里自己的梦中实现。也许不能说是"实现"，算是"虚现"吧。最好的形容是梦，梦想。在你的梦想里出现的一些可能的东西，它在现实中不能成立或无法达到，而写作可以帮助你达到。所以我说写作不一定非用纸和笔，一个人如果有想象力，对现实觉得有荒诞感，觉得有些想法，在这之外还有些有意思的可能性，那对于这个人来说，就是写作行为了。而假如没有想象力就甭说了，那就是完完全全、实实在在的生活，完全满足于现实生活，在完全的现实满足中写作是不存在，不成立的。所以我对"现实主义"经常有一个很大的疑问。（笑）什么是现实主义？

戏剧会更加强调这种可能性。我和几个好的电影演员聊过，当然他们不是这样表达的，有人说：在现实里我只能结一次婚，但在电影里我能谈好多次恋爱，结很多次婚，跟不同的女人结婚。这是个挺有启发性的想法。

---

[*] 章德宁，时为《北京文学》杂志社社长。

章德宁：在你的写作中，考虑不考虑技巧的问题，或者说如何将技巧自如运用于写作中？

史铁生：初学写作的人，不要从文学到文学，尤其不要过多地研究文学技巧，因为好的小说家没有从研究技巧出来的，只是后人研究他们的技巧而已。你说古今中外的大家，咱们知道的，哪个是研究技巧出来的？真正好的文学作品的功力，是在文学之外。因为你这是创作，你要做前无古人的事，你要做现实里还没有的可能性的东西，那你就得在它之外，不能总是在这样那样的技巧里去找，因为你是在创作。

我觉得技巧是这样：你心里有个想法，有个东西在激动着你，或者说是在怂恿着你，让你去写，也就是说，你思维里有种朦朦胧胧的东西，这个东西活跃但不规范，你的写作是用文字来把它捉拿归案。

当然，它必定有多种的表达方式，可能是奇奇怪怪的。表达的方式是你写作内容的需要。有时它的内容就要求你在处理上、表达方式上有些特殊，它只能用一种特殊的方式，这种方式是最好的，那么这种貌似特殊的表达其实就是正常的表达。如果仅仅是为了它的各色而各色，来显示我在写作上已经怎么样了似的，那它就不是特殊了，而是玩花了，炫技。写作方式应当跟你的想法、你的感受、你的想象这种可能性的东西合拍。内容对于表达方式来说就像是一种呼唤，呼唤出来了，你就会觉得很恰当。

但是这样的过程，在很多时候，不是很多人都能理解的。

我们总说形式和内容的关系，其实，这种形式是不能和内容脱开的。

写作的零度和具有可能性的写作

章德宁：对当下文学创作情况你是如何看的？

史铁生：实话说，很少看。

章德宁：但你有没有感觉，现在的创作和二十世纪八十年代的创作，作家的状态和心态，和八十年代相比有了相当的区别？

史铁生：我真不敢说。因为我看得太不全了，有时候从眼前过去的东西，感觉是可以不看的居多。我现在的时间又很少，更多的时间得用来思考和写作。如果有时间，我会选择看一些具有经典性的"圣贤书"。

如果说对现在文学创作的感觉，整体上是人们使劲地往内里想的，往深处发问的情况比较少。也可能有人去想，是不是有很多人去想，我就不知道了。

章德宁：这样的人应该还是有的。我觉得在任何一个时代，在很多情况下，那不可能是一个多数的群体，在某种程度上，能够想清楚自己是处在什么位置的作家都不是很多的。你刚才说的那个往深处发问的人，在任何时代都不会很多。

史铁生：对，对，不会太多的。二十世纪八十年代有个问题，作家在小说里的发问很多的是"政治"。所以现在一说思想，很多人就误解，把"思想"误解成为"政治"，或者哲学。其实思想的内涵或者说概念是很广的。我刚才说大作家不是从技巧出来的，那么他是从什么地方出来的呢？他一定是由思想来的。但它未必是一个社会思潮、一种政治的思想，或某种哲学流派。他对生活有一个最根本的疑问，而这个疑问很可能特别特殊，那么这个人一定很有意思了。

章德宁：有时候这样的发问是不是又与哲学中最基本的命题相一致了？

史铁生：它肯定有相交的地方。我的写作和思想，也常常从哲学里得到一些启发，当然它还从其他的方面得到启发。罗兰·巴特提出过一个概念："写作的零度"，我理解就是，你不要从政治、经济、哲学，或者从他人那里出发，而是从你自己心里最大的疑问出发,这就是"写作的零度"。零度不是毫无意义,不是这个意思。

章德宁:你对卡尔维诺的作品如何评价?

史铁生:卡尔维诺的作品是很有角度的,提供了一种可能性,只是我看过的不是太多。其实,卡尔维诺的小说应该算是新小说,虽然他是意大利的作家。这种新小说派,就是一种写作角度,展示了一种新的看待世界的可能性,它不是一种技巧或写作方法。你可以学习他们的方法和技巧,你也可以应用这样的写作方法,但最后还得回到"角度"上来。他们对生命有一种崇敬的观察,像罗伯-格里耶,玛格丽特·杜拉斯,我就很喜欢他们的这点。他们告诉了你什么?告诉你的是:你完全可以对世界有另外一种看法,像《去年在马里昂巴》。

说得严格点,你如果没有点独特的地方,你还写什么?当然你自己可能觉得很独特,但不一定真的很独特,在国外、古人那儿都有过。然而只要你自己觉得很激动、很独特,也是可以继续的。但有些简单的模仿就比较可怕,哗哗哗地都是手艺。

卡尔维诺足够给我们提供一种新的可能性,像博尔赫斯,以及刚才提到的罗伯-格里耶,玛格丽特·杜拉斯,他们给我们提供的是新的可能。

真正的大家,还真不是你一下子就能明白的。譬如《浮士德》,到今天我才知道《浮士德》之伟大。(笑)他写上帝和魔鬼打交道,就把整个人间概括了,咱们就是那个赌注。他写到的是上帝与魔鬼对人怎么召唤怎么吸引的事情。想想,整个人间就是这么回事。再譬如,在二十世纪八十年代,我第一次看到《老人与海》的时候,真的读不出好来。后来过了两年,我的某些文学观念已经起了变化,再去看它,就看出妙处来了。

通俗、严肃、纯文学和商业文学

章德宁：有些类似常识的问题，还想问问你。譬如你觉得文学是不是大众的事情？

史铁生：文学这个概念太大，它包含的内容很多，其中有一部分，就是大众的东西。你不能说它不是文学。但是它可能跟你所喜欢的文学不一样，或者说那部分的文学你压根儿就不看。而我这部分文学也有很多人压根儿就不看。

章德宁：你觉得文学，或者说你那部分文学算什么样的文学？你觉得文学可分成几种类型？

史铁生：有一种叫"通俗文学"，一种叫"严肃文学"，还有一种叫"纯文学"。"通俗文学"大众看，喜欢看，可谓是喜闻乐见吧。"严肃文学"大多是写社会问题，比较偏重政治的，关注社会问题，它很严肃，但它还不能算是"纯文学"。而"纯文学"，是关注人的根本处境。比如说这种处境并不随时代变迁而有本质的改变。作家用语言来表述人的根本性处境，有时候现有的语言就难免显得不够。人是有思维的动物，你要表达他的最根本的处境，就是表达他的特点。为了准确地达到这个目的，语言可能就需要创新，这里说的语言创新，不是指你创造一个或几个新的词语。语言创新是一种思维方式，是一种角度。有时候看小说，翻过两三页，我就知道还看不看了。而且看一半，我就都不看了。

为什么这样？因为看到那里，我已经明白了他的角度、他的方式，我觉得我就有收获了。如果你没有这些，只是告诉我一个故事，那天下得有多少故事啊，我没有必要知道那么多故事。

看一个故事的时候你记住的不一定是这个故事，往往是讲故事人的态度。它还是一个对世界的认识角度。读王安忆的作品，她的镇静、她的慈爱，就是她的一种态度。如果仅仅给我讲个花里胡哨的故事,耍贫嘴,我是不爱看的。

章德宁:现在多数人把文学分为"纯文学"和"通俗文学",那么你等于是把文学分成了三种类型?

史铁生:还可以分。还应该有一种叫"商业文学"。"商业文学"和"通俗文学"还不一样,在概念上有严格的区别,"通俗文学"是要写大家都能够看得懂的,"寓教于乐",最多寓点教,但主要是乐。可"商业文学"不是,"商业文学"就是订货!商业有自己的市场规律,市场调查好了,目前市场缺什么,我就写什么。"商业文学"根本就是满足你,不管你什么样的心理,无论你需要什么,我都满足你。有个故事:有人买了一本《离骚》,过了几天又拿回去让人家给退掉,说:您这是什么书啊,一点都不骚!(笑)

章德宁:"纯文学"和"严肃文学"之间区别的标志是什么?

史铁生:有些写社会问题的小说,它触及了很尖锐的社会问题,很时尚的社会问题,你不能说它不严肃呀,但是,我觉得它还不能算是"纯文学"。海明威曾说过一句话,大意是你如果根据政策和当前社会问题来写作,那么政策一变、社会某些问题一解决你小说的价值也就不好说了。但在当时,这样的小说还是有意义的,至少有些作用。一个社会不可能完全不需要这样的东西,用文学来触及一些社会问题也是可以的。但它对很本质的问题、很永恒的问题没有涉及。

文学没有进化论

章德宁:现在文学总体呈现一种浮躁状态,是不是与物质的巨大诱惑有直接关系?

史铁生:可能是这样。崔健曾对一些歌唱演员说,你们假唱,老说得糊口,你们糊口得用多少钱啊?!都豪车豪宅了豪什么了,怎么还叫糊口?可是,假唱挣钱的潮流就是挡不住。这是时代的问题。

章德宁：我们在编刊过程中，看了大量的文学作品，但大家（也包括许多读者）都有这样一个看法，就是现在的文学作品不如二十世纪七八十年代那些作家写出的作品有震撼力了。为什么会这样呢？

史铁生：我过去总以为我们这一代是天生不足的，我在三十多岁的时候，才开始接触世界文学名著，在这之前，咱们多数只看过鲁迅、高尔基。我想下一代的境况会好得多，可是下一代又碰到了经济大潮。但是这既是无奈的事情，又是必然的事情。当然当前的这种环境也不是一无是处，至少，现在人们该干什么干什么，不必完全往文学的道路上挤。二十世纪八十年代不是。

在未来文学应该会上去，因为人们终归还是需要好的文学作品的。

我觉得总有一天，人们会发现这一点：就是生活的问题依然还在那里，没有随着经济问题的解决而解决掉。

章德宁：我觉得文学这件事没有进化论，一个大家的出现取决于他个人的内心是否足够强大。

史铁生：是的，文学没有进化论。譬如说古代的诗歌，哪个朝代的棒？在大乱之后，那个经济较为发达的时候的朝代最棒。文学的发达多少依赖一个阶层的形成，就是贵族。贵族和富人是不同的，富人只解决了经济问题，他还会有身份上的焦虑；而贵族已经变得身份"高贵"了。对他们而言，钱的问题解决了，身份的问题解决了——当这些问题都解决的时候，新的问题又出来了，也就是精神问题——很难想象人类可以活到毫无问题的境界。这才是贵族和有钱人的根本区别：有没有对精神提出问题。现在我们存在的阶段，还是有钱人的阶段。现在的有钱人还不是贵族，中国还没出现贵族。"白领"不是贵族，还仅仅处于有钱人的阶段。

章德宁：你觉得现在是出大师的时代吗？

史铁生:我不知道。我还真不知道!(笑)它是不能预测的,出了就出了,出不来也就出不来。这是个没法预测的问题。按照那个大乱之后的繁荣,也有这方面的迹象。

章德宁:我没有感觉到要出大师,根据现在的文学现状和创作心态看,看不出来有出大师的任何迹象。当然我也觉得这取决于个人的天分,你本身的素质不具备,再努力也达不到那样的高度的。还有个重要的问题,就是你能不能对自己的内心提出疑问。

史铁生:你的说法有道理。大师的问题是个人本身的素质问题,但也有个"群"的因素存在。单个大师出现的可能性是有的,成群出现的"气候"可能也有。清末年间的曹雪芹,他就出来了,他的那部《红楼梦》多少是个孤立存在,别的书怎么能与它同日而语!

心灵写作、消息爆炸,以及"媚雅"

章德宁:你有过急于求成的阶段吗?

史铁生:肯定有过。刚开始写作的阶段,肯定是希望自己成功的。可能有少数人不这样,譬如卡夫卡。到后来,我才静下心来按照自己的感觉为自己写作,爱怎么样就怎么样,反正是有吃有喝了。

章德宁:许多大师,可能最初都会有种成功的欲望,而最终的时候,都会返回为自己写作。真正意义上的写作,应该发自写作者内心深处,是一种诉说。

史铁生:你觉得,都是跳舞,都是歌唱,它们之间有什么不同吗?有些舞是在为自己跳,首先是自我的融入和陶醉,有些则是跳给别人看的;有些歌是在心里唱的,特别是黑人歌唱家,他们的唱就是在为自己唱。有些则是在卖唱,是给别人唱的,是给潮流唱的,或者说是给一部分人唱的。唱的全是假话。可你看那个《大河之舞》,整个的身体都在和自然呼应,它含着一种精神的不同。

写作也是这样。里面有很多的不同,大的不同。我们在谈文学的问题的时候往往会反思教育出了什么问题,评论出了什么问题,或者文学方向出了什么问题,然而真正的问题是,你是不是给自己的心灵写。这是首先要问的问题。我不管你的心灵有多高或多低。你是在给一种时尚写,在给另外的一种东西写,就像唱歌似的,别人能听出来,能看得出来。那不是他。我作为知青在黄土地上待过一段时间,听《黄土高坡》的时候总没有那种原始的苍凉感觉。可是你听真正的黄土高原的民歌,那种自然、那种苍凉、那种来自原始的淳朴声音,带出了山民们的真情。那是许多年来,老百姓自己给自己唱的歌儿,是出自内心的,所以才得以流传。

章德宁:也有些写作者清楚自己和大家之间的永恒距离,既然我怎么努力也成不了大家,那么算了,我就要现实的名和利。

史铁生:是,有这么一些人。它属于年轻人的青春期躁动。他们闹腾到四五十岁也许会踏实下来的。二十多岁的人,他需要爆发,需要狂妄,他必须靠狂妄来体现自己的青春力量。我们也闹腾过。年轻人总是要找到些崇拜对象,时尚常常就充当了这种对象。这很自然,但需要引导。

我们现在看到的所谓"节目",是一些主持人满电视台闹,挺大的人做游戏!这也是个征兆,我觉得中国人现在正在幼稚化!电视把人往空里拉,往幼稚处拉,因为它要适合多数人的口味,它要就低不就高。

章德宁:现在的小说创作也有这样的现象。现在的杂志也在逐步快餐化。

史铁生:为什么说要有贵族?好的东西得养。一种民族文化,要往高处和深处走,需要的不见得是轰轰烈烈,很可能倒是静养。当然,首先,他们不能被饿死。

章德宁:你说过一句话,说出了一个可怕的现象,电视和网络使我们接受的"光剩消息了"！这光剩消息的直接结果,将是所有的思考和认知都被淹没。

史铁生:未来最可怕的是什么,是消息！一是用消息来淹没你,一是用消息降低你。一个人,就变成了消息知道者和消息的制造者,他导致你的简单。因为你知道的消息越多,你就越简单,它把你的脑子全占去了,你复杂不了,也深邃不了。

章德宁:生活的节奏越来越快,现在已经很难刹住车。

史铁生:现在世界上新书的增幅是非常快的,霍金曾说过,假设我们出的书一本一本往前摆,在旁边一辆汽车以八十公里的时速向前开,它追不上出书的速度。它可能停下来吗？这是第一。第二,我们的生活和节奏,可能像那辆追赶着书的车一样,越来越快吗？这的确是个问题。我们很早前就想和外星人取得联系,然而为什么种种努力和尝试都没有明显的结果？霍金的猜测是,外星文明在发达到能够与我们进行联系之前,就毁灭了。(笑)所以,我们和外星人就一直也没联系上。

章德宁:你觉得现在的作家思考的多么？还以二十世纪八十年代为例,作家们在一起讨论的气氛还挺浓的,可是现在似乎没有这样的环境了。

史铁生:我觉得那会儿,我们有种很敬畏的态度,对文学很虔敬。现在不是,现在的人更容易自以为是。你要问他们现在有没有大家,他们准告诉你有:就在眼前呢。(笑)

我们对那些大家应该是很敬畏的、很虔敬的。

章德宁:现在的许多人不懂得敬畏。

史铁生:现在的敬畏之心越来越淡薄。大家都是高人,不管互相听懂了对方的话没有。

现在,爱和理想、梦想都变成了贬义词,遭到嘲笑的词,你要是还说理想,人家就会问你累不累？

章德宁:现在你要是认真地谈论什么事情也很可笑,好像你要认真地谈论什么,也需要在私下里去谈。

史铁生:谈论认真的、严肃的事情,就是"媚雅",现在,"俗"好像得到了理解,"雅"反而成了见不得人的事情了。现在你要是想说点正经的话,找个没人的地方说去。大庭广众之下说,你有病啊! 装什么蒜,装什么孙子呀!

深入与浅入

章德宁:你认为"深入生活"对于作家的写作,是个问题吗?

史铁生:根本没有什么"深入生活"的问题,根本不存在这回事。谁不是在活着,谁不是在生活?所谓"深入",没有任何的意义。任何人的生活都有意义,就看你能不能挖出来,靠什么去挖了。我的看法就是靠"思想"——"思"和"想"。有的人在写作的时候说,我有个想法。你看,是"想"法。

一些初学写作者也问过我,你看我这个想法可以写吗,那个想法可以写吗。我说全能写,就看你自己怎么写了。深入生活说的是,你对生活是否"深入"了,而不是说你要到哪里去待些日子。这不是个空间问题,而是思想问题。到哪儿去才算是深入生活?心灵,才是最深处。

如果到工厂去待上三个月算是深入生活,那我在这里待了半辈子了,可我只能算浅入生活,(笑)没有这样的道理呀!

章德宁:那种"深入生活"其实是与真正的生活隔着的。以一种角色去生活,和你自己的真正生活是完全不同的两回事。所以我想到了"痛感"的问题,你只有在自己的真实生活里,才会有痛感。以角色出现在生活里,绝对感觉不到真正的生活"痛感"。

史铁生:莫言老说,你们写的不是农民。我说对,我们写的是"知青"。我们不能像莫言那样去理解农民,根本不可能。

"卖淫"还是"嫖娼"

章德宁：你觉不觉得在二十世纪八十年代的时候,许多作家对小说的形式还是挺重视的?

史铁生：对。那个时候不光是形式,人们对文学的各种可能性——我还是要用这个词,也应该用这个词——都挺愿意探讨的。那时,人们以有这样的新的发现为荣。现在好像没有人探讨这样的问题了。现在,主要看的是内容,写出来还能卖出去,是最实惠的。这种情况的存在也可以。但是,你别把它说成是文学的最高峰,你要非得这么说,我不能同意,这就得商量了。

章德宁：文学在现实生活中为什么而存在?

史铁生：现实生活不能让我们全部满意,或者说现实生活不能使我们永远地满意,因此"文学"要永远地存在。换句话说,我是有梦的。人总会是有梦的,也就是说有理想。人会有理想这件事已经证明了人对现实不能全部满意,人对现实存在着不满意的因素,才有梦有理想,假如已经满足于现实,文学就可以消失了。把大街上看到的一般性事情,写成一篇东西,给人们看——总是有人看这样的东西的,所以说它能满足一部分人。虽然有一部分人看,也可能是多数人看,但是还是有人不满意,那就应该考虑别的,也得允许他考虑别的。

当然写那种梦和理想的东西不赚钱,你得明白这是对的,因为它不是给多数人看的。陈村有句名言,他说对一个写作者来说,有个问题必须先弄清楚,你是"嫖娼"还是"卖淫"?你要是"嫖娼"你就往里搭钱,而"卖淫"你才能赚钱呢。这譬喻可能不雅,但它说到了关键。

假如你的写作是写自己愿意写的东西,那么你就不要和写另外类型的小说的人去比,那是无法比的。

章德宁：作为作家，他的写作应该想明白自己是要"嫖娼"还是"卖淫"，但是，作为刊物，就处在两难的境地，如何平衡？（笑）

史铁生：我明白你的意思，作为刊物也存在这个问题，那你只能"嫖娼"和"卖淫"两个方面兼顾了。

章德宁：可是特别难兼顾。

史铁生：你可以开诚布公，我这个刊物分为两半儿，中间加个封面，前部分"嫖娼"，后部分"卖淫"。不是挺好么。

史铁生夫人：你要这样，谁也不会买你的书，哪边也不买了。这样的刊物，可能导致"嫖娼"和"卖淫"两部分人都不满意。

史铁生：这就要求你自己必须想清楚，要有自己的"道儿"，也可以办两本。

章德宁：我们一直想开个文学评论栏目，要那种真诚的、有见地和艺术良知的评论文字。你是不是觉得，现在好的文学批评特别缺乏？

史铁生：假如开文学评论栏目，千万别找现成的文学评论家。你可以找学界或者哲学界的人，他们一旦评论起来可能会好看，会有点意思，你像他们评论那些电影、戏剧等，效果就不一样。现成的一些文学评论家、有点像是在弄一门手艺，拿过什么作品来就是一刀，跟大师傅做菜有些相像。

章德宁：你的感觉相当准确。现在多的是御用评论家，商业评论家。

史铁生：这种评论家的评论，就是有点沦落的手艺。他知道皇上爱吃哪道菜，大众爱吃哪道菜。他不是美食家，美食家知道自己爱吃哪道菜。

白昼的有限和黑暗的无边

章德宁：在你的一则访谈里，你说过一句话：白昼的清新是有限的,黑暗却无边。这句话给我的印象非常深。从写作方面,从人生方面,内心世界的丰富性、广博性,涉及我们个体的生存,时间这种长度等方面,我想听听你的原版性的解释。

史铁生:在艺术形式里边,能看的东西,观众最多。比如电视、电影、电视剧;能听的人就少,比如音乐;而需要思与想的东西,读者就更少。白昼是看,是现世;你要是沉思,你要是谛听,那你一定是在黑夜之中,或者是在你的心灵之中。黑暗降临,你周围沸沸扬扬的世界进入到沉静里,你什么都看不见了,那你就开始能够想了,开始能够听了。我觉得就是这样的。我觉得我们的时代和世界,就缺乏这种听和想。其实听,就是你在与冥冥中的什么在对话。想,也是这样。也不一定你非得在晚上,但你要真是那样的话,你周围不见那些沸沸扬扬的东西。你必须得从那里脱出来,就像尼采说的,你从那种酒神队伍里脱出来,有了另一种感受。

为什么说"沉思默想"?我觉得现在我们的理性思考太少,而不是太多。这个理性,一定要做个界定。"理性"这个词的解释,一种是旧有的规则,那么我们要破它,另一种是你的思考、思索。后面的这种,在我们中国就很缺。有人说中国的理性太多了,他指的是规则,不可越的雷池太多,而不是说中国人已经很善于思考了。思考之后你再达到那种非理性的境界,则是另外一个问题了。为什么说它叫非理性,而不叫它无理性呢?它们是有质的区别的。非理性是说你对理性的超越,而向什么地方去扔砖头,那是无理性。

章德宁:写作对你来说,尤其是你的身体状况,它是不是对生存的一种寻找和补偿?

史铁生:应该说是这样的。刚开始就是谋生。刚开始写作的时候,第一个想法就是谋生,在谋生之外,当然还得有点追求,有点价值感。王朔的电视剧里有句话:实在没辙了当作家。

我开始写作的时候,腿坏了,刚从农村插队回来。找工作,哪儿也不要我。(**章德宁**:那个时候你画过彩蛋是吧。)后来终于进了街道工厂,每个月拿十五块钱工资。以后就利用半天工夫来写作,我以为这是谋生的问题。其次,活着就得有点价值。在写作的思考中,慢慢就会发现荒诞,写作得有点荒诞的想法。有时候我总是感觉,荒诞感和想象力对于写作是最重要的。太荒诞了就会有问题出现,这个问题,可能就不是皇上想吃什么、老百姓想吃什么了,而是我自己为什么要活着、我非这么活吗等等。这些问题就出现了。也就是在思考过程中,文学的问题出现了。

我以为文学的第一问就是:我干吗要活着。它的提出使死的问题也出现了。不知死,安知生?死的问题提出来后,活的问题,为什么活着、就特别地凸显了。到后来,我还想两条腿走路,也就是"卖淫"和"嫖娼"兼顾,还想写点电视剧,也想多挣些钱。可肾坏了,于是我又一想,我还能有多少年的时间呢?便幡然醒悟,我别"卖淫"了,安下心来踏踏实实地"嫖娼"吧。

载《北京文学(中篇小说月报)》2005年第2期

史铁生的日子

从死中看生

夏榆*：在您的散文集《记忆与印象》里您说,现在我常有这样的感觉,死神就坐在门外的过道里,坐在幽暗处,凡人看不到我的地方,一夜一夜地等我。

史铁生：这是我在肾坏了,刚刚透析之后写的。确实,那时你觉得离死亡很近,尤其你天天透析。在透析室里跟你在一起的那些人,可能到哪天哪一个人就没能再来,常有的事情。医院里边的困苦外边的人很难想象,所以我建议人们旅游不要光去风景区去看,也可以去医院看看,去墓地看看,可能会有不一样的感悟。

夏榆：您写"史铁生的墓",给自己设计墓志铭,您说死,说活。但是对很多人来说,死是一个禁忌。疾患使您看透生死了吗?

史铁生：透吗？不敢说是透,因为死后的事是不可证实的,既不可证实,也不可证伪。死意味着什么,死之后是什么样的状态,我们无法在活着的时候去证实它,也很难证伪。哲学的问题,据说是从死开始的。佛家讲人生老病死。实际上最触动人的还是死这件事情。对很多人来说,死是不能谈的。人们不说死,一说到死就很害怕。好像死是不在的,永远都不在。人们忌讳谈这个。忌讳

---

* 夏榆,时为《南方周末》记者。

谈死,如果他是病人,我就觉得他的病白得了一半,如果他是一个写作的人,他的损失就更大。我觉得人没有对死的想法的时候,对生的想法也会差得很多。古人说:不知生,安知死。但还有一种看法,是不知死,安知生。死是生的一部分,在你生的时候,死一直在温柔地看着你,或者虎视眈眈地看着你。不说的人,也分明意识到它在那里,而且他深怀恐惧。

夏榆:残疾和磨难使您比常人更容易体察到人的根本处境吗?

史铁生:未必,未必。佛祖也并没有残疾呀!而磨难又差不多是人人都逃不开的,也很难比较磨难的轻重、大小。古今中外多少大师、哲人,未必都经历过多少大苦大难吧?苦难既可以使人把生命看得更深入、更宽广,也可能让人变得狭隘。我说过,关键的不是深入生活,而是深入思考生活。比如说陀思妥耶夫斯基,我看他最不寻常的品质是诚实和善问,问人生的一切善恶缘由与疑难。我觉得这才是写作者应该有的立场。

有人说我的写作太过思辨。没办法,这可能就是我的命。大概我总是坐在四壁之间的缘故,唯一的窗口执意把我推向"形而上"。想,或者说思考,占据了我的大部分时间。我不想纠正,因为并没有什么纠正的标准。总去想应该怎样,倒不如干脆去由它怎样。

夏榆:您透析以后的情况怎么样?透析使身体好转吗?

史铁生:我得的两个病都是终身制的。到现在我透析已经是第九年了。透析就是一个星期三次,一次四个半小时,为什么这么频繁,这么长时间?不透析时间的所有吃的喝的那些水分全存在身体里,而肾完全不工作。肾坏了,就算毒素你能抗得住,几天的积水你就抗不住。透析病人最大的苦恼就是渴,因为他不能敞开喝水,被限制尽量少喝水。每次去透析的时候我要脱去三公斤水,有的人控制不好,随意喝的话,能透出五六公斤水,在四个半小时之内从人体里拽出那么多水,人就受不住。透析完了会非常疲劳,因为在透走毒素的同时,它把你的营养也透走了。透析器就是一个筛子,就那么大的眼儿,同样大的分子全被透走,好坏不管,所以就缺乏营养,饿,透到一半的时候很饿,有时候就会虚脱抽筋。透完以后很疲劳、乏力、饥饿,回到家以后要先吃,吃完就睡,休息一宿,这样才能缓过神来。

夏榆:频繁地透析对您的心理和精神有负面影响吗?

史铁生:透析是救命的,你不透不行。没有透析像我们这个就是绝症,它比癌症还绝。癌还可以做手术,有的癌还可以好。肾坏了,就不工作了,你没有替代的办法就是憋死。所以过去的尿毒症就是绝症,有了透析之后这种病才可以缓解。在中国透析大概在二十世纪七十年代才开始有,开始的时候很简陋,人即使是透析之后也只能多活几个月。到九十年代国内透析技术才完善起来,促红素也开始发明出来,促红素是给人体增加红血球的药物。肾坏了的人都贫血,透析的人贫血更甚,没有促红素,人永远处于一种贫血状态,那就休想干事了。我一直说命运对我不错,我的肾坏了,但是我坚持了十八年,坚持到透析技术完善了,我的肾才彻底衰竭,这时候我倒是可以靠透析活命了。促红素的发明也能帮助我提高身体内的红血球的生长,可以让我有一点精力做事情,没有这些,就完了。

透析本身对身体和精神并没有太大痛苦,透析的痛苦在透析之外,透析时间长了都会出问题,有并发症、骨头疼等问题。

夏榆:看到您描述透析室的情景,您写过病人和家属因为拿不出治病的钱悲伤痛苦,在医院您更真切地看到生命的困苦和患难吗?

史铁生:透析费用一年数万元,且年年如此,这个负担靠一般人自己的力量是无法承受的。不光是透析,很多病都有这样的问题。这是目前医疗突出的问题——决定你活命的是钱,不是医疗技术,这是一个很严峻的问题,不只是医学问题,还是伦理的问题。

说俗了就是有钱你就能活,没钱你就不能活。人的生命、人的生存在你走进医院看病的时候出现问题——不平等。我见过一个靠借钱给儿子透析的母亲,她站在透析室门外,空望着对面墙壁,大夫跟她说什么她都好像听不懂,那种绝望让人难过。我还听说过一对曾经有点钱的父母,一天一天卖尽了家产,还是没能救活他们未成年的孩子。我听有护士说过:看着那些没钱透析的人,觉得真不如压根就没发明这透析呢,干脆要死都死,反正人早晚得死。这话不让我害怕,反让我感动,是啊,你走进透析室你才发现,最可怕的是什么:人类走到今天,连生的平等权利都有了疑问。有钱和没钱,怎么竟成了生与死的界限?

说到伦理,我觉得,随着高科技的发展,医疗已经提出了一个严峻的伦理问题。比如说,凭现在的,尤其是未来的医疗水平,要想让一个比如说晚期的绝症患者维持心跳、维持呼吸、维持成植物人,并且维持很多年,都并不难。难就难在费用,要有很高的经济投入才行。这样的话,后果很可能是:少数人,花很多很多钱在那儿植物着,而更多的人却可能因为一些并不难治的疾病而夭折。因为社会财富总归是有限的。说实在的,我不知道应该怎么办,要死都死大概也不是个办法。所以,我很希望能够通过媒体,就这样的问题展开深入讨论。

残疾与爱情

夏榆:疾病和磨难几乎成为您人生的功课。现在轮椅对您来说还是障碍和隔绝吗?

史铁生:轮椅,我用坏了好几辆。最早的轮椅是我爸搞了一点破铁管去外边一个什么五金综合修理部焊的,那时候国内根本就没有折叠式轮椅。后来是《丑小鸭》编辑部送我一辆真正的折叠轮椅,那辆也用坏了,后来还用坏过一辆。透析之后我没力气了,就有了现在这辆电动式轮椅。有些事情就是这样,你接受它了,就习惯它了。别人用腿走路,你用轮子走路,这个事情就算结束了,有时候你就不会意识到它,但是你需要上台阶的时候就会意识到,这接近存在主义。我经常走在马路上,我并没有意识到自己的状态,我把轮椅给忘了,自然而然就忘了,但要碰到台阶你上不去,你要找人抬,你就想起来了。假定中国所有的地方都无障碍了,我想这事真忘了。你看我现在住的房子也没有障碍了,到厨房去,到卫生间没什么问题。

你说轮椅有什么问题,轮椅没有大问题。问题更大的是肾,它剥夺了我的精力。轮椅剥夺了我的走路,但是我能走的话它就不是问题。肾剥夺了我的精力,我经常感觉精力不够。

夏榆: 陈村形容您的思想和文字是安详而明净,温暖而宽厚,我想知道的是,您的安详的力量来何处?

史铁生: 他在鼓励我。陈村的自由和潇洒一直都在鼓励着我。其实呢,只能说我比过去镇静了一点。虽然常常还是不免焦躁,但不会延续太久。很多事,换个角度去看它,可能另有意味。

夏榆: 您现在每天的日常生活是什么样的状态?终年的疾病缠绕中您怎么能使写作成为可能?

史铁生: 我的日常状态就是一个星期三天透析,只有四天可以工作,而且在这四天里也只有四个上午是可以工作的。或者读书,或者写作。总之工作时间比我肾坏之前缩了一半。因为你去掉三天,这四天还要被打折,所以我其他的事情全都不做了。所以我现在不参加活动,不接受媒体访问,有人说我吝啬,其实是因为我的有效时间太少了。写《我的丁一之旅》是我在三年的时间里利用了所有的上午,什么都不做,实际上说是写了二年,三年先要去掉一半,透析的时间。再要去掉一半,三年的下午。所以三年的一半的上午就是用来工作。其他的事情我就都不管。

夏榆: 在开始一次新的漫长的写作之旅前,您有信心走完它的全程吗?

史铁生:在我试图写一篇我感觉比较重要的作品前,我总要下决心,下什么样的决心呢?下一个失败的决心,而不是下一个成功的决心。因为既然是写疑难,那就一定是相当疑难的,我不能保证准能写好。成功又给你的压力太大了。所以这是一个私人的问题,写作是一个私人的事情,你只对你自己负责,只能对失败负责,不能老去想成功的事,否则那么大压力还怎么写?对我来说,我的每一次写作都是对自己的提问,你给自己回答了一个问题,你要在意别人承认你吗?我说写作更多的是私人的事件。有两个事件是特别私人化的,一个是写作,一个是爱情。你去爱一个人,你在乎别人怎么说你吗?别人怎么说你就放弃,别人怎么说你就会追求?这是一个没有主见的恋爱者。我觉得写作和恋爱特别相近。它们都是个人的疑难,你别跟人商量,它没有商量。

夏榆:在您的书里您书写了对爱情的渴望和幻想。《我的丁一之旅》《务虚笔记》《灵魂的事》都能看到同样的爱情事件,您对爱情的渴望和幻想没有因为疾病和磨难止息吗?

史铁生:是这样。人在把死给安置了以后开始想生,生的问题中最大的问题就是爱的问题,以及爱情问题、性爱问题。

其实在《我的丁一之旅》中主要探讨的就是爱的问题。我说,丁一生来就是一个情种,为什么生来是一个情种?情种实际上就是渴望他人的,说到爱,爱的最根本是他者的问题。有人说母爱是最伟大的,我不这么看,母爱当然是很好的,但是它针对的是自己的一部分,它是针对自己的孩子。爱的意思是针对他者,爱是对他者的敞开,爱渴望寻找联结,而不是封闭。生而为情种的人有几个特点,比如他好色,好色这件事情不见得是坏事吧,他喜欢美好的东西,但这是不够的,更多的是他肉身的性质,是一种自然的本能。那么爱,我说的敞开,可能是对他人的,也可能是对他物的,还可能是对整个世界的。他都取一个沟通和敞开的状态,而不是封闭的状态。

夏榆:您的爱情生活是怎样的?您的爱情有过曲折吗?

史铁生:我们两人,已经互为部分了吧。要没她,别说写作了,我什么也干不成,就那么点力气,生活的碎事就快把你磨没了。爱情,世界上有多少人就有多少种机缘,这种机缘你无法说清楚,缘分真是因因果果,你不知道从哪儿就排布下来了,这个时候除了感恩也没有别的。包括也得感谢她的父母。包括还得感谢她父母的父母,她父母的父母的父母。爱情它有历险的一面,我也就是历险成功。怎么历险你也说不清楚。你刚开始谈恋爱,刚开始结婚的时候你也不能具体想象,除了抱着一个诚心之外,你还真的要靠机缘。你知道上天怎么排定你的命运?你知道你的人生的剧怎么演吗?不知道。如果你知道怎么演的话,那就是戏剧,不是生活。

夏榆:您怎么看恨?事实上因为残缺和由残缺带来的他人的漠视甚至轻蔑导致了残疾者的恨。

史铁生:恨是不好的,恨是一种自行封闭的心态,它既不期盼向外界的敞开,也不期盼与他人联结,就像一个孤立的音符,割断了一切意义自己也就毫无意义,所以我说过它是一个噪音。残疾情结不单是残疾人可以有,别的地方,人间的其他领域,也有。马丁·路德·金说:"切莫用仇恨的苦酒来缓解热望自由的干渴。"我想他也是指的这类情结。以往的压迫、歧视、屈辱所造成的最大危害就是怨恨的蔓延,就是这残疾情结的蓄积,蓄积到湮灭理性,看异己者全是敌人。被压迫者、被歧视或被忽视的人,以及一切领域弱势的一方,都不妨警惕一下这"残疾情结"。

夏榆:您经历了这么多的磨难,这么多疾病的困苦,内心会有幸福感吗?

史铁生:我现在很有幸福感。大概是四十多岁时,我忽然有了一种感恩的心情,心里自然而然地冒出了一句我以前想也不敢想的话:感谢命运,感谢它让我明白了很多事。但这个幸福也不是说我每天都是特别满意的。幸福是什么？幸福不见得是某个具体的满足。古人说：朝闻道，夕死可也。但是我觉得对于写作者来说，对一种现实满意到非常流畅的状态并不是特别好的情况。对写作而言，有两个品质特别重要，一个是想象力，一个是荒诞感。想象力不用说，荒诞感实际上就是你在任何时候都能看到并不好的东西，看到并不能使我们的人性变得更好的东西，看到并不能使我们的梦想都能够符合心愿的东西，也就是说我们对一个现实的世界永远存疑。对人而言，幸福总是有限的，而人的疑难是无限的。

在疑难中写作

夏榆：您是在常人无法忍受的疾病困扰中写作的，我看过您说"写作的宿命"，写作是您不能离弃的吗？

史铁生：先插一句：大家都是常人。常言道：没有受不了的罪，只有享不了的福。谁是神仙吗？没有的事。你刚才说写作的宿命，我的意思并不是说注定了我要去靠写作为生，这可能也是一个方面。我说写作之所以宿命，是说我心里有很多疑问，它揪住我不放，我躲不开它。其实我觉得是在为自己写作，因为我内心有这么多的疑问，其他的也有，比如情感，我觉得更多的是疑问，我有这么多疑问，我要想它，这就是我的宿命。我不管写不写我都是在写作。不能说我动了纸、动了笔就叫写作，是因为心里有了这么多疑问，一直在询问这些难点，那本身这个过程就是在写作，这就成了我的宿命。有人说枯竭的问题，我说如果写作是由于疑问的话，怎么会枯竭呢？难道人生的疑问还会没有了吗？你自身的疑问难道还会没有了吗？除非你没有了疑问，那你就会枯竭，如果这疑问永远有，枯竭就不会来。因为这个世界和我们几十年的生命里最不可能枯竭的就是疑难而不是幸福。如果你老是写幸福可能会枯竭。

夏榆:"丁一之旅"在表达什么？您能说出它的关键词吗？

史铁生:疑难。我觉得我是写人的疑难。"丁一之旅"包含不止一个方面的疑难。我写了爱情的疑难。你别把爱情看成是生活的一部分,我觉得爱情是生活的全部。如果仅仅是结婚生孩子,那它只是爱情的一部分。人始于它终于它。爱情包含着一切,我就写这种爱情的疑难,它几乎在人生中处处弥漫着。

夏榆:您说《我的丁一之旅》算不上小说,更未必够得上文学。如果不是小说,那它们是什么？

史铁生:你说"丁一之旅"是小说,或不是小说,我都不在意。我之所以那样说,首先是一种自嘲。因为常有人说我的小说都不大像小说。另一种意思是我想强调的,那就是:任何固有的小说规矩都是可以放弃、可以突破的。"丁一之旅"可以看成是小说,也可以看成自传体,只不过所传者不是在空间中发生的,是在心魂中发生的事件。我想小说的规矩是可以放弃的。我们在试图看一看心魂的真实的时候尤其值得放弃一下。《务虚笔记》《我的丁一之旅》都可以说是"心魂自传",或者是"心魂的一种可能性"。你说它们不是小说,我觉得也没什么不对,我不关心小说是什么,我只关心小说可以怎样说。物理学家玻尔说:我无法告诉你我是谁,我只能告诉你,关于我,我能够怎样想。

夏榆:"丁一之旅"是您"心魂自传"之一,此外您还会有别的计划吗？

史铁生:我不敢有什么计划,就是看我的力气、体力有多少,想写的东西还有,但是经常感觉没力气,只能走着看。我也没有做一个计划,也可能没几天就结束了,反正在结束之前尽力而为吧。

夏榆:现在作家在强调写作的立场,您的写作立场在哪里？

史铁生:我其实并不太喜欢"立场"这个词,可能是因为历史的原因吧,它有一种被捆绑的感觉。我们就说作家站在哪儿吧,那我说我就站在人的疑难处,人的一切疑难都是应该关注和思考的,那可比理论和主义要复杂得多了。比如说贫困与弱势群体等等吧,那当然是必须要给予更多关心的,但那也只是人的全部疑难的一部分。

夏榆:据说您喜欢霍金——他也是一位坐在轮椅上的男人,他以自己残疾的身躯和杰出的头脑探询宇宙的奥秘。和霍金不同的是您追问的是人的精神。

史铁生:不光是霍金,还有很多物理学家,包括生理学家我都很有兴趣,当然只是他们的科普作品,因为他们和作家研究的都是同样的事情,研究人在自然当中的状态,在偌大一个世界,人处于一个什么样的位置,由此你可以更加清楚地看见你的处境。各个学科到了终极状态,研究的都是这些问题,比如时间问题,作家也很关注。死的问题一定和时间是相关的,逝去的时间不再回来,时间的不可逆的问题,这是生命面临的严峻问题。知道这些你也就知道人的生存真不是眼前这点事情。

夏榆:您的腿是在插队的时候留下的疾患,二〇〇六年是"文革"四十年祭,也是"知青运动"四十年祭,回望逝去的知青岁月,有什么特别的感触吗?

史铁生:现在想也没有什么特殊的感觉。人类的历史就是这样一个事件一个事件排成的,你恰恰经历了那样一段历史。我说历史就像一个戏剧,一个永恒的戏剧。实际上它的戏魂都是相似的,它的道具、灯光和舞台是变幻莫测的,实际上在演出的还是一个东西。有可能它是空前绝后的,但是多少年想回来,也就是我们这一代人的一次经历。最后它要我们去想的东西还是那样的东西,就是我们怎么应对生活的苦难。我们怎么看到一个更大的世界。有很多老知青说知青生涯的独特是未来孩子们不能企及的。也不是,就像每一代人有每一代人的困境。每一代人有每一代人的舞台,布景、道具、灯光,都是不一样的,你很难说哪一出戏剧的艰难更大。不一样,老一辈人说你们没有经历过两万五千里长征,好像我们永远就不行了。我们这一代人以同样的逻辑说下一代，"文革"和上山下乡。但实际上下一代经历过的我们也没有经历过。在那样的戏剧他们经历怎样的坎坷是我们料不到的。那是另一代人的命运。这个命运不给人特权。每一代人的具体命运是不一样的，但是根本性的命运是一样的。没有哪一代人的历史具有超群的优势，如果你没有懂得其中根本性的意义，你哪一种经历都是白搭。

夏榆： 一九九五年您去过瑞典访问，那次同去的有旅居海外的中文作家，这些年他们一直聚集在诺贝尔文学奖大门之外。那次斯德哥尔摩之行对您有什么收获？诺贝尔文学奖会成为您写作的参照系吗？

史铁生： 收获就是远行了一次，这么多年那是我去的最远的地方。我离诺贝尔奖很遥远，遥不可及。诺贝尔奖当然是很好的奖，任何一个奖都不可能面面俱到，人家奖有人家奖的风格，奖的事情就是你符合了人家的风格，给你就拿着，剩下的事情不必钻研。瑞典之行给我的最大的感受并不是诺贝尔，而是那块地方。我感觉就跟童话一样。坐在飞机里耳边轰隆隆响了八个小时，是不是去了外星也不知道。一下飞机，看到的情景让我吃惊。给我印象最深的就是在一个生活小区——我的一个老同学安家在那儿，请我去做客，早晨，很安静，天空之晴朗是我少见到的，然后我看到有一对年轻夫妇在修剪花草，那种情景让我感觉震动，我发现"采菊东篱下，悠然见南山"原来跑到瑞典去了。由此我想到我们的环境，想到陕北、黄土高原。所以我写过，说要是从我们一插队的时候就种树，到现在一片一片的森林也就都起来了。从古到今，树给了人多大的好处呀，它甚至能够改善人的心性。

载《南方周末》2006年3月30日

从残缺走向完美

余勤*：史老师,您好!我们能够采访到您,感到特别高兴。您的散文《我与地坛》被选入高中语文教材,它给了我们许多深刻启发。记得有人这么评价:"《我与地坛》这篇文章的发表,对当年的文坛来说,即使没有其他的作品,那一年的文坛也是一个丰年。"

史铁生:那是韩少功说的。韩少功这句话快成了我这篇散文的广告语了。他这话比我的作品传播得还广。(笑)

余勤:可见,在您的众多优秀作品中,《我与地坛》影响最大,但它却没有获得什么奖项,您怎么看待这件事?

史铁生:获奖可能要碰机会。正好那年发表的时候,没有什么奖。

余勤:史老师,您在文中写到地坛,在几篇小说中您多次提到那座古园,有人分析:地坛和古园是您寻找到的精神家园。您觉得有这种象征意义吗?

史铁生:可以这么认为。古园实际上就是地坛。我常提起地坛,是因为我向往它的安静。那还是上个世纪八十年代,地坛空旷清静,我喜欢到那里写东西和看书,无人打扰。地坛有我的零度写作,有过天马行空的想象。

余勤:史老师,能不能说地坛在您创作历程上具有重要意

---

* 余勤,教育工作者。

义呢?

史铁生:是的,我在地坛泡了十五年,地坛在我创作上有不同一般的意义。以前那里基本上是一片荒地。门上挂的是"地坛公园",也不收票,很多人从里面穿行。白天的时候,好像没人。我在那里看书,包括有些东西也是在那里写的。

余勤:《我与地坛》感情丰富,富有哲理,我们在教第二部分(写母亲)时,常常泪流满面,作品给了我们极大感染。

史铁生:我的这篇文章是一篇带有自传、自诉意味的散文,我以真实的身份投入到创作主体之中,坦诚地表现自己,所以写景、叙事、绘人自始至终都饱含情感,而且都是真情实感地流露。在写母亲这一部分里,我回忆了母亲的博大与无私,写了我对母亲沉痛而深沉的爱。由于是痛苦、深沉的真情表露,所以感人的成分自然要浓一点。

余勤:文中这样写道:"这园中不单是处处都有我的车辙,有过我的车辙的地方也都有过母亲的脚印。"此处的"车辙"和"脚印"有象征意义吧?

史铁生:是的,"车辙"就可以看作我心灵求索的轨迹,这条轨迹肯定是十分复杂的,有直有曲,有进有退,错杂纵横,直到最后,才完成了思想的涅槃。然而,我精神跋涉的每一步,都有母亲的伴行。每一次挣扎都带给过母亲忧虑和哀伤,是母亲目送我走过长长的路。现在,我明白了母亲在那个阶段的作用,这是我的第二次涅槃。

余勤:母亲顺从儿子的任性,宽恕儿子的烦躁,这和溺爱截然不同,那它是什么?

史铁生:是尊重,她试图从尊重入手接近儿子的心灵,从而了解儿子帮助儿子。她是矛盾的,从感情上讲,她不放心儿子去地坛,那是一个脱离了她视线让她力不能及的地方;但从理智上,她感到儿子需要地坛,需要一处可以在独处中完成人生再认识的地方。所以,她一方面忧心忡忡,一方面深明大义,她需要反复说服自己才能看着儿子隐入地坛。母亲做对了选择,使我得以在地坛治愈了灵魂,然而母亲却为此押上了她最大的赌注。

余勤:史老师,能不能这样说,地坛是您获得生存信心的地方,也是您感受母爱最深的地方。

史铁生:是啊!地坛正是这一切的见证。

余勤:您现在还常去地坛吗?

史铁生:十年前我搬了家,离地坛远了,加之行动不便,现在很少去了。偶尔请朋友开车特意送我去看它,发现它已面目全非。这正是日新月异的布景和道具之所为吧。园中那些老柏树依然令我感动——历无数春秋寒暑依然镇定自若,散发着深厚而悠远的气息,不被流光掠影所迷。

余勤:史老师,今天您从地坛走了出来,您今天的成就离不开地坛对您的启发,离不开母亲对您的尊重和理解。您的新作《我的丁一之旅》再次引起广大读者的关注,有人说它不仅在叙述爱情,也在叙述哲学,您能简单介绍一下吗?

史铁生:这本是一个爱情故事,说的是"我"与"娥"的爱。自从分手于伊甸园,又被分裂,于是苦苦相思,世代寻觅,里面不过多了些对爱和性的思考而已。

余勤:史老师,这样一部力作完成后,您应该好好休息一下,大家都很关心您的身体,近来您的身体状况怎么样?

史铁生:和过去一样,隔两天去一趟医院,就像上班。我每天做的事情就是透析、睡觉,有精力的时候写东西。每次透析的时候都有三四百毫升的血液在体外,全身无力。这把血里的营养也透走了,透析完就特别累而且饿,然后就吃,等身体补起来了,毒素又够了,又得去透了。现在身体状况好多了。透析完之后可以坐起来写作了。我常说自己的职业是在生病,业余在写作。

余勤:这样的身体状况,您还坚持写作,写作对您的生活有着特别的意义,是吗?

史铁生:为活着找到充分的理由。说得通俗点,写作是为了不自杀。我从二十一岁双腿残疾的那天,就开始写作。我感到很幸运,在我二十一岁双腿瘫痪时,我心想,人生这盘棋怕是要下到这里了,写作及时找到了我,并延续着我的生命。

余勤:史老师的确是一个伟大的人,记得作家莫言说:"我对史铁生满怀敬仰之情,因为他不但是一个杰出的作家,更是一个伟大的人。"为什么很多身处逆境的人,比如病人、失恋的人、处于人生低谷的人都会看您的书?

史铁生:因为人生来残缺,人生艰难、充满困境,当人面临的困境没有尽头的时候,会变得焦躁而脆弱,这时候需要一种对生命的理解。

余勤:的确,您的书充满对生命的理解,这些理解里是不是蕴含着您的人生态度呢?

史铁生:是的。有位哲人说,命运就是一部人间戏剧,角色是不可调换的。当我的双腿和两个肾都被拿走的时候,我的身体失灵了。这是我所认为的命运。有天在报纸上看到一句话,我觉得挺有道理,它说:"世界上只有两种生活——一种是悲惨的生活,一种叫非常悲惨的生活。"我觉得活着就是你对生命有疑问,对生活有疑难。但是关键在于一种面对人生的态度。

余勤:您选择了乐观的态度,是什么事情让您这样幽默地看待死亡?

史铁生:这还得感谢卓别林,在《城市之光》这部电影里,女主人公要自杀,卓别林将其救下,这女的说:"你有什么权力不让我死?"卓别林的回答让我至今难忘:"急什么?咱们早晚不都得死?"这是参透生死的大帅态度。我想他是在说,这是困境,谁也逃不过,人生的一切事就是在与困境周旋。这需要靠爱去延缓死亡。爱可以超越一切苦难,超越人世间的种种恩怨,超越宿命。

余勤：史老师,您理解的乐观应该是怎样?

史铁生：我常说这样的话:"人的思想不妨先锋一点,人的行为不妨保守一点。"那么写作也是那样。你写的时候,可能不见得那么乐观,因为你感觉到了问题和困惑,如果你觉得很顺畅的时候,我觉得反倒没什么可写的。所以在写作上,我不排斥悲观主义,也不排斥怀疑主义。但在生活中,你既然选择了活着,干吗要痛苦地活着呢? 不过,傻乐可不成啊! 傻乐不算是乐观。所以"悲观""乐观"这样的概念放到文学上,应该有重新的定义。

余勤：感谢您接受我们的采访,让我们获益匪浅。那么顺便问一句,您的透析要做到什么程度才可以不做了?

史铁生：做到死就不做了。因为我的身体状况,不能换肾,只能靠透析。

余勤：史老师您这么坦然地谈到死亡,让我们心中充满敬佩之情。请您好好休息,千万要注意身体。

史铁生：(微笑着说)谢谢。

载《语文教学与研究》2006 年第 18 期

在家的状态

陈村：我本来就想跟你瞎说，说什么呢，说你啊，一个人在家里干什么呢？说某一个人啊，他在家里有什么本事，在家里边能够像坐禅一样坐下去。因为我觉得这样的一个状态其实很重要。现在人都是坐不住的，在家里。能出去就不在家的。但是有很多人，小孩儿，他说他要变成文青啊，他要变成什么呢，要去创作他的什么东西了，哪怕是创作像那个胡戈跟陈凯歌瞎搞的那个东西，也必须在家里做，你不能走在路上做，在酒吧做。

史铁生：你的这个题目给我的第一个感觉就是说，他可以做在外面不可以做的事儿。第二个感觉就是说，真正的要做的事儿还得在家里做。比如他们好多写东西的人，比如我就是这样。那时候家里住雍和宫那儿，家里热，那时候编辑部跟我说，我给你找个宾馆住着，给我写稿。对不起，那我写不了。完全有压力。

陈村：感觉是，完全属于非正常了。人家等鸡下蛋呢。

史铁生：莫言说，写作相当于排泄，这事不能让人看的，旁边一有人你能写吗，写不了。

陈村：但有人就行，有人爱在那个什么咖啡馆，等于是北京以前公共厕所那样，大家都蹲着。

史铁生：那个谁最有意思，洪峰啊，洪峰早年他不是当编辑么，坐火车出去约稿。在火车上撕一块纸，找一块什么纸他就'写了,'写得很有感觉。此后据说不上火车找块废纸的话，他就很难写。习惯，其实就是写作习惯。

陈村：这个中间出现了一个什么奇怪的事呢，有人呢是出去寻找释放。在家里很焦灼啊，在家里干干活啊，干得累了，跟朋友去胡闹一下，喝喝酒，吃吃饭。去哪儿游山玩水，回来以后安静了，家里坐得住了。

史铁生：也是，我觉得也有人可以几个月地待在家里。读书啊，写作啊。这功夫很深。其实我是被迫的，但是实际上我还是想出去一趟。就比如天天早上我就在院里转转，要不然就觉得你写什么也开始不了似的。也是一习惯，好像开始写作也有一个进入的方式。什么都有进入的方式，我说说相声穿大褂也是一个进入的方式。

陈村：我以前身体好的时候，我是不爱散步。就那个什么周围哪去兜一圈什么的这个事儿我最烦了。住在万科的时候，我试图让自己每天晚上骑着自行车一刻钟，在小区里面，那比较安全么，在小区里面乱转转一圈。跑到小店里面可能买一个什么东西就回来。转了几天以后这个事就黄掉了。

史铁生：那你肯定。第一，骑车还挺累。第二，在大街上是不行的。人所以散步是要找一个安静的地方。

陈村：那是安静，小区里面啊。

史铁生：就是说最好没人。你比如说，我觉得啊。写作不成，写作你还得落停，在一个地方，习惯都摆好了，正儿八经地开始。你要是读书，我当年在地坛最好的一个状态是什么呢？它没人。然后你读一段，摇一段车就走，随便走，没目的。这过程呢就是你想你读的书的那个，如果你突然有一个想法。马上停下。摇着车走。摇着车走呢就能够把这段想法有更好的一个角度。然后你再想想再读一会儿书。那时候觉得是最好的，但现在像那样的地方几乎是找不到的。

陈村：到处都是人满为患。

史铁生：一有人，你的视线难免被吸引。这你就不行。

陈村:现在的小孩呢很适应在酒吧里谈事,就是我们都约在酒吧里谈什么。我在酒吧里可以跟人谈的都是言不及义的事儿。但是……

史铁生:差不多。但谈商业的事可能可以,谈写作的事好像不可能。

陈村:我在那一个闹哄哄的环境。一个可能我老在家的关系,我首先会被周围环境所吸引。就说,哟,这里有人在走动,那里一男一女两个人头凑在一起了,被我看见了。

史铁生:对,那个你要四处张望,这也是出去的意义。意义也在这。

陈村:就是你出去就别干家里干的事。

史铁生:对,对。我第一次北京作协组织上北戴河,那是八二年。到了北戴河啊,那时候号称叫作创假。很多人他还有工作,作协给你请了假到北戴河租了宾馆,说大家写作。那会儿人还都很虔诚,很多人都不出去躲在屋子里写作。我一想不对啊,我好容易来北戴河我还躲屋里写啊,得出去。我说我有的是时间在屋子里坐着。结果我觉得他们也没写出什么,既然出去我觉得你就要看嘛。

陈村:我有两次是写出东西的。一次是此生出产最高的时候,大概是一九八五年的时候。周介人给我找了一个上海昆山什么县政府的第一招待所。那个破房子就是一张床一个桌子也没什么地方。那个窗外呢很近有一个楼,他们搭着脚手架在施工,工人爬来爬去。我在那就每天分很好的作息时间,分三段时间,上午写作,下午写作,晚上写作,到时候睡觉。就那么干了十二天写了十一万字成品。就整天就在那写。

史铁生:很难得,这种小地方倒能出东西,给你搁一豪华宾馆可能倒不行。

陈村:后来每天也出去,我出去呢也就跑到外面买了两根黄瓜,西红柿,买两个鸡蛋。我有杯子,带那个叫"热得快"的东西给它煮鸡蛋。啊煮一煮。中午吃饭呢也是很差的那个饭,食堂么。反正就是在那吃。后来反正家里有事了叫我回来了。我发现在那个地方要是你埋头去干一阵呢,可以做事。

还有一次呢,是被朱伟抓到了桂林,那是一九八二年大概,被朱伟抓到了桂林去开一个《中国青年》的笔会。我在那写《蓝旗》,朱伟是工头,那个家伙呢,每天逼问你昨天又干了多少,今天怎么还不干活,你怎么还在晃来晃去?这家伙!

史铁生:你心理还好,要我被这么一逼啊。本来能写也写不了了。

陈村:我倒可以。那时候就写写写,我也跟你一样,那时候好容易出来我就看山看水喽,或者跟朋友聊聊天也可以。关在屋子里……

史铁生:关在屋子里写还是在自己的窝里比较好。习惯,这是习惯。那个王朔还说,家里装修得很好,不行。还得到当年说是什么一个小招待所,跟你说的一张床一个写字台。哎,能写。

就我最近的长篇。大概是,我算算,十六七稿吧。我刚写的前面几节觉得不太好,这个什么我给它删了,我就给它原稿上改,改完了那个原来的没了。我就复制一段儿改这个。又往下进行一段儿又复制一下又开始。就这么一个,它十几稿不是都是全稿。

陈村:电脑上其实 Word 里面有一个版本的功能。这个版本呢可以记录下你每一次的改动。

史铁生:对,我自己都给它记上。

陈村:就是某月某日稿。

史铁生:然后再往下。因为有的时候改到后面你觉得前面还好。不如原来那块,你还可以找回来。

陈村:我觉得有种状态可能比刚才讲的状态好。就是你在家里待久了,希望出去解解毒、散散心。我觉得还有一种状态是,在外面过烦了,可能过烦了的人回到家里,这个心就是恋家的。啊呀,我在这个家里多好啊。

史铁生:那可能。这个我没体会。

陈村:我想在家里总有一点……因为都坏事情了,你不上网,我在电脑前坐着,我以前是兴高采烈。以前不是秀才不出门便知天下事。不是历代文人的理想么,今天不是让你做到了么。但做到其实是一个很坏事很坏事。

史铁生:很多事情就是做到了就最没意义了。

陈村:什么十年寒窗,你这个窗其实就不寒了。现在都用Windows这个窗,都是热的。到了Windows这个窗就坏了,因为它电脑太能干了。这个家伙(指着一旁的陈可雄)没事就下棋。一边喝酒一边下棋。

史铁生:这个东西就是因为太方便了。玩游戏也是。玩坏了,按一键重来,多方便啊。

陈村:而且像那个一样,有点像皇上一样。能够做到像宠杨贵妃那样专宠一个的皇上是很少的。你想给你那么多人,其实感觉不会有。

史铁生:他还占情占理。

陈村:没感觉了,不对了。看看这个蛮好,试一下,看看那个也蛮好,再试一下。

史铁生:所以现在人始终也试不出一个意思。

陈村:但在家里是一个很坏的状态,很多人其实都是无奈而在家的。像普鲁斯特一样,你生了病了这家伙是不能够出去。一吸花粉是要昏过去的,而且在家里还始终要把门窗必须要关着,不让什么东西进来。到这个时候他可能就老实了。

史铁生:对,就没辙了。这也是一个办法。这就属于上帝给你放那儿了,你也别再作做任何争辩了。死心了。

陈村:所以我有点怀疑就是可能我这种人就被弄坏掉了。从大概三十岁不到就开始在家了吧。就开始在家混着混到已经五十多岁。就说一个人能够这么待得下来没发神经病,已经算是非常非常不容易了。按理说你是待不下来的。你或者说我要在生活里折腾更多的东西使得平衡。我要去找很多女朋友,我要去什么今天下围棋,明天去狂喝酒,后天什么什么,你非要做那些烂事儿来冲抵你……

史铁生:我现在老说我这个身体不好,剥夺了我多少时间。陈希米就说我,如果我身体好,用其他的方式剥夺,一样。

陈村:对,对。不抽烟也在花钱一样。所以你就怀疑这么些的小朋友们,他们每个人呢这个都可理解,不希望有个老板来管我,我也不希望我当个老板去管人家,我要自己管自己。但是他管自己的方式其实也就是我要回去。他回去了才可能自己管自己。那么你想这个状态……

史铁生:二十多岁的人可能还是出去折腾一下,还可以。但人到了一个某种时候,至少你得有一个经常独处的状态。我觉得独处的状态有时候还是挺好的。时间很快……

史铁生:没底的。一个是消息是没头的,聊天是没底的。这个聊天过去被认为是一个比较堕落的行为。天天聊天,长舌妇。现在等于上网,成了一个很常规的行为。

陈村:很常规的,而且有了一个 MSN、QQ 啊什么的,还要在几处聊天。还可以语音聊天,还可以视频聊天,可以看到你。

陈希米:他根本不懂 MSN。

陈村:MSN 就是一种即时通信的软件,就是马上可以看见。你上网就是挂一个单在那儿。别人上网了,本来跟你有关系的人,你可以看到别人,别人也可以看到你。

史铁生:很多人都说这个游戏似的刹不住。等你结束了之后你知道那些烂事有什么用?那些事情你知道的那么多,也只不过是全世界的事情的沧海一粟。

陈村：而且不必知道的，而且跟你没关系。我觉得还有一个不好是什么呢，今天的聊天在家里我跟人聊天。以前我跟人聊天是这个人跟我比较要好，我跟你比较投缘，然后我愿意找你聊聊天。聊天是青春的表示，那时候也可以一夜一夜地无聊。

史铁生：这叫作酒逢知己，很难得能够聊到一块儿去。就是越聊越有意思。

陈村：而且也是因为难得。我和陈可雄算得很熟了。两个人坐下来好好聊聊天也不会很多。你不可能老碰到。

史铁生：昨天我刚看了一个谁的书。就写了一句话是说这个的。就说在一般的常规的这些生活态度啊、规则啊，众人都认可的这些方面共同而成为朋友，这个是不牢固的，只有在两个人都认为最重要的一点上一致了，这个友谊才是稳固的。昨天看的，伯林，也是一个挺大的哲学家。可是现在人呢？好像很难得有那个点了。一般都在表面上。公众认可的，饭桌上、茶座上，日常用语。

陈村：那种它只需在表面滑过就行了，它不必深入、深刻。

史铁生：对，没那个机会。话头也到不了那儿。

陈村：这中间还有一个问题就是作为常规的讲，不讲特殊的人，在那个重要的点上，这个话是有疑问的。就我们觉得在重要的点上，其实老在变。我有段时间觉得音乐非常重要，有段时间对哲学感兴趣。现在对哲学几乎是敬而远之。就是你别再跟我说什么一套套的哲学理论啊、康德啊什么的。我就大概知道他大概是什么意思就拉倒了。没有兴趣再把他们的一本本书看一遍，再跟别的以前的思想去作对比，已经没这兴趣了。那么以前可能我碰到一个哲学人我跟他是对头的，现在可能碰到一个哲学人，喔唷，又要跟我说什么海德格尔，说弗洛姆了，那头又昏。

史铁生：那个一定昏，我觉得人到了一个年龄，再说那个，除非人家是真正学这个的、搞这个的要研究它的细部。作为我们这种人,其实要上来侃这个那就别侃,但是他很多想法是有意思的。想法你要变成比较正常的人话,咱们简单说人话,别跟我说非人话,上来就那么多主义互相论证,这个事也不是咱这个行当干的,也不是咱这个岁数干的,我看就是。我看有的人,包括一些大家写的随笔,他说人话。他要跟大伙儿说话,他不是要和他那个行当里的人说话,他说得很棒。而且你也觉得很近。

陈村:现在小孩都会说一句,生活么就是虚无的呀,人生么就是没有意义的呀。然后什么什么的。当然他只是一个遁词,不是说他不想活了,其实就是一个遁词。有时候他往往把这些搬出来。也可能是保护自己不要受伤。今天老板骂我了,今天女朋友朝我发飙了。人生本来就是这样的,人跟人是不可能理解的,我也只能算了。他可能是保护自己。

史铁生:都有。

陈村:但是在想彼此的状态里,刚才讲到,以前的聊天是跟投缘的人聊天。今天因为那么多的人出现了,蜂拥而入到你的周围,到你的目光里,到你的可以跟他对话的一个环境里。这些人就无法像以前那么甄别。也可能从形体、气味,从声音,从他的文字的质感等等,从各方位的,不管是有意的还是无意的,其实你都会有感觉。今天可能跳出来就几个字,它什么都没有。

史铁生:所以……可能我没上网,不知道你刚才说那个随时可以看到。你随时看的是他的影像。这绝对传达不了你刚才说的那个,说气味相投,这跟你一见面说几句话一感觉等等。你就会……其实他是全息的。那个不是全息的。那个是一个人,不是一个名字是一个影像。他在里头他没有了。

陈村:什么都聊。非常学术也有。

史铁生:人还真是不一样。有的人一辈子就满足于这一个层面上。有的人他就不满足。然后他可能就会分离。其实是这么回事。绝大多数人最好他只是满足一个层面,这个社会倒安定。但也有一些人可以让他不满足,去探索。这个结构啊,其实,最近看了政治哲学,我想说了半天也就说了这个。就是一个社会相当于一个人的身体,有大脑部分,有身体部分,你非让脚丫子去思考那是要出问题的。脑袋瓜子是要想问题的。而且要爱惜脚丫子,脚丫子你千万别想当脑袋瓜子。如果一个号召:脚丫子要和脑袋瓜子平等,那就全完了,全坏事了。整个结构就不对了。所以可能一个安定社会是一个——当然你还是不成——一个结构比较恰当、比较和谐。你不允许脑袋瓜子想问题,于是乎我们就造反了。你非要脚丫子当脑袋瓜子当不了,它也闹事儿。如果让胳膊腿儿都该干吗干吗,所有的器官物尽其用的时候可能就好了。

陈村:这是你自己在想,可是那个脚肯定是很想替脑子思考。

史铁生:是啊,这个社会就是这样啊。

陈村:凭什么我是脚你是脑袋呢。咱们不能翻个儿呢。

史铁生:但是问题就在这啊。但是你就是脚丫子啊。

陈村:现在的人想法是你说的话都是错的。他体验到一种冒犯的乐趣。其实他错不错他也不在乎,就我冒犯你。

史铁生:对,好像完全没有权威意识。权威意识太过了也不行。这个可能起点是毛泽东说那个"子教三娘","子教三娘"还是不行。还是基本上得三娘教子。

陈村:这中间出现一个什么事呢?就是这些人是不肯长大的。他以前是,我到了一定的时候我就长大了,不可以子教三娘。看破中间的传承关系了。今天这些人呢就永远地把自己放在青春状态,永远要冒犯,永远要在冒犯中得到乐趣而不去寻找后面的那个乐趣。

史铁生:其实年轻人我觉得是,从所有的生物看,他的青春期都是有一种,怎么说,有暴力倾向。不管是动作暴力还是思想暴力。这可能是对的。但你到了中年期,植物也好,它是建设性的,这个时候你没有建设倾向你还是暴力倾向这个就瞎搞。尤其到了老年,到了秋天你还刮春风,这个……

陈村:秋天想念春天啊。格外想念啊。

史铁生:所以很多人说,青春呀什么,不一定都是春天就来。也可以有很好的秋天。但你要秋天刮春风呢就不好,春天刮秋风也不好。

陈村:那种冒犯我曾经比过,就是什么呢,小孩在家里总是通过冒犯他的尊长,跟我亲近的人,我冒犯你你不打我的,不会打死我。那么他学习着进攻,学习着确认自己。这是必由之路也不是你好不好,愿意不愿意。

史铁生:生长倾向,这根本就是一个生长倾向。他要试探的,小苗长出来它也要对先长出来的大苗进攻一下,进攻你不成我死。我进攻你成我长大。反正这块地上不能所有的苗都长大。

陈村:这中间有一个什么呢,他进攻的时候承认血缘。你还是我爹,一般颠覆了说,我小子就不认你,我是老子。或者把你颠倒了,这也不大会,一般不会出现这样。但在我们学术文化的血缘关系上,有些人就不断地进攻,因为他是没有血缘的。他这个血是没有什么 A 型、B 型什么的。

史铁生:对。可以说,事实上他就没有源头。他要是有点源头的话,他就不会以全面攻击为他的学术方针么。

陈村:他总有认的一些东西,比方说我攻击基督教但是我不攻击老子。我攻击老子但我不攻击墨子。他总归要认一个东西。那么今天呢……

史铁生:传统几千年,不是你几十年就可以完全给它废掉的。

陈村:我想它本身,上帝本意是让你在废的过程中又找到新的东西,然后可以往上生长开拓一些。今天这事如果是永远的进攻呢,有点像癌细胞,我管你是什么组织呢,人有那么多组织。老子是癌到处漂流,漂哪就繁殖。

史铁生:对,无限制地扩张,也就是现在人的心理。

陈村：在中国,大概中国一向是一个不是很超脱的民族。包括我跟人讨论过,像陶渊明是中国文人的典范,其实他的典范更大意义上说是他跟官场的关系,其实我们佩服的是他和官场的关系。人人知道文人就是要当官。十年寒窗苦,就是为了做官的么。那么他去做了官然后有一天他不做了他还要回去。他那个"种豆南山下,草盛豆苗稀"那种……到最后我说我不喜欢他的是"但使愿无违"。他当然要回去很低调,不像今天的那些人乱咋呼:我们要回到自然哦,在那里叫。他也就是我想回去也不要想五斗米折腰的事了。他这个立场,历来文人都欣赏的立场,就是文人立场。一个农民日出而作日落而息的时候,会骂娘,会觉得帝力与我有什么关系。但是他没有,他不可能说什么"但使愿无违"。有什么"愿"呢?而且这个"愿"怎么实现呢?你锄豆苗能实现你的"愿"吗?你这个"愿"就是当一个农民,然后你去当一个农民锄锄豆你就解了你当年在官场上受的窝囊气。它本来不是你的,这个窝囊气是你自己自找的。谁让你去考学做官,去做了那个五斗的官。也许给你做了八斗、万斗、万户侯,那么你就觉得值了?

史铁生：或者我万户侯或者我锄豆苗。我就愿无违。

陈村：这中间有猫腻的。

史铁生：这真是中国文人的两极。就是说要不然是立德、立功、立言吧,立言已经是退其次了。然后逍遥吧,闲适。好像缺一档。

陈村：他们在中国力图把它解释为,或者力图把它说成自己,说我们要回到自然去。陶渊明是一种,像王维这种说禅的也是一种,在山林中,在那些画中,回到了所谓的自然去。这都变成艺术了,但是就其生活态度来说,我想可能你的走出也就是完全地走出。就像今天那么多的农村孩子,走出乡村进入城市,咒骂城市,说我怀念乡村。那个写得很好,那个刘亮程写那个黄沙梁,写得很好。在乡下其实就是个孬子,是个废物,在那什么老是在太阳底下一睡,然后看到什么风沙子从哪里刮过,有种种感觉,这其实不是农民,农民不可以是这样的。农民这么敏感一下死掉了。

史铁生:陶渊明的锄豆苗是不要求他的经济利益,他是有其他的,这个是作为一种生活方式。一种修养的方式,那时候有一个故事是讲渔夫什么,一个穷的,一个富的,好像富的在忙,穷的在晒太阳。穷的问富的:"你那么忙干吗?""有一天我就可以踏踏实实地躺在这里晒太阳。"穷的说:"我正在做这件事情。"看似有理,咱们就问那个穷的说,有一年发了大灾了没粮了你怎么办呢?你不是还是没办法么?说富人给你拿点粮,你也不为五斗米折腰,也不吃,饿死?那也成。

我总觉得中间缺一档。你富人这么玩命的就为了最终极的躺在沙滩上晒太阳,也有问题。你晒太阳,沙滩上不会永远有太阳、有光。人就讲大隐隐于市,小隐隐于寺、隐于林。

陈村:这种文人的状态我就想,他们跟自然当然比我们多接触。陶渊明去找一块破地,那地呢也是块烂地,不是一个肥沃的土地,豆苗撒下去很欢欣。陶渊明在那里没有对植物的讴歌。只说那些露水沾了我的衣服然后我十分不在意。不在意的人是不说的,也不看见的,农民走过去被露水沾了衣,这事儿叫什么事儿,但是一被文人写到诗里就变成伟大的诗。有一个人啊,居然走在豆苗的地里啊,在月亮出来的时候扛着个锄头回来,然后露水他都无所谓的,而且他还有坚定的信仰,还有他的理念,他要但使愿无违。这个愿是什么我们不知道,但是他总之是形而上的。

史铁生:对。刘小枫写《拯救与逍遥》就说这个。中国文人的一般归宿都这样。

陈村:而且我就觉得这个人呢在官场上也看破了也不愿意做了,那么回去以后呢可能那个豆苗地里有一块破石头吧,我们把它捡掉,让土地好一点儿。这跟我们校对找错别字可能一样。找到一个,把它揪出来,把它改掉。

史铁生：现在比如那个拿一份俸禄，逍逍遥遥种两分地，有个院子，这个有什么不高兴的事呢？

陈村：那个时候好啊。房子么要几间，看出去么树要什么什么的。是蛮好，就是你回到这种状态里是很自然的。就可能像今天我们少功，少功回到乡下，然后在那里盖一个房子，虽然也称不上什么庄园，这个地方有水有山跟自然比较亲近，有狗的啊什么。当然在他的院子里还装了两个"锅"，窥探全世界各地的那些秘密。在这种状态下，韩少功要"但使愿无违"好像更近一些。因为这个"愿"按理说是不能常变的。当一个文人的"愿"老变是不好的。至少比如说我是个儒家的人是个儒者，孔子是不能反的，孔子的话是对的。韩少功可能觉得某些哲学是对的，那他要验证一下是否对，不管我是锄豆呢还是干吗呢，我那个"锅"呢还是要，知道一些事。

不真切，我觉得这里面有种不真切，这种不真切是因为你刚才讲的，我们略过了谋生这一个课题。在我们的人生中经常是因为谋生而占了其他很多东西，这个谋生包括吃饭。我今天必须要吃饭，虽然我其实不想吃饭，不吃是不行的，也必须要挣钱，挣钱也是为了吃饭，为了有房子给你躲避风雨，能够骗个女人来当老婆，儿子可以在房间里，还要挣点钱给儿子上学受教育。这些事情是我们谋生的一些。在我们有些作品里出现的，或者在有些小孩作品里出现的，他没有谋生，就搞不懂他怎么整天在酒吧里喝啤酒，这儿泡到那儿，那儿泡到这儿。

史铁生：不知道干什么事。

陈村：其实关你什么屁事，你为他很惶恐。"这家伙怎么能那么空？他哪里来的？"而且那么多的人不说某人是贵族。我祖上有功有德然后传下来一点钱，我小子没有出息我就花他们的钱。这倒也是一种。但今天我们祖上基本上都没什么钱。

史铁生：就是，其实我有时候也觉得，而且他们什么都不缺。

好多诗人也老坐在酒吧里头写咒骂生活的诗,但他还离不开生活。

陈村:中间奇怪的就是说,他生活中也不是这样的。凭常识就知道一个人平时是不可能就这样晃荡地过日子。这样过日子肯定背后他爹被压榨得很苦。或者说我是个女人,背后靠着哪个男人,这个男人愿意养着我。

史铁生:也有男人靠女人的。其实男人靠女人这挺多的。很多女人挺有牺牲精神的。

陈村:今天不叫牺牲,可能比较时髦的。今天觉得自己能够养一个男人的话是比较先锋的吧。

史铁生:你刚才说这个,其实你的命都注定一切都是折磨你的一个方式,和看你能不能从这折磨里悟到一点东西。那天我也是看一首诗,意思是事情其实都给做完了,所要求你的事情你都呼应了。任何事情,你逃不脱的事情也都是你的命。也就是因为这些诸多的事情跟你的联结,这就是你的生命,你还有什么是生命呢?

陈村:里面有些东西蛮好玩的,就是说你在理性地讲你以为能够,不如说我以为能够在这个房子里面关一年。老子又不出去了,就保姆给我弄弄饭吃,衣服洗干净家里收拾完她就开路走掉。

史铁生:电视台不就做过一次实验么,一个屋子里头充分的给养,多长时间快疯了。过去不是讲最酷刑的刑法就是这样,就给你关一屋子里。

陈村:西方监狱不许单独囚禁的。就算我恨死那个××你们赶快把他弄走,我不要和他在一个屋子里。这种状态都比一个人要好。

史铁生:这个很有意思的。你说人离得太密不成,人太孤独了……我觉得生物都有这关系,他心理和精神,生物场都不对。

弗洛姆不是写逃避自由吗,真要你全自由吧是很可怕的事。那天我看一个说瑞士有几百年它对人类的贡献就是手表和什么军刀。说意大利战乱了多少多少年,它给人类贡献的就是怎么样的意识。

陈村:那是没有办法的,你可能什么都能理解。在家里也是。在家里我想吃好的穿好的找很多年轻姑娘,其实也都不是。但是这种焦灼的状态也就影响了你。

史铁生:这是没有办法的。人老说什么麻烦,活着是最麻烦的一件事。佛家不也说:烦恼就是菩提么,你要没烦恼谈什么菩提呢?都傻的一帮在那坐着。

陈村:没有思想的源头也没有动力。

史铁生:死水,就是死水,这个世界就是这么回事,它整个就是一个动态的。你别想哪天能够一切如愿、一切平静。全世界都和平是没有这回事的。

陈村:在小孩子看起来,今天我们所说的家越来越有问题。你想当青春期被延长。当中出现了青春期延长的问题。如果青春期没有延长,你到时候了就交配,交配了就生子,那就必须有家,也没什么好说的了。小孩不抚养,文明社会有法律规定你必须抚养,道德会谴责你把儿子都扔了。这小子也太不像话了。当我们青春期被延长的时候,我在四十岁的时候觉得自己还是男孩儿,有一群十八岁的女孩儿和我很要好。当这种状态下的时候,这个家就变得越来越可疑了,或者说变得越来越让人去回避了。

史铁生:就是说未来的家是什么样的就是越来越不好预测了。最近我看了报纸上科学家和社会学家们说预测在二〇二几年还是二〇多少年,这个人和动物结婚将是合法的。反正你是一种方式,这种家庭方式不好预测了,真是不知道。

陈村:因为它中间出现的最巨大的变化就是这种所谓的"性"和生殖脱节。

史铁生:还有一个就是经济问题不再成为家庭的必需、不能解体的项目。

陈村：在这种前提下就变成了很多东西应运而生了。

史铁生：未来家庭肯定难说了，是什么样子。但当时是什么样，大家都认可那就是好的。

陈村：还有就是人基本的需求就产生了家庭的功能。

史铁生：对，我们家庭的方式也不是最远古的方式么。反正也是演变过来的。总而言之演变就好。你让它不变，这是不可能的。你让它倒变这是要出事的。所以和平演变就是最好的一句话。我们就把它当成最坏的话来批判它。

陈村：那么人能回去吗？就是这种家。我们以前可能母系社会的家，很远的不能考察。在那个母系社会里面，当然那个时候是没有发明测DNA了。谁是爹不知道，像他们把走婚的男人赶出去的。好多男人可能就像动物一样，跟一个女人交配过，但交配以后生下来的孩子是谁的是不知道的。由母系的家族养他。

史铁生：那绝对是当时他的精力问题。好像国外也出现了很多的家庭形式。你比如说，就单身然后随处有家。有一个副院长，都四五十岁了吧，但他在全世界到处都有家。还有一种就是比较一对一的。但是咱也不住一地儿，我住我的你住你的。但咱俩是两口子。我也不跟别人来，你也不跟别人来，咱们要来的时候，你到我这儿来或我到你这儿来，约好过上两天家庭生活，完全正式的家庭生活。然后你走你的我走我的，也不乱。他们也很鄙视这个乱。

陈村：乱是辛苦啊，你想要是多认识一个人，要想跟他有种什么关系的话，那是多大的辛苦啊。那种关系就是，现在有一种投资方式，你可以投资一个公寓，酒店式公寓，当然也不是完全买下来，一百万我买不起嘛。我现在付五万，但每年中有十天是归你使用。可能呢你和世界各地的情人就是那种关系。你要去呢就去预约一下，他把那几天房子的档期安排好，腾出来。哥们儿，你来吧。你到那也不要追究什么，大家也不要……

史铁生：反正就在那过几天好日子么，完了。

陈村：比如你到了北京人生地不熟的。

史铁生：这个仔细想来它没什么错误啊，我们的经济是互相不依靠的。尤其那个一对一的就更没有错误了。

陈村：一对一的我觉得因为它有了限制以后它可能会犯错误。因为一个人不能恒久地保证我这个一对一。

史铁生：但人散的时候大概也没什么问题。

陈村：可能问题小一些，因为它在生活习惯上养成的那种东西就少一些。

史铁生：而且是这样，就是说，你可以犯规而你不犯规。这件事情就更可靠了。更是在于你们愿意啊，实际上它的前提是犯规是允许的。至少是有机会的，然后……

陈村：有问题，我觉得在承认了某种东西人比较安静的时候呢可能。就比如我有一个老婆跟我不住一起，但是我是做不到像萨特跟波伏瓦的那种，波伏瓦还向萨特介绍女人去跟他什么。在这种情形下我是可以比较安静的，你也比较安静的。但是如果说在一个礼拜中，礼拜天我们才碰头的，在礼拜一到礼拜五是永远找不到你的。或者我打电话到你家里去，你和我说话的态度是很可疑的，或者是回避我的，或者是什么什么的。就说，我的股份，从一周的七天，其实已经降解为……

史铁生：我觉得要是真要有人要采取这种方式啊，第一是他对破裂是做好了准备了。第二是他建立在一个很信任的状态之下。但是意外总是可能发生的。但是他们这种建立本身我觉得是一种更信任的可能。人们所以要一夫一妻制，人们出现了问题所以暴怒，其实伤及了信任。伤及了肉体么？没伤及。它是伤及了信任。我在这个世界上最信任你，结果你没让我信任。如果两个人就愿意主动地做到这一点。因为在这个社会里我们可以取任何方式，可我们就偏偏取了这个方式。就是说我们最看中的就是信任。而且我们又不看中必须得绑在一块儿,我们又知道每天绑在一块实际上是不好的。那么这种建立至少说它的初衷是很有意思的。很好的一个初衷。

陈村:但这个好像总带着一个遐想跟梦幻的色彩。有时候比如我要找你找不到你,我已经知道你这个人不堪信任。

史铁生:你这个前提是不堪信任。如果说,有没有这样的可能,我没找到你我也信任你不会有另外的事情,你可能是手机坏了什么什么,这种原因。

陈村:凭着你传递过来的信息,事情已经不是这样,这个可能也是真实的。我就不讨论他是误会,手机坏了被人偷了什么。那些不说,其实你已经知道出事了。已经知道不是一对一的关系了。那么在这种情形下,当然信任受到伤害。你还愿意保持着和这个人的不破裂关系。什么被伤害了呢?

史铁生:现在已经说到两个问题了。其实我主要是想解释这个。其实爱情根本就是一个理想。对于它最好的状态是一个理想。这种梦想是非常好的一件事情。我们不损害其他人,我们自己觉得这是一个最好的时候,我们梦想这样一个状态。这样的一个状态能不能最终实现实际上是下一个问题。下一个问题是什么呢? 如果这个梦想我强迫你实现,这个事就出来了。出来权利的问题了。因为原来我们的梦想是建立在我们两个自由地梦想之上。现在我还存在我的梦想,而你已经破坏了这个梦想。我要强求你还要回到这个梦想来,现在你已经不是自由地在这个梦想里了。那么我们的梦想已然破灭,而且破灭的最严重的事情是自由问题。这就是我那《丁一》最后写的。它不仅破坏了信任,随后就结束了,我们还没破坏到自由。随后我不让你结束,像顾城一样我不让你结束。你非要结束的话我结束掉你的性命。这就是所有的暴力产生的根源。其实所有的这种专制和暴力,它最初的初衷不可能是很坏的,很坏的没人跟它走。它是很有诱惑力的一种梦想,但是这种梦想实践起来是有危险的,不是没危险的。但不能说因为有了这个危险,我们不能有这个梦想,又不能说我们有这个梦想我们就要强制它实现这个梦想。这就完了。

载《上海文学》2006 年第 11 期

史铁生：扶轮问路的哲人

文学是写印象，不是写记忆

史铁生：我老说自己记性不好。后来发现记性不好就是，公式、数字，总有点儿糊涂。我经常特别惊奇好多人能非常轻松地说出一个国家的钢产量是多少、粮产量是多少，我就不行，对童年的记忆只是形象、当时的气氛。所以后来我写那个——印象。记忆这件事太清晰了，它能清晰到数字上去，这个不好玩儿。印象啊，它有那种气氛。后来我看到一个挺有名的外国人说，人们不会记住某年某年，但能记住是什么季节，这事儿是发生在什么季节的。

周国平[*]：年份是抽象的，季节是形象的。

史铁生：还有一个氛围。

周国平：它有景物，有心情。

史铁生：甚至还有一种触得到闻得到的一种味道。年头是特别冷漠的。

和歌[**]：那能记住钢产量的那种人也是这样吗？

周国平：有的人抽象记忆很强，类型不一样。

史铁生：我觉得中文系应该算是理科，文理科。

---

[*] 周国平，学者、作家。
[**] 和歌，作家、编辑。

和歌：为什么？

周国平：它知识性比较强。

史铁生：至少它是要把你的东西归纳呀、分析呀，它想弄出一个套路来。

和歌：可它没有公式、计算呀。

史铁生：后来也弄出公式来了，像"深入生活"呀。

周国平：学校里当然是没有感性、印象这种科目的。

史铁生：是没有。艺术应该在科学之外。

周国平：是艺术和学术的区别。

史铁生：艺术它比较全息。它是整个的，很难分析。一旦过分地分析又变了。

周国平：又变学术了。

和歌：可即使是学画画，最开始也要认识颜色呀，有技术性的东西吧？

史铁生：我觉得刚开始这就是天生的。节奏是从他骨子里来的。有天看到《参考消息》里边说，小孩子天生就懂音乐，后来让大人给教坏了。

周国平：画画也是这样的。啾啾小时候画得多好，后来再也画不出来了。

史铁生：她根本不管你那个，她就是印象。

周国平：画出来就有规范的东西了，有模式了。

史铁生：所以写作这事，我也老这么说。看得看，也别看太多了，看得太多，自个儿写不了了。其实我发现很多人就是看得太多了。后来他发现什么都被别人写过了，他自己就彻底麻烦了。

和歌：您在《我与地坛》里面，确实把草叶露珠、四季的感觉，全渲染出来了。全部的感官都运用起来了。

史铁生：只有自己印象里的东西。

和歌：但如果不是后来写，而是当时写，会不会写不了那么好？

史铁生：我也不知道。

和歌：我觉得您的作品从一开始就跟知青文学的距离特别远，远远地超出当时的那个普遍水平了。

史铁生：知青生活只是我生活的一个小部分。在那之前它对我的影响还是最大的。但后来病了之后，它就不是最大的。

和歌：您回看那段时间的话，就已经换了角度了，是吧？好像对童年对家乡的那种感觉了。

史铁生：还是刚才说的，记忆与印象的区别。完全写记忆，我写不出来。所以，你说实际上我插队三年，只写了两篇插队的，一个"清平湾"，一个"插队的故事"。就是说，我不太善于写实，我是"借尸还魂"的那种感觉。完全是写我自己的感想。光把他的记忆写出来，好像不太过瘾。

"深入生活"这个理论应该彻底推翻

和歌：你好像说过，再平凡的生活，内心的经历仍然可以是惊心动魄的。

史铁生：我一直觉得"深入生活"这个理论应该彻底推翻，因为它自身就不合逻辑。你说你跑一个地儿待几个月，怎么就是深入生活？我在这儿待一辈子，我倒是浅入生活。这说得不对。我写过一个，实际上应该叫深入思考生活。什么叫深入生活？你到哪儿去你待多久你干什么叫深入生活？干什么叫浅入生活？没有好好想，就叫浅入生活。

和歌：你要在那里像个局外人一样待着，根本就没深入。

史铁生：过去说谁去哪儿采风，采风不是说绝对不可以，有些外在的印象嘛。按着过去的理论，我是不能搞写作的。我刚开始写的时候，好多人都劝我。而且深入生活这理论特别深入人心，从教授到普通工作者，他们都会问我同一句话，你的生活从哪儿来呀？我说：你看我死了吗？这个理论特别深入人心。

周国平：是现实主义。

史铁生：哎！都是现实主义。他都是跟你讲一个哪哪哪儿的故事，很少跟你讲他内心的东西。他认为内心的东西不重要。还有一个现象就是，他把他的事情跟你讲一遍，让你给他写出来。你肯定也遇到过吧？

周国平：遇到过。

史铁生：他们认为写作就是这么一回事。而我们呢有很多文学作品，典型，树立的也是这样的。过去有人说过这样一句话："凭什么你把别人的事儿讲一遍，还跟别人要钱？"

周国平：社会主义现实主义理论统治了中国文学多少年？几十年。

史铁生：所以就不管什么人都会问，你的生活从哪儿来？

周国平：这是从意识形态出发问的问题。

史铁生：而且我觉得它包含在中国文化里面。因为它不是特别看重心灵的这种探索。你的心灵是要受规范的。中国的成语里，不肖子孙。就是说，像你的子孙，就是好孩子。那是像哪儿呢？（指指胸口）就是这里不能出格。西方是死乞白赖地向这里头找不同，我们是死乞白赖地向这里头找共同点。

和歌：别人是使劲儿证明自己是小众，我们是使劲儿证明自己不小众。

史铁生：所以，你说文学是不是来自生活经历，这个很简单，在某种意义上肯定是来源于生活，但不是直接对应，一定要有想象力。国平说的灵魂的力量、灵魂的强度，这里就包含想象力吧。没有这想象力，就是为什么很多人会说，你的生活从哪儿来。或者说，我给你讲讲我的经历你写下来。

周国平：我们中国现代文学家很多人对生活的理解特别表面，又表面又狭窄。

史铁生：我以前跟搞电影的人聊，当然是那个年代了。他们总认为电影一定要有动作。我认为电影是要有动作，但不一定是要四肢的动作。后来看国外的一部电影，好像是《沉默的人》？就两个人，镜头卡定两个人。两个历经沧桑的离婚的人，碰上了在一个小咖啡馆里谈，很危险的处境。整个就两个人谈，那个心理的动作可是太多了。还有很多人说小说要有悬念。小说可以有悬念，但悬念不一定是情节的悬念，你思想有没有悬念呀？情绪有没有悬念呀？这个都是可以的。你说的那种，它容易走向外在的时空里的东西，而不是心理的东西。

周国平：所以说，我们在文学上也是唯物主义者，就相信自己看得见的。看不见摸不着的就不是生活。

史铁生：所以他们那时候说，没有爱情。我说，你说没有爱情，你说没有的那个东西是什么？你要不知道是什么，你怎么说没有？你要知道它是什么它就有了，爱情是你知道它，要求它，你理想它，它就有了。外在的爱情你怎么找？婚姻能证明爱情吗？

周国平：我觉得这就要说到内在生活。内在生活这一块是最重要的。

史铁生：这是最大的一个。

周国平：而且没有内在的生活，外在的生活也是没有意义的，也不是生活。

史铁生：那只能是叫活着，饲养着。

周国平：对，被饲养着。

史铁生：所以存在主义叫存在，你只是在那儿，和存在是两回事情。你不意识自己的存在。还有记忆，我还是那么想的，我一直觉得记忆等于一种限制。很多人写回忆录，原原本本地去写那个年月日，甚至去考证。我写过那个《记忆与印象》，我认为印象是丰富的，记忆是一个牢笼，而印象是牢笼外无限的天空。你想象一下，在牢笼里看外面无限的天空，牢笼里很真实的东西都是死的。

当然有时候你得"借尸还魂"。那"魂"是无限的,你可以借很有限的"尸"来还它。

周国平:你说的记忆与印象这两个词特别好。就是跟你刚才讲的活着和生活是一回事。过去时的活着和生活,就是记忆与印象。

史铁生:我为什么反对流水账,就是因为这个。它仅仅把你的事情记录下来,完全是外在的东西。

写作就是要解决自己的问题

和歌:铁生要不是被固定在这儿的话,凭他的那种灵性和生命力,不定会在别的领域做出什么大事来呢。

周国平:我觉得他还是写作。

史铁生:最好是。但我觉得有种危险在那儿呀。我是个——用我奶奶的话,还有北京话说是——"怵窝子",非常胆小,不敢到外面去。小时候我的性格就是这样。还有个朋友也说,你的这些东西可以总结成一个词:恐惧。我觉得他说得太好了。我从来是恐惧的,对这个世界。因为恐惧,才会对爱、宗教信仰呀,有着本能的向往。凭我的"怵窝子",写作我可能根本就不敢想,写了也不敢拿出去。可能就会在七七、七八年跟着我的理工科同学去考个理工科大学,然后再去干个什么事儿。然后会尽力把它干好,但干不好,凭我的魄力,我还不能放弃它,去自己写作什么的,那我可就惨了。

周国平:(大笑)不会的!

和歌:您觉得在写作方面受哪些作家或是作品的影响比较大?

史铁生:好像没有……

和歌:就想听您说找不到师承,嘿嘿!

史铁生:其实我看的文学作品,小说并不多,就是现在我也几乎看不完一本书,除非是很短的一篇小说。因为我主要是看他的方式。他的方式就是他的态度,他看世界的态度。我一旦把这个看明白了,我就不要看他了。所以我说从我插队以来,一直到后来生病,我真是想弄清楚自己的问题,因为我自己的问题实在是太严重了,涉及要不要活下去的问题,一旦你觉得应该活下去,就要问为什么要活下去?这么付出我值吗?我是不是冒傻气呢?受一辈子罪还要活下去。就是这样的问题。其实我的写作一直是在这样的氛围中,别的我都不太关注。

和歌:一直是在追问。

史铁生:活得好又怎么样?万事顺利又怎么样?是不是还是荒诞的?这些事情我可能想得早些,因为我二十岁就已经瘫痪了,随之而来的必定是一个问题接着另一个问题:你要不要活下去?为什么要活下去?那这是肯定的。所以我觉得我写作是在回答我自己的问题。我得想!所以有时候我就想写一篇这样的东西,但不见得对别人有用。有时候要少读书,不用读那么多书。不如多想。古圣贤的时候没有多少书,事儿都是他们想出来的。

周国平:天才不用读太多的书,中等之才还是要读书,多受启发。

史铁生:我说的是有的时候不用过分强调。不读书是不行,那是许多高级脑子想出来的东西。

周国平:读书最有用的一点是推动你思考,引发你思考。

史铁生:还有就是支持你思考。就是说你有时候想到了,你不信,有一天你看到了,孔子也这么想,亚里士多德也这么想,你就信了。好,那就接着想。

和歌:就是说走在思考的正确的路上了,跟圣贤一致了。

史铁生:我最突出的感受就是,如果要是你自己想到过的问题,在读的时候撞上了,人家比你说得棒,比你想得完全,这个你就永远都记得住。而且一下子就通了。然后你就开始赞叹,人家名著就是不一样!

周国平:所以读书是在寻求自己的问题的回答,这才是真读书。不光是正在想的问题。实际上一个人的问题始终就是那么几个,差不多不变的。

史铁生:从各个角度来审视这几个问题。

周国平:但这得是优秀的人才会有这样的问题。

史铁生:博尔赫斯说过,可能世界上就只有一件事,所有的事都是它的不同侧面。

和歌:就像您也说过,所有的作家都是在从不同的角度写作同一个故事。

周国平:应该说每个作家都在写着同一个故事。那还是指那些真正伟大的作家,达到一定高度的,才能这么说。很多作家都不知道在说什么。

史铁生:对对对!他不想。

周国平:而且绝大多数作家是没有问题的。

史铁生:对,没有问题。比如说死的问题。我发现在医院里一般人都怕说这个问题。有一次我遇见一个诗人,我说到这个问题,他说你别说。我说你连死的问题都没想过你写什么诗呀?

周国平:这是个灵魂的问题。没有问题就没有灵魂。

史铁生:没有灵魂就没有问题,那就剩了有没有房子和车子的问题了。

和歌:灵魂就是生命的主题。剩下的就是些零散的东西。铁生的作品就是,没有弄出复杂的情节呀、虚构呀。

史铁生:就是庄子乘物游心。

和歌:就像存在主义的那种小说,比如说萨特的那种小说,它好像是有一个内核,其实主角是在木然地走,但最后有一个对于自我的存在的问题在那里。他木然地走是因为意识到荒诞。但看我们现在的许多小说,主人公是在那里活动,但他活动到最后,连个大的问题都没有。

史铁生:问题就在这里,没有问题。其实各行都是这样。你只要搞人文,搞科学,你提不出问题来就完了。爱因斯坦说了,你提问题比解决问题更重要。你提不出问题来,你干吗呢?

周国平:大师就是伟大的提问者。

史铁生:就是这个意思,在别人结束的地方你开始了。

和歌:找出一个缺,才能产生问题。

史铁生:所以有人问我,写作是怎么回事?其实我写作就是要解决自己的问题。苏格拉底说,要认识你自己,真是这么回事。没有别的原因。刚开始是为谋生,我想来想去只能做这个。开始写作呢就要像那么回事,带有模仿的意思,任何人写作可能刚开始都是这样。等你写到一定时候,你就是解决自己的问题,解决自己弄不明白的问题。

周国平:这时候一个真正的作家才诞生了,那以前都还是一个习作者。

和歌:国平也说他写的东西是自解自劝。

史铁生:就是这样。有时候你看,网上的小文章写得很好,那作者不以写作为生,偶尔写这个,但他是有问题的,他是从问题出发的。写多了的人尤其是要注意这个。据说有人一天要写一篇散文。我觉得这是每日大便一次的感觉!(众人大笑)这你怎么能保证每日一篇呢?他压着自己一定得写。

和歌:可现在网络写手一天必须得写一万多字,坐在马桶上还在写呢。

史铁生:好家伙,我也不理解。那也是一种能耐。

周国平:那种状态和写作没有关系,那是生产。

和歌:那是苦役犯。您现在想得最多的问题是什么问题?

史铁生:嗨,想得最多的还是那个问题。但那个问题确实很严重。所以我看书就特别杂,不光是看小说。我老想知道别人那么多故事干吗使？我看那个杂书,比较邪门的书。你比如说灵魂到底有没有？最近读到一本书,是美国一个人类学家,跟踪研究一个墨西哥的巫师。他本来想去分析研究人家,结果反被人家给改造了。那个挺邪乎的。存在这事儿不好说。我是不是全信,单说。就是说科学所圈定的那点儿东西,太简单太少了。你只是宇宙里的一种存在,因为我们的行动所具有的时间性、逻辑性,就把我们给框定成了一种时间性逻辑性的动物,我们就遵循一种方法,把它奉为圭臬奉为神圣。实际上存在的状态太多了。说起来又有一个问题,现代的社会是怎么活着都对。可能作为梦想你怎么活着都对,你自己的信念,你自己的梦想,都可以。但这里面还有一个社会问题、政治问题。这个说起来太长了。你的问题后面永远有问题。最后解决了？

周国平：真正的问题解决不了。

史铁生：永不解决的问题是真正的问题,那你说这岂不是荒诞吗？最后你发现作为一个永恒的过程而言,只有美是它最终的解答。别的没有,别的都很荒诞。只有美可以是不断超越的。

周国平：还有宗教,神秘。

史铁生：对,这都包含在里面。真正的美里面一定有这一层。所以,真、善、美,这三个字我一直觉得它们是递进的。先有真,说是什么就是什么,但这个东西是不够的,背后还有许多东西。所以要有善的标准。善的东西有时候可以容忍假。艺术可以虚构,那是善的东西。但善的东西走来走去,有时候也很荒诞。只有美在最后作支撑,所以美有时候很神圣。你到一个城市,它的美如何？就全说了。你是文盲,然后你是科盲,最后到美盲是极致。如果你是美盲,那反过去一看前面那几个肯定也全盲。

和歌：一旦到美盲就有点儿行尸走肉的意思了。

周国平：从个人来说,真善美可以说是递进的；从人类来说,可能是无奈的后退。真得不到,那我们来个善吧,主观性强一点儿;可是善也得不到,那还是人与人之间的关系问题;那就美吧,美我个体自己就能支配了。

史铁生:对对对,这很对。其实最后你就是……

和歌:是向内在的退。

史铁生:有句话说,穷则独善其身,达则兼济天下。到最高境界就只能独善其身,你不可能要求世界全都是怎么样的。刘小枫他们说的政治哲学,也有这意思。你不能用理想来要求一切,最后要靠政治来平衡,平衡大家伙儿。很多人在一块生活呢!我的那个"丁一"呀,有点儿不谋而合,或者说有了这些坚定了我的想法。丁一呀也是很好的理想。你说丁一有哪点儿不好?多跟几个人发生爱情有什么不好?爱情不是好东西吗?好东西为什么要限制在最小的范围?推而广之,有什么不好?但是不成。只要有三个人,就已然要出政治。一个人,独自的理想,两个人可以有爱情,三个人,就要出政治。它要平衡关系。你把理想放在政治那儿,就要出问题。戏剧呢,是一种艺术,是一种理想,就像爱情是一样,家庭就是现实。人要是老像戏剧一样地活着,就不成。不可能的可能,不现实的实现,在戏剧那儿可以,但不能拿到社会上。拿到社会上,就一定要坏,出娄子。顾城的事情就是这样,他想要强行地维系一个伊甸园,就不成。这里面的关系是要变的。谢烨一旦要走向现实,要想孩子怎么办?理想主义者就不干了。这就坏了。

和歌:他就崩溃了,是不是艺术家的那根弦更脆弱?

周国平:谁都不行,那种时候谁都是艺术家。谁都受不了。

史铁生:政治家让你厌烦,但不能没有。其实你想人类的矛盾就是这样。

和歌:顾城要是有点儿政治家的方式方法是不是会好一些?他直接就拿起屠刀了。

史铁生:他要能那么冷静,他就不是他了。

和歌：也就不会想到伊甸园了。

史铁生：他就不会想到去做这事。像哈姆雷特，既是艺术家，又面对了政治，他老是犹豫，老觉得这事不能干。

灵魂是一种牵挂

和歌：那您最喜欢的电影是什么？

史铁生：《去年在马里昂巴》。

周国平：剧本我看过，那个剧本很好。电影你看过吗？

史铁生：电影我也看过，看那个电影其实也是在看那个剧本。要是会看的人，看剧本可能更过瘾。但电影也很好。前段时间有个法国人让我谈法国文学，我说我读得不多，没什么可说的。但有搞比较文学的，为什么不比较比较《去年在马里昂巴》和《红楼梦》？他们都是这样：我们俩是不是走错了地方了？我们曾经哪哪儿怎么地，现在这个地方错了。赶紧离开吧。

周国平：《红楼梦》也有这个味道。

史铁生：对呀！他误入红尘，到那儿一看，一把辛酸泪，这不是人待的地方。空空道士渺渺真人不是就把他带走了吗？

和歌：太虚无了。

周国平：这个角度挺好的。

史铁生：我现在真的有这个感觉。经常有，不是虚的。走到大街上一看，这群小动物们还在走着呢。我写过一首诗："我怕我走错了地方……"凡·高那里面也有这个，说我们到一个陌生的地方，我们来就是来朝拜了，这是我们非要经过的一个地方。

和歌：是在蜕变过程中必须要经过的一个地方。

周国平：实际上是灵魂的感觉。灵魂和肉身这个时候实际上是分离的。你在看你的肉身。

史铁生：分离这事儿是真的。过去我在想，人死后灵魂还有载体没有?他这种能量可能不需要载体,是在寻找载体。很多东西是不可实证的。中国人要求实证,心想不能为实。说真实是最重要的。我觉得这有问题,真实那是法律管的,不是艺术管的。

周国平:那看你用什么标准的问题。我确确实实感到了,你拿什么检验呢?

和歌:那不是主观唯心主义吗?

周国平:所以就坏在这里,什么主观唯心主义,唯物主义,全把你们给变愚蠢了。

史铁生:所以说咱们换一套,虚,你说梦是虚的,真不真?你心里想的都是看不见摸不着的,但你说它真不真?

周国平:那是另一种现实。

史铁生:比如说巫师那本书,他说在你的身体里有很多能量,在你的身体四周一米左右有个圆,这个圆形或是蛋形整个把你包住,在这个圆中有个集中点,给人的感觉是你的灵魂。你不过是它的车辆、电脑,它用你的身体工作,但它和你的身体之间是有矛盾的。这个作者有好几本这样的书,他是个人类学者,其实是巫师看中他了,觉得他有这个天赋。后来在他身上发生了不少事情,连他自己都难以置信。反正我看了觉得他不是瞎说。

周国平:我希望这样,灵魂有更广阔的天地。

史铁生:糟心就糟心在这里,灵魂它太拘泥于社会、现实、肉体。就在这些面上,很丰富的东西,只能在这些面上游走,它甚至不能跳出来看看。

周国平:文学、艺术、宗教和哲学都是这样一种出来的方式。

史铁生:佛教说是出离,就不拘于这样一种形式。

和歌:做文学艺术的人可能因为敏感而有更强烈的出离的要求。

史铁生:就是国平说的灵魂的强大,他受不了这个束缚。他的想象力超过太多。那些天才的艺术家像凡·高,他看到的世界根本和你看到的世界不一样。所以一般人看他就是疯子。

和歌：有这样的人就让懂得这些的人感到一些安慰。

周国平：他们是一些见证，证明灵魂是存在的。看到他们你就必须相信，否则无法解释他们为什么会这样。

和歌：是不是当他们没有灵感的时候，他们又没有灵魂了呢？

史铁生：有很多挺神的事儿。有个女孩子因为家贫出去打工，挣了钱，等回来的时候，在车站被人把钱偷了，她就傻了。傻到什么程度？让她干吗就干吗。她睡觉的时候你把枕头抽走，她就悬空着还睡。你就会感觉到她的软件给抽走了，灵魂给抽走了。她的肉体和灵魂完全分开了。去西藏住了一段，可能是找了什么人，回来好多了。她有说有笑的，虽说有点儿差但还算正常了，估计是招魂术。所以很多精神病是怎么回事呢，软件程序一出问题，就得重装。那这岂不就是招魂术！

灵魂是一种牵挂。《圣经》刚开始就说，上帝的灵在水面上运行，然后他就分离，分开白昼和黑夜，分开男人和女人，所以人是互相寻找的。但是，灵魂有可能是有联系的，为什么你爱？你有灵魂。你关心的灵魂越多，证明你的灵魂越强大。你只关心你自己的灵魂，或者说你压根就只有硬件没输入软件，整天吃喝玩乐，没有关切，对他人、他者没有关切。这就有可能是根本没有输入软件，或者说是错了，或者说是太平庸的软件了。软件也是，越高明的软件，联想的能力就越大。人也是，你人格高，说明你联系的多，关心的多，达则兼济天下。

和歌：那能量大的人，他照射的范围就大，影响的人就多。

史铁生：所以说灵魂可能是互相连着网的。

和歌：是联网的。

史铁生：人不过只是一个小小的终端。

和歌：是一个显示器而已呀！

史铁生：所以，人们想做的最神圣的事业不过都是想做这个，不管是佛还是啥。

和歌：是想把自己的想法变成软件，把别人变成自己的显示器。

史铁生：实际上现在我们的这个网是在作乱，都是终端在各显其能，造成一个分裂状态。

天国在信仰的过程中

和歌：是不是一个整齐划一的专制社会，大家的显示器显示的是一样的，民主一些的国家花样多些？

史铁生：专制的那是把网站占领了，所有的终端全洗脑。学佛的人都说在反对二元对立，这是我对佛学最看不懂的地方，要所有的人都脱离苦难。当然，你要用这种方法让大家都去做善事，这可以。但要所有的人脱离苦难，这事儿没有可能。脱离苦难的意思就是反对二元对立。脱离二元对立，成为一。我说这是不可能的。包括宗教的诞生，也是二元对立的。二元对立会弄出世界纷争。但应该这样说，二元对立是一个事实，你不要反对二元对立，而是要促成二元和谐。你要是打掉一方，只剩下一方，那或者是出乱子，或者是什么都没有了。因为宇宙就是二元对立的。有篇文章说，宇宙最到头的单位是比特，是信息的最小单位。就是无穷动嘛。用我们通常的话说，它就是一个过程。没有矛盾怎么有过程。

周国平：所有的宗教最后都是要回到一。

史铁生：就是说，耶稣的伟大就在于，在他之前，原始的宗教都是要求上天给我们好处，丰衣足食什么的。所有的宗教都是我们向上天要求什么。只有到了耶稣这里，才说是神向我们要求什么，我们是侍奉神的。神要我们怎么样怎么样，不是我们向神要求。这时候出了两个神，一个是创世主，一个是救世主。创世主他不理会你。约伯跟创世主要求说你待我不公。创世主说，我创造世界的时候你在哪儿呢？不会为你一个人改变我的策略。怎么可能？创世主不是你的神。救世主耶稣来了，他说上帝要求你要去爱。不是那种要什么给什么的宗教，那是原始宗教。只有救世主要求你应该怎样活，应该怎样爱，应该怎样对待苦难，只有这时候，人才转向自己了，这事儿才好办。至于那一，亚里士多德说，无不能生有。老子说，有生于无。这毛病大了。按我心里想的，无它就是无嘛，它怎么能生有呢？中国还有一句话叫有即是空，空即是有。所以我想这无，应该是指的空。这跟物理学联系上了。物理学说，在一绝对封闭的空间里，抽去所有的东西，里面还是有，有什么呀？所以这不是无，无就是没有。空它才是有。比如星系什么的，它坍塌了以后，剩下什么的？就是动能，极强大的动能，空成为无限的动能。朝哪儿动呢？朝向有。有的能量，它的方向是空，空的方向是变成有。我写了一篇叫《门外有问》，就是写我的这些瞎想。

周国平：你是试图用物理学来解释哲学问题。

史铁生：我很爱看物理学的东西。看不懂但喜欢看，看了多年还看懂一点儿。我觉得它们都是相关的。我可能也就是胡说八道，没有能力去论证。但我觉得一生二，二生三，那个一是空，而不是无。

周国平：实际上在这里一是道，道是没有形式的。

史铁生：是可以有各种形象的，可以变成有任何一个有的。所以它不可能是无，是空。

和歌：无是不是更丰富一些？

史铁生：有本书上说，人一直用自己的逻辑来理解事物，认为世界有始有终有限，不一定吧？你没法想一个无始无终的东西，因为我们的生命即是如此，我们的世界也是如此。

和歌：那在这始以前和终以后呢？

史铁生：我们的逻辑就是这样的。有个佛教的大师宗萨老是说，自无始以来。自无开始以来，而不是有史以来，有始以来。

周国平：人的逻辑思维没办法想象有始有终,也无法想象无始无终,康德把这对矛盾叫作二律悖反。两个都不行。

和歌：这么谈下去越来越玄。我们的经验和知识这么有限,真没办法。

史铁生：无穷动的东西,它就只是动,无始无终。

周国平：人类是没法想的。人类是用理性来想的,当然你可以靠神力来感觉,但这个无法证明。

史铁生：没法证明。所以一般搞科学的人都不信这个。现在的主流是科学,实证的东西是在逻辑范围内,而逻辑范围比存在要小得多小得多,你怎么能把它归到你的范围?

周国平：科学主要是经验和逻辑,科学是处理经验的,用逻辑去整理经验。因为科学是不能分析它,所以人们认为它们是不值得去思考的,不值得重视的。其实这就是个无用之用的问题,它是有大用。

史铁生：对,无用之用。

周国平：没有这个东西,人类所有的成果都是没有根基的。

史铁生：而且人类将活得多么枯燥。

和歌：你们两个的特点是,都被这些无用之用的大问题折磨了这么多年。

史铁生：你反过来想,人们要是整天都被房子车子占领着,实在是太无趣了。不让你感觉到有意思,就让你整天干活。我经常在透析时就会想,这些护士活得挺高兴的,一辈子就重复这几个动作,也不烦。反过来我又想,没有他们我们也没法办哪。所以这世界确实有很多螺丝钉,你还得爱护它,你还得不跟它一样。

和歌：但他们不把这几个动作当成他们生活的全部,他们还有自己的社会关系、工作关系。还有,病人还是不一样的。

史铁生：咱们真是人互相难以理解。陈村写过一篇文章叫一生,写的是一个工人,每天在那儿轧一个东西。到老的时候,他看着自己的两只手,所有的手指都是齐全的,他觉得这是很成功的一生。他的同事好多都缺手指的,他不缺,就很成功。

和歌:我的同学讲过一个故事,她好多年以前跟一个女孩在一个车站卖票,后来她不断求学,但过了三十年之后回去,那个女孩子已经老了,可还在同一个房间里卖票。这中间有种什么感觉呢?人生的意义在哪儿呢?

史铁生:这个就问到头了。我现在最写不了的也就是陀思妥耶夫斯基说的这个问题。就像《卡拉玛佐夫兄弟》里说的,这么多的人受苦,就为的是最后的一个所谓天国,但这样的付出我们认为是不值得的。你说那儿有多好多好,事实上,最后只有少数的灵魂可以达到,可以理解,可以感受到。多数人就是没有。虽然人道主义说要爱护这些东西,在《我与地坛》里那时候我就想这个问题,我知道不可能一切都变得美好,但我们的目的就是一切都变得美好,你说这荒诞不荒诞。

和歌:你说天国究竟是在精神上达到一种博大的善,一种无比享受的精神状态呢?还是通常所说的在那里可以吃呀喝呀。究竟什么样的算是天国呀?吃了这么多的苦,付出这么多的努力,得到的究竟是什么?而且我们想进入的天国还不是一个。

史铁生:这让我想到"高贵的谎言",这个问题很复杂。就比方说你有仨孩子,有一个不适合上大学,可你不能不让他上,但他不适合,他一上他就疯了,他永远跟不上,他抑郁症。这怎么办?这是同等问题。

和歌:我在想,如果天国是精神上不断地感到愉悦、充实的过程的话,那在一个人的精神追求的过程中,在不同的程度上一直有这样的感觉,那这是不是就是天国了呢?天国不是个实体,是个过程呢?没有最终的天国。

史铁生:天国在这儿呢,过程即目的,看你能不能把这个过程变成天国。

和歌：如果是到了最后，来了仙乐，大家到了一个什么国度，永远在那儿了，我觉得那倒是糟糕了。

史铁生：那是一个不可能！实际上所有的这种说法都是高贵的谎言。

周国平：对优秀的人也一样，可能谎言的性质不一样。对大众来说，那个天国是指你现在梦想的最好的生活。但对一个优秀的人来说，这样一个目标也是不存在的。但你有一个高贵的目标的话，在这个过程中高贵是能显现出来的。

和歌：你就是在过程中高贵了，最后如果能千古留名，那是结果好，但那跟你这个人所感受到的愉快已经没有关系了。

周国平：有没有真正的信仰，不在最后的结果，因为最后的结果是没有了，但你有这个信仰，你的整个人生是不一样的。

史铁生：我现在看我周围的同学，我就知道我原先的校长他缺一东西，他是英雄主义教育。我的同学无论成功或是不成功，抑郁率很高。不成功，抑郁。你曾经成功过，老要求自己成功，受不了不是英雄的状态，也抑郁。

和歌：受不了不再是中心了。

史铁生：那成功都是在社会层面上的，缺乏超越性。因为你到老了的时候一定是英雄暮年，壮心不已。但是你做不到了。或者是你的成功概率也不是百分百，那没成功呢？这个压力非常大。我想我也是站着说话不腰疼，我要是现在还在街道工厂那儿干，现在不定是什么情况。也麻烦。所以中国的教育只在社会层面上，他只要当代英雄，就这么一个目标。他没有其他坐标。

周国平：始终在那里斗。斗。

和歌：那也不光是校长的问题，是那个时代的问题。

周国平：是中国文化的问题。

史铁生：我那校长仍然是当时最好的。但当时中国就没有这超越性，有也给你粉碎掉。你只有在这个层面上，在这个层面上最高的价值就是成功,成为时代英雄。你当不成总理,当时传祥也是成功。再没有另一个坐标另一个角度感受一下人生。艺术那时代也没有。

周国平:其实没有超越层面的人是很可怜的,无论他多么成功他也是可怜的。

史铁生:他是平面的,他再不能跳到另一个层面上去感受一下。

周国平:他从来不能俯视人生。

和歌:能不能从教育上或读书上给大家一个提醒?

史铁生:当时也读书,但没有这方面的书,我们以前老说是制度的问题,其实说到底是文化的问题。文化的问题是需要潜心慢慢做的,也许能成,也许还没成,在社会层面上已经完蛋了。

周国平:中国文化缺乏信仰这一点来说,是有毛病的。但对每个个体来说,也不是问题。因为整个人类的这个层面是存在的,是你要不要的问题,你可以摆脱民族的这种局限性。

史铁生:但是很沉重啊!你看,它常常过了以后就变味了,变成了实利的要求。你看庙。

周国平:所以还是证明了没有这个层面,它肯定就歪曲了。它只能从现实的层面去理解信仰问题。

史铁生:所以你说在中国,人们老说知识分子最应该做的是默默的最根上的东西。你不要指望它能成,可能压根成不了它就崩溃了。毛泽东挺英明,"文化大革命"。当然他不对,但他看到了真正的变革是从文化上进行的。前不久看一电视节目讲画家的,讲中国粉碎"四人帮"以后美术界的解放,介绍的全是人性的解放。他画的画,藏族小姑娘坐在草地上,真是春情萌动,真是纯洁。中国的文艺复兴,全是人性的解放,没有神性的冲动。"人性解放"这四个字可不全是褒义呀。人性还有恶呀,全由着人性来,就糟糕了。什么都出来了。文艺复兴有没有神性的出现?

周国平：关键西方一直有神性的传统。它那个文艺复兴是用人性来平衡一下，神性没有丢，而我们是本来就没有神性。

史铁生：人家是往这边靠一下。好多就是中国没有这个根。比如说披头士，你也来一个？上来就来一俗得不成，就像画画，想一上来就写意，没有写实的根基，那就是胡来。好多那就是胡来。

周国平：人性这个东西本来就是混合的，人性和兽性的混合才成了人性，我们没有神性传统的话，我们的人性解放就是兽性解放，赤裸裸的。

史铁生：你看美术界就可以。那几年真有些那种感觉，我可能是保守，我看很多玩意儿就是胡闹，完全就是为了挣钱。根本就靠炒作，画得一塌糊涂。人性解放到兽性泛滥。

周国平：你看他们那些画吗？方力钧、王广义、张晓刚的？

史铁生：我认识一画家，他说好多画家就是坐那儿想一概念。我说想概念这事儿不应该是你们画家做的事吧？用画表现一个概念，那不就是宣传画吗？

周国平：很多行为艺术很可笑。

史铁生：没事儿就坐那儿想主意。我说过，第一个想起来把便池钉墙上的那个真高明，那是艺术，然后你往墙上钉什么都不是艺术了，都狗屁。

我想证明死是不可能的

和歌：我再有信仰，在这个过程中也确实感受到了一点儿乐趣，但一想到死后会被抛到乱坟岗上，还是有点儿不平衡。

史铁生：这其实是个巨大的问题，就是死的问题。我病之前正在写一个长点的东西：第一部分叫《死，或死的不可能性》。我想证明死是不可能的。因为无是不可能的，而有必然是有限和无限的对立。无限和有限是不能单独成立的，有限对无限的观察，无限对有限的衬托,缺一是不可的。任何人、任何有限都自名为我,都是要进行观察。说史铁生死是可以的,说"我"死是不可能的。所以有一个永恒的灵魂的问题。我那个同学孙立哲那么聪明,就这事儿他想不明白:做了那么多,最后咔嚓一下全没有了。这个受不了。英雄们全受不了这个。

周国平:英雄和天才全都受不了。

史铁生:你怎么棒怎么棒,克服了多少多少困难,最后没有了。

和歌:我特别不能接受的一点是,一个妈妈养活大一个孩子,需要多少爱,多少耐心,多少辛苦,最后在战场上一梭子子弹全给打死了。或者一个人弹就那么爆了。这点我特别接受不了。

史铁生:这当然接受不了的,这是从理论上可以避免的。我们那个是不可避免的。

周国平:你这是尘世层面上的。

和歌:老死病死都认了,可这种死法太可惜了。在花开得最艳的时候!

周国平:你这还是正常的感觉。

史铁生:现实里你把他养大,最后他傻了,或者他疯了,他杀人去了。或者是他受苦,他受的苦他自己不知道,最后他疯掉。

周国平:我现在觉得,宗教、哲学,实际上都是想证明死是不存在的。铁生你现在想写的也是要证明死是不存在的。

史铁生:否则确实荒诞。如果死就是完全虚无的话,这事儿实在荒诞。

和歌:如果死就是虚无的话呢?

史铁生:那真是荒诞。

周国平:那不能允许。

史铁生:这里头也有这个意思,我们强行论证它是不存在的。是这样的,刚开始是这样的情绪,就是你为什么做这个工作?你受不了这个。也许它不存在呢?也许有一天你确实证明了,或者说逻辑通向那儿了。

和歌：可以这样说，全人类最高级的脑子都想证明死亡以后不是虚无。

周国平：宗教和哲学就是这样啊。因为这是最大的问题。

史铁生：我写过一篇文章，说如果是这样的话，那么自私自利的人是最有道理的。就是今朝有酒今朝醉，及时行乐。所以人类需要有个证明来至少推翻及时行乐，否则现实里谁都好过不了。比如说只活一个钟头，就看谁掠夺的快乐最多，最后一定演化成战争。

周国平：所以你要唬他一下，死是不存在的，天国还会有惩罚。

史铁生：其实我的论证跟那个结果差不多。

周国平：你那个论证是从逻辑上去论证，从逻辑上论证带有很大的自欺的色彩。虽然所有的论证都是自欺。

史铁生：因为只要你不能实证的话，谁都可以说你是在自欺。这事儿咱们得先说好了，这事儿就是不能实证，你要跟我说实证，只能退出话题。

和歌：但好多濒死体验呢？

史铁生：这个证明只有在自个身上发生才能证明。

周国平：没有经验就没有办法，有经验的人他自己信了，因为我没有办法让你经验到我的经验。逻辑上的证明是各个学派都在这么做。比方说唯物主义，它也说物质不灭，不会从有变成无。但人不能忍受的是，我变成了另一种形式的物质，没有生命没有灵魂的物质。并不是有就行了，我们还要是一种特殊的有。这你就没办法证明了，靠逻辑是没办法证明了。只能靠信仰。

史铁生：这可以做这样一个证明，你也可能是一个更高明的存在，当然也可能是一个更垃圾的存在。这地方就要驳倒一个什么事啊，生命就是蛋白质。谁告诉你生命就一定是蛋白质的构成？霍金现在说了，外星人可能已经来了，它们不一定是你们这样的生命构成。有的科学家就说:什么叫生命?就是载有足够信息的可以繁殖的东西,这就叫生命。它完全可以是另外的什么元素,可能比你还高明。

和歌:如果人家比你高明,就能让你意识不到人家的存在。

史铁生:我们现在可能就是垃圾。在某种存在来看,这帮垃圾还挺高兴的,还想回过头来做这垃圾呀!

周国平:愿意成为自己这个存在。

史铁生:所以有人问,假如还有第二次,我怎么才能知道这是第二次?他居然得出一个结论来说:永恒是骗人的。我说过,人类是有继承的,有集体性记忆的。恰恰是意义使这个东西可以成为永恒。他说是我们虚设了一个永恒,拿它当意义。其实是你有意义,它才能永恒。甚至瞬间,都是用意义来界定的。比如说现在,瞬间,它是多久?一秒?千分之一秒?没法儿计算。它是由意义来界定的。你记住的一个意义。现在是一个意义所形成的最短过程,也叫当下,也叫瞬间。如果没有意义,千年也是空无。对吧?所以你能记住那个瞬间,你要没有,一千年也记不住。

周国平:意义也是自己的一个感觉,也是无法证明的。

史铁生:是自己的感觉。

周国平:你刚才说的那个也是一个很难证明的。如果生命能够轮回的话,你怎么能够证明是我在轮回?这个自我虽然现在因为有很多偶然因素产生了这个我,我成为我,我很看重这个我。但是我没有办法不看重。既然我看重,如果我要追求永恒的话,我肯定是追求自我的延续性,而且这种延续性应该是我能感觉到的,否则它等于没有。这个很麻烦。

史铁生:这个问题先这样说,分两部分,一个是你说我能感觉到的,只有有了你才能感觉到我,什么都感觉不到,才是空无。所以你是有的。但如何证明它就是原来我那个有?这一点最后是我的一个困惑。好像《西藏生死之书》里有,说死的时候要镇静,才能自由地到那儿。我写的那个可能叫《备忘来生》,我希望到那时候我能镇静,灵魂是带有信息的,它能不能尽量扼要地带上此生的信息?

周国平:佛教里面是有一套如何修炼的方法,中阴,说灵魂离开肉体到投生之前叫中阴,那一段是最关键的。

史铁生:但这里有个前提。如果一个独特的灵魂,你能认出来,如果是一个平庸的灵魂,你可能认不出来。所有的灵魂都吃喝拉撒睡,都是这点儿信息,你怎么能认出来你是你?他们说那个转世灵童也不见得特别聪明,但在宗教这一块特别有灵性,最后的考验是把他带到去世的那个活佛的屋子里去,他能认出一些东西来。转世是延续了上一世的我,你要能认出他来,这就是越独特越能认出来。你转世的时候,灵魂带的那个能量应该是你此生思考的最有意思最有悬念的事情,你被下一世认出的可能性就最大。但这些东西都是未知。我说死是不可能的,但我没有说我一定是我,是上一世的我。

周国平:这里你已经退一步了。

史铁生:对,退一步了,这一步必须退。也等于没退,为什么呢?活着也是这样,人体的细胞在一段时间后就完全更新了,你说哪个是你?你的基因也可以转换了,你说哪个是你?只有你的记忆是你,你最独特的记忆是你。

周国平:康德有个概念叫"统觉的延续性",你有个统觉,你模模糊糊地,觉得是你,你所有感觉都告诉你,这是你。

史铁生:你在今生有的时候会有这种感觉。天才是怎么回事咱不知道,但四岁能作曲,你说是学来的吗?不是,他是被捅醒的。所以,柏拉图说,学习即回忆,这太对了。他就此也是在探讨灵魂。就是灵魂携带的信息,就此进入了一个终端,这个学习就容易了。就这个啊,他马上就知道了。

周国平:梁和平说过,人前世是不同程度的,有的一年级,有的二年级,有的大学了。到了这一世,他是接着上的。

史铁生:上次你带芮乃伟夫妇来,他们不是说嘛,吴清源、李昌镐他们就不是一世的棋手,常昊他很聪明,但他是一世的棋手。这是刚学的。这虽然是无可证实的,但太有可能了。灵魂所带的东西,我一直认为是有的。尤其是看到一个人,那么丰富的灵魂,怎么可能瞬间什么都没有了?化为虚无了?

周国平:有一点我们会看到的,不需要证明的,事实已经证明了,那就是灵魂和灵魂之间所带的能量差别太大了,但我们试图来解答这个原因是什么?当然会有很多解释。佛教的轮回是一个比较容易接受的解释。

史铁生:这给人一个乐观的理由,此生的努力不是瞎掰的。

和歌:这也给人一种安慰,尤其是受了苦的人,觉得不那么委屈了。

周国平:基督教说,回到天国,灵魂的国度。修炼也是有用的了,是为了以很好的状态回到你的上帝身边去。不过轮回好一些。

史铁生:天国这事儿一定要在过程里,否则就成地狱了,到那儿整个就是一个傻子。

和歌:马克·吐温不就写过一篇文章嘛,通过一个灵媒跟他去世的表哥说话,表哥说他天天在那儿没事儿干,就是谈论在活着的时候的事,还有就是等他们来。

史铁生:说梦那个巫师,还有我认识一个气功师说,在空间里有各种能量体到处飞,有些东西是恶的,它就是想要找你要一个身体。

和歌:一旦人的状态差些,它们就进来了。

悲剧和惨剧

史铁生:年轻的时候应该有点儿坎坷。一个人要是一直是所向披靡的话,他对信仰不可能有特别真切的感受。

和歌:也可能有的人的坎坷是在心里。

史铁生:又好像关键在感受。有的人他的坎坷看起来没那么严重,但对他的心灵的触动特别严重,他也是有信仰的天赋。就像国平说的那个灵魂的强度,再加上灵魂的碰撞。有人不感觉这个。我读过《希腊的精神》这本书,说悲剧是一种感受力。有的人没有这个感受力。悲剧的事情哪国都有,你这里出不来悲剧,你没有这个感受力呀。中国人感受出来的全是惨剧,不叫悲剧。来一个清官就能判清楚的事。生命本身的那种悲哀没有出来。

周国平:他都是停留在现象界,悲惨的现象。没有悲剧的本质。

史铁生:生命本身的那种矛盾没有出来。他不太感受,他感受的是社会矛盾,包括现在咱们的文学,写的也都是社会矛盾,写精神、心理矛盾的少。而心理矛盾,你不处理好信仰和神的问题,你几乎没法解决。

周国平:是终极性问题。

和歌:是呀,读陀思妥耶夫斯基的作品,也是觉得他有好多心灵的问题要解决,永远在那儿受折磨。中国人没这个。

史铁生:中国人要不是因为陀思妥耶夫斯基特别有名的话,估计也没有多少人去读他。我们为这种问题出毛病的都少,我们出毛病的都是为社会问题。我估计中国男人抑郁呀,现在多是价值失落。

和歌:价值失落。现在的成功衡量标准又很明确。

周国平:是世俗价值的失落、不是精神价值的失落,神圣价值的失落。

史铁生:我是说他们是把价值转变成了价格。他把它放到市场上去了。自身的价值他反倒忽视了。他看到市场差价,被整懵了。

周国平：没有早些转变为市场价格，没早点儿把价格兑现，或者是太早脱手了。价值的衡量其实是有坐标的，看他用什么坐标了。

史铁生：价值是你自身包含的东西。首先是你对这个东西的信任和标定。它首先不是靠别人，也不是靠市场。价值它是自身含有的。放在东西里它叫物化劳动。价值它是有的，放到市场上去它有推销、广告等问题，以至于造成价格比价值还低，他不信任自己的价值了，这就坏了。

和歌：而且此前没有在这方面修炼，到这种时候就会遇到问题。不过在这个时代要坚守价值挺难的。现在知识分子、文人同时炒房炒股的也多了。

史铁生：咱们不能站着说话不腰疼。我有点占便宜就是，刚粉碎"四人帮"的时候，那个时候成名比较容易。

和歌：也不对，那个时候文学青年多了。

史铁生：但还是比现在容易。那时候基本是一片荒漠。反过头来看，七八、七九年写的东西基本上都不能看，但它是在一片荒漠上，然后你就有了名了，然后它就能被承认，有人买你的。要是现在我再开始写作，写我想写的那种东西，我没法儿活。没人买你的。现在有点儿名了，还有人买你的，活命还成，没问题。你要是从一开始就按自己的愿望去写，就活不了。国平你也是，你的粉丝培养出来那么一大批，就没问题了。

周国平：现在要脱颖而出是比较困难了，但还是有，像韩寒那样的。要脱颖而出也得是非常厉害的。郭敬明的市场，韩寒的影响。

和歌：他的博文一篇有的点击量上百万。

史铁生：这个时期创造出市场来，应该说可能性还是挺大的。

周国平：但也不容易。像我们这样的人可能就占不了多大的市场。

史铁生：好像是陈村说的话，他这人一直是很英明的。他说，你要弄明白你是要嫖娼还是要卖淫。你要是嫖娼你就别指着赚钱，说不定还要搭钱。你要是想赚钱你就卖淫去。陈村这话前几天我还在给别人说，实在是太有道理了。（齐笑）

和歌：要愉悦自己，和愉悦别人当然不一样了！

史铁生：你是愉悦自己，你还想赚钱？你愉悦别人，让干吗干吗，当然能赚钱了。

和歌：可以问问他是在干吗？

史铁生：陈村肯定会告诉你，我该卖淫的时候卖淫，该嫖娼的时候嫖娼。以卖淫养嫖娼。

周国平：这倒是像陈村的话，虽然不是陈村说的，是史铁生说的。

和歌：陈村常常是一语中的。

史铁生：他是真会说。陈村说起性幽默来，真是很精彩。

和歌：基本都原创。

史铁生：语言天才。同样的事他能用特别邪门的话给你说出来。王朔也是。

周国平：韩寒也是。他也有这个能力。

史铁生：我不会上网，很少看他的东西。今天有个朋友告诉我，说在网上你有五六个博客了。可我至今还不会上网呢。

和歌：他们在网上把你的文章贴上去，还有很多留言，而且留言都很好，是真喜欢，引起共鸣的那种，气氛很好。

史铁生：一个朋友说，博客的主人比如是张三，他说史铁生庄严推荐中国唯一可以得诺贝尔奖的是张三。这事我都不知道。我一点儿都不知道。

和歌：我还很好奇，铁生为什么会喜欢他呢？

史铁生：我根本不知道这个人。

周国平：他这个侵权哪。

史铁生：可据说也没有什么办法。肯定冒充国平的也有。不信你看看。他有号召力，一下子会被很多人注意。别人说你只能是甭理他。除非我哪天在文章里说，我不会上网。他就不攻自破了。

种种负面现象的根在于没有信仰

史铁生：现在是一说中国文化就都说孔子孟子。你说现在这受贿算什么？那满街撒谎算怎么回事？从哲学现象学上来看，从这个现象怎么倒腾那个根？咱们捣出的现象和咱们的根都不挨着。倒腾的都是祖宗的辉煌，这是鲁迅的话了。

和歌：撒谎和游说的习惯有没有关系？

史铁生：因为没有上帝呀。

周国平：就是信仰的问题。

史铁生：没有精神要对之负责的东西，那外在的肯定要撒谎了。

周国平：在很早的时候，马克斯·韦伯和孟德斯鸠都写到过一点，说中国人是一个最爱撒谎的民族，在中国，靠掠夺得来的东西都不是合法的，但骗来的东西都是合法的。当然他们自己没来过，但听传教士、商人说，都一致这样认为，中国人是最爱撒谎的。

史铁生：这真不是现在开始的，没有灵魂的看守者。

和歌：是不是说做了坏事来生有报应，但撒谎不算做坏事。

周国平：中国人没有来生这个观念，中国是没有本土的宗教的，佛教传进来后也发生了很大的变异。

史铁生：中国人说的报应也是很现实的。忏悔这个事儿就特别说明问题。中国没有忏悔这件事儿。

和歌："吾日三省吾身"呢？

史铁生：你发现没，一说中国文化就是孔子孟子，其实他们的好东西,谁也没有继承下来。怎么就把好的传统扔了,把西方的坏的一些东西又接收过来了。

周国平:孔子特别看重道德修养的价值。他认为道德修养本身就是有价值的,不是为了给人看的,为了得到什么利益的。但道德修养的这个理由是什么?为什么要道德修养?它上面没有灵魂了,没有源头了。最后他说出来是为了社会能更好。

史铁生:他说敬鬼神而远之,这个东西在中国,尤其是理工科那儿特盛行。我问他们,你们怎么想死亡的?他们说我们不想这个。他们很唯物主义,而且绝对的唯物主义还真有点儿无所畏惧的意思。死就死了。我有好多同学,都是理工科的,特别聪明,高材生。他就不说这事儿,就说自己是无神论,坚定的无神论。

周国平:多可怕呀,一个人不以作一个无神论者感到羞耻。

史铁生:而且他能拿出很多科学上的证明来。

和歌:也难怪。哲学修养这块,他们恨不能一直学到博士,仍然学的是《辩证唯物主义和历史唯物主义》,只有这一种世界观。对他们来说是第一原理。

史铁生:可我有些同学,他们哲学书也读得不少,可他就是无神论者。因为他们就相信实证的,非实证的他们不想,说想那个没意义。我发现好多搞哲学的人也这么想。有一次有个哲学教授也是这么说。我感到很惊讶。他说,说不清楚的事儿你为什么要想?我说,这可不应该是一个搞哲学的人说的话呀。搞哲学的人恰恰要想那些想不清楚的事儿呀。

和歌:我真觉得铁生是搞哲学的。

周国平:那个教授是搞英美哲学的,分析哲学,哲学就是要说那些说得清的。

史铁生:最后我就是要弄清楚那些我弄不清楚的。我的智力极限在哪儿?这种时候才能出现另外的比如说信仰。信仰不是无理性,它是非理性。是理性不能处理的,它不能说一上来就没理性了,什么都不想了;也不是无理性,它没有思考。当你相信有智力的盲点的时候,这个盲点你怎么处理?你肯定要有一个没有理由的信仰。其实人最后都要有一个没有理由的信仰。得抱着这个并不很逻辑的信念去活着。

和歌:但我并不喜欢有些有信仰的人,喜欢讲各种神迹呀,各种关照呀,得到各种好处呀。

史铁生:这个吧,大众也就这样。但一个民族总该有一些引领的精英吧。不能仅停在这儿。

周国平:这个民族的这种区别。你刚才说了,信仰是没有理由的,到了一定的极限了,没有办法了。这个时候我们再往前走一步就是信仰,但这个信仰理性本身是没有办法来说明的。所以实际上是需要决定了信仰。你这个民族如果你有强烈的需要,就肯定有信仰。但你没有感受到这种需要,就不会有。但强烈地感受到信仰的需要,这又跟灵魂的强度是有关的,精神本能的强度有关。

史铁生:这是整个文化的问题。比如说你对历史:有人说历史最根本的价值在于审美。我一想,确实是这样。它就算很有秩序,很有效率,很安定。但永远如此重复,它也要提出一个荒诞的问题。只有在审美的意义上。审美这事儿能说明精神的事。国平刚说的灵魂的强度,真是这么回事。没有强烈的要求,向虚无之中去询问,他不需要啊。

和歌:好像民族主义的呐喊很多,但对于灵魂的呐喊就特别少。

周国平:就是因为那个少了,所以这个就多了。

史铁生:像我们现在又有些时髦的东西出来了。就是说所有的文化都是好的。我们的文化在那儿存在了多少千年,它能不好吗?我说我们谈的是好与坏,是价值学,不是存在与不存在。

周国平:他们以为存在这么长时间就证明它好。

史铁生:后来我看到一个书叫《蚂蚁的故事》,它说在这个星球上最成功的生物是蚂蚁,为什么?所有的蚁类的体重加起来,超过地球上所有哺乳动物的体重,这你信么?

和歌:我不信,

史铁生:他说这是真的。他把这样的事实作为蚁类是最成功的生物群体的论据。当然他这是生物学的观点。把体重当成判断标准。所以存在一个从什么角度来看问题的问题。说你存在的时间长就是成功的?说你数量多就是成功的?现在整个的自由主义又走过了头,就成了怎么都成,成了价值虚无。

周国平:从价值多元到了价值虚无。

史铁生:谁都不能说多元化不好,所有的都是好,都到了某种可笑的程度。电视台上小孩子比赛,小孩子被淘汰了,主持人对这小孩子说你是最好的。这不是明摆着说瞎话呢?最好的怎么淘汰了呢?要不然就排出名次来,说大家都是第一名,那你这比赛不是白比了吗?我们已经软弱到不能承认我们哪一点儿不好了。

把大实话说美了就成了典故

史铁生:让希米给你拿我刚出的《扶轮问路》。

周国平:是散文集吧?

史铁生:是杂文吧。我这么多年就写了那么几首诗,去年都给它发出来了。

周国平:是新诗吗?

和歌:铁生会写格律诗吗?我觉得他的思路特接近西方哲学的那种感觉。

周国平:肯定写过,我都写过嘛。

史铁生:格律诗写得好也是真好。像苏东坡。

周国平:苏东坡、李清照、李煜……聪明人哪个国家都有。

史铁生:都有高人。就是说它成不成为文化中的一股势力。

不过很可能才气不够就会被格律束缚住,弄很多典故,让你永远都记不住,永远都看不懂。真就是束缚。这一点毛泽东真不容易,没有束缚住。

周国平:毛泽东的诗词真不错。

史铁生:气魄呀,那股劲儿,别人就不行。像柳亚子,大名人,也比不过。伟人的诗,就是有气魄。

和歌:有些帝王也不行,像乾隆,写那么多也不行。

史铁生:他那已经不是英雄乐章了,他那已经是享乐乐章了。

周国平:尤其开国的雄才大略的皇帝和末代皇帝。

史铁生:中国文人有几个特点,一个是没落贵族,因为曾经是贵族,高处的他知道。第二个是寡母抚孤,像鲁迅啊,其实还是家境败落。确实还是开国皇帝和末代皇帝才能出东西。像李煜的那种伤感,康熙他不可能有。

周国平:李煜真是个天才呀,感受的细腻……

史铁生:上帝有时候就故意把天才放到那个位置上,出点儿好诗什么的。

和歌:看过一篇文章说有的皇帝就爱做不是皇帝该做的事,有的是极好的木匠,有的是大画家,最后把国家都弄亡了。

史铁生:就是说诗人就不该当皇上。

周国平:这是很悲惨的,他不当皇帝的话他好好的。

史铁生:不光是李煜,梨园的那个是谁?

周国平:是唐玄宗?他是大音乐家。

和歌:都觉得当皇帝是个肥差。

周国平:文人不能去当皇帝。像李煜,他根本就不愿意当,没办法,落到他了,又是亡国的时候让他当。可如果他不是末代皇帝,他也写不出来那种伤感,那种哀愁。

史铁生:还有语句的那种自然。好诗都是这样,而且那么有韵味。所以我说,好多人追求美文,好像是追求造句,我说不是,你要把大实话说美了。

周国平：把大实话说准确了,就美了。

史铁生：你看李煜的诗,没有典故,都是感受。苏东坡也没有(典故),人家是自己成了典故。

周国平：对呀,自己成了典故。苏东坡也实在是太厉害了,苏东坡是第一,而且什么风格都有,他丰富。

史铁生：你看大江东去,那么有气魄。但到了"十年生死两茫茫"又……

周国平：还有"谁见幽人独往来"。

史铁生：你看他还都是信手拈来。

和歌：在任何情绪状态下,他都可能出好诗。

周国平：不,我觉得这是他对人生的了解,对人生的了解的深度广度,这是更重要的。中国还是有好东西。我常想,最好有段时间专门看中国的好东西。

史铁生：我也是,好多该看的东西没看,用于生病的时间太多了。你看那好书,中国的古典散文。

和歌：我看了您的《妄想电影》,你的剧本写得不是故事性的,就像是散文诗。

史铁生：因为有好多人要改,改了好多回,也有拍出来的,但都一塌糊涂。跟一些朋友聊,他们说,中国出不来这样的导演,因为得像是周国平那样的。(笑)

和歌：觉得画面感很强。

史铁生：我受了一个说凡·高的电影的启发。完全是说凡·高这一生到过哪儿,到过哪儿,全是画外音,内容是他弟弟的通信里的话。

和歌：是《亲爱的提奥》里的。

周国平：那是一部传记片? 不是故事片。

史铁生：我觉得这个方式很好,这个方式不仅仅是纪录片可以用,我也可以用,我用的话外音全是我小说里的话,剧本上面都标出来了。所以它也是可以拍的,但是没人拍。细部我也没有很精致,真要拍,那是导演的事。

周国平:可以拍一批这样的电影,就是为了艺术。很纯粹的电影。

史铁生:是有这样的导演,他拍商业片挣钱,也拍艺术片。

和歌:香港就有个电影公司,一方面扶植某个导演拍商业片,像王晶,同时又让王家卫拍艺术片。最后两条战线都很成功。

周国平:一个挣钱一个挣名。

史铁生:出版社也是这样,都出阳春白雪,赔都赔死了。

和歌:您的剧本我觉得把您对于记忆和印象,对美的那种理解全都表达出来了。虽然没有复杂的故事,但是挺丰富的。

史铁生:这个电影就是需要好的画面和好的音乐。

和歌:真要动手拍的话,肯定要往里加故事,加人物。

史铁生:那就成了另外的东西了。

文学是要在肮脏中寻求一种干净

和歌:咱们讲讲文学吧。

史铁生:文学就是了解自己,文学没有使命,它客观上起到了某些作用,其实就是了解自己。我主要就是自救,这些东西当然可能对别人也有用。刚开始就讲使命,有小说是那样,但我不是。我老想把文学和写作分开。文学好像有一种定念,但写作是一种自己的东西。

周国平:文学是一个社会分工,有一个专业领域。

和歌:这两次谈话,我的很多问题都有了答案了。当文学环境更多元更复杂的时候,您觉得这对于写作来说有什么影响?

史铁生:干净问题呀,我就是想,文学就是要在肮脏中寻求一种干净。曾经有过一种说法,文学是要变还是不变。实际上它是要在千变万化中寻那个不变的东西。后来人们把它理解成文学就是要变的。你看戏剧特别符合浮士德的问题。我现在感到浮士德的伟大,你往哪儿走吧？戏剧现在变得戏魂没了。灯光变了,布景变了,其实最不变的戏魂是要在不同的环境里,相当于舞台上不同的灯光、布景、演员等的背景下表现的是不变的人生的一个东西。那么这世界也是这样,你千变万化,文学找的是其中不变的到底是什么,换句话说就是:"我们何以是人？""我们要往哪儿走？"等等,所以世界的丰富和不干净给浮士德一个机会,就是他在哪儿停下来的机会更大。越灯红酒绿,浮士德越禁不住,他就停下来,结果他把灵魂给输了。我们现在的戏剧就是禁不住,它把戏魂儿给输了。它满台的背景,满台的噱头,但把戏魂给丢了。现在看他们的戏,通常就是这个感觉。

周国平：说得特别对！

和歌：请您给《黄河文学》说句话吧。

史铁生：祝《黄河文学》越办越好吧！

载《黄河文学》2006年第6—7期

附录

史铁生生平及创作年表

1951 年
1月4日,出生于北京道济医院(现北京市第六医院)。
1958 年　6 岁
入北京东城区王大人胡同小学(现北新桥三条小学)。
1964 年　13 岁
小学毕业,考入清华大学附中。
1967 年　16 岁
清华大学附中初中毕业。
1969 年　18 岁
1月13日,陕西延川县关庄公社关家庄大队插队。
1971 年　20 岁
9月17日,因病回到北京。
1972 年　21 岁
双腿瘫痪。
1974 年　23 岁
进街道工厂做临时工。
1975 年　24 岁
奶奶去世。开始学习写作。
1977 年　26 岁
母亲陈少伯去世。

1978 年　27 岁

短篇小说《之死》,发表于《春雨》创刊号(后改题《法学教授及其夫人》,又发表于《当代》1979 年第 2 期)。

1979 年　28 岁

短篇小说《爱情的命运》,发表于《希望》第 1 期。

短篇小说《午餐半小时》《古城月色》,发表于《希望》第 3-4 期合刊(《午餐半小时》又发表于《花溪》1980 年第 9 期)。

短篇小说《墙》,发表于《今天》第 4 期(后改题《兄弟》,又发表于《花城》1980 年第 7 期)。

短篇小说《没有太阳的角落》,发表于《未名湖》1980 年第 1 期及《今天》第 7 期(后改题《我们的角落》,又发表于《小说季刊》1980 年第 4 期)。

1981 年　30 岁

因肾病回家休养。

短篇小说《"傻人"的希望》,发表于《河北文学》第 1 期。

短篇小说《树林里的上帝》,发表于《南风》第 1 期。

散文《秋天的怀念》,发表于《南风》第 1 期。

短篇小说《绿色的梦》,发表于《钟山》第 2 期。

1982 年　31 岁

加入北京市作家协会。

短篇小说《绵绵的秋雨》,发表于《中国青年》第 4 期。

短篇小说《在一个冬天的晚上》,发表于《丑小鸭》第 10 期。

短篇小说《黑黑》,发表于《滇池》第 11 期。

短篇小说《人间》,发表于《花城》第 6 期。

短篇小说《老人》。

1983 年　32 岁

加入中国作家协会。

短篇小说《我的遥远的清平湾》,发表于《青年文学》第 1 期;

获"青年文学创作奖"及全国优秀短篇小说奖。

短篇小说《白色的纸帆》,发表于《绿野》第 2 期。

短篇小说《夏天的玫瑰》,发表于《丑小鸭》第 4 期。

短篇小说《巷口老树下》,发表于《青年作家》第 6 期。

创作谈《几回回梦里回延安》,发表于《小说选刊》第 7 期。

短篇小说《神童》,发表于《文学青年》。

1984 年　33 岁

短篇小说《白云》,发表于《小说界》第 1 期。

中篇小说《关于詹牧师的报告文学》,发表于《文学家》第 3 期。

短篇小说《奶奶的星星》,发表于《作家》第 4 期;获全国优秀短篇小说奖。

短篇小说《小小说四篇》,发表于《南风》第 4 期。

中篇小说《山顶上的传说》,发表于《十月》第 4 期。

短篇小说《足球》,发表于《人民文学》第 5 期。

1985 年　34 岁

短篇小说《命若琴弦》,发表于《现代人》第 2 期。

创作谈《杂感三则》,发表于《小说选刊》第 5 期。

短篇小说《来到人间》,发表于《三月风》第 6 期;获《三月风》全国小小说联合征文大奖赛金杯奖。

散文《合欢树》,发表于《文汇月刊》第 6 期。

电影剧本《人生的突围》(后改题《突围》,拍摄本题为《死神与少女》),发表于《电影创作》第 7 期;影片获第十三届瓦尔纳国际电影节荣誉奖、第一届中国红十字电影节特别奖、第八届金鸡奖演员特别奖,导演林洪桐。

《我的遥远的清平湾》,北京十月文艺出版社出版。

1986 年　35 岁

被聘为北京市作家协会合同制专业作家。

中篇小说《插队的故事》,发表于《钟山》第 1 期。

创作谈《交流·理解·信任·贴近》,发表于《钟山》第 1 期。

短篇小说《我之舞》,发表于《当代》第 6 期。

短篇小说《毒药》,发表于《上海文学》第 10 期;获"益友杯"《上海文学》短篇小说奖。

散文《随想与反省》,发表于《人民文学》第 10 期。

1987 年　36 岁

短篇小说《车神》,发表于《三月风》第 1 期。

中篇小说《礼拜日》,发表于《中外文学》第 5 期。

评论《读洪峰小说有感》,发表于《文艺报》第 27 期。

散文《"忘了"与"别忘了"》,发表于《挚友》。

《现代中国文学选集·史铁生》,日本德间书店出版。

1988 年　37 岁

中篇小说《原罪·宿命》,发表于《钟山》第 1 期。

创作谈《答自己问》,发表于《作家》第 1 期。

评论《读洪峰小说有感》,发表于《当代作家评论》第 1 期。

中篇小说《一个谜语的几种简单的猜法》,发表于《收获》第 6 期。

创作谈《自言自语》,发表于《作家》第 10 期。

短篇小说《草帽》。

获"丹凤杯"《钟山》文学奖。

《礼拜日》,华夏出版社出版。

《我的遥远的清平湾》,台湾出版。

1989 年　38 岁

与陈希米结婚。

散文《我的梦想》,发表于《中国残疾人》第 1 期。

散文《"文革"记愧》,发表于《东方纪事》第 1 期。

评论《超越几近烧焦的局限——姚平和他如火的诗行》,发表于《三月风》第 2 期。

短篇小说《小说三篇》,发表于《东方纪事》第 2 期。

创作谈《"神经内科"》,发表于《人民文学》第 3 期。

电影剧本《多梦时节》(与林洪桐合作),发表于《中外电影》第 4 期;影片获第九届金鸡最佳儿童故事片奖、1989 年政府优秀影片奖、第三届童牛奖艺术追求奖,导演林洪桐。

随笔《康复本义断想》《"安乐死"断想》,发表于《三月风》。

1990 年　39 岁

短篇小说《钟声》,发表于《钟山》第 3 期。

散文《好运设计》,发表于《天涯》第 9 期。

1991 年　40 岁

散文《我与地坛》,发表于《上海文学》第 1 期。

书信《一封关于音乐的信》,发表于《音乐爱好者》第 1 期。

散文《我二十一岁那年》,发表于《三月风》第 10 期。

散文《黄土地情歌》,发表于《三月风》第 11 期。

评论《认真执着的林洪桐》,发表于《大众电影》。

《命若琴弦》,江苏文艺出版社出版。

《命若琴弦》(英文版),中国文学出版社出版。

1992 年　41 岁

书信《一封信》,发表于《文学自由谈》第 1 期。

中篇小说《中篇 1 或短篇 4》,发表于《作家》第 1 期。

评论《游戏·平等·墓地》,发表于《当代作家评论》第 2 期。

评论《何立伟的漫画》,发表于《文学自由谈》第 3 期。

中篇小说《〈务虚笔记〉备忘》,发表于《小说界》第 3 期。

散文《相逢何必曾相识》,发表于《昆仑》第 3 期。

创作谈《谢幕》,发表于《小说月报》第 4 期。

随笔《随笔十三》,发表于《收获》第 6 期。

散文《散文三篇》,发表于《芒种》第 10 期。

随笔《对话四则》,发表于《三月风》。

随笔《减灾四想》,发表于《减灾报》。

散文《归去来》,发表于《北京晚报》。

散文《纪念我的老师王玉田》,发表于《光明日报》。

《自言自语》,广东旅游出版社出版。

1993 年　42 岁

短篇小说《第一人称》,发表于《钟山》第 1 期。

散文《悼路遥》,发表于《延安文学》第 1 期。

随笔《"嘎巴儿死"和"杂种"》,发表于《钟山》第 2 期。

随笔《三月留念》,发表于《三月风》第 3 期。

评论《新的角度与心的角度——谈周忠陵小说》,发表于《钟山》第 5 期。

评论《〈残阳如血〉读后》,发表于《三月风》第 9 期。

书信《给盲童朋友》,发表于《盲童文学》。

散文《电脑,好东西!》,发表于《人民日报(海外版)》。

获第六届庄重文文学奖。

获"廉泉杯"《钟山》小说奖。

《我与地坛》,中国社会科学出版社出版。

1994 年　43 岁

短篇小说《别人》,发表于《花城》第 1 期。

随笔《爱情问题》,发表于《钟山》第 4 期。

随笔《墙下短记》,发表于《今日先锋》第 4 期。

书信《写给〈地震〉作者的一封信》,发表于《三月风》第 4 期。

书信《人生重要的是过程》,发表于《三月风》第 5 期。

随笔《神位　官位　心位》,发表于《读书》第 6 期。

创作谈《写作三想》(后改题《笔墨良心》),发表于《长江文艺》第 7 期。

散文《无答之问或无果之行》，发表于《北京文学》第 11 期。

随笔《记忆迷宫》，发表于《今天》。

电影剧本《荆柯》(与钟晶晶合作)，未发表。

《遥远的大地》(收《插队的故事》《车神》)，日本宝岛社出版。

1995 年　44 岁

《史铁生作品集》(3 卷)，中国社会科学出版社出版。

《好运设计》，春风文艺出版社出版。

1996 年　45 岁

父亲史耀琛去世。

创作谈《熟练与陌生》，发表于《花城》第 1 期。

随笔《"足球"内外》，发表于《天涯》第 1 期。

长篇小说《务虚笔记》，发表于《收获》第 1、2 期；获上海市长篇小说奖及"中长篇小说优秀作品大奖"三等奖。

散文《告别郦英》，发表于《今天》春季号。

短篇小说《老屋小记》，发表于《东海》第 4 期；获"东海文学巨奖"金奖、鲁迅文学奖。

中篇小说《关于一部以电影作舞台背景的戏剧之设想》，发表于《钟山》第 4 期。

创作谈《宿命的写作》，发表于《东海》第 8 期。

散文《悼少诚》，发表于《北京日报》。

《务虚笔记》，上海文艺出版社出版。

《答自己问》，天津人民出版社出版。

1997 年　46 岁

当选北京市作家协会副主席。

随笔《私人大事排行榜》，发表于《花城》第 1 期。

随笔《说死说活》，发表于《天涯》第 1 期。

散文《感悟体育》(后改题《我的梦想》)，发表于《体育博览》

第 2 期。

书信《聆听和跟随》,发表于《当代作家评论》第 3 期。

随笔《复杂的必要》,发表于《中文自修》第 5 期。

随笔《无病之病》,发表于《学术思想评论》第 2 辑。

创作谈《文学的位置或语言的胜利》,发表于《作家》第 7 期。

散文《外国及其他》,发表于《华人文化世界》第 7 期。

《中国当代作家选集·史铁生》,人民文学出版社出版。

《别人》,长江文艺出版社出版。

《老屋小记》,山东友谊出版社出版。

1998 年　47 岁

因尿毒症开始透析治疗。

《史铁生散文》(上下),中国广播电视出版社出版。

1999 年　48 岁

随笔《病隙碎笔》,发表于《花城》第 4 期。

短篇小说《死国幻记》,发表于《北京文学》第 8 期;获短篇小说佳作奖。

散文《有关庙的回忆》(后改题《庙的回忆》),发表于《人民文学》第 10 期。

《史铁生散文自选集》,百花文艺出版社出版。

《当代中国文库精读·史铁生》,香港明报出版社出版。

《史铁生小说选》(英汉对照),外语教学与研究出版社出版。

2000 年　49 岁

随笔《病隙碎笔(2)》,发表于《天涯》第 3 期。

书信《给李健鸣的三封信》,发表于《钟山》第 4 期。

短篇小说《两个故事》,发表于《作家》第 5 期。

《中华散文珍藏本·史铁生卷》,人民文学出版社出版。

2001 年　50 岁

短篇小说《往事》,发表于《人民文学》第 1 期。

随笔《病隙碎笔(3、4)》,发表于《天涯》第1期。

随笔《病隙碎笔(5)》,发表于《天涯》第4期。

散文《记忆与印象》(8篇),发表于《上海文学》第7期。

短篇小说《钟声》,发表于《时代文艺》第10期。

随笔《病隙碎笔(6)》,发表于《北京文学》第12期;获老舍散文奖一等奖。

散文《孙姨和梅娘》,发表于《北京青年报》。

《往事》,中国青年出版社出版。

《东岳文库·史铁生九卷本》,山东文艺出版社出版。

《对话练习》,时代文艺出版社出版。

《我的遥远的清平湾》,广州出版社出版。

2002年　51岁

散文《记忆与印象·2》,发表于《天涯》第4期。

散文《想念地坛》,发表于《文汇报》。

《写作之夜》,春风文艺出版社出版。

《我与地坛》(插图本),山东画报出版社出版。

《病隙碎笔》,陕西师范大学出版社出版;获华语传媒文学杰出成就奖。

2003年　52岁

再度当选北京市作家协会副主席。

获北京市"中青年德艺双馨奖"。

入围2003年度中华文学人物之"文学先生"。

散文《姻缘》,发表于《散文百家》第12期。

《命若琴弦》,江苏文艺出版社出版。

《想念地坛》,南海出版公司出版。

2004年　53岁

《记忆与印象》,北京出版社出版。

《务虚笔记》,南海出版公司出版。

《务虚笔记》,台湾木马文化出版。

《命若琴弦》,法国 Gallimard 出版社出版。

2005 年　54 岁

长篇小说《我的丁一之旅》,发表于《当代》第 6 期。

《灵魂的事》,百花文艺出版社出版。

《往事》,云南人民出版社出版。

2006 年　55 岁

获第二届青年文学成就奖。

《我的丁一之旅》《关于詹牧师的报告文学》,人民文学出版社出版。

《务虚笔记》,春风文艺出版社出版。

《在家者说》,河南文艺出版社出版。

《我们活着的可能性有多少》,文汇出版社出版。

《写作的事》《活着的事》《以前的事》,东方出版中心出版。

《史铁生精选集》,燕山出版社出版。

《史铁生自选集》,海南出版社出版。

《病隙碎笔(修订版)》,陕西师范大学出版社出版。

2007 年　56 岁

由北京市作家协会合同制作家转为驻会作家。

获北京文学节"杰出贡献奖"。

创作谈《写作与越界》,发表于《天涯》第 3 期。

书信《书信两封》,发表于《花城》第 4 期。

散文《故乡的胡同》,发表于《视野》第 8 期。

书信《史铁生书信》,发表于《北京文学》第 9 期。

评论《许三多的循环论证》,发表于《北京青年报》12 月 22 日。

评论《太阳向上升起》,发表于《北京青年周刊》。

《务虚笔记》,人民文学出版社出版。

《史铁生散文》(插图珍藏版),人民文学出版社出版。

《史铁生作品精选》,华夏出版社出版。

2008 年　57 岁

被评为一级作家。

随笔《花钱的事》,发表于《天涯》第 1 期。

随笔《北京文学节"杰出贡献奖"获奖感言》,发表于《青年文学》第 1 期。

随笔《放下与执着》,发表于《花城》第 2 期。

散文《我的轮椅》(后改题《扶轮问路》),发表于《收获》第 2 期。

随笔《人间智慧必在某处汇合(外一篇)——斯坦哈特的〈尼采〉读后》,发表于《天涯》第 3 期。

随笔《原生态》,发表于《上海文学》第 4 期。

随笔《智能设计》,发表于《西部华语文学》第 7 期。

随笔《从"身外之物"说起》《看不见而信》,发表于《北京文学·中篇小说月报》第 12 期。

评论《〈立春〉感想:价值双刃剑》《太阳向上升起》《许三多的循环论证》,发表于《北京青年周刊》。

《中国当代作家·史铁生系列》(6 卷),人民文学出版社出版。

《心的角度》,中国青年出版社出版。

《病隙碎笔》《扶轮絮语》《命若琴弦》《老海棠树》,中国盲文出版社出版。

《信与问》,花城出版社出版。

《史铁生作品精编》,漓江出版社出版。

2009 年　58 岁

随笔《日记六篇》(《喜欢与爱》《回归自然》《身与心》《人的价值或神的标准》《乐观的根据》《种子与果实》),发表于《江南》第 1 期。

随笔《门外有问》,发表于《文景》1、2 期合刊。

书信《理想的危险》,发表于《花城》第 2 期。

诗歌《史铁生诗歌 10 首》,发表于《诗刊》第 4 期。

短篇小说《史铁生小说一组》,发表于《天涯》第 5 期。

随笔《诚实与善思》,发表于《人民文学》第 10 期。

2010 年　59 岁

诗歌《回家的路与葛里戈拉》,发表于《人民文学》第 8 期。

《扶轮问路》《妄想电影》,人民文学出版社出版。

《务虚笔记》(插图点评本),中国工人出版社出版。

《我的遥远的清平湾》,新华出版社出版。

《我之舞》,黄山书社出版。

《我二十一岁那年》,二十一世纪出版社出版。

《记忆与印象》,东南大学出版社出版。

12 月 31 日凌晨 3 时 46 分,因突发脑溢血逝世。按生前愿望,捐献器官。大脑和脊髓捐献给医学研究,肝脏捐献给需要的患者,移植成功。

2011 年

《我与地坛》《扶轮问路》,人民文学出版社出版。

《史铁生作品系列(纪念版)》(7 卷),人民文学出版社出版。

《一个人的记忆》,上海人民出版社出版。

《秋天的怀念》,华夏出版社出版。

2012 年

"史铁生作品专辑"(随笔《昼信基督夜信佛》《回忆与随想:我在史铁生》、短篇小说《恋人》《猴群逸事》《借你一次午睡》、书信《给王安忆的信》《给小水的三封信》《给王朔的信》),发表于《收获》第 1 期。

《昼信基督夜信佛》,十月文艺出版社出版。

《上帝的寓言》,长江文艺出版社出版。

《记忆与印象》,湖南文艺出版社出版。

2017 年

《史铁生作品全编》(10 卷),人民文学出版社出版。

2018 年

《我,或者"我"》,人民文学出版社出版。

2019 年

《有问集》《无病集》《去来集》《断想集》,人民文学出版社出版。

2021 年

《我与地坛》(韩文版),韩国尤利西斯出版公司出版。

2022 年

《史铁生散文》(中国现当代名家散文典藏),人民文学出版社出版。

2023 年

《我与地坛》(新编版)、《记忆与印象》,人民文学出版社出版。

(欧阳光明提供、杨柳整理,2024 年 9 月修订补充)

史铁生研究资料要目
(1986—2024)

文章及专著

1986 年

艾平:《史铁生其人及其他》,《当代作家评论》第 1 期。

1987 年

北帆:《论史铁生小说的艺术变奏》,《小说评论》第 4 期。

魏威:《心弦与琴弦——〈命若琴弦〉哲理主题的揭示》,《名作欣赏》第 4 期。

李运抟:《复兴的历程:由自我走向人生——新时期知青文学评价之一》,《文艺评论》第 4 期。

1988 年

李劼:《剃刀边缘的两种奏鸣——〈原罪〉〈宿命〉之评》,《文学自由谈》第 5 期。

1989 年

吴俊:《当代西绪福斯神话——史铁生小说的心理透视》,《文学评论》第 1 期。

吴俊:《大彻大悟:绝望者的美丽遁词——关于史铁生的小说》,《文学自由谈》第 4 期。

1990 年

季红真:《形式的意义》,《上海文学》第 6 期。

1991 年

何立伟:《关于史铁生》,《文学自由谈》第 1 期。

蒋原伦:《史铁生小说的几种简单的读法》,《当代作家评论》第 3 期。

胡河清:《史铁生论》,《当代作家评论》第 3 期。

苑湖:《沉入静穆——读史铁生的〈我与地坛〉》,《小说评论》第 3 期。

姚育明:《我所认识的史铁生》,《上海文学》第 7 期。

1992 年

吴健敏:《史铁生小说的悲剧意识》,《温州师范学院学报》第 1 期。

张凤珠:《从〈我与地坛〉看史铁生》,《文学自由谈》第 2 期。

于飞:《中年情味》,《读书》第 2 期。

汪政、晓华:《超越小说——史铁生〈中篇 1 或短篇 4〉讨论》,《当代作家评论》第 3 期。

荣松:《残疾意识与人类情感——史铁生小说新论》,《当代文坛》第 6 期。

张新颖:《平常心与非常心——重读史铁生》,《上海文学》第 10 期。

1993 年

汪政:《生存的感悟——史铁生〈我与地坛〉读解》,《名作欣赏》第 1 期。

石杰:《新时期文学中佛教发生的深层原因》,《渤海大学学报(哲学社会科学版)》第 4 期。

洪治纲:《追踪神秘——近期小说审美动向》,《当代作家评论》第 6 期。

汪政、晓华:《试说史铁生》,《读书》第 7 期。

1994 年

张玉善:《禅趣盎然话铁生——史铁生及其小说孤独意识之我见》,《苏州科技学院学报(社会科学版)》第 1 期。

石杰:《史铁生小说中的宗教精神》,《中国人民大学学报》第 1 期。

石杰:《史铁生小说的佛教色彩》,《贵州大学学报(社会科学版)》第 2 期。

陈顺馨:《论史铁生创作的精神历程》,《文学评论》第 2 期。

穆涛:《有远见的手艺人:异想天开的史铁生》,《当代作家评论》第 2 期。

1995 年

陈虹:《生命之思:散文的别一种作法》,《文艺评论》第 2 期。

邢孔辉:《史铁生作品中的"第一人称"》,《张家口师专学报》第 3 期。

1996 年

杨守森:《生理病残与文艺创作》,《社会科学辑刊》第 1 期。

石杰:《史铁生散文的佛教意识》,《海南大学学报(社会科学版)》第 2 期。

王尧:《生命由梦想展开——论史铁生散文》,《当代文坛》第 2 期。

胡山林:《论史铁生小说的宗教性意蕴》,《河南大学学报(社会科学版)》第 5 期。

1997 年

邢孔辉:《重复与超越——史铁生小说创作论纲》,《琼州大学学报》第 2 期。

胡山林:《史铁生的命运观》,《河南师范大学学报(哲学社会科学版)》第 3 期。

薛毅:《荒凉的祈盼——史铁生论》,《上海文学》第 3 期。

张柠:《史铁生的文字般若——论〈务虚笔记〉》,《当代作家评论》第 3 期。

周政保:《〈务虚笔记〉读记》,《当代作家评论》第 3 期。

郭春林:《没有救赎的人(类)》,《当代作家评论》第 3 期。

胡山林:《生命意义的探寻——史铁生作品的中心意蕴》,《河南大学学报(社会科学版)》第 4 期。

1998 年

刘明银:《"采访之外"的史铁生》,《当代作家评论》第 1 期。

孙郁:《通往哲学的路——读史铁生》,《当代作家评论》第 2 期。

安妮·居里安:《当代中国小说的死亡与记忆》,《天涯》第 3 期。

李荣林:《作为文体的散文:灵魂的彰显与照亮——兼论史铁生、余秋雨的散文》,《文艺争鸣》第 4 期。

1999 年

蒋述卓:《论史铁生作品的宗教意识》,《南方文坛》第 1 期。

胡山林:《终极域:史铁生创作的基本视点》,《中国青年政治学院学报》第 2 期。

胡山林:《史铁生的文学观》,《锦州师范学院学报(哲学社会科学版)》第2期。

邢孔辉:《重复与超越——史铁生小说创作论纲》,《琼州大学学报》第2期。

胡山林:《有意味的形式:对生命和存在的感悟》,《写作》第2期。

周国平:《读〈务虚笔记〉的笔记》,《天涯》第2期。

韩元:《史铁生:边走边唱——走出美的距离》,《当代作家评论》第4期。

胡山林:《对人本困境的思考——史铁生创作的中心主题》,《当代作家评论》第4期。

胡山林:《置身神界看人界——史铁生创作视点分析》,《中州学刊》第5期。

胡山林:《创新之源——从心的角度到新的角度》,《写作》第8期。

2000年

赵毅衡:《神性的证明:面对史铁生》,《花城》第1期。

韩元:《漫漫朝圣路:史铁生的宗教和哲学》,《中国海洋大学学报(社会科学版)》第1期。

景秀明:《论90年代散文创作的理性精神》,《当代文坛》第1期。

邢孔辉:《宗教精神:史铁生作品意蕴解读》,《琼州大学学报》第2期。

董萃:《史铁生残疾主题小说的精神内核》,《沈阳师范学院学报(社会科学版)》第3期。

黄忠顺:《思索的小说——昆德拉的小说学与史铁生的〈务虚笔记〉》,《荆州师范学院学报》第3期。

李东芳:《存在的忧思:史铁生的出发点与归宿——史铁生小说创作论》,《北京社会科学》第3期。

胡山林:《史铁生作品中的类宗教意味》,《河南师范大学学报(哲学社会科学版)》第4期。

陈翠平:《绝对的孤独体验和永恒的沟通欲望——论〈务虚笔记〉》,《小说评论》第6期。

贺雄飞:《愧对史铁生(外二篇)》,《文艺争鸣》第6期。

杨珺:《共语之外的个人独语——80年代后期以来中国小说的死亡话语分析》,《文艺评论》第6期。

邢孔辉:《〈务虚笔记〉的结构艺术》,《写作》第 9 期。

2001 年

赵毅衡:《神性的证明:面对史铁生》,《花城》第 1 期。

胡山林:《走向审美之境——史铁生心路历程追踪》,《河南大学学报(社会科学版)》第 1 期。

洪治纲:《洪治纲专栏:先锋文学聚焦之八——在强劲的想象中建立真实》,《小说评论》第 2 期。

陈村:《去找史铁生》,《当代作家评论》第 3 期。

赵艳:《生命的处境与存在的勇气——存在主义与史铁生的小说创作》,《当代文坛》第 4 期。

王宏图:《超越于真实幻觉之外——兼论〈纪实和虚构〉〈务虚笔记〉》,《当代作家评论》第 6 期。

孙德喜:《让小说走向哲学——论〈务虚笔记〉的语言》,《常德师范学院学报(社会科学版)》第 6 期。

凌讯:《"测不准"·"并协"·"嵌入":感受史铁生》,《当代小说》第 8 期。

2002 年

李松:《熔铸绝境的壮美:论史铁生的生存美学》,《当代文坛》第 2 期。

柏定国:《从残雪、韩少功、史铁生的创作看文学的现实性对抗》,《武汉科技大学学报(社会科学版)》第 4 期。

周国平:《病隙碎笔(史铁生著)》,《当代作家评论》第 5 期。

2003 年

陈朗:《因为追问　所以信仰——〈务虚笔记〉中的基督教思想》,《当代作家评论》第 1 期。

梁鸿:《史铁生:残障生存与个体精神旅程的哲理叙述》,《北京社会科学》第 2 期。

马云:《史铁生散文:生命的留言》,《当代文坛》第 3 期。

张路黎:《〈务虚笔记〉之虚——论史铁生〈务虚笔记〉形式上的新探索》,《三峡大学学报(人文社会科学版)》第 5 期。

罗云锋:《生命中不可承受之轻与重——史铁生创作中的生死主题浅

析》,《哈尔滨学院学报》第 11 期。

2004 年

涂险峰:《神圣的姿态与虚无的内核——关于张承志、北村、史铁生、圣·伊曼纽和堂吉诃德》,《文学评论》第 1 期。

张宏:《现代性叙事中的个体言说——从史铁生笔下的宗教精神谈起》,《淮阴师范学院学报(哲学社会科学版)》第 2 期。

胡山林:《史铁生创作的终极关怀精神》,《北京社会科学》第 2 期。

陈婉娴:《一道独特的文学风景线——史铁生散文的审美价值》,《当代文坛》第 4 期。

王军伟:《加缪和史铁生生存哲学的双向阐发》,《湖州师范学院学报》第 6 期。

郭传梅:《史铁生意象词典》,《南方文坛》第 6 期。

邢孔辉:《史铁生的写作观》,《当代文坛》第 6 期。

范丹虹:《试论史铁生作品中的宗教意识》,《韶关学院学报》第 7 期。

2005 年

李永中:《走向审美路——谈〈务虚笔记〉》,《文艺理论与批评》第 2 期。

胡山林:《走向神性"大我"——史铁生回答"我是谁"》,《周口师范学院学报》第 3 期。

徐源:《诗性的追问——论史铁生创作对生命意义的四重构建》,《理论与创作》第 3 期。

胡山林:《苦难把你引向存在的意味——史铁生与存在主义》,《南阳师范学院学报》第 4 期。

戴国庆:《残疾及其拯救——论史铁生创作的心路历程》,《雁北师范学院学报》第 4 期。

李谞博:《史铁生中短篇小说创作三部曲》,《西安文理学院学报(社会科学版)》第 4 期。

刘文辉:《避"实"就"虚"——论史铁生小说的文体策略》,《上饶师范学院学报》第 5 期。

唐小林:《极限情景:史铁生存在诗学的逻辑起点》,《文学评论》第 5 期。

龚敏律:《精神圣者的仰望之路——论史铁生创作中的宗教意识》,《理论与创作》第 6 期。

荆亚平:《神性写作:意义及其困境》,《文艺研究》第 10 期。

2006 年

姚倩:《在虚无中坚定地生存——史铁生小说中的观望意象》,《理论与创作》第 1 期。

于永顺:《论史铁生小说建构的哲思化走向》,《辽宁师范大学学报(社会科学版)》第 3 期。

李锐:《自由的行魂,或者史铁生的行为艺术》,《读书》第 4 期。

曾令存:《史铁生:寻找救赎与走向"过程"》,《海南师范学院学报(社会科学版)》第 4 期。

金凤杰:《于苦难处转身——论史铁生后期创作的转变》,《通化师范学院学报》第 5 期。

张小平:《论史铁生的"残疾"世界》,《兰州学刊》第 5 期。

张小平:《无法释怀的爱——解析史铁生作品中"爱"的主题》,《兰州学刊》第 6 期。

胡山林:《永远的行魂的心灵实验——读史铁生新作〈我的丁一之旅〉》,《理论与创作》第 6 期。

王鸿生:《信仰与写作——北村与史铁生比较论》,《上海文学》第 10 期。

2007 年

张在中:《原罪与爱的救赎——论基督教对史铁生的影响》,《河南广播电视大学学报》第 1 期。

齐亚敏:《史铁生的辨证——对〈我的丁一之旅〉的思考及存疑》,《当代文坛》第 1 期。

刘文辉:《记忆的诗学——论史铁生创作话语资源的生成策略》,《东华理工学院学报(社会科学版)》第 1 期。

宋洁、赵学勇:《当代文学中的非常态视角叙事研究——以〈尘埃落定〉〈秦腔〉〈我的丁一之旅〉为个案》,《天津师范大学学报(社会科学版)》第 1 期。

张渝生:《论史铁生散文的终极追问与世俗情怀》,《江西社会科学》第 2 期。

季红真:《冥想中的精神跋涉》,《当代作家评论》第 2 期。

顾晓红:《不被遗忘的存在——史铁生的生存哲学分析》,《理论界》第2期。

洪治纲:《多重文体的融会与整合》,《文学评论》第3期。

刘剑格:《匿名的基督徒——史铁生及其作品解读》,《辽宁行政学院学报》第3期。

张英伟:《疾病对文学创作的影响——贾平凹与史铁生比较研究》,《首都师范大学学报(社会科学版)》第3期。

荣吉:《生命的悲怆与诗意——论〈命若琴弦〉的人生哲理》,《湖南第一师范学报》第4期。

杨金芳:《破译人生密码的生命寓言——评析〈务虚笔记〉》,《山东理工大学学报(社会科学版)》第5期。

洪治纲:《心魂之思与想象之舞——史铁生后期小说论》,《南方文坛》第5期。

黄河:《史铁生小说中知青文本的乡土叙事》,《文艺争鸣》第6期。

2008年

金生翠:《卑微者的精神之歌——论史铁生创作中的"残疾"意识》,《天水师范学院学报》第1期。

张路黎:《史铁生哲思文体的创建及特征》,《江汉大学学报(人文科学版)》第1期。

许心宏:《论史铁生"梦醒说梦"的叙事图谱》,《西安电子科技大学学报(社会科学版)》第2期。

戴雪花:《史铁生作品中的哲思意象》,《湖南第一师范学报》第2期。

于戈:《寻找夏娃与文本解读——论〈我的丁一之旅〉》,《当代作家评论》第2期。

施旸:《试论史铁生作品中的宿命情结》,《九江职业技术学院学报》第4期。

叶红美:《感悟终极——从史铁生的小说看他的苦难意识》,《绍兴文理学院学报(哲学社会科学版)》第4期。

樊星:《当代哲理小说与神秘主义》,《理论与创作》第6期。

江少英:《"自我"的"印象"——析史铁生的长篇小说〈务虚笔记〉与〈我

的丁一之旅〉》,《怀化学院学报》第 9 期。

2009 年

张均:《史铁生与当代文学史书写》,《南京师范大学文学院学报》第 1 期。

唐敏:《意识时间的还原——论史铁生的写作之夜》,《德州学院学报》第 1 期。

杨雪梅:《论史铁生作品的宗教精神》,《烟台职业学院学报》第 1 期。

赵彩霞:《"生本不乐"——浅谈史铁生作品中的佛学思想》,《焦作师范高等专科学校学报》第 2 期。

张勐:《史铁生作品中的"圣经"原型》,《文艺争鸣》第 3 期。

王文胜:《论史铁生的文学创作与心理疗伤》,《南京师大学报(社会科学版)》第 3 期。

孙晓娉:《存在之澄明——史铁生散文中的形而上思考》,《山东师范大学学报(人文社会科学版)》第 4 期。

李军峰:《现代伦理的戏剧阐释——评〈务虚笔记〉与〈我的丁一之旅〉的底线思维写作》,《当代文坛》第 5 期。

邓树强:《论史铁生创作中的"苦难"主题》,《作家》第 6 期。

陈福民:《超越生死大限之无上欢悦——重读史铁生的〈我与地坛〉》,《当代文坛》第 6 期。

段崇轩:《论史铁生的小说创作》,《小说评论》第 6 期。

欧阳光明:《论史铁生的后期小说》,《小说评论》第 6 期。

张细珍:《史铁生小说的意象分析》,《山花》第 10 期。

2010 年

魏景霞:《选择的英雄——从存在主义视角看史铁生的〈我与地坛〉》,《中州大学学报》第 1 期。

马敏:《史铁生生命意识研究综述》,《文学界(理论版)》第 3 期。

张建波:《心灵与世界的对话——史铁生复调小说的审美现代性》,《山东社会科学》第 3 期。

周怡:《都市文化在乡村的传播与冲突——"知青"小说的一种文化解读》,《当代文坛》第 3 期。

张小平:《哲思的心——辨析史铁生的"宗教"观》,《名作欣赏》第3期。

叶立文:《从迷途到"相遇"——史铁生小说的宗教哲学》,《甘肃社会科学》第4期。

张建华:《〈我与地坛〉感悟生命形而上哲学意义的升华》,《安徽文学(下半月)》第4期。

程桂婷:《论疾病对史铁生创作的影响——以〈我的遥远的清平湾〉为例》,《当代文坛》第5期。

王凤民:《试析〈我的丁一之旅〉的艺术创新》,《文学界(理论版)》第5期。

宋云芳:《情爱的另一种书写——史铁生〈务虚笔记〉的情爱叙事伦理》,《南昌大学学报(人文社会科学版)》第6期。

苏喜庆:《自卑与超越——中国当代残疾作家创作心理初探》,《西北大学学报(哲学社会科学版)》第6期。

陈玲娜:《史铁生过程论思想概观》,《大众文艺》第6期。

王文胜:《论史铁生抒情小说与"京派小说"的艺术关联》,《南京社会科学》第7期。

2011年

吴志菲:《史铁生:站在文坛的"轮椅硬汉"》,《档案天地》第1期。

张芙鸣:《疾病与叙述——兼论当前散文创作中的两个文本》,《当代作家评论》第1期。

朴晓琳:《生命的沉思 人生的解读——重读〈我与地坛〉》,《牡丹江师范学院学报(哲学社会科学版)》第1期。

张迪平:《淋湿的羽翼——印象〈我与地坛〉》,《小说评论》第S1期。

谢有顺:《史铁生:一个尊灵魂的人》,《当代作家评论》第2期。

高晖:《史铁生的意义》,《当代作家评论》第2期。

王尧:《阳光穿透窗户洒在铁生身上》,《当代作家评论》第2期。

张细珍:《知青一代理想主义的双声:史铁生与梁晓声》,《南京师范大学文学院学报》第2期。

张新颖:《以心为底——史铁生的文学和他的读者》,《文艺争鸣》第3期。

许纪霖:《史铁生:另一种理想主义价值、意义、信仰》,《文学界(专辑版)》第 4 期。

冯凯:《谈〈务虚笔记〉中的"虚"与"实"》,《文学界(理论版)》第 4 期。

刘振生:《肉体的残缺与精神的救赎——解析大江健三郎与史铁生的文学性格》,《时代文学(下半月)》第 4 期。

张王飞:《解读史铁生的"零度"审美——点击〈想念地坛〉》,《当代文坛》第 5 期。

刘芳坤:《诗意乡村的"发现"——〈我的遥远的清平湾〉与 80 年代文学批评》,《南方文坛》第 5 期。

夏维东:《史铁生:中国作家里的约伯》,《南方文坛》第 5 期。

周国平:《史铁生的〈病隙碎笔〉》,《档案天地》第 6 期。

张惠玲:《苦苦追寻"生命"的意义——由〈命若琴弦〉看史铁生的生命哲学》,《时代文学(上半月)》第 8 期。

2012 年

戚国华:《论史铁生对生命之路的探寻》,《东方论坛》第 2 期。

张细珍:《论史铁生小说的全息人物》,《东方论坛》第 2 期。

郭蕤:《铁生和蒙克作品对生命的追问与诉求》,《上海文化》第 2 期。

李建军:《论史铁生的文学心魂与精神持念》,《小说评论》第 2 期。

胡书庆:《〈我的丁一之旅〉思想基质考量》,《当代作家评论》第 3 期。

乔以钢:《史铁生的两性观及其〈务虚笔记〉》,《当代作家评论》第 3 期。

胡书庆:《史铁生的宗教性书写——以〈我的丁一之旅〉为例》,《江汉论坛》第 3 期。

张细珍:《启蒙、自由、神性——论史铁生的伦理叙事》,《中国现代文学研究丛刊》第 4 期。

贾雨潇:《论史铁生面对死亡困境的救赎之路》,《文学界(理论版)》第 5 期。

叶立文:《启蒙的迷途——论史铁生小说的思想价值》,《武汉大学学报(人文科学版)》第 5 期。

杨娟:《面对困境 寻找救赎——史铁生作品中的救赎图式》,《安徽文学(下半月)》第 8 期。

陈秀:《净文哲思——史铁生散文创作思想有感》,《文学界(理论版)》第 9 期。

何清:《自我说服中的生命续度——也说史铁生》,《文艺争鸣》第 10 期。

2013 年

曾鹏:《心魂的自由恋曲——简论史铁生〈务虚笔记〉的复调性》,《重庆科技学院学报(社会科学版)》第 1 期。

张玲:《论史铁生文学创作中审美世界的建构》,《湛江师范学院学报》第 2 期。

唐丹萍:《"务虚"中的"务实"——〈务虚笔记〉人物形象内涵解读》,《湛江师范学院学报》第 2 期。

刘广新:《从〈我与地坛〉看史铁生的信仰探索之旅》,《名作欣赏》第 17 期。

陈泽曼:《〈我与地坛〉:与"心魂"对话》,《名作欣赏》第 24 期。

郭传梅:《走进"写作之夜"——读史铁生〈务虚笔记〉》,《名作欣赏》第 33 期。

2014 年

刘莉:《苦厄中的信、望、爱——对史铁生散文遗作内涵的一种解读》,《中南民族大学学报(人文社会科学版)》第 1 期。

杜昆:《信徒身份与作家身份的悖论——论张承志、北村、史铁生的宗教认同》,《山西师大学报(社会科学版)》第 4 期。

秦剑:《唯美与至善:跨越时空的心灵对话——川端康成与史铁生文学创作之比较》,《武汉理工大学学报(社会科学版)》第 4 期。

李仪婷:《遭遇死亡和以爱涅槃——浅析史铁生散文中的死亡意识》,《湖北文理学院学报》第 6 期。

丛新强:《从"写作之夜"到"生命之美"——论史铁生的文学精神》,《理论学刊》第 6 期。

邓齐平:《论史铁生创作中的时间意识及其圆形结构艺术》,《湖南社会科学》第 6 期。

孙郁:《提问者史铁生》,《文艺争鸣》第 12 期。

苏沙丽:《一个人的精神探寻——再读史铁生》,《文艺争鸣》第 12 期。

张细珍:《基于"过程美学"的不及物写作——史铁生小说论》,《文艺争鸣》第 12 期。

2015 年

马海娟:《在文学世界追求精神的高度——"史铁生的精神世界与文学创作"研讨会综述》,《小说评论》第 1 期。

林娜:《史铁生作品中的哲学思考与萨特存在主义哲学的相通之处》,《大众文艺》第 1 期。

胡书庆:《史铁生的宗教"表情"再观察——以其未竟集〈昼信基督夜信佛〉为主的阐说》,《当代作家评论》第 3 期。

李德南:《生命的亲证——论史铁生的宗教信仰问题》,《南方文坛》第 4 期。

邓齐平:《史铁生作品中的神性理想及诗意建构》,《江西社会科学》第 5 期。

申朝晖:《陕北插队经历对史铁生文学创作的影响》,《淮北师范大学学报(哲学社会科学版)》第 6 期。

余艳:《在理想的废墟上诗意地栖居——感悟史铁生的〈命若琴弦〉》,《安徽文学(下半月)》第 7 期。

刘云春、赵丽苹:《论史铁生散文精神之"大"》,《绵阳师范学院学报》第 7 期。

胡山林:《史铁生作品的灵魂深度》,《南阳师范学院学报》第 8 期。

陈璇:《〈我与地坛〉:寻觅心灵的皈依》,《名作欣赏》第 9 期。

解玺璋:《史铁生的"写作之夜":神性之路》,《读书》第 12 期。

李永中:《生命的回归与返魅——读史铁生〈我的丁一之旅〉》,《名作欣赏》第 18 期。

刘佳:《从史铁生和郁达夫看自卑情结的普遍意义》,《名作欣赏》第 18 期。

高媛:《〈我的遥远的清平湾〉文学史地位的定位过程》,《名作欣赏》第 19 期。

鄢文龙:《颠覆与超越:史铁生文学作品的修辞化生存》,暨南大学出版社出版。

2016 年

张冬冬:《从〈命若琴弦〉看史铁生的命运观》,《安徽文学(下半月)》第 2 期。

葛嵩:《论史铁生作品所体现的神性思悟》,《巢湖学院学报》第2期。

邓齐平:《史铁生人物形象创作的符号化》,《南通大学学报(社会科学版)》第2期。

张静:《史铁生长篇小说叙事伦理探讨》,《黑龙江教育学院学报》第2期。

张立群:《史铁生与中国当代文学》,《小说评论》第3期。

孙佳:《知识分子身份的自我认同——以史铁生为例》,《小说评论》第3期。

谢中山:《论史铁生小说创作转型》,《小说评论》第3期。

赵凌河、果金凤:《行走在生命的双轨上——论史铁生〈我的丁一之旅〉》,《小说评论》第3期。

李德南:《走向生命的澄明之境——重读〈我与地坛〉及其周边文本》,《南方文坛》第4期。

黄涛:《以史铁生〈命若琴弦〉为例论小说语境差的平衡》,《文化学刊》第4期。

吴礼权:《文学作品修辞化生存奥秘之探寻——读鄢文龙新著〈颠覆与超越——史铁生文学作品的修辞化生存〉》,《宜春学院学报》2016年第4期。

段曹林、凌伟:《文学修辞批评的目标、原则和策略——评〈颠覆与超越:史铁生文学作品的修辞化生存〉》,《宜春学院学报》第5期。

马忠礼:《扶轮问路——史铁生精神密码解析》,《安徽文学(下半月)》第8期。

张丹宁:《以〈我与地坛〉为例看史铁生美文的永恒意义》,《文学教育(上)》第8期。

张细珍:《爱与美的乌托邦原罪:丁一与顾城的互文解读》,《海南师范大学学报(社会科学版)》第11期。

欧阳光明:《从"残疾的人"到"人的残疾"——论史铁生创作的精神嬗变》,《中国现代文学研究丛刊》第12期。

金鑫:《如梦似幻 缘来如此——从小说〈命若琴弦〉到电影〈边走边唱〉》,《西部学刊》第12期。

陈喆:《叙事迷宫的建构——论史铁生〈中篇1或短篇4〉的叙事策略》,

《名作欣赏》第 18 期。

张学明：《〈务虚笔记〉：无拘与禁忌》，《名作欣赏》第 18 期。

李德南：《论史铁生作品中"我"的观念》，《创作与评论》第 24 期。

王思远：《隐晦的叹息声——论史铁生〈我与地坛〉中的悲剧色彩》，《青年文学家》第 35 期。

2017 年

欧阳群英：《试析史铁生"人在困境"的生活观》，《新乡学院学报》第 1 期。

李惠：《史铁生〈我的遥远的清平湾〉的叙事艺术》，《延安大学学报（社会科学版）》第 3 期。

李德南：《面向根本困境发问的生命哲学——再读史铁生》，《南方文坛》第 4 期。

张祎楠：《论史铁生散文的超越性美学》，《昭通学院学报》第 4 期。

温玉林：《人情·人性·人的存在——史铁生〈我与地坛〉思想内容研究》，《名作欣赏》第 5 期。

张宇菊：《论史铁生文学作品中宗教意识下的苦难母题》，《广州广播电视大学学报》第 5 期。

杨春武：《论史铁生小说〈命若琴弦〉中的人生悖论》，《文学教育（下）》第 7 期。

冯玉霜：《我正在人间——史铁生〈我与地坛〉与张晓风〈我在〉哲学分析》，《名作欣赏》第 9 期。

郭海玲：《卡夫卡与史铁生作品中生存困境主题的比较研究》，《绥化学院学报》第 11 期。

李德南：《可能世界的生成与显现——以史铁生的写作为中心》，《创作与评论》第 18 期。

陈璇：《存在的价值——探寻史铁生小说〈命若琴弦〉的生存意识》，《名作欣赏》第 24 期。

李德南：《我与世界的现象学：史铁生及其生命哲学》，上海文艺出版社出版。

2018 年

陈朗:《佛陀的归来:史铁生的文学与"宗教"》,《当代作家评论》第 1 期。

叶立文《"无我"之"我"——论史铁生宗教意识的思想悖论》,《中南民族大学学报(人文社会科学版)》第 1 期。

李惠、高锐:《贫瘠而诗意:史铁生小说中的陕北叙事》,《延安大学学报(社会科学版)》第 1 期。

聂晓霞:《论史铁生后期小说中的独语现象》,《石河子大学学报(哲学社会科学版)》第 2 期。

彭冠龙:《"心识不灭"与灵魂挣扎——从〈我与地坛〉看史铁生的散文创作主题》,《石河子大学学报(哲学社会科学版)》第 2 期。

陈璇:《心灵的独语——史铁生独语散文初探》,《石家庄学院学报》第 2 期。

罗小娟、洪张敏:《史铁生作品意象的生命意蕴》,《哈尔滨学院学报》第 2 期。

胡荣:《疾病、记忆与艺术想象——对读史铁生与普鲁斯特》,《温州大学学报(社会科学版)》第 3 期。

赵雪邑:《论史铁生小说中"墙"意象的叙事功能》,《写作》第 3 期。

梁向阳、陈嘉琪《代际视野中的"山花作家群"——以路遥、史铁生、厚夫为例》,《榆林学院学报》第 5 期。

钟海林:《陕北文化影响下的史铁生作品》,《安徽文学(下半月)》第 11 期。

饶文婷:《史铁生作品与莎士比亚四大悲剧苦难叙事比较》,《文学教育(下)》第 11 期。

韩莹:《朝闻基督夜礼佛——史铁生散文中的宗教意识》,《大众文艺》第 18 期。

杨凡:《史铁生〈合欢树〉文本解读新视角》,《名作欣赏》第 26 期。

叶立文:《史铁生评传》,河南文艺出版社出版。

赵泽华:《史铁生传:从炼狱到天堂》,陕西师范大学出版社出版。

2019 年

唐小祥:《〈我与地坛〉与史铁生的精神重构》,《内蒙古大学学报(哲学社会科学版)》第 3 期。

张文颖:《中国当代文学在日本的译介——以中国现代文学翻译会译介史铁生作品为中心》,《东北亚外语研究》第4期。

吴道毅:《史铁生:"面对灵魂的写作"》,《长江文艺评论》第4期。

李浩:《作用于情感的"涡流"以及背景依赖——重读史铁生〈我的遥远的清平湾〉》,《中国当代文学研究》第4期。

胡艺璇、毕文君:《论史铁生的创作历程——以史铁生书信为中心》,《东莞理工学院学报》第6期。

胡艺璇、毕文君:《论史铁生的文学交往活动——以史铁生书信为中心》,《海南师范大学学报(社会科学版)》第6期。

薛文竹:《〈秋天的怀念〉中的悲剧性意蕴》,《名作欣赏》第17期。

丁楷伦:《苦难的慰藉——重读史铁生〈我的遥远的清平湾〉》,《名作欣赏》第35期。

顾林:《救赎的可能:走近史铁生》,商务印书馆出版。

2020年

樊迎春:《史铁生与〈我的遥远的清平湾〉》,《当代文坛》第1期。

李建军:《论路遥与史铁生》,《南方文坛》第2期。

李志艳、闫海凌:《"无限"之途:史铁生的务虚写作研究》,《阴山学刊》第3期。

陈鹭:《文本细读与中国现当代文学教学改革——以〈我与地坛〉为重点》,《东吴学术》第3期。

李祝喜:《曹雪芹与史铁生的生命哲学比较》,《红楼梦学刊》第4期。

汪树东:《超越残疾与苦难——论史铁生的反现代性书写》,《中州大学学报》第4期。

吴道毅:《史铁生研究的里程碑之作——评叶立文〈史铁生评传〉》,《长江文艺评论》第4期。

姚金宜:《精神成长之花——〈秋天的怀念〉赏析》,《名作欣赏》第11期。

甘秀萍:《疾病隐喻视角下史铁生作品中的"残疾"书写》,《名作欣赏》第33期。

2021年

刘玉杰:《史铁生与尼采:从真实之境到美善之路》,《世界华文文学论坛》第 2 期。

程胜、唐东堰:《地坛与史铁生的生命哲学》,《巢湖学院学报》第 2 期。

宁微雅:《向死而生——史铁生的死亡哲学》,《山西能源学院学报》第 3 期。

顾林:《史铁生文学经典化历程初探》,《中国文学批评》第 3 期。

张文秀:《〈我与地坛〉:心魂的一场生死叩问》,《文化学刊》第 5 期。

王达敏:《史铁生:轮椅上的忏悔者》,《扬子江文学评论》第 5 期。

于恬、张学昕:《史铁生创作论——从"根"和"寻根文学"的视角看》,《辽宁师范大学学报(社会科学版)》第 6 期。

何言宏:《爱的情感的灵魂督察——论史铁生长篇小说〈我的丁一之旅〉》,《当代文坛》第 6 期。

王晴飞:《厄运与释厄:史铁生的脱"困"之旅》,《当代文坛》第 6 期。

荆亚平:《"不轨之思"与文体越界——论史铁生小说的双重实验性及其当下启示》,《当代文坛》第 6 期。

关岫一:《沉实、自觉的生命阐释学——以史铁生的短篇小说为中心》,《当代文坛》第 6 期。

冯岩:《〈我与地坛〉情感分析》,《名作欣赏》第 11 期。

安钏溧:《〈我的丁一之旅〉和〈圣经〉的互文性研究》,《名作欣赏》第 15 期。

周奇沛:《生命终极意义的探索——史铁生作品文学阐释》,《名作欣赏》第 21 期。

邵燕祥、王安忆、史岚等:《铁生铁生:史铁生十年祭》,中译出版社出版。

乔宇:《扶轮问路:今天如何读史铁生》,中国人民大学出版社出版。

王琨:《史铁生创作论》,东南大学出版社出版。

2022 年

黄键:《人与时间——史铁生〈我与地坛〉解读》,《名作欣赏》第 1 期。

若圣:《史铁生在日本的译介与读者评价——个体叙事与文学的越界》,《小说评论》第 6 期。

白振有:《论史铁生小说对陕北方言资源的运用及其文学价值》,《延安大学学报(社会科学版)》第 6 期。

孙林雍:《以互文性解读探析史铁生笔下的"母爱"》,《福建教育学院学报》第 8 期。

杨静:《〈我与地坛〉的文本细读与教学思考》,《文学教育(上)》第 11 期。

李伟:《坚定地向存在的荒凉地带进发——史铁生传》,长春出版社出版。

2023 年

张艳利:《于荒芜中自我救赎的生命探寻——重读〈我与地坛〉》,《名作欣赏》第 5 期。

郭俊兰:《史铁生〈秋天的怀念〉中的四重情感》,《文学教育(上)》第 7 期。

徐阿兵:《"寻找自身与外部世界的最佳相处形式"——论史铁生的形式策略及其贡献》,《中国现代文学研究丛刊》第 7 期。

邵建新:《史铁生谈自己的名字》,《书屋》第 11 期。

颜水生:《"咏声"传统与史铁生小说的听觉想象》,《中国现代文学研究丛刊》第 12 期。

贺嘉钰:《公园的文学呈现与兑现——以〈我与地坛〉为中心》,《中国现代文学研究丛刊》第 12 期。

余黄倩、步进:《生与死的较量——〈秋天的怀念〉深度阅读》,《名作欣赏》第 21 期。

何良蓉:《浅析史铁生〈我与地坛〉中的自我救赎意识》,《名作欣赏》第 23 期。

2024 年

行超:《超越日常生活的时空之限——重读史铁生的〈务虚笔记〉》,《文艺争鸣》第 2 期。

童江宁:《轮椅上安静的梦想家——1995 年藤井省三对史铁生的访谈录》,《新文学史料》第 3 期。

张华、张永辉:《叩问生命,追问生死——史铁生〈我与地坛〉对生命的探寻》,《名作欣赏》第 5 期。

康玲瑞:《史铁生作品中的生命叙事探讨》,《名作欣赏》第 23 期。

学位论文(2015—2023)

2015 年

顾林:《信仰与救赎——史铁生思想研究》,中国社会科学院研究生院(博士)。

陈振南:《史铁生论》,南京大学(博士)。

王伟丽:《"残疾文学"的中国范本——残疾与作家史铁生》,山东大学*。

张少程:《论史铁生小说中的苦难叙述》,华中师范大学。

杨岚:《扶轮问路——论史铁生写作中的苦难意识》,云南大学。

张丽芝:《生存危机和信仰崛起后的抉择——论史铁生的心魂书写研究》,陕西师范大学。

昌欣:《〈合欢树〉的文本解读和教学价值的确定》,上海师范大学。

郭满:《疾病与人生——史铁生文学创作研究》,上海交通大学。

2016 年

杨楠:《在命运的迷障中穿行——论史铁生创作中的悲剧意识》,浙江大学。

靳海华:《史铁生文学创作的生命哲学》,辽宁大学。

孙婷婷:《终极价值之思——史铁生与北村的比较研究》,安徽大学。

杨冬华:《悲剧命运的抗争与生命意义的诘问——论史铁生的创作》,曲阜师范大学。

唐红梅:《语文教材中史铁生作品选编与教学研究》,上海师范大学。

葛嵩:《论史铁生的创作思想》,广东技术师范学院。

曹菁菁:《拯救与超越——史铁生审美精神论》,湖北大学。

孔丹:《〈我与地坛〉之文本解析与教学价值摭谈》,上海师范大学。

曹菁菁《拯救与超越——史铁生审美精神论》,湖北大学。

2017 年

周明明:《论史铁生笔下人物心魂世界的构筑》,四川外国语大学。

---

* 未注明者均为硕士论文。

金玉娇:《"爱"的超越与信仰——史铁生小说的精神世界》,沈阳师范大学。

2018 年

韩玲玲:《论史铁生作品中的意象化叙事》,西北大学。

王茹辉:《神的信仰与人的珍重——史铁生思想论》湖南师范大学。

林彬彬:《史铁生散文文体论》,福建师范大学。

李林鲜:《论史铁生长篇小说的悖论书写》,浙江大学。

谢红秀:《命运的书写与生命的诠释——史铁生作品的存在主义思想研究》,伊犁师范学院。

刘佳文:《论史铁生作品中的现代性悲剧》,天津师范大学。

2019 年

卢家兴:《加缪与史铁生文学创作中的生命哲学比较——以〈鼠疫〉和〈务虚笔记〉为例》,陕西理工大学。

杨馨婷:《论史铁生小说的身体书写》,四川师范大学。

颉红霞:《论史铁生创作的心路历程》,西北师范大学。

潘彩琳:《史铁生小说互文性及其叙事效果研究》,广西师范大学。

葛晓刚:《漫步于自我心灵的实验——论史铁生后期作品的艺术特征》,辽宁师范大学。

2020 年

沈雅倩:《加缪与史铁生生命书写比较研究》,上海师范大学。

唐文婷:《自我价值寻求:史铁生的心理传记学研究》,西北师范大学。

瞿颖慧:《皈依途中的自我救赎——史铁生生存哲学研究》,中南民族大学。

陈亚利:《超越深渊的路径——论史铁生小说的宗教情怀》,河北大学。

郭家铭:《论史铁生的悲剧意识及其救赎》,上海财经大学。

杨程:《从史铁生散文作品教学课例看散文教学内容的确立》,宁夏大学。

刘洋:《困境与拯救——传统文化与史铁生救赎之路》,湖南师范大学。

胡艺璇:《史铁生书信研究》,东华理工大学。

2021 年

周冰瑶:《论史铁生的文学观念与文体实验》,闽南师范大学。

闫艺馨:《史铁生的创伤体验与文学书写》,曲阜师范大学。

刘嘉浩:《中学语文史铁生散文教学拓展策略研究》,哈尔滨师范大学。

邹源琦:《史铁生悖论式写作的救赎意义——以其后期创作为中心》,华东师范大学。

王印梅:《史铁生小说的"自叙传"性质研究》,云南师范大学。

李瑶洁:《史铁生知青小说研究》,重庆大学。

高润瑜:《博尔赫斯与史铁生作品中的生命哲理比较研究》,辽宁大学。

朱康:《史铁生小说转型研究》,辽宁师范大学。

高媛:《生死同一:史铁生小说生死观研究》,西南民族大学。

周子琰:《思辨的写作——史铁生哲思小说论》,海南师范大学。

施严巍:《活在写作中的生命——史铁生论》,温州大学。

王可宇:《试论史铁生小说的神秘书写》,四川大学。

2022 年

孙晓晴:《史铁生创作中的生命意识研究》,山东大学。

2023 年

王璐璐:《史铁生散文中受难者形象研究》,云南师范大学。

曹映:《史铁生创伤书写研究》,江苏大学。

鞠啸程:《史铁生个人阅读史研究》,山东大学。

石钰瑕:《论史铁生创作在文学研究者中的接受》,南宁师范大学。

李洋:《史铁生作品生命教育的教学研究》,重庆师范大学。

尹艳红:《生命教育视角下〈我与地坛〉整本书阅读教学研究》,聊城大学。

韩晓琪:《社会符号学翻译理论视角下〈务虚笔记〉翻译实践报告》,天津财经大学。

(欧阳光明提供)

《史铁生作品全编》索引

(以标题首字汉语拼音为序,标题后数字为"卷号-页码")

B 老师　8-267
M 的故事　8-262
爱的冥思与梦想　10-209
爱情的命运　3-1
爱情问题　6-255
"安乐死"断想　6-29
八子　8-225
白色的纸帆　3-135
白云　3-184
北京文学节"杰出贡献奖"获奖感言　7-94
比如摇滚与写作　8-283
笔墨良心　7-64
别人　5-194
病隙碎笔 1　8-3
病隙碎笔 2　8-39
病隙碎笔 3　8-72
病隙碎笔 4　8-97
病隙碎笔 5　8-104
病隙碎笔 6　8-140
不实之真　9-250

不治之症　9-227
草帽　5-1
插队的故事　4-42
超越几近烧焦的局限　7-111
车神　4-296
沉默的诉说　7-152
诚实与善思　9-121
从"身外之物"说起　9-57
从残缺走向完美　10-366
答自己问　7-21
悼路遥　6-195
悼少诚　6-281
地坛与往事　9-133
　　附:想电影　9-213
第一人称　5-69
电脑,好东西!　6-185
冬妮亚和尼采　9-252
毒药　4-148
读洪峰小说有感　7-101
短评三篇　7-122
对话四则　6-98

465

多梦时节　10-48

二姥姥　8-182

法学教授及其夫人　3-19

放下与执着　9-37

扶轮问路　9-21

复杂的必要　6-267

"嘎巴儿死"和"杂种"　6-214

告别郿英　6-243

鸽子　9-247

葛里戈拉　9-254

给　CL　7-325

给　FL（1）　7-338

给　FL（2）　7-345

给　GZ　7-220

给　HDL　7-189

给　LLW　7-245

给　LR　7-194

给　LY　7-216

给　S　7-280

给　XL　7-175

给　Z　7-266

给　ZLB　7-214

给安妮（1）　7-178

给安妮（2）　7-183

给安妮（3）　7-185

给北大附中　7-301

给伯父　7-270

给曹平　7-218

给陈村　7-277

给陈村、吴斐　7-209

给冯小玉　7-347

给傅百龄　7-263

给傅晓红　7-239

给洪如冰（1）　7-240

给洪如冰（2）　7-242

给洪如冰（3）　7-244

给胡建　7-213

给胡山林（1）　7-315

给胡山林（2）　7-318

给胡山林（3）　7-322

给李健鸣（1）　7-222

给李健鸣（2）　7-226

给李健鸣（3）　7-231

给栗山千香子　7-237

给柳青　7-200

给陆星儿　7-272

给盲童朋友　7-173

给米晓文　7-300

给南海一中　7-278

给《散文（海外版）》　7-262

给山口守　7-296

给苏炜　7-247

给苏叶　7-235

给孙立哲（1）　7-305

给孙立哲（2）　7-306

给田壮壮　7-274

给王艾　7-211

给王安忆（1）　7-161

给王安忆（2）　7-163

给王安忆的信　9-341

给王朔的信　9-353

给肖瀚　7-290

给小水的三封信　9-345

给谢菁　7-351

给谢渊泓　7-264

给严亭亭（1）　7-248

给严亭亭（2）　7-250

给严亭亭（3）　7-251

给严亭亭（4）　7-258

给严亭亭（5）　7-260

给阎阳生　7-310

给杨晓敏　7-165

给姚平　7-288

给姚育明　7-312

给《音乐爱好者》　7-170

给雨後　7-353

给章德宁　7-298

给邹卓凡　7-348

古城月色　3-33

故乡的胡同　6-244

关于一部以电影作舞台背景的戏剧之设想　5-212

关于詹牧师的报告文学　3-218

归去来　6-188

郭路生印象　6-321

韩春旭散文集序　7-120

好运设计　6-54

合欢树　6-3

何立伟的漫画　7-118

何宅　9-223

黑黑　3-86

洪峰《瀚海》序　7-99

猴群逸事　9-337

后记　9-259

花钱的事　9-9

黄土地情歌　6-204

回归自然　9-80

回忆与随想：我在史铁生　9-280

获"华语文学传媒大奖"答谢词　7-86

获"庄重文文学奖"时的发言　7-74

几回回梦里回延安　7-3

记忆迷宫　6-227

纪念我的老师王玉田　6-85

季节的律令　7-136

减灾四想　6-134

交流·理解·信任·贴近　7-10

节日　9-233

借你一次午睡　9-339

今晚我想坐到天明　9-229

荆轲　10-110

九层大楼　8-215

看不见而信　9-86

看电影　8-234

康复本义断想　6-23

来到人间　4-1

老海棠树　8-254

老好人　9-28

老家　8-198

老人　3-161

老屋小记 5-281

乐观的根据 9-72

礼拜日 4-233

理想的危险 9-111

《立春》感想：价值双刃剑 9-67

历史 9-225

恋人 9-335

梁筠《焰火》序 7-154

两个故事 5-319

两个傻子的"好运设计" 10-275

猎人 9-215

另外的地方 9-230

刘咏阁画集序 7-145

绿色的梦 3-63

轮椅上安静的梦想家 10-182

没有生活 7-66

门外有问 9-104

绵绵的秋雨 3-70

庙的回忆 8-205

命若琴弦 4-20

奶奶的星星 3-186

潘萌散文集序 7-156

叛逆者 8-192

皮皮《儿歌》序 7-149

前言 9-3

墙下短记 6-247

轻轻地走与轻轻地来 8-167

秋天的船 9-244

秋天的怀念 6-1

人的残缺证明了神的完美 10-309

人的价值或神的标准 9-74

人间 3-108

人间智慧必在某处汇合 9-42

人生的突围 10-3

认真执着的林洪桐 7-114

三月留念 6-212

散文三篇 6-89

"傻人"的希望 3-55

山顶上的传说 3-282

珊珊 8-241

陕北知青影集序 7-141

上帝的寓言 6-284

身与心 9-77

"神经内科" 7-42

神童 3-80

神位 官位 心位 6-221

生辰 9-241

石默《故土的老房子》序 7-147

史铁生：扶轮问路的哲人 10-390

史铁生的日子 10-355

史铁生访谈录（胡健） 10-189

史铁生访谈录（栗山千香子） 10-224

《史铁生作品集》后记 7-72

熟练与陌生 7-75

树林里的上帝 3-68

说死说活 6-299

私人大事排行榜 6-286

死国幻记 5-300

宿命的写作 7-78

算命 9-217

随笔三则 6-217

随笔十三 6-116

随想与反省 7-12

孙姨和梅娘 8-257

她是一片绿叶 6-147

太阳向上升起 9-5

逃避灵魂是写作致命的缺陷 10-321

听妈妈讲那过去的事情 9-221

"透析"经验谈 6-329

外国及其他 6-310

往事 5-329

"忘了"与"别忘了" 6-6

为无名者传 9-219

"文革"记愧 6-17

文明:人类集体记忆 9-53

文学的位置或语言的胜利 7-81

我并不关心我是不是小说家 10-267

我的丁一之旅 2

我的梦想 6-13

我的遥远的清平湾 3-118

我的幼儿园 8-176

我二十一岁那年 6-73

我们的角落 3-43

我们活着的可能性有多少 10-329

我与地坛 6-35

我在 9-256

我在哪里活着 10-233

我之舞 4-168

无病之病 6-306

无答之问或无果之行 6-234

午餐半小时 3-27

务虚笔记 1

《务虚笔记》备忘 5-134

希米,希米 9-236

喜欢与爱 9-83

夏天的玫瑰 3-151

先修个斜坡吧 10-169

相逢何必曾相识 6-197

湘月的写作 7-143

想念地坛 8-295

巷口老树下 3-110

消逝的钟声 8-172

小恒 8-247

小说三篇 5-3

小小说四篇 3-101

写作与超越时代的可能性 10-278

写作与越界 7-90

谢幕 7-70

新的角度与心的角度 7-131

兄弟 3-13

许三多的循环论证 9-50

也说散文热 7-69

一个人和一头牛 6-211

一个人形空白 8-186

一个作家的生命体验 10-172

一种谜语的几种简单的猜法 5-28

遗物 9-234

印象与理解　6-166

永在　9-238

游戏·平等·墓地　6-138

有了一种精神应对苦难时,你就复
　　活了　10-284

与史铁生对谈文学　10-340

与史铁生谈《务虚笔记》　10-201

预言者　9-240

欲在　9-98

原生态　9-62

原罪·宿命　4-194

杂感三则　7-8

在残疾人作家联谊会成立大会上的
　　发言　7-88

在家的状态　10-371

在家者说　6-319

在一个冬天的晚上　3-169

在友谊医院"友谊之友"座谈会上的
　　发言　6-322

曾文寂《咀嚼人生》序　7-150

郑也夫《游戏人生》序　7-138

智能设计　9-16

中篇1或短篇4　5-83

钟声　5-57

种子与果实　9-71

重病之时　8-223

周忠陵小说集序　7-129

昼信基督夜信佛　9-263

庄子　8-274

自言自语　7-43

"自由平等"与"终极价值"　9-92

足球　3-270

足球内外　6-269

最后的练习　9-232

史铁生